Ashley Carrington führte dreißig Jahre das Leben einer ganz normalen amerikanischen Hausfrau im Süden der USA. Als ihre Ehe scheiterte, begann sie zu schreiben und konnte auch bald erste Erfolge erzielen. Sie lebt heute als freie Schriftstellerin mit ihren beiden Kindern in New York.

Von Ashley Carrington sind bisher
als Knaur-Taschenbücher erschienen:

»Jessica oder Die Irrwege der Liebe« (Band 1184)
»Jessica oder Das Ziel aller Sehnsucht« (Band 1388)

Originalausgabe 1987

Umschlaggestaltung Adolf Bachmann
Umschlagillustration Mauritius / Three Lions
Satz IBV Satz- und Datentechnik GmbH, Berlin
Druck und Bindung Ebner Ulm
Printed in Germany 5 4 3 2 1
ISBN 3-426-01537-4

Ashley Carrington:

Jessica

oder In der Ferne lockt das Glück

Roman

Knaur

Für R. M. S.,
der mir die Kraft gab und
nie den Glauben an
mich verlor.

1

Tiefschwarze Nacht lag über der Sträflingskolonie New South Wales, als sich die beiden Todfeinde erneut Auge in Auge gegenüberstanden. Gouverneur William Bligh, von Feinden und Spöttern auch »Brotfrucht-Bligh« oder »Bounty-Bligh« genannt, empfing John MacArthur im Arbeitszimmer seiner Residenz, die am Ostufer der malerischen Bucht von Sydney lag. Er kochte innerlich vor nur mühsam unterdrücktem Zorn, daß es überhaupt notwendig geworden war, den Großgrundbesitzer zu einem Gespräch zu sich zu bitten. Jawohl, er hatte darum *gebeten*, zum Teufel noch mal! Dabei hätte er ihn am liebsten in Ketten legen und in ein finsteres Kerkerloch werfen lassen!

»Stehe ganz zu Ihren Diensten, Exzellenz«, machte sich John MacArthur bemerkbar, nachdem der Hausdiener ihn dem Gouverneur gemeldet hatte und nun hinter ihm die hohen Doppelflügel der Tür schloß. Seine Stimme hatte einen beiläufigen, spöttischen Unterton, als wüßte er, wie sehr es dem Gouverneur widerstrebte, ihn zu empfangen – gab er dadurch seiner Ansicht nach doch zu erkennen, daß er sich über die wahre Machtverteilung in New South Wales keine Illusionen mehr machte.

Die Arme auf dem Rücken verschränkt, stand Gouverneur Bligh am Fenster, eine kantige, beeindruckende Gestalt von dreiundfünfzig Jahren. Er hielt sich steif und aufrecht wie ein Ladestock. Er hatte die meiste Zeit seines Lebens die Planken eines Schiffes unter seinen Füßen gehabt und auf den Schiffen, die unter seinem Kommando standen, mit der Strenge eines absoluten Herrschers regiert. Diplomatie war seine Stärke nicht, doch als Gouverneur dieser Kolonie wurde sie von ihm erwartet. Es war seine Pflicht – der Teufel mochte sie holen –,

sich sogar mit diesem infamen Aufrührer John MacArthur abzugeben!
Mit einer abrupten Bewegung drehte er sich zu seinem späten Besucher um, das von Wind und Wetter gegerbte Gesicht verschlossen.
Einen Augenblick musterten sich die Widersacher schweigend. John MacArthur stand lässig an der Tür, ein großer, elegant gekleideter Mann von vierzig Jahren, mit einer scharfgeschnittenen Nase und welligen schwarzen Haaren, die er nach vorn in die Stirn gekämmt trug, um lichte Stellen zu verbergen. Er erwiderte den stechenden Blick von Bligh mit der für ihn so bezeichnenden Selbstsicherheit, die er nicht selten bis an die Grenze der Unerträglichkeit herauskehrte.
Es war MacArthur, der schließlich das feindselige Schweigen brach. »Sie haben um diese Unterredung gebeten, Exzellenz. Ich gehe deshalb wohl nicht fehl in der Annahme, daß es sich um Dinge von nicht unwesentlicher Bedeutung handeln muß, die Sie zu dieser späten Stunde mit mir zu besprechen wünschen.« Seine Gesten, die er mit dem vergoldeten Gehstock machte, unterstrichen noch den Eindruck seiner Selbstgefälligkeit.
Blighs Gesicht nahm einen verdrossenen Ausdruck an. Das war es, was Bligh an diesem MacArthur mehr noch als dessen Intrigen haßte: diese aalglatte, arrogante Art, die er an den Tag legte – sogar ihm gegenüber, dem Gouverneur und Stellvertreter des Königs! Und er hatte Mühe, ihm nicht auf seine derbe, direkte Art zu antworten.
»Ich habe Sie nicht kommen lassen«, antwortete er, das Wort »gebeten« dabei bewußt vermeidend. MacArthur war schon aufgeblasen genug. Doch da er nicht länger den Offiziersrock trug, hatte er ihn schlecht zu sich befehlen können, »um mit Ihnen wichtige Angelegenheiten zu *besprechen*, Mister MacArthur, sondern um Ihnen einen guten Rat zu geben, ja, Sie zu *warnen!*«
Der Großgrundbesitzer, der wohl zu den reichsten Männern der jungen Kolonie zählte und die größte Farm mit Tausenden

Acres bestem Weideland bei Parramatta sein eigen nannte, gab sich überrascht und zog die Augenbrauen hoch. »Warnen, Sir? Ihre Wortwahl verwundert mich, gelinde ausgedrückt.«
»Wenn Sie so weitermachen, werden Sie bald wirklich Grund haben, sich zu wundern!« versicherte Bligh.
»Sie sprechen in Rätseln, und ich habe nicht die Absicht, meine Zeit mit dem Lösen von Rätseln zu vergeuden, ... Sir!«
»Sie wissen genau, wovon ich rede!« stieß Gouverneur Bligh erregt hervor. Was das hitzige Temperament anging, standen sich die beiden Männer in nichts nach. Bligh war genauso aufbrausend und selbstgerecht wie sein ärgster Kontrahent in dieser Kolonie. Das wußte er auch, doch hielt er sich zugute, daß er niemals im Handeln ungerecht war. Das hatte auch das Kriegsgericht bestätigt, das die Vorgänge, die zur Meuterei auf seinem Schiff, der BOUNTY, führten, geprüft hatte. 1789 war das gewesen, vor über achtzehn Jahren.
»Bei allem Respekt, Sir, aber ich verstehe ganz und gar nicht, wovon Sie reden«, stellte sich John MacArthur ahnungslos und genoß insgeheim die Erregung des Gouverneurs. Vor fast anderthalb Jahren, im August 1806, hatte Bounty-Bligh Gouverneur King abgelöst. Und er war angetreten, das Rum-Monopol zu brechen, das MacArthur mit seinen Freunden vom Offiziers-Corps und ein paar geschäftstüchtigen Händlern aufgebaut hatte. Rum regierte die Kolonie, und da sie den Handel damit beherrschten, lag die tatsächliche Macht in ihren Händen – und nicht in denen des Gouverneurs, wie immer er auch heißen mochte. Das war schon zu Zeiten von Gouverneur Hunter und Gouverneur King so gewesen, und daran hatte auch der hartgesottene Bligh, den ihnen das Kolonialamt in London geschickt hatte, bisher nichts ändern können.
Bligh ballte die Hände zu Fäusten. »Sie und Ihre Offiziersfreunde vom New South Wales Corps sabotieren meine Befehle und Anordnungen ... wie Sie auch die meiner Vorgänger sabotiert haben!«
John MacArthur straffte sich. »Sie sind der Gouverneur der Kolonie, aber das gibt Ihnen noch längst nicht das Recht, einen

freien Mann solcher Dinge zu beschuldigen! Ihre Bemerkungen verletzen meine Ehre, Sir, und ich könnte Sie dafür zum Duell fordern!«

Ein verächtliches Lächeln trat auf Blighs Gesicht. »So, wie Sie vor ein paar Jahren Ihren Vorgesetzten, den Truppenkommandeur, zum Duell gefordert haben, als Sie mit seinen Befehlen nicht einverstanden waren und noch den Rock des Königs trugen, ja? Dafür hätten Sie den Strick verdient!«

»Die Anklage erwies sich als gegenstandslos, und es wurde kein Kriegsgerichtsverfahren gegen mich eingeleitet, falls Sie das vergessen haben sollten«, gab MacArthur spöttisch zurück.

Bligh starrte ihn wütend an. Er hatte es nicht vergessen und erinnerte sich noch sehr wohl, warum man MacArthur in London nicht den Prozeß gemacht hatte. Die sehr detaillierte Anklageschrift, die Gouverneur King zusammen mit dem unter Arrest stehenden John MacArthur nach England geschickt hatte, war trotz größter Sicherheitsvorkehrungen während der monatelangen Überfahrt verschwunden. Und in London hatte MacArthur es verstanden, seine zahlreichen Gönner und einflußreichen Freunde zu seinem Nutzen zu mobilisieren. Zwar hatte er die Offizierslaufbahn an den Nagel gehängt, doch er war nicht nur ungestraft, sondern geradezu als strahlender Sieger nach New South Wales zurückgekehrt – mit einer Landschenkungsurkunde, die seine Farm um mehrere tausend Acres fruchtbares Land vergrößert hatte. Und daß er nicht länger die Uniform trug, hatte ihn nicht daran gehindert, bei seinen Offiziersfreunden weiterhin das große Wort zu führen – und die Fäden des Monopols in der Hand zu behalten.

»Ich weiß, daß Sie mit den Duellpistolen schnell bei der Hand sind«, gab Bligh kalt zurück. »Aber ich werde Ihnen diese Genugtuung nicht geben. Wir sind hier unter vier Augen, und ich sage Ihnen zum letztenmal, daß ich nicht länger gewillt bin, Ihrem Verhalten tatenlos zuzusehen.«

»Ich bin Farmer und habe wie jeder andere freie Siedler das Recht, meine Interessen zu vertreten. Ihre Anschuldigungen sind grotesk!« verwahrte sich MacArthur.

»So? Machen Sie sich doch nicht lächerlich! Jedem in der Kolonie ist bekannt, daß Sie und Ihre Freunde einen schwunghaften Handel mit Rum betreiben, und dieses Rum-Monopol hat die Kolonie lange genug stranguliert.«
»Sir! Das werden Sie auf der Stelle ...«, setzte MacArthur zu einem heftigen Protest an.
Bligh fuhr ihm barsch in die Rede. »Lassen Sie mich ausreden! Ich weiß, daß Sie und Ihre ... *Kameraden* illegale Rum-Destillerien betreiben, seit ich die Einfuhr von Rum streng kontrollieren lasse, und diesen Fusel zusammen mit Ihren Komplizen mit einem ungeheuren Profit verkaufen. Doch das wird ein Ende haben!«
»Ich gedenke nicht, mir diese ... Ungeheuerlichkeiten noch länger anzuhören, Sir!« erwiderte John MacArthur voller Empörung. »Ich dachte, wir hätten einen Kompromiß finden können, der zum Wohle der Allgemeinheit ...«
»Wie können *Sie* es wagen, vom Wohl der Allgemeinheit zu sprechen?« schnitt Bligh ihm das Wort ab, und seine Stimme bebte vor Zorn. »Das Wohl der Allgemeinheit interessiert Sie doch einen Dreck! Ihnen geht es doch nur darum, Ihre Taschen zu füllen. Daß Sie dabei die Kolonie aussaugen, schert Sie doch genausowenig wie das Schicksal der Sträflinge, die sich mit Ihrem verfluchten Fusel zu Tode saufen!«
John MacArthur stieg das Blut ins Gesicht. »Das reicht, Gouverneur Bligh!«
»O nein, das reicht noch längst nicht!« donnerte Bligh, während MacArthur schon auf die Tür zuschritt. »Ich werde mir Ihre Intrigen, Ihr aufrührerisches Verhalten gegen den König nicht länger gefallen lassen. Dies war meine letzte Warnung, Mister MacArthur, haben Sie mich verstanden?!«
MacArthur riß die Tür auf und fuhr noch einmal zu Bligh herum. Sein Gesicht war haßverzerrt. »Ich habe sehr wohl verstanden, *Gouverneur!*« Er spuckte das Wort förmlich aus. »Aber offensichtlich haben Sie noch nicht verstanden, daß Sie sich hier nicht auf einem Kriegsschiff befinden, wo Ihr Wort Gesetz ist und Sie uneingeschränkt über Leben und Tod be-

stimmen können! Dies ist eine Kolonie, und da gelten andere Gesetze, die auch Sie zu beachten haben!« Ohne eine Antwort abzuwarten, drehte er sich wieder um und knallte die Tür hinter sich zu.

»Dieser verdammte Dreckskerl!« fluchte Bligh, griff nach seiner Tonpfeife und schleuderte sie gegen die Wand, wo sie in Scherben zerbrach.

Wütend auf MacArthur und auf sich selbst, weil er sich wieder zu einem derartigen Gefühlsausbruch hatte hinreißen lassen, ließ er sich in seinen ledergepolsterten Armsessel fallen. Er fühlte sich plötzlich sehr müde und sehr alt.

Welch merkwürdige Wendung hatte sein Leben doch genommen. Er war immer ein Mann der See gewesen. Mit James Cook war er als Steuermann um die Welt gesegelt, hatte sich als Captain unter Lord Nelson in blutigen Seeschlachten höchste Auszeichnungen erworben und war als Held in die Geschichte eingegangen. Wer konnte vorweisen, was er vorzuweisen hatte? Als ihn die verfluchten Meuterer mit neunzehn Getreuen in einem kleinen, offenen Boot mitten in der Südsee ausgesetzt hatten, hatten sie fest mit ihrem Tod gerechnet. Doch ihm war das Unvorstellbare gelungen: Fast ohne Wasser und ohne Nahrung und im Kampf gegen Stürme und kriegerische Eingeborene hatte er sie in dieser Nußschale nach Batavia gebracht – und dabei 4000 Seemeilen zurückgelegt. Eine seemännische Meisterleistung, die ihn in England zum Helden gemacht hatte.

Er seufzte. Wie hatte er sich doch geehrt gefühlt, als man dann ausgerechnet ihm den Posten des Gouverneurs der erst 1788 gegründeten Sträflingskolonie angeboten hatte. »Sie sind ein Mann von eisernem Willen, wie die Vergangenheit bewiesen hat, und verstehen es, für Recht und Ordnung zu sorgen«, hatte man ihm in London geschmeichelt. »Und so einen Mann, der sich durchzusetzen weiß, brauchen wir jetzt in New South Wales. Sehen Sie zu, daß Sie dort unten Ordnung in die Kolonie bringen und diese leidige Geschichte mit dem Rum-Monopol aus der Welt schaffen. Wenn wir nicht wieder mit Frank-

reich im Kriege lägen, würden wir das New South Wales Corps einfach durch reguläre Truppen ersetzen. Aber wir können jetzt nicht ein einziges Regiment entbehren. Napoleon setzt uns ganz schön zu. Aber Sie werden es schon machen!«
William Bligh lachte bitter auf. Er hatte auch geglaubt, daß er in kürzester Zeit Ruhe und Ordnung in die Kolonie bringen und das Rum-Monopol brechen würde. Doch er hatte die Rechnung ohne die Truppen gemacht. Statt den Gouverneur zu unterstützen und dafür zu sorgen, daß seine Anordnungen befolgt wurden, hatte das Corps vom ersten Tag an fast geschlossen Front gegen ihn gemacht. Was immer er auch unternahm, es war jedesmal so, als würde er gegen eine unsichtbare Wand laufen.
Was ihn am meisten verbitterte, war die Tatsache, daß das New South Wales Corps noch nie den Pulverdampf einer Schlacht gerochen hatte. Offiziere und gemeine Soldaten unterschieden sich kaum von den Sträflingen, die sie bewachen sollten. Sie waren korrupt und skrupellos in ihrem Vorgehen gegen die Deportierten, die ihnen ausgeliefert waren, wie auch gegen jeden anderen, der ihren Rum-Interessen im Wege stand.
Er erhob sich vom Sessel und trat ans Fenster, starrte hinaus in die Nacht. Es war wahr, was er MacArthur vorgeworfen hatte: Rum regierte die Kolonie. Ohne ihre Ration waren die Sträflinge nicht bereit zu arbeiten. Und wer als kleiner Siedler irgend etwas kaufen oder verkaufen wollte, mußte Rum als Währung akzeptieren. Die korrupte Offiziers-Clique sorgte dafür, daß die einfachen Leute kaum Münzen in die Hand bekamen, und machte auf diese Art unglaubliche Gewinne.
»Und die Kolonie geht dabei langsam, aber sicher vor die Hunde!« stieß Bligh zornig hervor. Statt Ausschweifungen jeglicher Art mit aller gebotenen Strenge entgegenzuwirken, unterstützten, ja förderten sie MacArthur und seine Komplizen. Er brauchte bloß zum Westufer hinüberzublicken, zum Lasterviertel von Sydney. Fackeln und Laternen machten in dem Gewirr schäbiger Lehmhütten, Bretterschuppen, Zelte und vereinzelter Ziegelhäuser die Nacht zum Tag, und fast

glaubte er, das Grölen der Trunkenbolde, Glücksspieler und Huren hören zu können, die das Viertel bevölkerten. Wie ein schnell wuchernder Schimmelpilz hatte sich dieses Lasterviertel gleich hinter dem Fort und den Soldatenunterkünften auf der felsigen Landzunge ausgebreitet, das den bezeichnenden Namen *The Rocks* trug.

Bligh hob die geballte Rechte und schlug sie gegen das Fensterkreuz, daß das kostbare Glas klirrte. »Ich werde dich zur Rechenschaft ziehen, MacArthur, dich und deine Komplizen! Und ich werde diesen Ausschweifungen ein Ende machen. Das werde ich, bei Gott!«

2

Von Ausschweifungen aller Art verstand Sally Roebuck eine ganze Menge, verdiente sich die dralle, schon etwas verblühte Blondine damit doch ihren Lebensunterhalt, seit sie ihre sieben Jahre Strafe in New South Wales verbüßt hatte und wieder tun und lassen konnte, was ihr beliebte.
Die Dienste, die sie anbot, waren in den Rocks nicht weniger begehrt als Branntwein, Port und anderer Fusel, der überall verkauft wurde. Und so arbeitete sie als eines von drei käuflichen Mädchen bei Mama Joe, die eine der übelsten Rum-Spelunken des Viertels betrieb.
Mama Joe hatte mit Ausnahme ihrer Vorliebe für süße Liköre nichts Weibliches an sich. Ihre Stimme war wie ein Reibeisen, ihr Haar kurz wie Feldstoppeln und ihr Gesicht platt und vernarbt, so daß es so anziehend wie ein Schmiedehammer wirkte. Keiner wußte, wie sie richtig hieß, doch den männlichen Spitznamen trug sie nicht von ungefähr. Sie war von untersetzter, jedoch massiger Gestalt, ein wandelnder Muskelberg, und wer ihr irgendwo in einer dunklen Gasse begegnete, mußte sie für einen Ringer halten und ging ihr vorsorglich aus dem Weg.
Mama Joe hatte selten Ärger in ihrer Spelunke, und wenn es welchen gab, dann dauerte es nicht sehr lange, bis die Quelle des Ärgers beseitigt war – was sie höchstpersönlich erledigte. Dies war der entscheidende Grund gewesen, warum Sally Roebuck sich ausgerechnet bei ihr verdungen hatte. Bei Mama Joe war eine Hure wie sie sicher, und sie hatte auch noch nie mit einem ihrer Kunden Ärger gehabt, egal, wie betrunken er auch gewesen war.
Bis jetzt.
»Nein! Das tue ich nicht!« stieß Sally hervor und schlug die

Hand des dickleibigen Flußschiffers zur Seite, der sich Jonas Duckworth nannte. Sie hatte ihn im Schankraum angesprochen, den Preis ausgehandelt und ihn dann in eine der drei winzigen Kammern geführt, in denen es noch nicht einmal ein Bett gab. Auf dem festgestampften Lehmboden waren nur ein paar verlauste Decken ausgebreitet. Mehr konnten die Männer für die paar Pennies, die sie für die schnelle Befriedigung ihrer Lüste bezahlten, auch nicht erwarten. Und wenn dieser vollbärtige, stinkende Fettwanst glaubte, sie würde mehr tun als ihr Kleid hochschlagen, dann würde er Mama Joe kennenlernen.
»Zier dich nicht, verdammtes Flittchen!« fluchte Jonas Duckworth. »Los, runter mit dem Fetzen. Ich will dich ohne alles! Ich hab' bezahlt!«
»Aber nicht dafür! Ich zieh' mich nicht aus, kapiert? Nie!« erwiderte sie heftig und versuchte sich vergeblich von seinem brutalen Griff zu befreien.
»Du ziehst dich nicht aus? Nie? Das werden wir ja sehen!« stieß er wütend hervor und warf sie zu Boden.
Sally schlug mit dem Kopf auf den harten Boden und war einen Augenblick benommen. Doch die Schleier wichen sofort von ihren Augen, als sie die schwielige Hand des klotzigen Flußschiffers auf ihren Brüsten spürte. Sie wehrte sich und schlug um sich, als er ihr nun in den Ausschnitt griff und das Vorderteil ihres Kleides auffetzte. Der Stoff riß wie Papier, und er lachte höhnisch auf, als nackte Haut darunter zum Vorschein kam.
»Na also! Jetzt kommen wir der Sache ja schon langsam näher!« keuchte er, während er sie mit einer Hand gegen den Boden preßte und mit der anderen das Kleid ganz aufzureißen versuchte.
Sally schrie nach Mama Joe.
Im nächsten Augenblick flog die Brettertür unter einem derben Fußtritt auf, und die massige Gestalt der Spelunkenbesitzerin füllte die Tür aus.
»Finger weg von dem Mädchen!« befahl sie, und ihre Stimme klang so drohend wie das Grollen eines Vulkans.

»Verschwinde, alte Vettel!« erwiderte Jonas Duckworth, ohne sich zur Tür umzudrehen. »Ich hab' bezahlt und werde mir holen, was mir zusteht!«
»Ich werd' dir zeigen, was dir zusteht!« stieß Mama Joe hervor und schwang den Schlagstock, mit dem sie so gut umzugehen verstand wie ein ausgezeichneter Fechter mit seinem Degen.
Jonas Duckworth schrie vor Schmerz und Überraschung auf, als der Knüppel auf seinen Rücken niedersauste. Er ließ augenblicklich von Sally ab, wirbelte herum und sprang auf. Er wollte sich auf die Wirtin stürzen, doch da traf ihn der Schlagstock mit voller Wucht auf den rechten Oberarm. Tränen schossen ihm in die blutunterlaufenen Augen. Er wankte gegen die Wand der Lehmhütte. Sein Arm war kraftlos, wie gelähmt, und er wußte, daß er mit ihm diese Nacht keinen Schlag mehr austeilen würde.
»Was ist, Skipper? Hast du genug, oder willst du auf dein anderes Patschhändchen auch noch 'nen Klaps von Mama Joe haben?« höhnte sie.
»Du verdammte Pestbeule!« keuchte Jonas Duckworth.
»Er hat mir das Kleid zerfetzt!« jammerte Sally.
»Er wird dafür bezahlen!«
»Den Teufel werd' ich!«
Der Schlagstock knallte keine Handbreit neben dem Kopf des Flußschiffers an die Wand. Kleine Lehmbrocken lösten sich und rieselten herab. »Und ob du zahlen wirst, Skipper!« fauchte die Wirtin.
Jonas Duckworth starrte sie wutentbrannt an, erkannte jedoch, daß er ihr nicht gewachsen war. Und so griff er in die Tasche seines vielfach geflickten, speckigen Steuermannsrocks und warf Sally ein paar Pennies zu. »Die Pest über euch dreckiges Hurengesindel!«
»Mach, daß du rauskommst! Und beeil dich, sonst bring' ich dir noch das Laufen bei!« Mama Joe trat von der Tür zurück.
Sich den schmerzenden Oberarm haltend, kam der Flußschiffer aus der Kammer. Ein kurzer Gang verband die Zimmer der Huren mit dem Schankraum, in dem es wie jede Nacht hoch her-

ging. Gut zwei Dutzend Männer drängten sich in der dreckigen, verräucherten Rum-Spelunke, und kaum einer war noch richtig nüchtern. Lautes Gejohle und Gelächter erfüllte den niedrigen Raum, in dem es durchdringend nach Schweiß, Tabak und scharfem Branntwein roch.

Mama Joe schlug die zerfledderten Säcke zurück, die als Vorhang zwischen Schankraum und Gang dienten. »Laß dich hier nicht wieder blicken!«

Jonas Duckworth drückte sich an ihr vorbei und war froh, daß ihnen kaum jemand Beachtung schenkte. Er verstand überhaupt nicht, wie sie bei diesem Lärm den Schrei des Mädchens hatte hören können. Aber sei's drum.

»Wir werden uns wiedersehen!« fühlte sich der klobige, dickleibige Flußschiffer zu einer Drohung verpflichtet. »So billig kommst du nicht davon, da kannst du Gift drauf nehmen!«

Mama Joe spuckte verächtlich aus. »Komm nur wieder, wenn du dir alle Knochen im Leib brechen lassen willst, Fettwanst! Mir soll's recht sein!«

Ein mittelgroßer, kräftiger Mann mit einem tätowierten Drachen auf der nackten Brust löste sich aus einer Gruppe Zecher und kam zu Duckworth und Mama Joe herüber. Er hatte den breitbeinigen Gang eines Seemannes. Seine sehnige Hand lag auf dem geschnitzten Griff des Messers, das er vorn an der linken Hüfte trug. Es war Nick Slayton, Jonas Duckworth' Bootsmann.

»Ist was, Captain?« fragte er und warf Mama Joe einen Blick aus schmalen Augen zu.

»Verschwindet! Beide!« befahl die Wirtin.

»Dreckiges Gesindel!« fluchte der Flußschiffer und bedeutete seinem Bootsmann mit einer Kopfbewegung, ihm zu folgen. Wütend stapfte er auf den Ausgang zu. »Je eher wir aus diesem stinkenden Rattenloch raus sind, desto besser.«

»Was ist denn passiert, Captain?« wollte Nick Slayton wissen, als sie draußen auf der staubigen Straße standen.

»Verdammt noch mal, was soll schon groß passiert sein!« brauste der Flußschiffer auf. »Dieses Dreckstück, das mich da abgeschleppt hat, hat mich erst heiß gemacht und sich dann wie 'ne prüde Jungfer aus 'nem feinen Mädchenpensionat geziert, und da hat es eben Stunk mit der Alten gegeben!«

Nick Slayton warf ihm einen schadenfrohen Blick zu, passierte es doch nicht alle Tage, daß jemand dem herrischen Captain Duckworth nicht nur die Stirn zu bieten wagte, sondern auch noch als Sieger aus einem Streit mit ihm hervorging. »Sie haben 'ne Menge Pech in letzter Zeit, will mir scheinen«, stichelte er.

»Halt das Maul, Mann!« blaffte Duckworth ihn an.

Nick Slayton gab nicht viel darauf. Er wußte, daß er der beste Mann auf der ENTERPRISE war und der Captain es sich gar nicht leisten konnte, ihn von Bord zu schicken. Er genoß gewisse Privilegien, war er doch der einzige, den Jonas Duckworth ins Vertrauen zog und mit dem er sich besprach, wenn es irgendwelche Probleme gab.

»Wissen Sie auch, daß Sie in letzter Zeit verdammt gereizt sind, Captain?«

»So?« brummte dieser.

»Ja, seit Jessica Brading Ihnen 'nen Strich durch die Rechnung gemacht hat«, sagte Nick Slayton.

»Lächerlich! Dummes Gewäsch, was du da von dir gibst!« schnaubte der Flußschiffer und schob das Kinn aggressiv vor, als wollte er sich im nächsten Moment auf Nick stürzen, um seiner ohnmächtigen Wut Luft zu machen.

»Gehen wir noch irgendwo einen trinken?«

»Nein! Wir kehren aufs Schiff zurück!« bestimmte Duckworth.

Nick Slayton zuckte gleichgültig die Achseln. »Ganz wie Sie meinen, Captain.«

Während sie die Rocks durchquerten und zur Anlegestelle der ENTERPRISE im Hafen hinuntergingen, hüllte sich Jonas Duckworth in ein düsteres Schweigen, was in einem krassen Gegensatz zu seiner sonst doch so lauten, schwatzhaften Art stand.

Jonas Duckworth' Schaluppe war genauso plump und ungepflegt wie ihr Besitzer. Das Deck war verdreckt, Tauwerk lag

unordentlich herum, und die Segel glichen mehr einem Haufen Lumpen, die zum Verbrennen bestimmt waren.
»Komm mit in meine Kajüte!« befahl Duckworth und stolperte den Niedergang hinunter. »Wir trinken da noch was.«
Nick Slayton grinste, während er ihm folgte. Er wußte, daß sein Captain noch mit ihm reden wollte, und er wäre jede Wette eingegangen, daß Jessica Brading das Thema sein würde.
Der Bootsmann hätte die Wette gewonnen.
Kaum hatte Jonas Duckworth eine Lampe in der Achterkabine entzündet, zwei Becher mit Branntwein aus der bauchigen Korbflasche gefüllt und sich in seinen Lehnstuhl gesetzt, als er auch schon begann: »Der Teufel soll mich holen, wenn Jessica Brading mir 'nen Strich durch die Rechnung gemacht hat!«
Nick Slayton hob die Augenbrauen. »Hat sie das denn nicht, Captain?«
»Sie versucht es! Aber sie wird es nicht schaffen!«
Der Bootsmann nahm einen kräftigen Schluck. Die ENTERPRISE gehörte zu den wenigen Booten, die die Siedler am Hawkesbury River mit allen möglichen Waren versorgten und auch den Abtransport der Ernte zu den großen Siedlungen wie Parramatta oder Sydney besorgten. Da das Siedlungsgebiet am Hawkesbury quasi in der Wildnis und mit dem Ochsenkarren mindestens zwei Tagesreisen von Sydney entfernt lag, waren die Farmer dort auf die Flußschiffer angewiesen – auch Jessica Brading, die seit dem gewaltsamen Tod ihres Mannes nun Besitzerin von SEVEN HILLS war, mit über 3000 Acres Land eine der größten und auch ertragreichsten Farmen der Sträflingskolonie.
Jahrelang hatte SEVEN HILLS seine Ernte mit der ENTERPRISE nach Sydney transportieren lassen. Bis Jonas Duckworth dann vor ein paar Monaten in seiner Raffgier auf die zweifelhafte Idee verfallen war, die Frachtraten für einen Buschel Getreide von einem Shilling und einen Penny sprunghaft auf einen Shilling und Sixpence zu erhöhen. Jonas Duckworth hatte sich mit den anderen Flußschiffern abgesprochen und geglaubt, die Farmer in der Hand zu haben und auspressen zu können, auch Jes-

sica Brading. Doch die hatte sich nicht zähneknirschend wie die anderen Farmer mit den neuen Preisen abgefunden, sondern den Fehdehandschuh aufgenommen und ihm die Zähne gezeigt.

»Ich bin schon der Meinung, daß die Brading Ihnen 'nen Strich durch die Rechnung gemacht hat«, widersprach Nick Slayton nun seinem Captain, »und zwar einen verdammt dicken sogar. Sie ist auf uns nicht mehr angewiesen, wo ihr nun fünfzig Prozent an der COMET gehören. War ein cleverer Schachzug, selber in das Transportgeschäft einzusteigen und sich an 'nem Schiff zu beteiligen. Die COMET ist 'n prächtiger, stolzer Marssegelschoner, und Captain Rourke versteht sein Handwerk.«

Duckworth machte eine unwillige, wegwischende Handbewegung, daß Branntwein aus seinem Becher schwappte. »Patrick Rourke ist ein verdammter Ire und ein Verräter! Aufhängen sollte man den Mistkerl! Aber er wird noch dafür bezahlen, daß er uns in den Rücken gefallen ist!«

»Er hatte Schulden, und Jessica Brading hat ihm offenbar ein Angebot gemacht, das er nicht ausschlagen konnte«, sagte der Bootsmann achselzuckend. »Sicher ist jedoch, daß Sie Ihre hohen Frachtraten nicht mehr halten können, Captain. Es heißt, daß die COMET zum alten Preis Fracht annimmt und schon bald zu ihrer ersten Fahrt den Hawkesbury hinauf aufbrechen wird.«

»Den Teufel werd' ich tun!« schnappte Duckworth. »Ich kriech' doch nicht vor einem verdammten Weibsbild zu Kreuze!«

Nick Slayton dachte an die Szene in Mama Joes Rum-Spelunke, hielt es aber für klüger, seinen Captain nicht noch mehr zu reizen. »Jessica Brading hat 'nen verdammt guten Ruf bei den Siedlern am Hawkesbury«, gab er ruhig zu bedenken. »Die Leute hören auf sie, und wenn Patrick Rourke zum alten Preis segelt, wird sich der eine oder andere Flußschiffer bald genötigt sehen, auch zu den bisherigen Frachtraten zurückzukehren. Wer wird Ihnen dann noch 'nen Shilling und Sixpence zahlen wollen, Captain?«

Duckworth blickte ihn feindselig an. »Das hört sich an, als ständest du auf ihrer Seite, Nick!«
»Ich steh' auf Ihrer Heuerliste, Captain«, gab der Bootsmann ärgerlich zurück, »aber so sind die Dinge nun mal. Jessica Brading hat das Tauziehen gewonnen, ob es Ihnen nun paßt oder nicht.«
»Noch hat sie gar nichts gewonnen!« stieß Duckworth hervor. Haß sprühte aus seinen Augen, und sein narbiges Gesicht, das von einem wildzerzausten schwarzen Vollbart umrahmt wurde, verzerrte sich. Nie würde er es ihr verzeihen, daß sie ihn erst monatelang an der Nase herumgeführt und ihn dann durch ihre überraschende Partnerschaft mit Captain Patrick Rourke zum Gespött der anderen Flußschiffer gemacht hatte. »Gut, ihr gehört die Hälfte der COMET, aber so leicht gebe ich mich nicht geschlagen. Ich werde schon Mittel und Wege finden, um ihr zu zeigen, daß es nicht ratsam ist, sich mit Jonas Duckworth anzulegen!«
»Und wie soll das geschehen?« wollte der Bootsmann wissen.
Duckworth knallte seinen Becher grimmig auf den Tisch. »Keine Sorge, mir wird schon etwas einfallen. Der Sommer hat ja gerade erst begonnen, und es bleibt bis zur Ernte noch Zeit genug, um mit Jessica Brading und Patrick Rourke abzurechnen!«
»Da bin ich aber mal gespannt«, meinte Nick Slayton.
»Rourke will bald zum Hawkesbury aufbrechen, hast du gesagt?« fragte Duckworth mit gefurchter Stirn.
»Ja, schon morgen, wie es heißt.«
»Wir werden vor ihm dasein!« beschloß Jonas Duckworth spontan. »Schmeiß die faule Bande aus den Kojen, Nick! Wir segeln sofort los!«
»Heute nacht schon?« fragte der Bootsmann verwundert. »Ja, aber das ist nicht ungefährlich...«
»Willst du mir Unterricht erteilen, Mann?« fuhr der Captain ihn wütend an. »Ich kenn' die Gewässer wie meine Rocktasche, und der Wind steht günstig. Also beweg dich und hol die versoffene Bande an Deck!«

»Aye, aye, Captain.« Nick Slayton stellte seinen Rumbecher ab und verließ kopfschüttelnd die Kajüte. Jonas Duckworth bezahlte ihn gut. Doch manchmal fragte er sich, ob es nicht besser wäre, wenn er sich ein anderes Schiff suchen würde – und einen anderen Captain, der nicht so unberechenbar und despotisch war wie Jonas Duckworth.

3

Mit einem erstickten Schrei auf den Lippen entfloh Jessica ihrem quälenden Alptraum, richtete sich jäh im Bett auf und starrte mit weit aufgerissenen Augen in die Dunkelheit ihrer Schlafkammer. Die alptraumhaften Bilder verblaßten jedoch schnell, und ihr Atem beruhigte sich.

Ein Blick zum Fenster sagte ihr, daß es kurz vor Sonnenaufgang war. Im Osten zeigte sich am Horizont ein fahles dunkles Grau. Doch auch so hätte es sie nicht länger im Bett gehalten.

Jessica schlug die Decke zurück, streifte das luftige Nachtgewand von den schlanken Schultern und trat an die Waschkommode. Sie goß kühles Wasser aus der Kanne in die große Schüssel und wusch sich den Schweiß ihres von Alpträumen erfüllten Schlafes von Gesicht und Körper. Dann legte sie ein dünnes Mieder an und schlüpfte in ein einfaches Kleid aus flaschengrünem Kattun, das gut zu ihren seegrünen Augen und ihrem blonden Haar paßte, welches ihr in sanften Wellen bis auf die Schultern fiel. Sie bändigte ihre Haarpracht mit einem grünen Band und verließ ihr Zimmer.

Es war noch still im großen Farmhaus am Hawkesbury. Doch es würde nicht mehr lange dauern, bis Lisa Reed, die stämmige Köchin, in ihrem Reich mit Pfannen und Töpfen zu klappern beginnen und das Küchenmädchen, die arme Anne, hin und her scheuchen würde.

Jessicas erster Gang führte sie in das Zimmer ihres sechsjährigen Sohnes Edward. Noch vor Tagen hatten sie auf SEVEN HILLS um sein Leben gebangt, war er doch unten bei der Anlegestelle von einer Giftschlange gebissen worden. Wenn die Vorsehung Mitchell Hamilton an jenem Tag nicht von Parramatta nach SEVEN HILLS und zu Edward an den Fluß hinuntergeführt hätte, läge ihr Sohn jetzt schon dort draußen auf dem kleinen Friedhof neben seinem Vater Steve, der im Februar, vor acht Monaten, das sinnlose Opfer eines Sträflingsaufstandes geworden war.

Edward schlief tief und fest. Zärtlich fuhr sie ihm über das dichte dunkle Haar. Er seufzte wohlig im Schlaf und drehte sich dann auf die Seite, die Beine angezogen und das weiche Kissen an sich gedrückt.

»Schlaf noch, mein Schatz«, flüsterte Jessica voller Zärtlichkeit und Dankbarkeit, daß Gott sein junges Leben verschont hatte.

Jessica schlich auf Zehenspitzen hinaus, öffnete die Tür des angrenzenden Zimmers und überzeugte sich davon, daß auch Victoria, Edwards vierjährige Schwester, noch fest schlummerte.

Ihr Blick fiel auf die Tür am Ende des Ganges. Dahinter lag Mitchell Hamilton im Gästebett. Sie zögerte einen Augenblick. Dann gab sie sich einen Ruck und eilte schnell davon, trat auf die hintere Veranda hinaus und atmete die noch kühle Morgenluft tief ein. In wenigen Stunden, wenn die Sonne hoch am Himmel stand und auf das Land niederbrannte, würde die Luft vor Hitze flirren. Noch einige Wochen, und die Hitze würde auch nachts kaum nachlassen.

Der breite Strom des Hawkesbury River war im Dämmerlicht des jungen Morgens ein dunkles Band, das sich in weiten sanften Schleifen zwischen endlose Ebenen, hohe Eukalyptuswälder und meilenweite Hügelketten gelegt hatte. Der mächtige Strom trug seine Fluten der Küste entgegen, und das leise Rauschen an seinen Ufern war wie ein geheimnisvolles Raunen, als wüßte der Fluß so manch eine Geschichte zu erzählen.

Jessica ging um das Farmhaus herum, das schönste und am besten gebaute am Hawkesbury, das auf der flachen Kuppe des größten der sieben Hügel stand, die dieses Gebiet beherrschten und der Farm auch ihren Namen gegeben hatten. Es war ein langgestrecktes Gebäude, das auf einem massiven Steinfundament ruhte und Wände aus schweren Balken besaß. Die Fugen waren mit Lehm ausgefüllt. An jeder Schmalseite des Hauses

erhob sich ein mächtiger Kamin aus rotgebrannten Backsteinen. Das Haupthaus von Seven Hills konnte sich wahrlich sehen lassen, wenn man es mit den primitiven Behausungen der anderen Siedler verglich, die zumeist aus einem Astgeflecht bestanden, das mit Lehm beworfen war. Auf der Brading-Farm waren sogar die Unterkünfte der freien Arbeiter und der Sträflinge, insgesamt sechsundzwanzig an der Zahl, besser gebaut.
Ihr Blick wanderte über die Äcker, Felder und Weiden, die sich im Licht der aufgehenden Sonne in ein flammendes Meer der Fruchtbarkeit zu verwandeln schienen und weiter reichten, als das Auge von der Anhöhe aus zu schauen vermochte.
Wie sie dieses Land doch liebte – trotz aller Gefahren, die die unberechenbare Natur für die Siedler in diesem entlegenen Landstrich der Kolonie bereit hielt. Es war bei Gott ein noch wildes, kaum gezähmtes Land, in dem nur die Widerstandsfähigsten und Härtesten eine Chance hatten zu bestehen. Doch es war gleichzeitig auch ein Land der Verheißung, wo man sich kraft seiner Hände und seines unbeugsamen Willens etwas aufbauen konnte.
Jessica ging zur nahen Pferdekoppel hinüber, um ihren Liebling Adrian zu begrüßen. Der dreijährige Wallach, dessen rotbraunes Fell im Sonnenlicht seidig glänzte, kam sofort herangaloppiert, als er seine Herrin nahen sah. Er wieherte freudig, als sie ihn liebevoll tätschelte.
»Ich weiß, du brauchst Bewegung, nicht wahr? Einen richtigen Ausritt. Mal sehen, ob ich heute dafür Zeit finde, mein lieber Adrian«, sprach sie zu ihm, und sie deutete sein Nicken und Wiehern als Zustimmung.
Sie wandte sich um, als sie Stimmen hörte, die vom Hof gedämpft zu ihr herüberdrangen. Die kleine Siedlung aus einfachen Unterkünften, die jenseits der zahlreichen Nebengebäude auf der dem Fluß abgekehrten Seite einen Halbkreis bildete, erwachte zum Leben. Männer und Frauen liefen zum Brunnen, und vor den Häusern wurden Feuer entfacht, um Tee zu kochen und Fladenbrot zu backen.
Und dann bemerkte sie die hochgewachsene, schlanke Gestalt,

die gerade von der Veranda des Farmhauses trat und den Pfad durch die Wiesen einschlug, der zu ihr zur Pferdekoppel führte. Es war ein Mann, der rehbraune Reithosen und polierte Stiefel trug, die wie ein Spiegel glänzten.
Sie kniff die Augen zusammen, weil die aufgehende Sonne sie blendete, erkannte ihn im nächsten Moment jedoch schon am Gang. Es war Mitchell Hamilton, der Mann, dem sie soviel verdankte – und der nach sieben Jahren plötzlich wieder in ihr Leben getreten war und wieder Gefühle in ihr geweckt hatte, die sie längst für erstorben geglaubt hatte. Der Mann, der ihr grausames Sträflingslos auf der monatelangen Überfahrt von England nach Australien gelindert hatte, soweit es in seiner Macht stand, und der ihr das Leben gerettet hatte, als das Sträflingsschiff kurz vor dem Ziel an der fremden, unwirtlichen Küste gestrandet war. Und nun verdankte sie ihm auch noch das Leben ihres Sohnes.
Ein versonnenes Lächeln trat auf ihr Gesicht, das nicht in klassischem Sinne schön war, aber dennoch eine Schönheit ausstrahlte, die wenig mit makellosen Gesichtszügen zu tun hatte, sondern mehr von innen kam.
Mitchell hatte sie erreicht. Seine Augen, die von einem durchdringenden Blau waren, ohne jedoch eine Spur von Kälte zu haben, ruhten bewundernd auf ihr. »Kein junger Morgen kann so strahlend schön sein wie du, Jessica«, sagte er zärtlich. »Die Sonne sollte bei deinem Anblick ihr Haupt verhüllen vor Neid.«
Jessica errötete. »Mitchell, sag so etwas nicht.«
»Warum nicht? Darf man die Wahrheit nicht mehr aussprechen?«
»Du machst mich verlegen.«
»Dann wird es Zeit, daß du dich daran gewöhnst«, sagte er und lächelte sie an.
»So früh schon auf den Beinen?« wechselte sie das Thema.
»Du warst schon früher auf, Jessica.«
»Du hast mich gehört? Ich wollte dich nicht wecken. Ich dachte, ich wäre so leise gewesen. Es tut mir leid.«

»Nein, du hast mich nicht geweckt. Ich hatte es irgendwie im Gefühl.«
»Ich hab' schlecht geschlafen«, sagte sie.
»Wieder diese Alpträume?«
Jessica nickte. »Manchmal denke ich, ich werde sie mein Leben lang nicht los«, sagte sie leise. »Dabei sind seit jenen Ereignissen schon über sieben Jahre vergangen. Doch ich träume immer wieder davon... von der Auspeitschung und was danach geschah, in der Kabine des Offiziers.«
Mitchell berührte sie sanft am Arm. »Ich wünschte, ich könnte dir helfen, diese Zeit endgültig zu vergessen.«
»Du hast schon so viel für mich getan, Mitchell.«
»Aber längst nicht genug«, sagte er eindringlich.
»Ich weiß«, sagte sie leise.
»Aber du weichst mir immer wieder aus, Jessica. Drei Tage bin ich nun schon auf SEVEN HILLS, und es waren schöne Tage, aber du hast es immer so einzurichten verstanden, daß wir kaum einmal Zeit für uns allein hatten«, sagte er mit sanftem Vorwurf in der Stimme.
»Wir hatten viel Arbeit«, wich Jessica aus und stieß sich vom Zaun ab. »Die Schafe mußten geschoren werden, und das Bewässerungssystem für die Felder ist noch längst nicht so, wie es sein muß. Wir werden einen heißen Sommer bekommen, und ich möchte nicht, daß uns das Getreide auf dem Halm verdorrt, wenn Monat für Monat kein Tropfen Regen fällt.«
Mitchell Hamilton machte eine unwillige Handbewegung. »Du brauchst mir nicht zu erzählen, wieviel Arbeiten auf einer so großen Farm anfallen, Jessica. Aber das hat doch nichts mit uns zu tun, und das weißt du ganz genau. Du hast sie nur vorgeschoben, um mir auszuweichen! Nicht einen Abend waren wir allein. Immer war dieser Ire mit am Tisch...«
»Ian McIntosh ist nicht irgendein Ire!« fiel Jessica ihm ins Wort. »Er ist Verwalter von SEVEN HILLS und ein Mann, der mein uneingeschränktes Vertrauen genießt.«
»Gut, aber ausgewichen bist du! Dabei hätte ich mir nichts sehnlicher gewünscht, als mit dir allein zu sein – endlich, nach

all den langen Jahren, in denen ich dich verheiratet wußte und nicht wagte, mich dir auch nur zu zeigen. Verstehst du das denn nicht?«

Jessica blieb stehen und blickte ihn ernst an. »Ja, damit magst du recht haben. Ich bin dir vielleicht ausgewichen, aber das hat seinen guten Grund, Mitchell.«

Er ergriff ihre Hand. »Sei ehrlich, hat es irgend etwas mit diesem... Mister McIntosh zu tun?« fragte er beunruhigt.

»Mit Ian?« fragte sie verblüfft zurück.

»Mir ist nicht entgangen, daß er mich nicht gern hier auf der Farm sieht.«

»Mitchell! Das bildest du dir bloß ein.«

»O nein! Mir sind die Blicke, die er dir manchmal zuwirft, wenn er sich unbeobachtet fühlt, nicht entgangen, Jessica«, sagte er heftig. »Und das sind Blicke eines Mannes, der einer Frau mehr als nur Respekt oder Sympathie entgegenbringt. Sag es, wenn er mehr als nur dein... uneingeschränktes Vertrauen genießt!«

Jessica wußte im ersten Moment nicht, was sie darauf erwidern sollte. Mitchell war nicht der erste, der sie darauf aufmerksam machte. Sie selbst mochte auch nicht ausschließen, daß Ian nach all den Jahren, die sie nun schon zusammen die Geschicke von SEVEN HILLS lenkten, eine tiefe Zuneigung für sie empfand. Doch daß er eifersüchtig auf Mitchell sein sollte, nein, das konnte sie nicht glauben.

»Ian ist ein überaus tüchtiger Verwalter und mein Freund, wie er auch schon mein Freund war, als mein Mann noch lebte, Mitchell«, antwortete sie schließlich mit Nachdruck. »Es besteht überhaupt kein Grund für dich, auf ihn eifersüchtig zu sein und ihm irgendwie mit Argwohn oder gar Mißgunst zu begegnen.«

Er seufzte, und sein sonnengebräuntes Gesicht, das fast so dunkel war wie sein tiefbraunes Haar, entspannte sich. »Entschuldige, daß ich dir diese Frage überhaupt gestellt habe, aber ich... ich liebe dich, Jessica, das weißt du, und ich kann nun mal nicht aus meiner Haut.«

Jessica lächelte. »Ja, ich weiß ... und ebensowenig kann ich aus meiner Haut, Mitchell.«

»Aber du hast mir gesagt, daß auch du mich liebst ... mich tief in deinem Innern all die Jahre geliebt und mich nie vergessen hast! Warum also fällt es dir so schwer, mit mir einen neuen Anfang zu machen?« drang er in sie.

»Tun wir das denn nicht?« fragte sie zurück. »Haben wir nicht schon drei Tage zusammen verbracht – wenn auch nicht allein?«

»Das meine ich nicht!«

Sie nahm seine Hand. »Ich will ganz offen zu dir sein, Mitchell. Ja, es stimmt, du bist mir wahrhaftig nicht gleichgültig, und als das Schicksal uns damals trennte, war ich mir sicher, daß ich dich liebte. Doch dann trennten sich unsere Wege, und Steve Brading, ein freier Siedler wie du, bewahrte mich vor dem Strick, heiratete mich und gab mir mehr als nur ein neues Zuhause. Er gab mir sechs Jahre lang, von denen ich nicht einen Tag bereue, seine Art von Liebe, schenkte mir seine Kinder, lehrte mich dieses wunderbare wilde Land zu lieben und zu fürchten und hinterließ mir bei seinem schrecklichen Tod sein Lebenswerk – SEVEN HILLS.«

»Das weiß ich schon lange«, sagte Mitchell niedergeschlagen.

Jessica schüttelte den Kopf. Sie hielt noch immer seine Hand. »Du magst die nackten Tatsachen kennen, aber was sie für mich bedeuten, das hast du noch immer nicht verstanden.«

»Du bist frei, Jessica! Du bist kein Sträfling mehr und du ...«, er zögerte kurz, »du bist nicht mehr die Frau eines anderen Mannes. Solange du verheiratet warst, bin ich nie in deine Nähe gekommen, Jessica! So schmerzlich es für mich auch war, aber ich habe mir jeden Kontakt mit dir versagt, weil ich die Wunden nicht tiefer reißen wollte – für keinen von uns. Doch nun ist alles anders.«

»Frei! Mein Gott, was heißt das schon? Wer ist denn wirklich frei? Die Erfahrungen, die wir gemacht und die uns geprägt haben, können einen genauso unfrei machen wie Eisenketten und Kerkergitter!« erwiderte sie temperamentvoll. »Ich bin einfach

nicht mehr das achtzehnjährige Mädchen, in das du dich auf der TRADEWIND verliebt hast. Die sieben Jahre sind nicht spurlos an mir vorübergegangen, Mitchell! Begreife das doch endlich! Ich habe mich bestimmt mehr verändert in den Jahren als du und bin Mutter von zwei Kindern. Viele Illusionen und Träume meiner Jugend habe ich verloren, dafür aber andere gewonnen. Und nun bist du plötzlich wieder in mein Leben getreten, Mitchell. Verstehst du denn nicht, daß ich jetzt verwirrt, verstört, glücklich, mißtrauisch und voller Lebensüberschwang bin – und zwar alles zugleich?«
»Alles zugleich?« wiederholte er verständnislos.
»O ja!« versicherte sie. »Daß sich zwischen uns nichts verändert haben soll, macht mich unglaublich glücklich – aber auch mißtrauisch gegenüber meinen eigenen Gefühlen. Ich frage mich immer wieder, wieso sich denn nichts geändert haben soll. Und ganz besonders quält mich die Frage, ob ich nicht Dankbarkeit mit Liebe verwechsle.«
Er sah sie betroffen an. »Dankbarkeit? Wie kannst du so etwas sagen!«
»Weil ich uns beide vor einem womöglich schrecklichen Irrtum bewahren möchte!« erklärte Jessica. »Du hast mir zweimal das Leben gerettet: beim Schiffbruch und später beim Marsch durch die Wildnis. Und nun verdanke ich dir auch noch das Leben meines Sohnes. Soviel Dankbarkeit kann zu einer Belastung werden, wenn es darum geht, sich selbst zu ergründen und festzustellen, welche Art von Gefühlen man dem Mann, dem man all das verdankt, nun entgegenbringt... Liebe oder Dankbarkeit.«
Er schwieg bestürzt, und das Blut war aus seinem Gesicht gewichen. Langsam entzog er ihr seine Hand. Schließlich sagte er mit belegter Stimme: »Du meinst also, es könnte reine Dankbarkeit sein, was du für mich empfindest, ja?«
Jessica unterdrückte einen Seufzer. »Das habe ich nicht gesagt. Ich wollte dir nur zu verstehen geben, daß es unserer Beziehung in diesem Stadium eher schaden als nützen kann, wenn du mich bedrängst und von mir eine Entscheidung verlangst,

die ich zu diesem Zeitpunkt einfach nicht treffen kann. Warum fällt es dir so schwer, den Dingen erst einmal ihren Lauf zu lassen und abzuwarten, was uns die Zukunft bringt?«

Er verzog das Gesicht. »Weil ich jetzt sechsunddreißig bin, Jessica, und es mir einfach verdammt schwerfällt, den Dingen ihren Lauf zu lassen, wie du sagst, wenn es sich dabei um dich handelt! Ich will dich nicht noch einmal verlieren!« beschwor er sie.

»Aber mit Gewalt kannst du mich erst recht nicht gewinnen«, hielt sie ihm ohne Schärfe in der Stimme vor. Sie fühlte sich eher bedrückt. »Du wirst mir schon Zeit lassen müssen. Das habe ich dir gleich gesagt.«

Mitchells kräftige Schultern sackten in einer Geste der Resignation herab. »Ja, damit werde ich mich wohl abfinden müssen, auch wenn ich mir heute, am Tag meiner Abreise, eine andere Antwort von dir erhofft hatte.«

»Du kehrst nach Parramatta zurück?« fragte sie überrascht und sah ihn mit offener Enttäuschung an.

Er lächelte, als er ihr Gesicht sah. »Solange du mich so anschaust, werde ich immer noch Grund zur Hoffnung haben, dich eines Tages als meine Frau und Mutter meiner Kinder an meiner Seite zu haben. Ja, ich reite heute zurück. Ich bin jetzt vier Tage von Mirra Booka fort, und das ist eine lange Zeit, wenn man keinen Verwalter auf der Farm hat.«

»Aber du hast doch John Hawkley, deinen Partner«, wandte Jessica ein.

»John geht es in letzter Zeit nicht gut. Er hat die Gicht in den Knochen. Manchmal kommt er tagelang nicht aus dem Rollstuhl. Nein, so schwer er früher auch geschuftet hat, jetzt ruht die Arbeit auf meinen Schultern.«

»Es tut mir leid, das zu hören«, sagte Jessica mehr aus Höflichkeit denn aus echter Anteilnahme. Zwischen ihr und dem freien Siedler Hawkley hatte vom ersten Moment ihrer Begegnung an keine Zuneigung bestanden. Für Hawkley war sie immer nur ein rechtloser Sträfling gewesen, und es hatte ihn nie interessiert, ob sie wirklich ein Verbrechen begangen hatte und zu Recht verbannt worden war oder nicht. Ihm war es einzig und allein darum gegangen, Mitchell vor dem »Makel« zu bewahren, mit einer angeblichen Verbrecherin eine Verbindung einzugehen und zu verhindern, daß ihn die hochnäsige Gesellschaft der freien Siedler und Offiziere deswegen schnitt. Sie würde John Hawkley nie verzeihen, daß er sie damals im Gefängnis von Sydney erpreßt und ihr das Versprechen abgerungen hatte, nie wieder mit seinem Schützling Mitchell Hamilton in Kontakt zu treten – und auch nie ein Wort darüber zu verlieren. Sie hatte sich an beides gehalten, an letzteres sogar bis zu diesem Tag.

»Ja, es ist traurig, das mitansehen zu müssen«, sagte Mitchell, dem ihre fast teilnahmslose Antwort nicht aufgefallen war. »Aber sprechen wir nicht von Dingen, die zu ändern nicht in unserer Macht stehen, Jessica.«

»Es gibt vieles, was man meint, nicht ändern zu können, bevor man es nicht versucht hat«, erwiderte sie versonnen, mit Blick auf den Fluß, der im Sonnenlicht glitzerte.

»Hast du da etwas Konkretes im Sinn?« fragte er mit einem spöttischen Lächeln.

Jessica fühlte sich plötzlich an Edward erinnert. So ähnlich wie Mitchell jetzt schaute er drein, wenn es mal nicht nach seinem Kopf ging und er nicht bekam, was er wollte. Eine Mischung aus Grollen und Schmollen. Und als ihr das durch den Kopf ging, konnte sie ein herzhaftes Lachen auch beim besten Willen nicht unterdrücken.

Eine steile Furche schnitt durch Mitchells Stirn. »Kannst du mir mal verraten, was du so lustig findest?« fragte er grimmig. »Mir ist absolut nicht bewußt, daß ich einen Scherz gemacht hätte.«

Jessica riß sich zusammen, fuhr sich über die Augen und hatte immer noch ein Lächeln auf dem Gesicht, als sie ihn zu beruhigen versuchte. »Ach, Mitchell, ich habe dich doch nicht ausgelacht. Du müßtest doch längst wissen, daß ich so etwas nie tun würde. Dafür gäbe es auch keinen Grund. Aber...«

»Aber was?« fragte er brummig.

»Nun, du sahst einfach so enttäuscht aus wie Edward, wenn ich ihm sage, daß es nun endgültig Zeit ist, ins Bett zu gehen«, sagte sie ganz offen. »Manchmal will er unbedingt noch länger aufbleiben, obwohl er gar nichts davon hat und ihm der Schlaf schon in den Augen steht. Aber er will einfach seinen Kopf durchsetzen und sich nicht auf morgen vertrösten lassen. Und genauso hast du gerade ausgesehen.«

»Wie ein kleiner Junge.«

Sie lächelte ihn an und nickte. »Ja, wie ein kleiner, trotziger Junge, der alles gleich heute haben möchte und nicht bis morgen warten kann.«

Mitchell schwieg einen Augenblick.

Dann verscheuchte ein Lächeln den strengen Ausdruck von seinem Gesicht, und er lachte kurz auf. »Wie schaffst du es nur, mir so etwas zu sagen, ohne daß ich dir deshalb böse bin?« fragte er kopfschüttelnd.

»Vielleicht bist du eben doch kein kleiner, trotziger Junge mehr, der mit der Welt hadert, wenn es mal nicht nach seinem Kopf geht«, sagte sie liebevoll.

»Sondern?«

Sie zögerte einen Augenblick. Und als sie ihm schließlich eine Antwort gab, war ihre Stimme seidenweich wie der Hauch eines zaghaften Kusses. »Sondern ein attraktiver, wunderbarer Mann mit viel Zärtlichkeit und Wärme, der nur noch nicht weiß, daß wahre Liebe jede Zeit des Wartens und jedes Hindernis der Skepsis überwindet.«

Mitchell sah sie überrascht an, dann nickte er nachdrücklich. »Du hast vollkommen recht, Jessica. Es war dumm von mir, dich derart zu bedrängen. Verzeih mir. Ich werde in Zukunft versuchen, meine... kindliche Ungeduld etwas zu bezähmen und darauf zu vertrauen, daß du Liebe statt Dankbarkeit für mich hegst und von dir aus zu mir findest, meine liebste Jessica.«

Jessica hoffte im stillen, daß er sich von nun an auch an seinen guten Vorsatz hielt und ihnen beiden Zeit ließ, Klarheit in ihre Beziehung zu bekommen. Sie ging jedoch nicht mehr darauf ein, sondern beließ es bei einem zustimmenden Nicken, hatte sie ihm an diesem Morgen doch schon genug vorgehalten, was Mitchell erst einmal verdauen mußte.

»Schade, daß du heute schon zurück mußt. Ich hatte gehofft, du würdest noch ein paar Tage bleiben ... zumindest bis zum Eintreffen der COMET«, sagte sie und gab dem Gespräch damit eine neue Wendung, die sie aus den unsicheren Gewässern ihrer Gefühle an vertraute Küsten brachte.

»Erwartest du dein Schiff schon so bald?«

»Captain Rourke kann jeden Tag hier auftauchen.«

»Jessica Brading – Schiffseignerin! Du hast wahrlich Mut, das muß man dir lassen.«

Jessica schmunzelte. »Es ist nur ein kleiner, wenn auch schmucker Schoner, Mitchell. Und ich halte auch nur fünfzig Prozent an ihm. Außerdem gehörte zu diesem Entschluß nicht eine Messerspitze Mut.«

»Das sehe ich aber anders.«

»Die meisten Farmer hier haben es auch anders gesehen«, antwortete Jessica, und ihre Stimme hatte nun einen harten, engagierten Tonfall angenommen. »Sie reden nur deshalb von Mut, weil ich eine Frau bin und es gewagt habe, einem Mann wie Jonas Duckworth eine Abfuhr zu erteilen und ihm Konkurrenz zu machen. Hätte ein Mann an meiner Stelle dieselbe Entscheidung getroffen, hätte man statt von Mut von Tüchtigkeit und Geschäftssinn gesprochen. Einer Frau billigt man diese Eigenschaft nicht zu. Da spricht man dann lieber von Mut, während man in Wirklichkeit Voreiligkeit, Unbesonnenheit und Überspanntheit meint.«

»Du hast recht«, räumte er leicht widerstrebend ein. »Daß du eine Frau bist, macht schon einen Unterschied.«

»Und keinen zu geringen!«

Er fühlte sich offenbar persönlich angegriffen, denn er hielt ihr recht defensiv entgegen: »Was erwartest du? Es ist nun mal nicht gewöhnlich, daß eine Frau eine so große Farm leitet ... ich meine, daß sie aktiv bei der Bewirtschaftung eingreift und Entscheidungen trifft – und sich dann auch noch als Miteignerin eines Schoners in ein völlig anders geartetes geschäftliches Abenteuer stürzt.«

Bei dem Wort »Abenteuer« zuckte es um ihren Mund. Mitchell merkte vermutlich gar nicht, wie sehr auch er noch dem traditionellen männlichen Denken verhaftet war. »Von Abenteuer kann gar keine Rede sein. Bei näherer Betrachtung der Situation und der zukünftigen Entwicklung hier am Hawkesbury ist mir überhaupt keine andere Wahl geblieben. SEVEN HILLS ist jetzt schon zu groß, um es sich erlauben zu können, von der Gnade oder Ungnade irgendeines Flußschiffers abhängig zu sein. Die skrupellose Preisabsprache dieser Halsabschneider war eine Warnung, und eigentlich muß ich Jonas Duckworth dankbar dafür sein, daß er mir die Augen geöffnet und mich mit der Nase auf etwas gestoßen hat, dem ich bis dahin kaum Beachtung geschenkt hatte, das aber von entscheidender Bedeutung für uns Farmer fern der großen Siedlungen und Städte ist – nämlich der Transport. Wenn wir die Ernte eingefahren haben, muß der Teil, der zum Verkauf bestimmt ist, schnellstens nach Parramatta und Sydney gelangen. Du weißt selbst, daß derjenige, der zu spät anliefert, erhebliche finanzielle Einbußen in Kauf nehmen muß. Ein schneller, sicherer und kostengerechter Transport ist daher unerläßlich. Zumal es noch so viele andere Dinge gibt, die uns Farmern zu schaffen machen.«

Mitchell nickte und sagte grimmig: »Ja, da hast du leider recht. Wer sich mit den Rum-Offizieren, diesem Lumpenpack, nicht gut stellt, hat einen schweren Stand. Es ist wirklich ein Skandal, daß sie auch die regierungseigenen Kornspeicher verwalten und bestimmen, zu welchem Preis von welchem Farmer Getreide aufgekauft wird! Als ob sie mit ihrem verfluchten Rum-Monopol nicht schon genug Geld in die eigenen Taschen scheffelten!«

Jessica seufzte. »Skandale gibt es schon so viele, daß sich jeder daran gewöhnt zu haben scheint – und daran, daß Gouverneur Bligh der Macht des Rum-Corps offenbar auch nicht gewachsen ist.«

»Er tut sein Bestes«, widersprach Mitchell, der ein glühender Anhänger des Gouverneurs war und die Hoffnung auf einen grundlegenden politischen Umschwung noch immer nicht aufgegeben hatte. »Und er ist hartnäckig.«
Jessica warf ihm einen skeptischen Blick zu. »Er ist angetreten mit dem festen Vorsatz, das Rum-Monopol zu brechen und die Macht der Offiziere zu beschneiden. Nichts davon ist ihm bisher gelungen, Mitchell. Die Clique um MacArthur regiert noch immer die Kolonie – egal, was Bligh auch unternimmt. Und daran wird sich auch so lange nichts ändern, bis nicht das korrupte New South Wales Corps durch reguläre Truppen ersetzt ist. Bis das nicht geschehen ist, kann auch ein Mann wie Bligh hier nichts verändern. Ich sage dir, er ist zum Scheitern verurteilt, wenn London nicht bald kampferprobte Soldaten nach New South Wales schickt.«
»Ich hoffe, du behältst nicht recht«, meinte Mitchell und lenkte seine Schritte in Richtung Stallungen.
Jessica verstand, was das zu bedeuten hatte. »Du hast nicht vor, mit uns zu frühstücken, Mitchell?«
»Nein, ich reite sofort los. Du weißt, wie schnell es heiß wird, und ich möchte die kühlen Stunden nutzen«, antwortete er und fügte dann mit einem bissigen Unterton hinzu: »Ich nehme an, Mister McIntosh wird dies eher zu schätzen wissen.«
Jessica hob die Augenbrauen. »Spielst du wieder den kleinen, schmollenden Jungen?« neckte sie ihn.
Er lachte. »Es ist nicht leicht, erwachsen zu werden«, ging er auf ihren leichten Tonfall ein. »Und noch schwerer ist es, verliebt zu sein und sich dabei nicht zum Narren zu machen.«
»Versuch es mal mit harter Arbeit auf der Farm.«
»Genau das habe ich auch vorgehabt, Jessica. Ich werde den blökenden Schafen mein Herz ausschütten und statt dich Heuballen umarmen«, spottete er, wurde dann aber ernst. »Sag, wann wirst du mich auf MIRRA BOOKA besuchen kommen, Jessica? Du hast es mir versprochen.«
»Ja, das habe ich, und ich werde auch kommen, wenn ich die Zeit dazu finde.«

»Wir sehen uns also bald wieder?« fragte er beschwörend und sah ihr in die Augen.
»Ja, Mitchell«, versicherte Jessica mit einem zärtlichen Lächeln, und ihre Stimme war unwillkürlich zu einem Flüstern herabgesunken. »Wir sehen uns bald. Ganz bestimmt!«

4

»Wäre gut, wenn ich heute sechs Mann unten am Fluß haben könnte, Mister McIntosh«, sagte William Howard, einer der zuverlässigsten Arbeiter auf SEVEN HILLS, und fingerte an seinem ausgefransten Strohhut herum. »Wird 'n hartes Stück Arbeit werden, wie ich das so sehe. Aber wenn Sie die Männer heute entbehren können, krieg' ich's heute hin. Da haben Sie mein Wort drauf, Mister McIntosh.«

»Schon gut, du kannst die Männer haben«, brummte Ian McIntosh und schaute zu den Pferdestallungen hinüber, wo er gerade Jessica und Mitchell entdeckt hatte. »Sag dem alten Baker Bescheid, daß er dir sein Arbeitskommando für heute überläßt, bis du mit der Fähre fertig bist.«

William Howard strahlte über das faltige, von Furchen durchzogene Gesicht und stülpte sich den Strohhut auf. »Ich werd' mich auch beeilen.«

»Das weiß ich«, brummte Ian.

»Ich sag' Bescheid, wenn es soweit ist, Mister McIntosh!« versprach William Howard eifrig und eilte davon, um den alten Baker zu suchen, der kaum erfreut sein würde, daß die Ausbesserung der Zäune noch etwas warten mußte.

Der Verwalter hatte nur mit einem Ohr zugehört. Er ging nun über den Hof, stopfte sich dabei das lockere Hemd in die derbe Hose und schloß seinen Ledergürtel um ein Loch enger. Im Schatten des Vordaches blieb er stehen, ein großer, kräftiger Mann von achtunddreißig Jahren mit breiten Schultern und einem markanten, wettergegerbten Gesicht mit blaßblauen Augen, die noch immer auf Jessica und Mitchell gerichtet waren.

Der Verwalter war so mit seinen Gedanken beschäftigt, daß er nicht einmal die Schritte hinter sich auf der Veranda hörte, die sich ihm näherten.

Lisa Reed war aus der Küche gekommen, um zu sehen, wo denn nur die gnädige Frau, wie sie Jessica zu nennen pflegte, und ihr Gast blieben. Die Köchin, die ihr Handwerk ausgezeichnet verstand, war von stämmiger Gestalt und schon völlig ergraut, obwohl sie erst Mitte Vierzig war. Sie konnte fluchen wie ein Kutscher und war von nie erlahmendem Arbeitseifer.

Sie war hinter dem Verwalter stehengeblieben, wischte sich die feuchten Hände an der Schürze ab und sagte: »Ein wahrer Gentleman, nicht wahr?«

Ian McIntosh zuckte, von der Stimme in seinem Rücken überrascht, zusammen und brummte nur ein unbestimmtes »Mhm« als Antwort.

»Wissen Sie, woher die gnädige Frau Mister Hamilton kennt?«

»Er war als Passagier auf dem Schiff, das sie nach New South Wales brachte«, erklärte der Verwalter. »Auf der TRADEWIND.«

»Und stimmt es, daß er eine große Farm bei Parramatta besitzt?«

»Ja«, sagte Ian McIntosh kurz angebunden und verfluchte die unersättliche Neugier der Köchin.

»Ein Gentleman wie dieser Mister Hamilton, das wär' doch ein rechter Mann für die gnädige Frau«, sagte Lisa Reed versonnen und fügte schnell hinzu: »Bei allem Respekt vor dem seligen Mister Brading, möge er in Frieden ruhen!«

»Was geht Sie das an, Lisa?« knurrte Ian ungehalten.

»Ach, die gnädige Frau ist noch zu jung, um das triste Leben einer Witwe zu führen. Und wenn ich mich recht entsinne, habe ich auch Sie schon einmal etwas Ähnliches sagen hören, Mister McIntosh«, bemerkte die Köchin spitz.

»Mag schon sein«, räumte der Verwalter widerstrebend ein und dachte, daß es nicht unbedingt Gentlemen waren, die dieses Land brauchte, sondern aufrechte Männer, die aus hartem Holz geschnitzt waren und sich zu behaupten wußten. Doch das behielt er für sich. »Aber mir scheint, Sie wären gut beraten, wenn Sie diesen privaten Angelegenheiten weniger Beach-

tung schenken würden, Lisa. Sie wissen doch ganz genau, daß Missis Brading derartigge Anspielungen wenig schätzt.«
»Sie offenbar auch nicht, Mister McIntosh.«
»Kümmern Sie sich besser um Ihre Töpfe und Pfannen!« wies der Verwalter sie ungehalten zurecht. Ihm wurde jedoch sofort bewußt, daß es ungerecht war, seinen Unmut ausgerechnet an ihr auszulassen. Deshalb fügte er versöhnlich hinzu: »Auf diesem Gebiet macht Ihnen keiner etwas vor, und da ist Ihre Meinung mehr als willkommen. Missis Brading ist alt genug, um zu wissen, was sie tun oder lassen soll.«
Lisa Reed nahm die indirekte Entschuldigung des Verwalters mit einem feinen Lächeln an. »Das ist zu hoffen. Schade nur, daß uns Mister Hamilton schon verläßt. Er war ein so liebenswürdiger Gast. Wissen Sie, was er mir gestern sagte, als ich ihm...«
Ian fiel ihr ins Wort. »Er reitet nach Parramatta zurück?« fragte er, und es klang gleich viel freundlicher.
»Ja. Noch nicht einmal Zeit fürs Frühstück nimmt er sich«, bedauerte sie. »Aber ich habe ihm etwas zurechtgemacht und Anne damit schon zum Stall rübergeschickt. Ein Mann muß bei Kräften bleiben.«
Ian beobachtete, wie der Stallknecht den prächtigen schwarzen Hengst aus dem Stall führte und Mitchell Hamilton sich in den Sattel schwang. Nun wandte er sich zum erstenmal zur Köchin um, ein verstecktes Lächeln auf den Lippen. »Da pflichte ich Ihnen bei, Lisa, und hoffe, daß Sie dabei auch an mich gedacht haben. Ich habe heute morgen nämlich einen Mordshunger!«
Lisa Reed zwinkerte ihm zu. »Bei mir ist noch keiner hungrig vom Tisch aufgestanden, Mister McIntosh. Ich habe heute Rührei, Speck und frisch gebackene Biskuits. Es ist alles gerichtet.«
»Na, dann!« Der Verwalter ging ins Haus und setzte sich im kleinen Eßzimmer an den gedeckten Tisch. Schon als Jessicas Mann noch lebte, war es Sitte gewesen, daß er mit ihnen die Mahlzeiten einnahm. Und daran hatte Jessica auch nach Steves Ermordung festgehalten, sehr zu seiner Freude.

Ian brauchte nicht lange auf Jessica zu warten. Kaum war der Hufschlag von Mitchells galoppierendem Hengst jenseits des Hofes verklungen, als sie auch schon ins Zimmer trat und sich zu ihm an den Tisch setzte.

Jessica merkte sofort, daß Ian an diesem Morgen ausgesprochen gut aufgelegt und geradezu gesprächig war, was sonst so gar nicht seine Art war. Er konnte sehr wortkarg sein, was er die letzten Tage auch zur Genüge bewiesen hatte. Zwar war er Mitchell gegenüber nie auch nur im Ansatz unhöflich gewesen, doch er hatte die Gespräche bei Tisch ganz ihnen überlassen und nur wenig zur allgemeinen Unterhaltung beigetragen. Und sein Appetit hatte sich gleichfalls sehr in Grenzen gehalten.

Jessica war ganz froh, daß Ian ihr lebhaft von dem System und vom Nutzen der Feldschuppen berichtete, die er auf den Feldern und Weiden zu errichten gedachte, um in der Erntezeit das Getreide und das Heu sicher unter einem trockenen Dach zu wissen, bevor es weitertransportiert wurde.

Sie ließ ihn reden und dachte daran, was Mitchell gesagt hatte. Stimmte es wirklich, daß Ian eifersüchtig auf ihn war und sie selber begehrte? Es hatte in der Vergangenheit hier und da schon einmal flüchtige Momente gegeben, wo ihr ein ähnlicher Gedanke gekommen war, doch sie hatte ihn stets als absurd von sich gewiesen. Ian McIntosh war ihr immer ein zuverlässiger Freund und Vertrauter gewesen, auf den sie sich bedenkenlos verlassen konnte. Ja, sie hatte ihn auch menschlich in ihr Herz geschlossen, aber mehr auch nicht. Und sie war bisher der festen Überzeugung gewesen, daß Ian es ebenso sah.

Was war, wenn sie sich getäuscht hatte?

Warum war Ian zum Beispiel immer noch auf SEVEN HILLS und arbeitete bei ihr als Verwalter? Gut, er war vom ersten Tag an mit dabeigewesen, als Steve die Farm hier im wahrsten Sinne des Wortes der Wildnis Acre um Acre abgerungen hatte. Damals war Ian noch ein Sträfling gewesen. Doch er war bei Steve geblieben, als er seine Strafe verbüßt hatte, und hatte wie dieser seine ganze Kraft in den Aufbau von SEVEN HILLS gesteckt.

Gemeinsam hatten sie dieses Reich geschaffen und immer wieder vergrößert. Ian war Aufseher geworden und hatte gut verdient. Schon vor Jahren, als Steve sie im Frauengefängnis von Parramatta geheiratet und auf die Farm gebracht hatte, hätte er sich selbständig machen und sich eine eigene große Farm aufbauen können. Doch das hatte er nicht getan, sondern sein Geld geschickt angelegt und es in aller Stille vermehrt, daß er sich nun längst keine finanziellen Sorgen mehr zu machen brauchte.

Jessica hatte Ian viel zu verdanken. Auf seinen Schultern hatte die ganze Verantwortung für SEVEN HILLS gelegen, als sie sich nach Steves jähem Tod monatelang in ihre Trauer und Verzweiflung zurückgezogen und keinen Anteil mehr am Geschehen auf der Farm genommen hatte. Und er war es auch gewesen, der ihr aus dem Kummer herausgeholfen und ihr gezeigt hatte, daß die Kolonie und ganz besonders die Farm am Hawkesbury längst ihre Heimat geworden und daß hier ihr Platz war. Aber was bedeutete all das darüber hinaus, daß Ian McIntosh ihre unverzichtbare Stütze, ihre so gut vertraute rechte Hand war?

»Aber Sie hören mir ja gar nicht zu«, unterbrach der Verwalter seinen Vortrag vorwurfsvoll.

Jessica fuhr aus ihren Gedanken auf und errötete unwillkürlich unter seinem intensiven Blick, weil sie einen kurzen Moment lang glaubte, er hätte in ihren Gedanken gelesen wie in einem offenen Buch.

»Oh, entschuldigen Sie, Ian. Was haben Sie gesagt?«

Er legte das Besteck aus der Hand. »Daß Sie mir gar nicht zuhören, und zwar schon eine ganze Weile nicht«, sagte er und ließ sie nicht aus den Augen. »Vermutlich vermissen Sie die unterhaltsame Gegenwart von Mister Hamilton, nicht wahr?« Kaum hatte er das ausgesprochen, da hätte er sich am liebsten die Zunge abgebissen, weil ihm etwas so Unüberlegtes herausgerutscht war.

Jessica blickte ihn ehrlich verdutzt an. »Mitchell? O nein, ich war mit meinen Gedanken woanders, was aber nichts an der

Tatsache ändert, daß es nicht sehr höflich von mir war, Ian. Es tut mir wirklich sehr leid. Bitte, erklären Sie mir das doch noch mal. Ich verspreche auch, daß ich mir diesmal kein Wort entgehen lassen werde.«

Ian war erleichtert, daß Jessica so leicht über seine unziemliche Frage nach Mitchell Hamilton hinweggegangen und offenbar wirklich nicht in ihren Gedanken bei ihm gewesen war. »Nein, nein, meine Idee ist sicherlich noch zu unausgegoren und kann noch ein paar Tage stillen Grübelns bestens vertragen«, räumte er ein. »Ich erzähle Ihnen später davon, Jessica. Mich interessiert jetzt vielmehr, was Sie denn so intensiv beschäftigt hat, daß ich nicht in der Lage war, Ihre Aufmerksamkeit zu fesseln.«

Jessica überlegte fieberhaft, was sie ihm darauf antworten sollte – die Wahrheit ganz sicherlich nicht. Nun, es gab zum Glück ja wirklich genügend Dinge, die sie beschäftigten und die einer Entscheidung bedurften. »Wissen Sie, seit ich von Sydney wieder zurück bin, geht mir die Sache mit Ruth und Joshua nicht aus dem Kopf.«

»Sie meinen Joshua Chowning?« fragte er verwundert. »Den alten Faßbinder?«

Jessica nickte. »Ja, ich habe ihm und seiner Tochter einen Besuch abgestattet, als ich auf dem Rückweg war und durch Parramatta kam.«

»Und wie geht es ihm? Hab' den versoffenen Alten schon lange nicht mehr gesehen. Ein kauziger Bursche, dieser Joshua Chowning, und verflucht grob im Umgang mit seiner Tochter«, erinnerte sich der Verwalter und spießte ein Stück Speck auf. »Hab' sein Gezeter und seine Sprüche noch gut im Ohr. Mädchen sind in seinen Augen nichts wert und bestenfalls eine Last, der man sich eigentlich so schnell wie möglich entledigen muß, nicht wahr?«

»Richtig. Er macht Ruth dafür verantwortlich, daß seine Frau im Kindbett gestorben und sie ein Mädchen ist und nicht der Sohn, den er sich gewünscht hat. Und bestimmt hätte er Ruth schon längst aus seinem Haus gejagt, wenn er nicht so gut wie

blind wäre und jemanden brauchte, der ihm den Haushalt führt.«
»Ja, ein schlimmes Los für das Mädchen.«
»Ruth ist längst kein Mädchen mehr, Ian«, korrigierte sie ihn. »Sie ist eine Frau, und es ist an der Zeit, daß sie von der Tyrannei ihres Vaters befreit wird und heiratet, denn das ist ihr sehnlichster Wunsch.«
»Ist das nicht der sehnlichste Wunsch einer jeden Frau?« fragte Ian provozierend.
Jessica war auf der Hut. »Sicherlich redet man das allen Mädchen und Frauen ein«, antwortete sie schlagfertig, »doch ich bezweifle, daß die Ehe so etwas wie ein Allheilmittel ist gegen alle Schmerzen und Unbill des Lebens. Schon gar nicht taugt sie als Zufluchtsort, dafür sollte sie allen zu heilig sein.«
»Kühne Worte, wie ich sie nur selten aus Ihrem Mund gehört habe«, bemerkte Ian hintersinnig. »Man könnte meinen, Sie wünschten, als Mann geboren zu sein.«
Jessica machte eine ungeduldige Handbewegung. »Lassen wir das Geplänkel, Ian. Ruths Schicksal liegt mir wirklich sehr am Herzen. Sie wünscht sich sosehr einen guten Mann, eine Familie und ein Leben in Würde – und genau das wird sie nie finden, wenn sie bei ihrem Vater bleibt.«
Er zuckte mit den Achseln. »Da mögen Sie recht haben, aber ich wüßte nicht, wie ausgerechnet wir ihr helfen könnten, Jessica. Ich kenne Ruth recht gut, ein sehr schüchternes, unscheinbares Mädchen... entschuldigen Sie, eine junge Frau, die sehr unter der rüden Behandlung ihres Vaters leidet. Aber sie würde dennoch nie daran denken, ihn zu verlassen und ihn sich ganz allein seinem Schicksal zu überlassen.«
»Das weiß ich, Ian. Deshalb habe ich auch gedacht, sie nach Seven Hills zu holen.«
»Aber Sie sagen doch selbst, daß Ruth ihren Vater niemals allein läßt!« wandte er verwirrt ein.
»Ich meine beide.«
»Sie wollen den Alten *und* seine Tochter herholen und *beide* in Arbeit nehmen?«

»Ja.«
Er kniff die Augenbrauen zusammen, ein deutliches Zeichen, daß ihm etwas nicht behagte. »Ich weiß nicht, was das bringen soll, abgesehen davon, daß wir zwei Leute mehr auf unserer Lohnliste haben.«
»Ruth ist eine vollwertige Arbeitskraft, und sie wird für ihren Lohn mehr leisten als so manch anderer.«
»Aber was ist mit Joshua Chowning? Er ist so gut wie blind und wird wenig Gefallen daran finden, seine vertraute Umgebung zu verlassen.«
»Er ist noch immer einer der besten Faßbinder, die diese Kolonie hat«, sagte Jessica mit ehrlicher Überzeugung. »Wir werden ihm hier ganz einfach eine Werkstatt einrichten, in der alles genauso angeordnet ist wie in seinem Schuppen jetzt, so daß er seinem Handwerk auch weiterhin nachgehen kann. Und was seinen Haushalt angeht, so kann eine der Frauen ihn versorgen. Und Ruth ist dann auch immer in der Nähe, um mal bei ihm reinzuschauen, was ihr Gewissen beruhigen wird.«
»Das mag ja alles funktionieren, Jessica. Aber eins scheinen Sie dabei völlig außer acht gelassen zu haben.«
»Und da wäre?«
»Daß unser Bedarf an Fässern, Eimern und derartigen Erzeugnissen begrenzt ist.«
»Nun gut, dann verkaufen wir eben das, wofür wir selbst keinen Bedarf haben«, schlug Jessica vor. »Unsere Nachbarn werden sich freuen, mit dem Fuhrwerk nicht erst bis Parramatta fahren zu müssen. Und was wir nicht an die Leute hier in der Gegend loswerden, geben wir Captain Rourke mit auf seine Handelsfahrten. Ich gehe jede Wette ein, daß wir auch nicht auf einem Faß sitzenbleiben und sogar noch einen netten, kleinen Gewinn machen werden.«
Der Verwalter sah sie überrascht an und schüttelte dann lachend den Kopf. »Natürlich! Sie haben völlig recht. Jessica, Sie setzen mich immer wieder in Erstaunen. Auf diese Weise schlagen Sie gleich zwei Fliegen mit einer Klappe. Sie tun ein gutes Werk und machen dabei gleich noch ein Geschäft.«

»Mir geht es nicht sosehr um das Geschäft als darum, daß Joshua Chowning nicht denkt, wir würden ihm das Gnadenbrot gewähren«, stellte sie richtig. »Denn dann würde er sich bestimmt weigern, das Angebot anzunehmen. Doch wenn er weiß, daß auch wir unseren Vorteil aus diesem Arrangement ziehen, bleibt sein Stolz gewahrt, und er kann akzeptieren.«
»Soviel Geist und Geschäftssinn in einem so hübschen Kopf«, sagte Ian McIntosh bewundernd. »So manch tüchtiger Geschäftsmann könnte von Ihnen noch so einiges lernen.«
»Übertreibungen sind nicht Ihre Art und stehen Ihnen auch nicht«, erwiderte Jessica trocken, doch in ihren Augen blitzte es fröhlich. Sie hatte Ruth das Versprechen gegeben, sie aus der Knechtschaft ihres Vaters zu führen, und war nun erleichtert, endlich einen Weg gefunden zu haben, der für alle Parteien annehmbar war. Und was das mögliche kleine Geschäft betraf, nun, sie hatte Gefallen daran gefunden, sich mit gewinnversprechenden Unternehmungen zu beschäftigen, seit Jonas Duckworth ihr Interesse auch auf andere Geschäfte gelenkt hatte, die nicht direkt mit der Farm zu tun hatten. »Doch ich freue mich, daß Sie meinen Vorschlag akzeptieren.«
»Sagen Sie, haben Sie vielleicht auch schon einen passenden Mann von unseren Leuten für Ruth im Auge?« fragte er spöttisch. »Wundern würde es mich nicht, um ehrlich zu sein.«
Sie lächelte. »Ich gebe zu, daß ich mir auch darüber schon meine Gedanken gemacht habe. Aber wir wollen nicht vorgreifen. Lassen wir sie erst einmal kommen.«
Ian schob seinen Teller zurück. »Wir haben in den letzten Tagen wenig Zeit gehabt, über Dinge zu sprechen, die mir Sorgen bereiten. Das sollten wir jetzt nachholen.«
»Sie haben Sorgen, Ian?«
»Nun, sagen wir mal so: Ich habe ein ungutes Gefühl, was die Geschichte mit Jonas Duckworth angeht«, sagte er nachdenklich. »Sie haben ihn bis auf die Knochen blamiert, und Duckworth ist nicht der Mann, der so etwas einfach hinunterschluckt – schon gar nicht, wenn es eine Frau ist, die ihm diese Schlappe zugefügt hat.«

»Ich habe Captain Rourke gewarnt«, erwiderte Jessica gelassen. »Doch was kann er schon groß dagegen unternehmen, daß er mit seinem Plan gescheitert ist und nun echte Konkurrenz auf dem Hawkesbury bekommt?«

»Mehr als uns und Captain Rourke lieb sein kann«, brummte Ian. »Duckworth ist ein verdammter Schurke, der in der Wahl seiner Mittel nicht zimperlich ist. Ich sage Ihnen, er sinnt auf Rache und wird irgend etwas aushecken, um es Ihnen heimzuzahlen – und zwar auf seine gemeine Art.«

Jessica zuckte die Achseln. »Sicher kocht er vor Wut, aber er ist nichts weiter als ein Flußschiffer, Ian. Seine Möglichkeiten, zurückzuschlagen, sind sehr begrenzt. Er wird Captain Rourke verleumden und ihn vor den anderen einen Schwächling schimpfen, der von einem Weiberrock Befehle entgegennehmen muß, was natürlich gelogen ist, denn ich habe Captain Rourke mein Ehrenwort gegeben, daß ich ihm in die Führung der COMET nicht hineinreden werde, und er wird sonstwie Stimmung gegen ihn und mich machen. Aber so wie ich Patrick Rourke einschätze, wird er das nicht lange unbeantwortet lassen und ihm den nötigen Respekt beibringen – notfalls mit den Fäusten. Nein, da mache ich mir wenig Sorgen.«

»Es ist aber auch gut möglich, daß Duckworth es nicht bei Worten beläßt, sondern beispielsweise versucht, die COMET zu rammen oder sonstwie zu beschädigen«, gab Ian zu bedenken. »Unterschätzen Sie den Mann bloß nicht!«

»Nun, mit dem Risiko werden wir eben leben müssen«, erwiderte sie. »Captain Rourke wird auf sein, auf unser Schiff schon aufpassen, da bin ich mir sicher.«

»Dennoch bin ich dafür, daß wir die Sache noch einmal gemeinsam bereden, wenn Rourke hier eintrifft, was hoffentlich bald der Fall sein wird.«

»Ich rechne jeden Tag mit seinem Eintreffen. Und nun machen Sie nicht so ein finsteres Gesicht, Ian. Wir haben allen Grund, uns zu freuen. Was halten Sie übrigens davon, wenn wir gleich nach dem Frühstück zur Auborn-Farm hinüberreiten und uns vor Ort ansehen, wie wir sie nutzen wollen?« schlug Jessica

vor, um ihn auf andere, freundlichere Gedanken zu bringen. Die Auborn-Farm, die im Südwesten an ihr Land grenzte, hatte sie erst vor kurzem auf seinen Vorschlag hin gekauft und SEVEN HILLS dadurch um 200 Acres gutes Weideland vergrößert. Die Auborns hatten als Farmer eine wenig glückliche Hand bewiesen und waren froh gewesen, endlich einen Käufer für ihr Land gefunden zu haben. Jessica hatte ihnen mit einem Pfund pro Acre einen fairen Preis gezahlt, obwohl sie ihre Notlage hätte ausnutzen und die Farm für ein Drittel weniger erstehen können. Sie hatte bisher noch nicht die Zeit gehabt, ihre Neuerwerbung in Augenschein zu nehmen. Das wollte sie nun endlich nachholen. Denn es mußte entschieden werden, was mit den Gebäuden geschehen sollte und wie das Land zu nutzen war. Das ließ sich vor Ort am besten klären.
»Eine fabelhafte Idee!« nahm Ian McIntosh ihren Vorschlag hocherfreut an. Es war schon lange her, seit er das letzte Mal gemeinsam mit Jessica einen längeren Ausritt unternommen hatte, zu lange, wie er insgeheim fand.

5

Bis zur Auborn-Farm war es ein Ritt von nur zwei Stunden, und so sehr Jessica den Ausritt auch genoß, so froh war sie doch auch, schon am frühen Morgen aufgebrochen zu sein. Obwohl es noch nicht neun Uhr gewesen war, als sie die Pferde bestiegen und in südwestlicher Richtung davongeritten waren, hatte die Sonne schon enorme Kraft gehabt. Wenn das Wetter sich weiter so entwickelte, mußten sie mit einem extrem langen und heißen Sommer rechnen, der gerade erst begonnen hatte. Die schlimmsten Monate – Dezember, Januar und Februar – lagen ja erst noch vor ihnen.

Jessica zwang sich, nicht jetzt schon daran zu denken, daß ausgetrocknete Wasserstellen, verdorrtes Weideland und alles vernichtende Buschbrände sie bedrohten, wenn wieder einmal eine Dürre die Kolonie heimsuchte, wie es in der Vergangenheit schon öfter geschehen war. SEVEN HILLS war eine große und sehr ertragreiche Farm, doch ihre Größe machte sie auch besonders verwundbar.

Alles zu seiner Zeit, sagte sie sich und atmete die warme Luft ein, die vom intensiven Duft der Eukalyptusbäume erfüllt war, aus denen sich der überwiegende Teil der Bewaldung in New South Wales zusammensetzte. Eukalyptusbäume jeder Größe und Art. Manche trugen ein immergrünes Laubkleid, andere leuchteten in einem Feuerrot, daß man auf den ersten Blick und aus der Ferne den Eindruck haben konnte, Bäume in Flammen vor Augen zu haben. Hier und da standen Akazien vereinzelt oder in kleinen Gruppen, dazwischen immer wieder dornige, undurchdringliche Dickichte aus unterschiedlichsten Sträuchern und Büschen sowie die bunten Farbkleckse vielfarbiger Wildblumen.

Doch alles beherrschend waren die rote, lehmige Erde und das struppige, harte Gras, das von gelbbrauner Tönung war und so aussah, als wäre es schon längst abgestorben und ohne jeden Nährwert für die Tiere. Doch wie verbrannt würde das Land erst im Januar, Februar aussehen, wenn es monatelang nicht einen Tropfen regnete und der Boden aufgebrochen war wie eine reife Melone, die jemand hatte fallen lassen?
Jessica verscheuchte den Gedanken, legte den Kopf in den Nakken und ließ ihr Haar wehen. Die Sonne brannte schon auf ihrem Gesicht, doch sie mochte das. Nie hätte sie es für möglich gehalten, daß sie dieses Land der Extreme einmal so sehr lieben würde, wie das jetzt der Fall war. Nie konnte sie sich sattsehen an dem weiten, endlosen Land, das sich vor ihr erstreckte, wohin sie auch sah, und an dem ebenso weiten, hohen Himmel, dessen blaue Klarheit beängstigend und erhebend zugleich war.
New South Wales erschien ihr immer wieder als wildes Paradies: voller Verheißungen und Wunder, aber auch voller Gefahren und Wildheit. Und es war diese Herausforderung, die das Leben in diesem Teil der noch nicht einmal zwanzig Jahre alten Kolonie so reizvoll machte und nie langweilig werden ließ – nämlich der nie endende Kampf gegen die Naturgewalten wie Flutkatastrophen und Buschbrände, Dürrezeiten und Stürme. Man mußte sich immer wieder aufs neue behaupten und durfte sich von keinem noch so bitteren Rückschlag beirren lassen, seinen Weg zu gehen. Gelang einem das, wurde man so hart wie das Land, und dann war auf einmal alles viel einfacher und klarer, wie der Himmel über einem, und man hatte das berauschende Gefühl, daß nichts im Leben mehr unerreichbar war.
Von England träumte sie nur noch ganz selten. Gelegentlich während der schrecklichsten Trockenperiode. Dann wandelte sie im Traum über saftiggrüne Wiesen und durch bunte Mischwälder im Herbst. Doch es waren Bilder wie aus einem fremden Märchenland, das nichts mit der Wirklichkeit zu tun hatte und in ihr auch nicht den Wunsch weckte, dort zu leben.
Ein Schwarm Kookaburras erhob sich von einer Akazienkrone

und flatterte mit lautem Schwingenschlag davon. Ihr buntschillerndes Gefieder leuchtete weithin, wie auch ihr lautes Gekreische, das ihnen den Namen Lachvögel eingetragen hatte, weithin zu hören war.
Ian McIntosh zügelte seinen Rappen auf einer sandigen Anhöhe und deutete nach Westen. »Da ist sie!« rief er. »Die Auborn-Farm!«
Jessica beschattete die Augen mit der flachen Hand und konnte die Umrisse von zwei, drei Gebäuden ausmachen, doch keine Einzelheiten. »Wir sind scharf geritten, Ian. Die Tiere werden sich über eine Rast sicherlich freuen.«
»Nicht nur die Tiere!« Er lachte und trieb sein Pferd wieder an. »Kommen Sie!«
Wenig später hatten sie die Farm erreicht und ritten in den staubigen Hof. Jessicas Blick wanderte über das primitive Farmhaus, die wenigen windschiefen Hütten, in denen die Sträflinge gehaust hatten, und die beiden Schuppen, die der nächste schwere Sturm mit Sicherheit zum Einsturz bringen würde. Es war ein trauriger Anblick. Kein Wunder, daß die Auborns nur zu gern verkauft hatten. Die Gebäude waren keine zehn Shilling wert.
Ian schien ihre Gedanken erraten zu haben, denn er sagte: »Es wird sinnvoller sein, die Schuppen und Hütten niederzureißen, als sie auszubessern, denn da ist nicht viel, was sich noch zu retten lohnen würde.«
»Wahrlich nicht!« stimmte Jessica ihm zu. »Einzig und allein das Farmhaus sollten wir stehenlassen und ein bißchen herrichten. Wer weiß, wozu es einmal nützlich sein kann. Wenn wir ein Arbeitskommando rausschicken, um hier Land zu roden oder Schafherden zu bewachen, haben die Männer wenigstens ein richtiges Dach über dem Kopf und brauchen nicht im Busch zu campieren. Aber das ist schon alles, was man mit dem Haus anfangen kann.«
Er zuckte die Achseln. »Ich sagte Ihnen ja, daß ich für die Hütten keinen Penny gegeben hätte. Aber dafür ist das Land jedes Pfund Sterling und mehr wert, das Sie ihnen gezahlt haben.«

Jessica schwang sich aus dem Sattel und führte Adrian zum Brunnen, der sich links vom Farmhaus im Schatten eines dickstämmigen Baumes mit mächtig ausladender Krone befand. Ian folgte ihr. Er ließ den Eimer am Seil in den Schacht fallen und zog ihn heraus. Jessica beobachtete das Spiel seiner Armmuskeln, als er das schon halb verrottete Seil einholte und den Holztrog neben dem Brunnen für die Pferde füllte. Das Wasser war gut, klar und kühl.

Nachdem sie ihren Durst gestillt hatten, fragte Jessica: »Wie viele der zweihundert Acres sind denn schon kultiviert?«

»Knapp die Hälfte, wenn es hoch kommt. Aber es sollte nicht allzu schwierig sein, die ganzen zweihundert Acres in gutes Weideland zu verwandeln. Es ist zumeist offenes Land ohne große Waldstücke. Gras und Dickicht überwiegen, aber mit dem Dornengestrüpp haben wir nicht soviel Arbeit. Wir können es im Herbst niederbrennen, wenn es nicht mehr so heiß ist und die Gefahr eines Buschbrandes nicht mehr besteht.«

»Und wie schaut es mit der Wasserversorgung aus?« erkundigte sie sich.

»Bestens!« Ian strahlte förmlich. »Deshalb war ich ja auch so hinterher, daß Sie die Farm kauften, Jessica. Es gibt hier mindestens drei ausgezeichnete Wasserstellen, die von sehr ergiebigen Quellen gespeist werden, die auch im trockensten Sommer nicht ganz versiegen. Zudem existiert noch ein kleiner Bach, doch auf den ist im Sommer kein Verlaß. Wie ich gehört habe, ist er spätestens im Januar nichts weiter als eine trockene, steinige Rinne.«

»Das klingt ja doch recht vielversprechend.«

»Hätte ich Ihnen sonst zugeraten?« fragte er fast beleidigt. »Ich sage Ihnen, wir können hier auf Auborn-Land mindestens fünf, sechs Schafe pro Acre weiden lassen, ohne Probleme zu bekommen, was Futter und Wasser betrifft. Das sind rund tausend Schafe mehr.«

Jessica lachte. »Sie haben es ja eiliger als ich, unsere Herde auf zehntausend Köpfe zu bringen.«

Ian erwiderte ihr Lachen. »Ich geb's zu. Zehntausend Schafe,

das war immer schon mein Traum... und auch der Ihres verstorbenen Mannes.« Er wurde nachdenklich. »Ich glaube, er war einer der wenigen, die schon ganz früh erkannt haben, daß die Politik der Kleinfarmen, wie sie von den ersten Gouverneuren betrieben wurde, für dieses Land nicht geeignet ist, und voll auf die Schafzucht gesetzt hat. John MacArthur gehörte übrigens auch zu diesen wenigen vorausschauenden Männern.«
Jessica verzog das Gesicht. »Was ihn mir keinen Deut sympathischer macht!«
»Gut, ich verabscheue den Mann wohl nicht weniger als Sie. Als graue Eminenz von New South Wales und als einer der mächtigen Rum-Monopolisten ist er meiner Ansicht gefährlicher für die Kolonie als ein Dutzend Flutkatastrophen und Dürrezeiten zusammen«, pflichtete er ihr bei. »Aber als Farmer hat er sich unbestreitbare Verdienste erworben. Immerhin hat er die Merino-Zucht bei uns eingeführt und ist immer dafür eingetreten, alle Anstrengungen beim Aufbau der Kolonie in erster Linie der Schafhaltung zu widmen, denn genau dafür ist das Land nämlich am besten geeignet. All diese mißglückten Versuche mit der Rinderzucht haben doch bewiesen, daß die Zukunft von New South Wales einzig und allein in der Wolle liegt! Und nur große Farmen mit großen Herden können auf Dauer einen guten Ertrag erwirtschaften und auch schlechte Zeiten überstehen. Das zeigt Ihnen doch das Beispiel der Auborns, obwohl bei ihnen noch hinzugekommen ist, daß sie nicht die Kraft und den Willen zum Durchhalten hatten. Denn SEVEN HILLS war zu Anfang auch nur eine kleine Farm von hundert Acres.«
Jessica schmunzelte. So ruhig und wortkarg Ian McIntosh auch sein konnte, so ausufernd wurde er, wenn das Gespräch auf sein Lieblingsthema kam: das Farmen und die wirtschaftliche Zukunft der Kolonie.
Sie strich sich eine Haarsträhne aus der Stirn. »Ich glaube, was es hier zu sehen gibt, haben wir gesehen, Ian. Reiten wir also zurück.«
»Wir können einen kleinen Bogen schlagen, damit Sie sich

noch ein besseres Bild von dem Land machen und auch die guten Wasserstellen in Augenschein nehmen können«, schlug der Verwalter vor.

Und so machten sie es auch. Sie führten ihre Pferde aus dem Schatten, stiegen auf und ließen sie in eine ruhige Gangart fallen, da kein Grund zur Eile bestand. Der Mittagssonne entkamen sie so oder so nicht. Und wenn die Hitze auch recht drükkend war, so hatten sie sich im Laufe der Jahre doch längst daran gewöhnt.

Während sie das Auborn-Land abritten und die Quellen inspizierten, ertappte sich Jessica bei dem Gedanken, daß sie sich wünschte, Mitchell an ihrer Seite zu haben.

6

Jonas Duckworth spuckte auf den handtellergroßen Schleifstein, verrieb den Speichel und zog die Klinge seines Messers gleichmäßig über den Stein. Immer und immer wieder. Das metallische Kratzen war Musik in seinen Ohren. Er liebte dieses Messer, das eine beidseitig geschliffene Klinge besaß. Er hatte es einem Matrosen beim Kartenspiel abgenommen, der mit einem der Walfang-Schiffe nach Sydney gekommen war und sich bei seinem ersten Landgang in den Rocks gleich hatte ausnehmen lassen.
Der Flußschiffer lachte in Gedanken spöttisch auf, während er den Schleifstein erneut mit Speichel näßte. Dieser Tölpel! Bis aufs Hemd hatte er den Tran-Kocher, wie sie die Walfänger abfällig nannten, ausgezogen.
Die Schnitzereien aus Walbein hatten ihm ein hübsches Sümmchen eingebracht. Doch das lange Messer mit der breiten Klinge hatte er behalten. Das war eine Waffe ganz nach seinem Geschmack, von der er sich nie trennte. Sie hatte ihm schon bei so manch einer üblen Streiterei gute Dienste geleistet. Das Walfängermesser flößte Respekt ein – sogar in der Hand eines Mannes, dem man seiner Körperfülle wegen ansah, daß er auf den Beinen nicht gerade der Schnellste unter der Sonne war. Aber auf Schnelligkeit kam es nicht immer an, das hatte er schon lange erkannt. Es reichte völlig aus, wenn man mehr gemeine Tricks kannte als sein Gegner – und sich auch nicht scheute, sie anzuwenden. Aber diese törichten Skrupel hatte er nie gekannt.
Jonas Duckworth saß in seiner kleinen Achterkajüte am Kartentisch, den Blick auf Messer und Schleifstein fixiert. Durch das schmale Kajütenfenster drang das Plätschern des Heckwas-

sers zu ihm. Von Deck kamen die gedämpften Stimmen seiner Leute, das Geräusch nackter, eiliger Füße auf den Deckplanken und das Knarren und Ächzen von Mast und Tauwerk, während sich die ENTERPRISE stromaufwärts kämpfte.

All das nahm der fettleibige, bärtige Flußschiffer jedoch nicht wahr. Er hing seinen Gedanken nach, die seit Tagen nun schon um die eine Frage kreisten: Wie konnte er sich am besten und nachhaltigsten an dieser Brut rächen!? Weder Patrick Rourke, dieser irische Lump, noch das Brading-Weibsstück durften ungeschoren davonkommen. Dies war mehr als nur eine simple Rache. Sein Ruf stand auf dem Spiel, und er mußte allen Spöttern das Maul stopfen, was er aber nur erreichen konnte, wenn er sich etwas besonders Wirkungsvolles einfallen ließ.

Nun, das tagelange Grübeln war nicht ergebnislos geblieben. Ihm war tatsächlich etwas Wirkungsvolles für seine Rache eingefallen. Der Plan hatte in groben Zügen Gestalt angenommen. Jetzt ging es nur noch darum, einige Details zu klären. Kleinigkeiten zwar, aber für das Gelingen seines Planes doch von großer Bedeutung.

Schritte wurden auf dem Niedergang laut. Dann pochte jemand laut an die Tür. »Captain?« Es war die Stimme des Bootsmannes.

Jonas Duckworth schreckte aus seinem Grübeln auf. »Verdammt noch mal, was ist?« polterte er ungehalten und knallte den Schleifstein auf die zerkratzte Platte des Kartentisches. »Hab' ich nicht gesagt, daß ich nicht gestört werden will?«

»Schon, Captain«, antwortete Nick Slayton gelassen, stieß die Tür auf und trat in die Kajüte. »Aber Sie haben mir heut morgen auch befohlen, Ihnen zu melden, wenn wir kurz vor Dingo Cove sind.«

Jonas Duckworth furchte unwillig die Stirn. »Mhm, ja, kann schon sein.«

»Dingo Cove liegt keine zwei Meilen mehr voraus, Captain.«

Duckworth warf einen schnellen Blick zum Kajütenfenster hinaus. Es war noch früh am Nachmittag. »Das ging aber verdammt schnell.«

Nick Slayton nickte. »Hatten die ganze Zeit 'nen günstigen Wind, Captain. Können vor Einbruch der Dunkelheit schon bei Taylors Farm sein.«

Duckworth schüttelte den Kopf. »Wir segeln heut nicht weiter als bis Dingo Cove. Wir gehen da in der geschützten Bucht vor Anker.«

»Aber warum?« fragte der Bootsmann verwundert.

»Der Hawkesbury ist hinter Dingo Cove von SEVEN HILLS aus gut zu überblicken«, erklärte der Flußschiffer. »Und ich will nicht, daß die Brading-Bande jetzt schon weiß, daß wir in der Nähe sind.«

»Und wie wollen Sie ungesehen an SEVEN HILLS vorbeikommen, Captain?«

»Bei Nacht natürlich!«

»Aber dann kann der Wind gedreht haben oder gar eingeschlafen sein«, gab Nick zu bedenken. »Ist sowieso ein Wunder, daß wir so gut vorangekommen sind.«

»Zum Teufel noch mal, dann müssen sich die Männer eben in die Riemen legen«, knurrte Duckworth.

»Das wird ihnen aber nicht gefallen.«

»Es gibt für jeden zwei Extra-Rationen Rum. Das wird ihren Unmut wohl in Grenzen halten, oder?«

Nick grinste. »Anzunehmen. Aber was ist mit der COMET? Sie ist uns auf den Fersen, und wenn Sie uns in Dingo Cove vor Anker liegen sieht, weiß die Brading es keine Stunde später.«

Duckworth schüttelte den Kopf. »Der Hundesohn von einem Iren wird es bis Einbruch der Dunkelheit nicht mehr bis Dingo Cove schaffen, Nick. Du vergißt, daß wir mindestens sechs Stunden Vorsprung haben. Und sein Schoner hat es auf dem Hawkesbury schwerer als die ENTERPRISE. Nein, vor morgen wird er hier nicht vorbeikommen, und dann sind wir schon längst weit genug flußaufwärts, um nicht mehr gesichtet werden zu können.«

Nick zuckte die Achseln. »Ganz wie Sie meinen, Captain.«

»Ja, genauso meine ich es, Nick! Und nun geh hoch und sag den Männern, daß wir in Dingo Cove vor Anker gehen. Dann

kommst du wieder zurück, denn ich hab' was mit dir zu besprechen.«
»Aye, aye, Captain.«
Als der Bootsmann Minuten später wieder bei Duckworth in der Kajüte stand, hatte dieser schon zwei Becher mit Branntwein gefüllt. Er gab sich jetzt von seiner großzügigen, leutseligen Art. »Setz dich und hör zu«, sagte er, drückte ihm einen Becher in die Hand und vergewisserte sich, daß niemand hinter der Tür stand und lauschte. Dann legte er ihm seinen Plan in groben Zügen auseinander.
Nick Slayton hörte zu, ohne den Captain einmal zu unterbrechen, und tat sich am Branntwein gütlich. Solche Gelegenheiten mußte man ausnutzen, denn gewöhnlich war Duckworth ein elender Geizkragen, der den Daumen auf seiner Börse und seinen Branntweinvorräten hielt.
»Na, was hältst du davon?« fragte Duckworth schließlich, begierig darauf zu hören, wie gut sein Plan doch war.
Nick wählte seine Worte mit Bedacht. »Auf so eine Idee muß man erst kommen.«
Duckworth grinste selbstgefällig. »Ja, das finde ich auch! Da ist mir wirklich was Geniales eingefallen. Ich sag' dir, das gibt dieser Brut, die mir Konkurrenz machen will, den Todesstoß!«
»Wenn der Plan klappt, Captain«, gab Nick nun vorsichtig zu bedenken.
»Was heißt das: Wenn der Plan klappt?« schnappte Duckworth aufbrausend. »Er wird klappen, Mann! Dafür lege ich meine Hand ins Feuer!«
»Was Sie da vorhaben, ist nicht ungefährlich...«, begann der Bootsmann seine Bedenken vorzutragen.
»Hab' ich vielleicht gesagt, ich wollt' 'ne Teestunde veranstalten?« knurrte der Flußschiffer.
»...und ein Verbrechen«, fuhr Nick unbeirrt fort.
Duckworth kniff die Augen zusammen. »Sag bloß, du hast auf einmal dein Gewissen oder 'ne weiche Stelle in deinem Herzen entdeckt? Über den Preis werden wir uns schon einig werden, wenn du das meinen solltest.«

Der Bootsmann nickte. »Ich weiß, wir werden gewiß handelseinig, Captain. Aber zu zweit ist das, was Sie vorhaben, schlecht durchzuführen. Drei müssen wir mindestens sein, am besten vier, sonst kommen wir nicht schnell genug weg. Und ich wüßte von unseren Männern keinen, den man ins Vertrauen ziehen könnte und der hinterher auch den Mund hält.«

Duckworth starrte ihn finster an, als nähme er es ihm persönlich übel, daß Nick sofort eine der Schwachstellen seines Planes entdeckt hatte. Doch insgeheim mußte er ihm recht geben. Zu zweit war der Plan nicht durchzuführen, ohne daß sie sich selbst zu sehr in Gefahr brachten. »Wie steht es mit Rob Jones?« fragte er. »Gegen den hab' ich was in der Hand.«

»Genug, daß er das Maul hält?« fragte Nick skeptisch.

Duckworth grinste hinterhältig. »War dabei, als er in 'ner dunklen Gasse in den Rocks 'nen Betrunkenen ausrauben wollte. Doch der Bursche war noch verdammt flink, und da hat Rob es mit der Angst zu tun bekommen und zum Messer gegriffen. War 'n sauberer Stich, das muß man ihm lassen.«

»Gut, dann kann er mit von der Partie sein. Aber wer soll der vierte Mann sein?«

»Mir wird schon was einfallen«, meinte Duckworth und nahm einen kräftigen Schluck. Der Teufel sollte ihn holen, wenn er nicht ausführte, was er sich vorgenommen hatte. Patrick Rourke und Jessica Brading würden einen hohen Preis für ihr Komplott, das sie gegen ihn geschmiedet hatten, zahlen!

7

Die Sonne hatte ihren höchsten Punkt schon überschritten, als Jessica und Ian wieder auf SEVEN HILLS eintrafen. Sie brachten die Pferde in den Stall, damit sie gut abgerieben und versorgt wurden. Als sie wieder in den noch immer blendenden Sonnenschein hinaustraten, kam ihnen William Howard entgegen. Als er sie sah, beschleunigte er seine Schritte.

»Mister McIntosh!« rief er schon, als sie noch die ganze Breite des Hofes trennte. »Sie ist fertig! Wie ich es Ihnen versprochen habe.«

»Was ist fertig?« fragte Jessica.

»Die Fähre!« William Howard strahlte stolz.

Jessica blickte Ian verdutzt an. »Habe ich richtig gehört? Haben Sie etwa eine Fähre bauen lassen?«

Der Verwalter machte einen leicht verlegenen Eindruck. »Ja, so ist es, Jessica. Sie wollten doch schon immer eine Fähre haben, um auch mal mit dem Pferd aufs andere Ufer übersetzen und bequemer zu Ihren Freunden, den Randells, kommen zu können.«

»Und ob ich das wollte!« versicherte Jessica. »Aber wieso habe ich denn nichts davon gewußt, daß Sie schon mit dem Bau haben anfangen lassen.«

»Nun, seit Ihrer Rückkehr nach SEVEN HILLS ist ja wohl eine ganze Menge auf Sie eingestürmt«, erklärte Ian. »Erst diese schreckliche Geschichte mit dem jungen Edward und dann Ihr Besuch, Mister Hamilton. Sie waren vollauf mit anderen Dingen beschäftigt. Außerdem sollte das mit der Fähre auch eine kleine Überraschung sein.«

»Eine kleine? Mein Gott, das ist eine große Überraschung, Ian!« rief Jessica lachend und drückte seine Hand spontan. »Sie wissen ja gar nicht, was Sie mir da für eine Freude machen. Und sie ist wirklich fertig und einsatzbereit?« fragte sie Howard.

»Fix und fertig!« bekräftigte dieser mit leuchtenden Augen. »Aber erwarten Sie nichts Besonderes! Es ist ein wahrlich primitives Gefährt, das seinen Zweck jedoch gut erfüllen wird. Wir haben sie schon ausprobiert, aber noch nicht mit Pferden drauf.«

»Worauf warten wir dann noch?« fragte Ian aufgekratzt. »Wagen wir uns über den Fluß – und zwar mit Pferden. Es ist noch früh genug, um den Randells einen kurzen Besuch abzustatten und ihnen von unserer neuen Errungenschaft zu erzählen. Sie werden diese Erleichterung bestimmt genauso zu schätzen wissen wie wir.«

»Ja, auf zur Jungfernfahrt!« rief Jessica überschwenglich.

»Frederick!« rief der Verwalter dem Stallburschen zu. »Bring uns zwei frische Pferde zur Anlegestelle hinunter!«

»Jawohl, Mister McIntosh!« schallte es aus dem Stall zurück.

Jessica konnte gar nicht schnell genug zum Bootssteg kommen. Sie lief förmlich den breiten Pfad hinunter, der von der Kuppe des Hügels in sanften Serpentinen zum Ufer des Hawkesbury führte. Die Anlegestelle, aus mannsdicken Grundpfeilern und dicken Bohlen errichtet, ragte ein gutes Stück aufs Wasser hinaus. Bisher hatte dort nur ein Ruderboot vertäut gelegen und dann und wann einmal die Schaluppe von Jonas Duckworth. Jetzt war dort ein großes Floß angebunden, das ein solides Geländer aus handstarken Brettern besaß, die durch dicke Taue miteinander verbunden waren. So schnell konnte man also nicht über Bord gehen. Zwei Männer, Tim Jenkins und Pete Cowley, waren noch damit beschäftigt, die Seilenden zu verknoten.

»Es ist lang und breit genug, um ein Ochsengespann mit Wagen aufzunehmen«, erklärte William Howard eifrig, als sie das Ufer erreicht hatten.

»Wird es auch ein Fuhrwerk tragen?« fragte Jessica.

»O ja! Sehen Sie! Das Floß besteht ja nicht nur aus Baumstämmen, sondern wir haben auch noch ein Dutzend versiegelte

Fässer angebracht, auf denen das Floß ruht. Das gibt eine Menge Auftrieb! Ich verwette einen Jahreslohn, daß die LADY JANE auch ein vollbeladenes Fuhrwerk sicher über den Fluß bringt.«
Jessica hob amüsiert die Brauen. »LADY JANE? Ist das der Name, auf den Sie die Fähre getauft haben?«
William Howard errötete. »Nun, die Männer und ich haben sie so genannt, weil wir meinten, daß jedes Gefährt, das einen übers Wasser bringt, auch einen schönen Namen braucht. Tim Jenkins hat zwar FAT MOLLY vorgeschlagen, weil sie doch ein bißchen plump geraten ist. Aber ich finde, auch Dinge, die auf den ersten Blick nicht so schön aussehen, haben einen schönen Namen verdient, wenn sie ihre Aufgabe erfüllen. Und da das Schiff, das mich vor siebzehn Jahren sicher nach New South Wales gebracht hat, LADY JANE hieß, habe ich das Floß nach ihm benannt. Aber natürlich können Sie ihr einen anderen Namen geben, wenn Sie meinen, es klingt zu fein für ein behäbiges Floß«, fügte er schnell hinzu.
Jessica lachte. »Warum sollte ich? LADY JANE ist bestimmt ein passender Name, wenn Sie so von ihren versteckten Qualitäten überzeugt sind.«
»Das bin ich!« versicherte William Howard.
»Na, dann erklär uns mal, wie das mit der Fähre funktioniert«, forderte ihn der Verwalter auf.
»Wir führen die LADY JANE an zwei langen Seilen über den Fluß«, kam William Howard der Aufforderung mehr als bereitwillig nach, »weil so ein schweres Floß sonst zu weit flußabwärts getragen würde. Tim! Pete! Rein ins Boot mit euch! Bringt die Seile rüber!«
Die beiden Männer holten die dicken Seilrollen, deren Enden oberhalb der Anlegestelle um einen Eukalyptusbaum geschlungen waren, dessen Stamm auch zwei Männer nicht mit ihren Armen umfassen konnten. Sie wuchteten sie ins Ruderboot und ruderten über den Fluß. Dabei spulten sich die Seile von der Rolle. Sie mußten sich schon kräftig in die Riemen legen, um vom Gewicht der hinter ihnen treibenden Seile nicht

zu weit flußabwärts getrieben zu werden. Am anderen Ufer angekommen, zogen sie das Boot an Land und schleppten die Seile zu einem Baum, der nicht weniger mächtig war als der oberhalb der Anlegestelle.
William Howard hatte die Seile auf ihrer Seite indessen in die Taljen am Floß eingeklinkt, die an den vier äußeren Ecken befestigt waren. »Jetzt ziehen sie die Taue mit einem Flaschenzug an«, erklärte er, als sich die Seile spannten und sich schließlich gut brusthoch aus dem Wasser hoben. »Zwei Männer könnten das sonst nicht schaffen. Nasses Tauwerk hat ein höllisches Gewicht.«
»Reichlich komplizierte Angelegenheit«, bemerkte Jessica.
»Aber immer noch zehnmal einfacher und schneller, als wenn man sich mit dem Ruderboot nach New Hope auf den Weg macht«, meinte Ian. »Da rudert man sich über eine Stunde die Arme lahm. Außerdem hat die Fähre ja nicht allein den Sinn, Besuche bei den Randells zu vereinfachen. Irgendwann werden wir das Land da drüben auch nutzen wollen, und dann können wir alles, was hin- und hertransportiert werden muß, ja nicht mit dem Ruderboot über den Fluß bringen.«
Jessica nickte. Sechshundert Acres auf der anderen Seite des Hawkesbury gehörten noch zu Seven Hills. »Aber warum lassen wir die Zugseile denn nicht gespannt?«
»Weil wir dann schnell Ärger mit den Flußschiffern kriegen würden«, erklärte Ian McIntosh.
William Howard nickte. »Außerdem werden die Seile, wenn man von drüben wieder hierhin zurück will, ja um einen anderen Baum geschlungen, der ein gutes Stück oberhalb von unserer Position steht. So nutzen wir jedesmal die Strömung.«
»Das leuchtet mir ein.«
Ian packte die Zügel der beiden gesattelten Pferde, die der Stallbursche gebracht hatte. »Also, versuchen wir unser Glück.«
Die Pferde waren nervös und scheuten, als Ian sie an das Floß heranführte, und er mußte ihnen gut zureden, bis er sie endlich auf dem Floß hatte, das mit Brettern beschlagen war, um eine gerade Plattform zu gewährleisten.

»Sie werden sich schon daran gewöhnen«, meinte Howard zuversichtlich, doch Ian hielt es für klüger, ihnen Fußfesseln anzulegen, damit sie, sollten sie auf dem schwankenden Floß doch in Panik geraten, nicht einfach über Bord springen konnten.

Jessica hielt die Zügel und redete wie Ian beruhigend auf die Tiere ein, während die beiden Männer die LADY JANE nun vom Anlegesteg abstießen.

Es war, wie William Howard gesagt hatte. Die Strömung nahm ihnen die meiste Arbeit ab. Kaum hatte die Fähre das Ufer verlassen, da wurde sie auch schon von der Strömung gepackt. Wären die starken Seile nicht gewesen, wäre die LADY JANE in die Mitte des Hawkesbury gerissen und weit flußabwärts getrieben worden. Doch so hielten die beiden Seile, die wie geölt durch die Führungstaljen liefen, sie auf ihrem schrägen Kurs, der sie in Minutenschnelle ans andere Ufer hinüberbrachte.

»Ausgezeichnet!« lobte Jessica. »Das ist wirklich eine Erleichterung.«

William Howard war vor Stolz und Freude ganz verlegen. Er wies sie noch auf die schwere Bronzeglocke hin, die an einem Ast des Baumes hing. »Wenn die Seile mal nicht gespannt sind und man wieder zurück will, braucht man nur die Glocke zu läuten. Die hört man weithin!«

»Ihr könnt schon mal alles für den Rücktransport vorbereiten«, trug Ian den drei Männern auf, als Jessica sich in den Sattel schwang. »Wir reiten nur kurz nach NEW HOPE hinüber. In spätestens anderthalb Stunden sind wir wieder zurück.«

Jessica und Ian ritten los. Bis zur Farm von George und Lydia Randell waren es nur ein paar Meilen flußaufwärts. Jessica kannte Lydia schon seit der Sträflingsüberfahrt. Sie waren in jenen schweren Monaten gute Freundinnen geworden. Wie erleichtert war Jessica gewesen, als sie erfahren hatte, daß auch Lydia zu den wenigen Überlebenden des Schiffsunterganges gezählt hatte. Und dann war sie eines Tages als Frau von George Randell bei ihnen am Hawkesbury aufgetaucht. War das eine Freude gewesen, als Jessica Lydia wiedergesehen und erfahren hatte, daß sie und ihr Mann nicht weit von SEVEN HILLS eine Landzuteilung erhalten hatten und sich dort niederlassen würden. Endlich Nachbarn und Freunde, zu denen man nicht erst endlos weit zu reiten brauchte.

Als sie nicht mehr weit von der Randell-Farm namens NEW HOPE entfernt waren, fragte sich Jessica, ob George sie diesmal freundlicher behandeln würde als bei ihrem letzten Treffen, als sie ein Sommerfest auf SEVEN HILLS veranstaltet und alle Freunde und Nachbarn aus dem ganzen Hawkesbury-Gebiet eingeladen hatte. Georges unhöfliches, ja fast schon beleidigendes Benehmen ihr gegenüber war der einzige Wermutstropfen in diesem so wundervollen Fest gewesen, das bis in den nächsten Morgen gedauert hatte.

»Bin gespannt, wie es auf NEW HOPE aussieht«, sagte Ian McIntosh, als sie ein kleines Waldstück durchquerten, hinter dem die kleine Farm lag. »Bei meinem letzten Besuch, als wir die entlaufenen Sträflinge zurückbrachten, sah es bei den Randells kaum besser als bei den Auborns aus.«

»Lydia trifft daran keine Schuld!« verteidigte Jessica ihre Freundin impulsiv.

»Nein! Das stimmt. Sie arbeitet für zwei, während er für vier säuft«, gab Ian grimmig zurück. »Ins Schwitzen gerät er nur, wenn er zur Neunschwänzigen greift und seine Sträflinge auspeitscht.«

Jessica seufzte und schwieg. Was gab es dazu auch noch zu sagen? George Randell hatte sich schon auf Norfolk Island als Farmer versucht und war kläglich gescheitert. Am Hawkesbury hatte er einen neuen Anfang machen wollen und seine Farm dementsprechend benannt: NEW HOPE. Voller Hoffnungen hatte er sich auch an die Arbeit gemacht, doch Hoffnungen allein zeitigen keinen Erfolg, schon gar nicht in diesem Land. Zur Zuversicht mußten sich noch Voraussicht und vor allem die Bereitschaft gesellen, hart zu arbeiten. Und das nicht nur für ein paar Wochen, sondern jahrelang. Doch das hatte George Randell nicht durchgehalten, einmal von ein paar schwerwiegenden Fehlern abgesehen, die er sich als Farmer geleistet hatte – und zwar gegen den Rat und die nachdrücklichen Warnungen von Männern wie Steve und Ian.

George Randell hatte versagt, wie Jessica schmerzlich hatte einsehen müssen, denn es traf sie sehr, ihre beste Freundin so sehr darunter leiden zu sehen, daß sie sich in der Wahl ihres Mannes geirrt hatte. Das Schicksal hatte Lydia schon vor ihrer Ankunft in New South Wales schrecklich mitgespielt, und sie hätte einen guten Mann wirklich verdient gehabt. Einen Mann, der ihr Sicherheit und Hoffnung für die Zukunft gab, und nicht so einen Versager wie George, der die Augen vor seinem erneuten Scheitern verschloß und andere für alles verantwortlich machte. Nie sich selbst. Nun verlangte er von seinen Sträflingen, die ihm mit dem Land zugeteilt worden waren, die knochenbrechende Arbeit, die er selbst nicht zu leisten gewillt war. Das wäre vielleicht noch entschuldbar gewesen, nicht jedoch seine Hemmungslosigkeit im Umgang mit Rum und Peitsche.

»Bitte, tun Sie mir den Gefallen, und seien Sie nett zu George«, bat Jessica, »so nett es eben geht. Nicht um seinetwillen, sondern wegen Lydia. Sie wissen, wie stolz sie ist. Ich möchte sie nicht kränken.«

Ian nickte verständnisvoll. »Ich ganz sicher auch nicht. Diese Frau ist zu bewundern. Es ist mir ein Rätsel, wie sie es bei diesem Mann aushält.«

Diese Frage hatte sich Jessica auch schon gestellt. Was hielt Lydia? Ein Rest von Liebe? Mitleid? Verantwortungsbewußtsein? Oder Resignation?

Sie kamen aus dem Wald, und New Hope lag vor ihnen. Lost Hope wäre zutreffender gewesen, denn die Farm bot einen jämmerlichen, heruntergekommenen Eindruck. Ian hatte völlig recht: Jessica fühlte sich beängstigend an die Auborn-Farm erinnert.

Die Randells hausten noch immer in einem primitiven Haus aus Zweigen und Lehm, in dem es nur zwei Zimmer gab. Das Dach, das Männer von Seven Hills vor Jahren einmal als Nachbarschaftshilfe mit guten Holzschindeln neu gedeckt hatten, war in der Zwischenzeit offenbar nicht einmal richtig ausgebessert worden. Die heftigen Regenfluten und Stürme, die Herbst und Frühling mit sich brachten, hatten sichtbare Spuren hinterlassen. Hier und da klafften Löcher im Dach, die nur notdürftig mit einem Gemisch aus Lehmerde und Stroh zugestopft waren.

Die Scheune, der Geräteschuppen und die Unterkünfte der Sträflinge sahen noch vernachlässigter und baufälliger aus. Dasselbe galt für die Zäune. Ein Bewässerungssystem für die Felder existierte nicht.

Einzig und allein der Gemüsegarten hinter dem Haus und ein Acker von etwa zwei Morgen Größe sahen gepflegt aus und zeigten mit der Pracht ihrer Früchte, was das Land zu geben bereit war, wenn man sich bemühte und einen schmerzenden Rücken und schwielige Hände nicht scheute. Das war das Land, das Lydia ganz allein bestellte.

Jessica konnte sich nicht erinnern, ihre Freundin einmal untätig gesehen zu haben. Sie war daher nicht überrascht, als sie Lydia neben dem Haus am Hackklotz entdeckte. Schlank wie eine Gerte, das schwarze Haar hochgesteckt und in einem sehr einfachen ärmellosen Kleid. Sie schwang das Handbeil und spaltete mit kraftvollen Schlägen ein hartes Stück Holz nach dem anderen. Die Scheite, die sie hinter sich warf, bildeten schon einen hüfthohen Haufen.

Als sie den Hufschlag der Pferde hörte, hielt sie inne, blickte auf und starrte ihnen verdutzt entgegen. Dann aber leuchtete ihr Gesicht auf, und mit einer schnellen Handbewegung versenkte sie die Schneide des Beils tief in den Hauklotz.

»Jessica!... Mister McIntosh!« rief sie freudestrahlend und lief ihnen entgegen. »Mein Gott, was für eine Überraschung! Aber ihr seid ja zu Pferd! Wie habt ihr bloß die Tiere über den Fluß gebracht? Ist irgend etwas passiert?«

Besorgnis stand nun in ihren Augen, die fast so dunkel waren wie ihr pechschwarzes Haar. Unterzog sich doch niemand der Mühe, Pferde über den Hawkesbury zu bringen, wenn es dafür nicht einen ganz gewichtigen Anlaß gab – und in einer Kolonie wie New South Wales dachte man dabei stets zuerst an entlaufene Sträflinge. Kleinere Aufstände von Entlaufenen, die sich zusammengerottet hatten, hatte es in der Vergangenheit schon mehrfach gegeben, meist durch irische Rebellen, die aus politischen Gründen nach Australien verbannt worden waren. Manche setzten ihren Kampf gegen die Engländer auch hier noch fort.

»Nein, nein, es ist nichts passiert, Lydia«, beruhigte Jessica sie und sprang vom Pferd, um sie herzlich zu umarmen.

»Aber die Pferde...«

Jessica lachte. »Das ist eine Geschichte für sich.«

»Auf die Geschichte bin ich aber gespannt«, sagte Lydia verwirrt. »Aber kommt ins Haus. Da ist es ein bißchen kühler als hier draußen.«

Ian führte die Pferde zur Tränke bei der Scheune. Er hatte sie dort gerade angebunden, als ein wütender Schrei von drinnen zu ihnen auf den Hof drang, gefolgt von einem klatschenden Geräusch und einem weiteren Schrei, diesmal jedoch einem Schmerzensschrei.

»Hab' ich's doch gewußt, daß du dich wieder vor der Arbeit zu drücken versuchst!« gellte George Randells Stimme aus der Scheune.

Im nächsten Augenblick taumelte ein hagerer Mann, der kaum älter als zwanzig sein konnte, aus der Scheune, nur mit einer verschlissenen Hose bekleidet und gefolgt von George Randell. Er hielt eine Peitsche in der Hand.

»Ich werde dir das Fell gerben!« Er holte zum Schlag aus.

»Wieder mal Ärger mit deinen Leuten?« fragte Ian.

George blickte sich verdutzt um, sah den Verwalter und ließ zögernd die Peitsche sinken. »Was wollen Sie hier?« fragte er unfreundlich.

»Ich habe Missis Brading begleitet, George.« Ein warnender Unterton schwang in Ians Stimme mit. »Sie wollte Sie besuchen. Es gibt ein paar Neuigkeiten, die Sie vielleicht interessieren.«

Nun erst bemerkte George Jessica, die auf der anderen Seite des

Hofes bei seiner Frau stand und zu ihnen herüberblickte. Sein vom vielen Rum aufgedunsenes Gesicht, das von unzähligen geplatzten roten Äderchen durchzogen war, nahm einen mißmutigen Ausdruck an. »Neuigkeiten?« brummte er. »Was können das schon für Neuigkeiten sein, die Sie bringen.«
Ian zuckte nur mit den Achseln.
»Verschwinde! Zurück an die Arbeit!« herrschte George den jungen Sträfling an, der sich das nicht zweimal sagen ließ. »Faules Sträflingsgesindel! Wenn man ihnen nicht gehörig auf die Sprünge hilft, dann rühren sie keine Hand mehr!«
Ian McIntosh war ein Emanzipist, also ein ehemaliger Sträfling, der seine Strafe verbüßt hatte und nun wieder ein freier Mann war. Ihm lag eine scharfe Erwiderung auf Georges Ausdruck »Sträflingsgesindel« auf der Zunge, doch er dachte daran, worum Jessica ihn gebeten hatte, und beherrschte sich.
»Es gibt wohl immer solche und solche«, sagte er nur.
»Ich kenne nur solche, die täglich die Peitsche verdient haben!« erwiderte der Farmer verdrossen, wickelte die neun mit Knoten versehenen Lederriemen um den Griff und steckte die Peitsche hinter seinen Gürtel. Dann ging er zu den Frauen hinüber.
Jessica zwang sich zu einer munteren, unbeschwerten Begrüßung, war insgeheim jedoch bestürzt, wie sehr George Randell sich verändert hatte. Er war einmal ein freundlicher, umgänglicher Mann gewesen. Doch davon war nichts mehr geblieben. Seine Augen blickten trüb, und er antwortete auf ihre freundlichen Worte nur mit einem mürrischen Nicken.
»Na, wenn ihr nun schon mal hier seid, können wir ja auch was zusammen trinken«, sagte er auf einen beschwörenden Blick seiner Frau hin und stieß mit dem Stiefel die Tür auf.
Lydia bemühte sich redlich, das unfreundliche Verhalten ihres Mannes zu überspielen, indem sie geschäftig hin und her eilte und dabei ohne Unterlaß redete.
George knallte eine Kanne Rum auf den Tisch, dazu vier Becher, die er nachlässig füllte. »Hör auf zu plappern!« fuhr er Lydia grob in die Rede. »Bei dir wird man ja schon vom Zuhören schwindlig!«

»Ein Schluck Wasser wäre mir lieber«, sagte Ian, als George ihm einen Becher zuschob.

»Vertragen Sie nichts mehr, oder sind Sie neuerdings unter die Abstinenzler gegangen?« fragte George aggressiv.

Jessica stieß den Verwalter unter dem Tisch an.

Ian verstand und seufzte. »Also gut, ein Becher voll wird mich ja nicht umhauen.«

»Dann runter damit!« George leerte seinen Becher mit einem Zug, goß sich sofort wieder nach und wollte wissen: »Was sind das für Neuigkeiten, von denen Sie gesprochen haben?«

»Es gibt jetzt eine Fähre über den Hawkesbury«, sagte Jessica und wünschte, George säße nicht mit ihnen am Tisch, sondern wäre auf den Feldern.

Lydia hörte begeistert zu, als Jessica und Ian von der LADY JANE berichteten und erklärten, wie diese Floßfähre funktionierte, während ihr Mann sich mehr dafür interessierte, daß sein Becher immer gut gefüllt blieb. Als Lydia sich freudig darüber ausließ, wie praktisch diese Fähre doch sei und wie sie die Überquerung des Hawkesbury doch für sie alle vereinfachte, mischte sich George zum erstenmal wieder in das Gespräch.

»Und? Was nimmst du für das Übersetzen, Jessica?« fragte er spitz.

»Was soll diese Frage, George? Ich nehme natürlich nichts dafür. Wie kannst du so etwas bloß annehmen? Ihr seid doch unsere Nachbarn und Freunde!«

»Die Auborns waren auch eure Nachbarn«, gab George bissig zurück, »und jetzt gehört ihre Farm zu SEVEN HILLS. Bist ein verdammt cleveres Mädchen, Jessica. Erkennst 'nen Vorteil, wenn du ihn siehst, und weißt ihn auch gleich zu nutzen. Warum solltest du aus dieser Fähre nicht auch noch 'n bißchen klingende Münze schlagen. Man muß doch nehmen, was sich einem bietet, nicht wahr?«

»Du solltest weniger trinken!« konnte sich Jessica nun nicht verkneifen zu sagen. »Dann würdest du vielleicht nicht soviel dummes Zeug reden!«

George ging überhaupt nicht darauf ein. »Hab' dir ja noch gar

nicht zu deinem Schiff gratuliert, das du dir zugelegt haben sollst.«
»Ich hab' mich zur Hälfte an einem Schoner beteiligt, weil Duckworth mir keine andere Wahl gelassen hat!« stellte Jessica richtig. »Das wird uns allen zugute kommen. Captain Rourke wird auch weiterhin die alten Frachtraten nehmen. Ich denke, dagegen wirst du nicht viel einwenden können.«
George verzog das Gesicht zu einem sarkastischen Lächeln. »Sauber eingefädelt, Jessica. Bin sicher, daß es bei der einen Hälfte nicht bleiben wird. Doch, doch! Nicht so bescheiden! Du hast es faustdick hinter den Ohren und wirst in New South Wales schon noch die Sahne abschöpfen.«
Ian holte tief Luft. »Wir sollten aufbrechen, Jessica. Es wird bald dunkel.«
George fuhr einfach fort, und seine Zunge war schwer vom Rum. »Wißt ihr, was ich Lydia immer gesagt habe? Ich will's euch sagen. Lydia, habe ich zu meiner Frau schon oft gesagt, Lydia, nimm dir ein Beispiel an deiner Busenfreundin Jessica. Die hat gewußt, wen sie heiraten mußte, um auf einen grünen Zweig zu kommen. Die Jessica, das clevere Mädchen, wird sich nicht mit 'ner Riesenfarm wie Seven Hills begnügen, hab' ich gesagt. Was für uns 'n dicker Brotlaib ist, ist für ihren Ehrgeiz nur 'n lächerlicher Brosamen. Die läppischen dreitausend Acres und mickrigen acht-, neuntausend Schafe, das ist erst der Anfang! Eines Tages ist das Land zu beiden Seiten des Flusses Brading-Land. Na ja, und jetzt steigst du also auch ins Flußschiffergeschäft ein. Ist schon gut durchdacht, Jessica. Man muß alles im Griff haben, wenn man's zu was bringen will, nicht wahr? Am besten überall die Finger drin. Bin gespannt, wie lange es dauert, bis nur noch Boote unter Brading-Flagge den Hawkesbury befahren! Dann kannst du hier die Frachtraten bestimmen, wie es dir gefällt. Wird schon 'n kleiner Profit dabei rumkommen, was? Na, was kümmert mich das. Bis dahin hast du New Hope bestimmt auch schon Seven Hills einverleibt. Vielleicht machst du uns jetzt schon mal 'n Angebot, solange wir noch 'nen vernünftigen Preis kriegen?«

»Du bist betrunken, George!« Lydia war hochrot im Gesicht vor Wut und Scham. Tränen glitzerten in ihren Augen. »Was du da sagst, ist beleidigend! Entschuldige dich gefälligst!«
Ian winkte ab. »Lassen Sie nur, Lydia, allmählich erwarten wir gar nichts anderes mehr von ihm!« sagte er offen heraus und erhob sich. Er hatte nicht einmal an seinem Becher genippt. Von einem Mann wie George Randell wollte er auch nicht einen Tropfen annehmen.
»Im Alkohol ist Wahrheit, und in Rum ist verdammt viel Alkohol und damit auch viel Wahrheit, nur die können manche verflucht schlecht vertragen«, höhnte George.
Jessica hatte wie Ian genug. Abrupt stand sie auf. »Wenn du mal nüchtern bist und den Mut hast, dir selbst ins Gesicht zu sehen und dir mal ein paar Gedanken über deine Situation zu machen, dann kommst du vielleicht auf die Wahrheit!« gab sie zornig zurück. »Die Wahrheit, die da lautet: Du hast New Hope heruntergewirtschaftet, dich in Rum-Orgien geflüchtet und zudem noch die Charakterlosigkeit, andere dafür verantwortlich zu machen und sie unter deinem Versagen leiden zu lassen! Du bist von Neid zerfressen und blind. Wenn Lydia nicht wäre, die dreimal mehr Manns ist als du, gäbe es New Hope gar nicht mehr!«
George fuhr auf, die Augen rot unterlaufen, das Gesicht eine haßerfüllte Grimasse. »Raus mit euch!« brüllte er. »Verschwindet von meinem Land und laßt euch nie wieder hier blikken! Elendes Sträflingsgesindel!«
Ian blieb an der Tür stehen und wollte zu George zurück. Doch Jessica packte ihn am Arm und schob ihn hinaus. Lydia war kalkweiß im Gesicht und kämpfte mit den Tränen.
»Entschuldigen Sie meine Offenheit, Lydia«, sagte der Verwalter mit ausdruckslosem Gesicht, »doch Sie hätten ein besseres Schicksal und einen Mann verdient, der Ihrer würdig ist. Hier haben Sie nichts mehr zu suchen. Vergessen Sie nie, daß Seven Hills nicht weit ist.« Er wartete ihre Antwort nicht ab, sondern ging schnellen Schrittes über den Hof, um ihre Pferde zu holen.

»Es ist unverzeihlich, was George gesagt hat«, stieß Lydia mit tränenerstickter Stimme hervor. »Jessica, ich... ich schäme mich ja so. Er ist betrunken und hat es bestimmt nicht so gemeint.«

»Wir alle wissen, du auch, daß er jedes Wort so gemeint hat, wie er es gesagt hat«, antwortete Jessica. »Wenn du bei ihm bleibst, wird er dich mit ins Unglück ziehen, Lydia. Ian hat völlig recht: Du hast etwas Besseres verdient. Vergiß deshalb nicht, daß du gute Freunde hast. Mein Haus steht dir immer offen, und wenn du willst, kannst du so lange auf SEVEN HILLS bleiben, wie du möchtest. Irgendwann muß dieser Alptraum doch ein Ende haben.«

»Aber George ist doch mein Mann!« flüsterte Lydia verzweifelt.

»Das war er einmal!« erwiderte Jessica hart. »Jetzt ist er dein Verderben!«

8

»Vielleicht sollten Sie ihm wirklich ein Angebot machen und NEW HOPE kaufen«, meinte Ian McIntosh Stunden später. Sie waren unter niedergeschlagenem Schweigen nach SEVEN HILLS zurückgekehrt. Noch nicht einmal ihre Kinder, mit denen sie die Zeit bis zum Abendessen verbrachte, hatten sie aufheitern können. Der Besuch bei den Randells war so deprimierend gewesen und hatte ihr die Freude an der Floßfähre verdorben. Nach dem Essen, bei dem wenig gesprochen und das Thema Lydia und George stillschweigend ausgeklammert wurde, hatte Jessica ihren Verwalter auf ein Glas Port auf die hintere Veranda gebeten. Sie fühlte sich innerlich zu aufgewühlt und zu bedrückt, um jetzt schon die Einsamkeit und gedankenschwere Stille ihres Schlafzimmers ertragen zu können.

»Was sollten wir damit?« fragte Jessica überrascht. »Einmal ganz davon abgesehen, daß es mir nie in den Sinn kommen würde, die Randells auskaufen zu wollen.«

»Es wird aber Zeit, daß Sie sich darüber Gedanken machen«, erwiderte Ian. »SEVEN HILLS Zukunft ist natürlich nicht von den wenigen hundert Acres der Randells abhängig, aber unter diesen Umständen erscheint mir ein Kauf als einzig vernünftige Möglichkeit, um diesen versoffenen Störenfried loszuwerden. Er bringt uns nur Ärger. Wenn er so weitermacht, werden ihm die Sträflinge noch den Schädel einschlagen – und vielleicht nicht nur ihm.«

»NEW HOPE kaufen? Nein, das kann ich Lydia nicht antun.«

»Sie muß sich von ihm lösen – so oder so!«

»Ihr Herzblut steckt in NEW HOPE, Ian!«

»Es könnte dazu kommen, daß eines Tages nicht nur ihr Herzblut in NEW HOPE steckt, sondern ihr echtes Blut den Boden tränkt!«

»Malen Sie nicht den Teufel an die Wand!«
»Mir ist es verdammt ernst damit, Jessica. Ein Mann wie George Randell ist eine Gefahr für alle Siedler am Hawkesbury!« erinnerte er sie unnachgiebig.
»Überschätzen Sie ihn da nicht?«
»Ganz und gar nicht. Hat er seine Sträflinge nämlich erst in eine Bluttat getrieben, haben sie nichts mehr zu verlieren. Dann ist ihnen der Galgen gewiß. Und wie sollen sie anders als durch weiteres Plündern und Töten hier draußen im Busch überleben? Sie werden gezwungen sein, sich Feuerwaffen und Munition zu beschaffen. Und von wem?«
»Von uns«, sagte Jessica widerwillig.
»Ja, und von den Stuarts, den Fieldings, den Robbins. Ganz besonders von den Kleinfarmern, die leichter zu überfallen sind als eine Farm wie SEVEN HILLS. Und das kann zu einer Kettenreaktion führen. Auf jeder Farm, auch hier bei uns, gibt es unzufriedene Sträflinge, egal, wie gut es ihnen gehen mag.«
»Das ist leider nur zu wahr, Ian.«
»Diese Leute werden nicht zögern, sich diesen Entlaufenen anzuschließen. Und dann haben wir einen Aufstand am Hawkesbury. Es wäre nicht das erste Mal, daß Kleinigkeiten so verheerende Auswirkungen haben.«
»Ich hoffe, dazu wird es nicht kommen.«
»Mit Hoffnungen allein kommt man am Hawkesbury nicht weit«, erwiderte Ian fast ungehalten. »Ich dachte, das brauchte ich nicht ausgerechnet Ihnen noch zu sagen.«
»Nein, das brauchen Sie auch nicht. Entschuldigen Sie, Ian. Es war dumm von mir, diese Möglichkeit ausschließen zu wollen, nur weil ich es mir um Lydias willen so wünsche.«
Er nickte. »Sie werden es sich mit dem Angebot für NEW HOPE also überlegen?«
»Ja, das werde ich«, versprach Jessica. »Aber geben Sie mir ein paar Tage Zeit.«
»Ich kann Sie zu nichts zwingen, aber ich würde mir an Ihrer Stelle damit nicht allzuviel Zeit lassen. Sentimentalität hilft keinem – auch nicht Lydia!«

Jessica lag die halbe Nacht wach und dachte über alles nach, ohne zu einem befriedigenden Ergebnis zu kommen. Kaufte sie George die Farm ab, und er würde sich bestimmt lieber heute als morgen von NEW HOPE trennen, dann würde er das Geld einstreichen und es in kürzester Zeit in Sydney oder Parramatta für Rum, Glücksspiel und Huren ausgeben. Lydia würde davon nicht einen Penny zu sehen bekommen. Doch was sie viel mehr schmerzen würde, war der Verlust der Farm. So heruntergekommen sie auch sein mochte, es war ihr Zuhause, ihre neue Heimat und ihr Land.

›Aber wenn ich George kein Geld biete, wird er vielleicht wirklich eines Tages Unglück über uns alle bringen‹, dachte sie, von Skrupeln und Sorgen gleichermaßen gepeinigt. Als sie endlich in einen unruhigen Schlaf fiel, träumte sie von einem blutigen Aufstand, und sie sah Lydia mit gespaltenem Schädel auf dem Hof von NEW HOPE verbluten, während alle Gebäude in Flammen standen und George wie ein Wahnsinniger mit der Peitsche um sich schlug. Es war ein gräßlicher Alptraum, aus dem sie schweißüberströmt und am ganzen Körper zitternd erwachte.

Mit dem Anbruch des neuen Tages kehrte ihre Zuversicht wieder. Vor allem die Tatsache, daß Edward endlich das Krankenbett verlassen konnte, munterte sie auf. Auch Victoria war froh, daß ihr Bruder endlich wieder aus dem Haus durfte. Immer bei ihm im Zimmer zu spielen war auf die Dauer einfach zu langweilig.

»Na, wie geht es?« fragte Jessica, als Edward die Krücke ausprobierte, die der alte Baker ihm angefertigt hatte. Er hatte den Biß der Giftschlange zwar überstanden, doch beim Auftreten hatte er immer noch Schmerzen. Jessica hoffte inständig, daß er kein steifes Bein zurückbehalten würde.

»Es geht fabelhaft, Mami! Wenn Jeremy etwas macht, dann funktioniert das immer fabelhaft!« versicherte der sechsjährige Junge und humpelte auf der Krücke über den Hof. Victoria, in einem geblümten Kleidchen mit Spitzenkragen, folgte ihnen schmollend. Sie hatte mit ihrem Bruder eigentlich das neue

Spiel spielen wollen, das Mister Hamilton ihnen unten am Fluß gezeigt hatte. Doch Edward wollte zuallererst dem alten Baker guten Tag sagen. Ihr war es ein Rätsel, wie man so sehr wie ihr Bruder an einem Mann hängen konnte, der so alt und dürr und kahlköpfig war wie Jeremy Baker.

»Wann gehen wir denn endlich zum Fluß?« quengelte sie.

»Du weißt, daß ihr allein am Fluß nichts zu suchen habt!« erinnerte Jessica ihre Kinder streng. Daß sich Schlangen so nahe der Wohnhäuser zeigten, passierte zwar selten, doch rechnen mußte man immer damit.

»Aber Anne paßt doch auf uns auf!«

»Dennoch. Mir ist es lieber, ihr bleibt hier auf dem Hof.«

»Kommt Mister Hamilton bald wieder?« fragte Edward, nachdem sie kurz beim alten Baker im Schuppen gewesen waren, wo die Schafe geschoren wurden.

»Das weiß ich nicht, mein Kind. Hättest du das denn gerne?«

Edward nickte. »Ja, ich mag ihn ... wenn auch nicht sosehr wie Jeremy«, sagte er mit kindlicher Offenheit. »Oder meinst du, Mister Hamilton hätte mir eine Krücke basteln können, die so gut wie diese ist?«

Jessica lachte unwillkürlich. »Nun, das kann ich dir nicht sagen. Aber ich glaube nicht, daß das Grund genug ist, jemanden mehr oder weniger gern zu haben.«

»Für mich schon«, meinte Edward. »Du hast ihn sehr gerne, nicht wahr, Mami?«

Sie lächelte versonnen. Kinderaugen bemerkten mehr, als man gemeinhin annahm. Es war wirklich schwer, vor ihren Kindern etwas zu verbergen. »Ja, ich mag ihn sehr. Er ist ja auch ein sehr netter Mann, nicht wahr?«

»Mag er dich auch so, wie du ihn magst?«

»Ja, vielleicht sogar noch mehr.«

»Aber warum ist er dann nicht geblieben?«

Jessica überlegte kurz. »Weißt du, manchmal ist es ganz gut, wenn sich zwei Menschen, die sich sehr gern haben, eine Zeitlang nicht sehen. Vor allem dann, wenn man nicht weiß, wie lieb man den anderen hat. Wenn man den anderen sehr, sehr vermißt und es nicht erwarten kann, ihn wiederzusehen, dann weiß man, daß man ihn sehr, sehr gern hat.«

»Dann habe ich Jeremy sehr, sehr gern, denn ich habe ihn so vermißt, wie du gesagt hast!« erklärte Edward ernst. Jeremy Baker war der beste Schnitzer von SEVEN HILLS, vielleicht vom ganzen Hawkesbury, und daran maß Edward jeden, der seine Sympathie gewinnen wollte.

»Mir kann der alte Baker gestohlen bleiben«, nahm Victoria die Gelegenheit wahr, eine andere Meinung als ihr Bruder zu vertreten. »Ich finde, Mister Hamilton ist viel netter und nicht so alt und kahl auf dem Kopf, und so dürr wie eine Nadel ist er auch nicht.«

»Klar ist Mister Hamilton alt«, widersprach Edward.

»Aber nicht uralt!«

»Was verstehst du denn schon von uralt? Du bist ja noch ein Baby!«

»Und du ein Hinkefuß!«

»Zicke!«

»Selber!«

»Dumme Gans! Ein Junge kann nie eine Zicke sein!« triumphierte Edward.

»Dann eben Ochse!«

»Schluß jetzt!« griff Jessica ein. »Es gehört sich nicht, sich zu streiten! Und jetzt seht zu, daß ihr zu Anne kommt. Sie wird froh sein, Lisas strenger Hand für ein paar Stunden zu entkommen. Also macht ihr das Leben nicht so schwer und tut, was sie sagt.«

Edward und Victoria gingen zur Küche hinüber, um Anne abzuholen, während Jessica sich um die vielfältigen Arbeiten kümmerte, die die Bewirtschaftung einer so großen Farm mit sich brachte. Ihr besonderes Augenmerk galt an diesem Tag dem Bewässerungssystem, das die Maisfelder im Nordwesten bei zu starker Trockenheit vor dem Verdorren bewahren sollte. Die Getreidefelder in der Nähe des Farmhauses waren schon von einem System von Wassergräben durchzogen. Jetzt hatte Ian McIntosh auch die Versorgung der entfernteren Felder in

Angriff genommen, in deren Nähe sich Quellen befanden, die auch während der heißen Sommermonate noch genügend Wasser lieferten, um die Gräben mit dem kostbaren Naß zu speisen.

Es war eine langwierige und schwere Arbeit, bei der jedes Paar Hände gebraucht wurde. Jessica reihte sich deshalb in die Arbeitskolonne ein, griff zum Spaten und schonte sich nicht. Es tat ihr gut, kräftig mitanzupacken und zu sehen, wie die Gräben länger und länger wurden, lenkte es sie doch von ihren Gedanken ab.

Am Nachmittag ritt sie zum Farmhaus zurück. Auf halbem Weg stieß sie auf die Landstraße, die nach Parramatta führte. Eigentlich war es keine richtige Straße, auch wenn sie bei ihnen diesen Namen hatte, sondern nur zwei sandige Spurrillen, die die Räder der Fuhrwerke in den Boden geschnitten hatten.

Sie war mit ihren Gedanken bei Lydia und ihrem Entschluß, einen Boten nach New Hope zu schicken und Lydia zu bitten, doch zu ihr zu kommen. Sie wollte mit ihrer Freundin unbedingt unter vier Augen und in aller Ruhe reden, bevor sie irgend etwas in dieser Sache unternahm.

Adrian kannte den Weg zurück zum Hof, so daß Jessica nicht auf den Weg achtete – und den Reiter, der sein Pferd gezügelt und an den Wegrand gelenkt hatte, erst bemerkte, als sie mit ihm fast auf gleicher Höhe war.

Als sie ihn dann sah, erschrak sie zutiefst.

Es war Kenneth Forbes. Ihr Halbbruder! Er saß auf einem prächtigen grauen Hengst, trug an diesem Tag jedoch nicht seine Offiziersuniform.

Jessica trat Adrian so fest sie konnte in die Flanken und trieb ihn zum Galopp an.

»Jessica!... So warte doch!« brüllte Kenneth Forbes und jagte hinter ihr her. Er schlug seinen Hengst mit der Reitgerte und war schnell auf gleicher Höhe mit ihr.

»Verschwinde, Ken!« rief sie ihm zu.

»Den Teufel werd' ich tun, Jessica!« rief er zurück. »Ich bin nicht den langen Weg geritten, um jetzt den Staub deines Pferdes zu schlucken. Du wirst mich nicht abhängen. Bisher hat mich noch keiner abgehängt.«

Jessica biß sich auf die Lippen. Sie würde Ken nicht abschütteln. Er würde ihr folgen, bis zur Farm. Und genau das mußte sie unter allen Umständen vermeiden. Sie riß Adrian nach rechts, galoppierte ein Stück in den Busch hinein und brachte den Wallach dann bei einer verkrüppelten Akazie zum Stehen.

Ken war ihr nicht von der Seite gewichen. »Das ist schon besser, Jessica«, sagte er und machte einen zufriedenen Eindruck.

»Was willst du?« fragte sie scharf.

»Mit dir reden. Oder hast du geglaubt, ich würde dich einfach vergessen?«

»Ja, das wäre das beste. Für uns alle!«

»Warum sagst du so etwas, Jessica?« fragte er vorwurfsvoll. »Ich weiß doch, daß ich dir nicht gleichgültig bin. Warum gibst du nicht zu, daß du einfach nur Angst hast, ich könnte recht haben.«

»Ich habe keine Angst!« erwiderte sie heftig. Doch es stimmte nicht. Sie hatte sehr wohl Angst. Angst vor den Schatten der Vergangenheit.

»Um so besser. Freust du dich denn gar nicht, mich zu sehen? Du hast doch gewußt, daß ich kommen würde, nicht wahr?«

Jessica sah ihn an. Ihr Halbbruder war ein schlanker, attraktiver Mann von achtundzwanzig Jahren mit geradezu klassisch perfekten Gesichtszügen. Tiefbraune Augen lagen unter schmalen schwungvollen Brauen, und seine langen, dichten Wimpern konnten den Neid einer Frau wecken. Ein entwaffnendes Lächeln, mit dem er schon so viele Frauenherzen erobert hatte, lag nun auf seinem Gesicht.

Auch Jessica war einst seinem betörenden Charme verfallen gewesen, als sie noch nicht gewußt hatte, daß sie Halbgeschwister waren und denselben Vater hatten – Sir Wesley Forbes. Zu spät war ihr damals in England aus den Tagebuchaufzeichnungen ihrer verstorbenen Mutter klargeworden, daß Sir Wesley Forbes nicht allein ihre Dienste als Gouvernante, sondern auch ihre sinnlichen Reize geschätzt hatte. Zu spät war es gewesen, um sich von dieser verbotenen, unseligen Liebe zu Ken zu befreien. Bis sein Vater – ihr Vater! – ihr Geheimnis entdeckt und mit skrupelloser Unbarmherzigkeit dafür gesorgt hatte, daß sie unter falschen Anklagen verurteilt und nach New South Wales verbannt wurde.

Acht Jahre hatte sie von ihm nichts gehört und nichts gesehen. Bis vor einer Woche. Da hatte er eines Abends in Parramatta im Hof des Faßbinders vor ihr gestanden. Es war ein Schock gewesen, wie es auch jetzt ein Schock war, ihn wiederzusehen und hier in der Kolonie zu wissen – als Lieutenant des New South Wales Corps. Sie hatte sich einzureden versucht, daß dieses dunkle Kapitel ihres Lebens abgeschlossen war und Ken nicht noch einmal versuchen würde, sie zu treffen. Und es war ihr auch gelungen, Ken tief in ihr schuldbeladenes Unterbewußtsein zu verdrängen, solange sie um Edwards Leben gebangt und Mitchell in ihrer Nähe gewußt hatte. Doch jetzt erkannte sie mit Schrecken, welch einem törichten Irrtum sie sich damit hingegeben hatte.

»Ich habe gehofft, du würdest es nicht tun«, sagte Jessica.

»Ich verstehe einfach nicht, wie du so etwas sagen kannst. All die Jahre habe ich nur an dich gedacht.«

Sie warf ihm einen bitteren Blick zu. »Ja? Davon habe ich im Gefängnis von Newgate aber wenig gemerkt, Ken! Nicht einmal hast du mich besucht oder irgend etwas unternommen, um mir das Leben in dieser Hölle erträglicher zu machen. Und wo warst du, als man mich bei dieser abgesprochenen Gerichtsverhandlung wegen eines Verbrechens verurteilt hat, das ich nie begangen hatte!« Und in Gedanken fügte sie hinzu: ›Die einzige Schuld, die ich auf mich geladen habe, war, daß ich dich zu lieben glaubte und deinen Verführungskünsten nicht widerstehen konnte!‹

»Mein Gott, ich habe versucht, was ich konnte, um Vater von dieser... Wahnsinnstat abzubringen! Aber es war vergeblich! Und was hätte ich tun sollen, Jessica? Mir waren die Hände gebunden. Die Beweise waren erdrückend.«

»Beweise? Es war ein abgekartetes Spiel!«

»Es heißt, du hättest nichts zu deiner Verteidigung vorgebracht und dich für schuldig erklärt!«

»Weil das die einzige Möglichkeit war, dem Galgen zu entkommen! Unser Vater hätte nämlich auch davor nicht zurückgeschreckt! Jawohl, mein eigener Vater hätte mich gnadenlos dem Henker übereignet, wenn ich es gewagt hätte, die Wahrheit zu sagen!« schrie Jessica ihm entgegen.

Er blickte zerknirscht drein. »Ja, ich weiß, daß du recht hast. Und ich will mich auch nicht von Schuld freisprechen. Aber ich war damals gerade zwanzig...«

»Und ich war siebzehn!«

»... und ich wußte wirklich nicht, wie ich dir helfen konnte«, fuhr Ken fort. »Meine Eltern haben mich von allem abgeschirmt und mich quasi unter Hausarrest gehalten, bis du auf dem Schiff warst. Aber jetzt bin ich hier, Jessica. Mich hat es einfach nicht länger in Eton gehalten. Ich mußte dich wiedersehen. Deshalb habe ich das Studium der Rechtswissenschaften aufgegeben und hab' mir ein Offizierspatent gekauft. Ist das nicht Beweis genug, wie sehr ich dich noch immer liebe?«

»Ich brauche keine Beweise, Ken!« Jessica hatte ihre Zweifel, ob es sich wirklich so verhielt, wie er behauptete. Wenn er sie wirklich so geliebt hätte, hätte er vor acht Jahren, als sie im Kerker von Newgate ein grausames Schicksal erleiden mußte, sicher Mittel und Wege gefunden, um ihr zumindest eine Nachricht und etwas Geld zukommen zu lassen, um die Gier der korrupten Wärter befriedigen zu können. Und was seine Offizierslaufbahn betraf, da hegte sie den starken Verdacht, daß diese Entscheidung nicht auf einem freien Willensentschluß seinerseits beruhte. Da mußte irgend etwas vorgefallen sein. Doch es interessierte sie nicht. In ihnen floß das Blut desselben Vaters, für den sie längst keinen Haß mehr empfand, sondern nur noch grenzenlose Verachtung. Ken war ihr Halbbruder. Und von den schwärmerischen Gefühlen, die sie als siebzehnjähriges Mädchen für wahre Liebe gehalten hatte, war nichts übriggeblieben – höchstens Schuld.

Ken deutete ihre Antwort falsch. »Das habe ich auch erhofft.«
»Du verstehst nicht, Ken! Ich möchte nichts mehr mit dir zu tun haben!« erklärte sie scharf. »Was damals passiert ist, war schlimm genug... und es war unrecht. Doch das können wir nicht ungeschehen machen. Wir werden mit unserer Schuld leben müssen. Aber das ist auch alles, Ken. Ich liebe dich nicht!«
»Sag das nicht!« begehrte Ken auf.
»O doch! Ich bin mir heute sogar sicher, daß ich dich auch damals nicht geliebt habe. Jedenfalls nicht wirklich. Ich war dir bestenfalls verfallen, weil ich mich nach dem Tod meiner Mutter mit meinem neuen Leben nicht zurechtfand, unglücklich war und mich nach Liebe und Zärtlichkeit sehnte. Ich will dir keinen Vorwurf machen, Ken, aber wir haben nur mit der Liebe *gespielt*, wenn wir es auch nicht gewußt haben. Doch bitte laß es damit bewenden!« beschwor sie ihn. »Wir sind Halbgeschwister, und wenn du wirklich etwas für mich empfindest, dann wirst du mich in Ruhe lassen – und mich nie wieder bedrängen. Wir müssen unseren Weg gehen, Ken – und es sind getrennte Wege.«
Ken schüttelte heftig den Kopf, ganz blaß im Gesicht. »Das glaube ich dir einfach nicht! Was du da sagst, ist Lüge! Du hast Angst vor der Wahrheit. Und die Wahrheit ist, daß auch du mich nie vergessen hast!«
Jessica lachte bitter auf. »Wie hätte ich dich auch vergessen können, Ken? Eine derartige Schuld kann man nicht vergessen.«
»Das ist es! Schuld!« stieß er zornig hervor. »Du wehrst dich gegen deine Gefühle und verschanzt dich hinter deinem Gerede von Schuld und verbotener Liebe! Aber wenn sich zwei Menschen lieben, gibt es keine Schuld! Wen kümmert es denn hier, daß wir denselben Vater haben? Was zählt, sind einzig und allein unsere Gefühle. Jessica, weis mich nicht ab! Ich brauche dich! Du bist für mich die einzige Frau!«
»Sicher, ein Mann wie du hat acht Jahre aller Sinnesfreuden entsagt und nur auf diesen Tag gewartet«, erwiderte Jessica.

»Jessica, ich liebe dich!« beteuerte er.
»Sag das lieber deiner Frau!« sagte sie, ohne nachzudenken, einer unbewußten Eingebung folgend.
Er starrte sie bestürzt an. »Wieso weißt du...?« Er brach mitten im Satz ab, als ihm klar wurde, was er damit eingestand.
»Du bist also verheiratet!« stellte sie fest, und ihr Unmut über sein Verhalten ihr gegenüber verwandelte sich nun in Zorn. Er hatte sie die ganze Zeit belogen. »Geh mir aus den Augen, Ken!«
»Jessica, es ist nicht so, wie du denkst!« stieß er hastig hervor. »Es war eine Vernunftehe! Meine Eltern bestanden darauf, daß ich Rosetta heiratete. Du weißt, in unseren Kreisen...«
»Ja, ich kenne eure vornehmen Kreise, Ken!« fuhr sie ihm mit schneidender Stimme ins Wort und packte die Zügel fester. »Und in diesen Kreisen bleibst du am besten auch! Wir haben uns nichts zu sagen und schon gar nichts zu geben. Sieh endlich ein, daß du dich nur in eine Wahnidee verrannt hast. Ich habe dir acht Jahre nicht gefehlt und werde es auch den Rest deines Lebens nicht. Außer einer unglückseligen Episode verbindet uns gar nichts. Und was uns vielleicht hätte verbinden können, das gemeinsame väterliche Blut, hat uns für immer getrennt. Das ist auch gut so. Belaß es dabei und versuche nicht, mich wieder zu treffen!« Sie trieb ihr Pferd an.
»Wir beide gehören zusammen!« schrie Ken ihr zornig und enttäuscht zugleich hinterher. »Ich werde dich nie aufgeben, Jessica! Nie, hörst du?«
Sein Schrei schallte ihr noch in den Ohren, als sie wieder auf der Landstraße war und Adrian sie im gestreckten Galopp zum Hof trug. Sie trieb ihn zu Höchstleistungen an, ohne sich dessen bewußt zu sein. Als sie zu nahe an einem hohen Strauch vorbeijagte, peitschte ein Ast ihren Arm. Der Schmerz brachte sie zu sich.
Sie zog die Zügel an und ließ Adrian in Trab fallen. Der Gebäudekomplex tauchte schon vor ihr auf. Sie blickte sich um, und Erleichterung durchflutete sie, als sie nichts als Busch und zwei sandige Spurrillen sah. Ken war ihr nicht gefolgt.

Jessica versuchte ihre innere Erregung unter Kontrolle zu bekommen und ihren schnellen Atem zu normalisieren. Wie kopflos, ja wie dumm von ihr, wie von Furien gehetzt davonzugaloppieren. Und hätte sie das schnellste Pferd der Welt, sie könnte doch nie vor Ken und ihrer Vergangenheit fliehen. Sie mußte sich damit abfinden, daß auch er sich in der Kolonie befand. Seine Anwesenheit ignorieren oder gar verdrängen zu wollen löste das Problem nicht. Er würde sie weiter bedrängen, solange er von der verrückten Idee besessen war, daß die acht Jahre nichts verändert hatten und sie noch immer das siebzehnjährige Mädchen war, das bei einem Lächeln wie Wachs in seinen Händen dahinschmolz. Sie würde nur Ruhe vor seinen Nachstellungen finden, wenn er ein für allemal begriff, wie sinnlos seine Bemühungen waren und daß er sich mit seinen Liebesbeteuerungen nur lächerlich machte.
Aber wie sollte sie ihm das beibringen?
Jessica hatte das dunkle Gefühl, daß die Zukunft im Zusammenhang mit Ken noch einige unangenehme Überraschungen für sie bereit hielt, und Bitterkeit erfüllte sie. Warum mußten die alten Wunden nun wieder aufgerissen werden? Hatte sie für ihren Fehltritt denn nicht schon genug gebüßt? Durfte sie nach so vielen Jahren noch immer keine Ruhe finden?
Ian kam gerade aus der Scheune, als Jessica den Hof erreichte. Er blieb stehen, musterte erst das schweißbedeckte Pferd, dann sie und fragte besorgt: »Ist etwas passiert, Jessica?«
»Passiert? Nein. Warum?«
»Weil Sie Adrian naßgeritten haben«, sagte er und deutete auf die schweißbedeckten Flanken des Tieres. »Gewöhnlich ist das nicht Ihre Art.«
»Man muß ein Pferd auch mal rannehmen«, log sie.
»Der Galopp scheint Sie aber auch reichlich mitgenommen zu haben«, meinte Ian mit unverhohlenem Mißtrauen. »Sie sehen etwas blaß aus.«
»Mir geht es bestens, Ian.«
Er glaubte ihr kein Wort, und er gab sich auch keine Mühe, das zu verbergen. »Es gibt Leute, die sind zum Lügen geboren und

können ihren Mitmenschen die unmöglichsten Dinge als wahre Geschichten verkaufen. Zu diesen gehören Sie ganz sicher nicht.«

Jessica wich seinem Blick aus und glitt aus dem Sattel. »Glauben Sie, was Sie wollen, aber lassen Sie mich mit Ihren Gespenstern in Frieden, die Sie offenbar zu sehen scheinen«, sagte sie schroff und bedauerte schon im nächsten Moment, ihn angefahren zu haben. Ihre Unmut ausgerechnet an ihm auslassen zu wollen, wo er sich nur Sorgen um sie machte, war sehr ungerecht. Deshalb zwang sie sich zu einem entschuldigenden Lächeln und sagte: »Mag sein, daß ich heute ein wenig unpäßlich bin. Aber das ist kein Grund zur Besorgnis, Ian.«

»Ich wünschte, ich könnte Ihnen glauben«, erwiderte er.

Jessica wurde einer Antwort enthoben. Eine aufgeregte Männerstimme schallte über den Hof: »Ein Segler!... Ein Segler kommt den Fluß herauf!«

»Ist es der fette Duckworth?« rief ein anderer.

»Nein, die ENTERPRISE ist es nicht! Es ist ein größeres Boot«, kam die Antwort des Mannes, der gerade den Weg von der Anlegestelle hochgekommen war.

»Dann kann das nur Captain Rourke mit der COMET sein!« sagte Jessica aufgeregt zu Ian gewandt.

»Möglich, aber wenn Sie Adrian nicht gut trockenreiben lassen, wird er sich was holen. Bis das Boot die Anlegestelle erreicht hat, wird es noch etwas dauern«, brummte der Verwalter, scheinbar völlig unberührt von der freudigen Nachricht. Dabei war die Ankunft eines Flußschiffers bei den Siedlern am Hawkesbury stets ein Ereignis und eine willkommene Abwechslung vom täglichen Einerlei, brachte er doch nicht nur Waren, sondern auch Nachrichten und Klatsch aus den großen Siedlungen. Auch die Arbeiter und Sträflinge freuten sich darauf, denn jeder Flußschiffer unterhielt einen kleinen Laden, der während der Sommermonate an Deck unter einem Sonnensegel aufgebaut wurde, in dem Männer und Frauen viele nützliche Dinge wie Kämme, Messer, Feuersteine, Knöpfe und vieles andere mehr, aber auch allerlei Tand kaufen konnten.

»Was täte ich, wenn ich Sie nicht hätte, Ian?« fragte Jessica spöttisch.
»Bitte ersparen Sie mir die Antwort«, sagte der Verwalter trokken und griff nach den Zügeln. »Na, laufen Sie schon zum Steg hinunter. Ich sehe es Ihnen doch an, daß Sie es vor Ungeduld gar nicht mehr erwarten können. Ich kümmere mich schon um Adrian.«
Jessica lächelte. »Danke, Ian.« Sie lief über den Hof und blieb oben am Hang stehen. Ihr Blick erfaßte sofort das Schiff, das mit windgeblähten Segeln durch den breiten Strom schnitt. Es gab gar keine Zweifel, es war der Marssegelschoner von Patrick Rourke. Das Schiff, das zur Hälfte ihr gehörte.
Sie eilte den Weg hinunter und beobachtete dann voller Stolz, wie Patrick Rourke die COMET in den Wind drehte und sie mit einem eleganten Manöver an den Anlegesteg legte. Leinen flogen durch die Luft, dann lag der Schoner sicher vertäut. Eine Laufplanke mit schon runden, abgetretenen Querhölzern wurde über die Reling geschoben. Captain Rourke kam als erster an Land. Er war ein großer, breitschultriger Mann in den Dreißigern. Er trug derbe Segeltuchhosen und eine ärmellose Schaffelljacke, die vor seiner muskulösen Brust offenstand. Sein wildgelocktes Haar, das unter einer Mütze aus Känguruhfell hervorquoll und offenbar noch nie mit einem Kamm in Berührung gekommen war, hatte die Farbe dunklen Brandys. Sein rotbrauner Bart sah nicht weniger wild aus.
»Willkommen auf SEVEN HILLS, Captain!« begrüßte sie ihn und freute sich von ganzem Herzen, ihn zu sehen. Sie hatten sich zwar darauf geeinigt, sich mit Vornamen anzusprechen, doch vor seinen Männern hatte Patrick auf das respektvolle ›Captain‹ bestanden.
»Danke, Missis Brading.«
»Ich hoffe, Sie hatten eine gute Fahrt den Fluß herauf.«
»Meinen Sie nur gut oder auch erfolgreich?« fragte er mit einem breiten Lächeln, das seine blendendweißen Zähne sichtbar werden ließ, und in seinen Augen stand ein fröhlicher Spott.

»Ihrer guten Laune nach zu urteilen, ist sie bisher beides gewesen«, gab Jessica schmunzelnd zurück.
Er lachte. »Das ist sie in der Tat gewesen. Aber bevor ich Ihnen davon berichte, möchte ich mir doch erst einmal SEVEN HILLS anschauen, falls Sie nichts dagegen haben. Hab' nämlich die letzten Tage eine Menge davon zu hören bekommen, was für ein kleines Königreich Sie hier regieren, und jetzt bin ich neugierig.«
»SEVEN HILLS ist im selben Maß ein Königreich, wie die COMET es mit einem königlichen Flaggschiff aufnehmen kann«, erwiderte Jessica belustigt, »aber ich werde Ihre Neugier gerne befriedigen, Captain.«
Jessica war sehr froh, daß Patrick Rourke ausgerechnet an diesem Nachmittag eingetroffen war. Seine unkomplizierte Art und sein Humor würden ihr helfen, ihr inneres Gleichgewicht wiederzufinden, das Kens Auftauchen so jäh durcheinandergebracht hatte. Es würde ihr guttun, mit ihm und Ian zusammenzusitzen und ihre Aufmerksamkeit ganz den geschäftlichen Problemen widmen zu müssen. Es gab viel zu besprechen und zu bedenken, auch was die Sicherheit der COMET betraf, und das würde sie vollauf beschäftigen. Vorerst. Später dann, mit etwas zeitlichem und innerem Abstand, würde sie über Ken nachdenken und überlegen, was zu tun war, sollte er seine Drohung wirklich wahrmachen.
Drohung? Wie kam sie plötzlich darauf, seine letzten Worte als Drohung aufzufassen?
Jessica war über ihren eigenen Gedanken, der ihr so spontan gekommen war, betroffen, und sie hatte plötzlich eine Gänsehaut auf den Armen. Ja, seine Worte waren tatsächlich kein Versprechen gewesen, sondern eine Drohung!

9

Die Farm Three Wells, die nur zwei Meilen östlich von Parramatta lag, umfaßte nur ganze vierzig Acres, wenn auch sehr fruchtbares und gut bewässertes Land. Doch Lieutenant Kenneth Forbes hatte die Farm nicht gekauft, um es vielen seiner Offizierskameraden oder Männern wie John MacArthur nachzumachen, die sich große Ländereien zugelegt hatten und geradezu versessen darauf waren, ihren Besitz an Land und Vieh ständig zu vergrößern. Zwar hatte auch er den Vorteil genutzt, den seine Stellung als Offizier mit sich brachte, und sich fünf Sträflinge zuteilen lassen, die sich nun um die Bewirtschaftung der Farm kümmerten. Aber er selbst hatte nicht das mindeste Interesse an der Landwirtschaft. Sie war ihm zu mühselig und warf zuwenig Gewinn ab. Zudem mußte man in langen Zeiträumen planen, und er hatte nicht die Absicht, länger als die fünf Jahre in New South Wales zu bleiben, die sein Vater von ihm verlangt hatte. Bis dahin würde genügend Gras über den Skandal gewachsen sein, den er durch seine Affäre mit der Frau eines seiner Professoren in Eton ausgelöst und der seinen Vater so in Wut versetzt hatte, daß er ihm mit Enterbung gedroht hatte, falls er sich seinem Willen widersetzte, für fünf Jahre als Offizier außer Landes zu gehen.

Nein, Three Wells hatte er nur gekauft, weil die Farm ganz in der Nähe der Garnison von Parramatta lag, ein sehr ansprechendes und weiträumiges Wohnhaus besaß und zudem noch eine gute Wertanlage darstellte, von der er sich in fünf Jahren einen ansehnlichen Gewinn versprach. Doch das wichtigste an Three Wells war, daß ihm nun endlich der richtige gesellschaftliche Rahmen zur Verfügung stand, um John MacArthur und seine anderen einflußreichen Freunde vom Rum-Monopol standesgemäß empfangen und bewirten zu können. Er hegte zudem die Hoffnung, daß seine Frau Rosetta sich in dieser neuen Umgebung nun mit ihrem Schicksal abfinden und zu einer positiveren Einschätzung ihrer Lage kommen würde – und ihrer Ehe.

Rosetta hatte sich in das Unabwendbare gefügt und sich sogar dazu durchgerungen, Freude an dem hübschen Ziegelgebäude zu heucheln. Doch der Umzug von der schäbigen Übergangsbehausung in Parramatta nach THREE WELLS hatte in Wirklichkeit nichts zum Guten wenden können. Sie haßte diese häßliche Sträflingskolonie, haßte Parramatta, haßte THREE WELLS – und sie haßte ihren Mann.

Als sie jetzt im Salon saß und darauf wartete, daß ihre Zofe Kate Mallock ihr den Nachmittagstee servierte, fragte sie sich zum hundertsten Mal, wie sie sich so in Kenneth Forbes hatte täuschen können. Wie charmant und geistreich war er ihr doch erschienen, als er ihr den Hof gemacht hatte. Und als er schließlich, von ihr in seinem Werben ermuntert, um ihre Hand angehalten hatte, hatte sie fest damit gerechnet, an seiner Seite ein sorgloses, amüsantes Leben zu führen, wie sie es gewohnt war.

Welch ein Schock war es gewesen, als sie ihn in der Hochzeitsnacht als Mann kennengelernt hatte. Was die Sinnesfreuden des Fleisches betraf, so hatte sie keine Erfahrungen gehabt – ausgenommen die zärtlichen Liebkosungen, die sie im vornehmen Mädchenpensionat mit ihrer besten Freundin ausgetauscht hatte. Sie hatte geglaubt, mit Kenneth noch größere Wonnen zu erleben, als Gwen sie ihr bereitet hatte. Doch das Gegenteil war der Fall gewesen.

Seine Begierden und Berührungen hatten ihr nicht Lust bereitet, sondern sie in ihrer jungfräulichen Unschuld abgestoßen und sie mit Ekel erfüllt. Übelkeit hätte sie fast überwältigt, als er sich zwischen ihre Schenkel gedrängt und in sie hineingestoßen hatte. Wie ein Tier hatte er sich benommen, hemmungslos und grob. Und als wäre das nicht schon Unglück genug gewesen, ihn in ihrem Bett erdulden und seine Triebhaftigkeit

wehrlos hinnehmen zu müssen, hatte er sie kurz nach ihrer Eheschließung auch noch dazu gezwungen, mit ihm nach Australien zu segeln. Auf ihre kränkliche Konstitution hatte er keine Rücksicht genommen. Zwei Fehlgeburten hatte sie schon in England erlitten. Auf der Überfahrt hatte sie ihre dritte Fehlgeburt gehabt. Ende des vierten Monats war sie gewesen, als sie das Kind verlor. Doch all das hatte Kenneth wenig berührt – und sie nicht vor seinen sexuellen Nachstellungen bewahrt.
Rosetta spielte gedankenverloren mit dem Stickrahmen, der in ihrem Schoß lag. Ein leidender Ausdruck lag auf ihrem schmalen Gesicht. Ihre Haut schimmerte wie hauchdünnes cremeweißes Porzellan und unterstrich noch ihre zerbrechlich wirkende Figur. Braunes Haar, dem Kerzenlicht einen Schimmer Kupferrot entlocken konnte, umrahmte ihr Gesicht, das von großen Augen und erstaunlich vollen Lippen beherrscht wurde. Lippen, die Männern eine Sinnlichkeit suggerierten, die nicht vorhanden war. Zumindest nicht in der Art, wie ihre Phantasie sie ihnen vorgaukelte. Ihre Leidenschaften waren von dunkler, verschwiegener Natur.
»Ihr Tee, Rosetta!«
Rosetta schreckte aus ihren Gedanken auf. Kate Mallock, ihre Zofe, stand vor ihr. »Mein Gott, mußt du mich jedesmal so erschrecken?« herrschte sie Kate an.
»Ich habe geklopft und mich bemerkbar gemacht, Rosetta«, erwiderte Kate, die die einzige war, die sie mit ihrem vollen Vornamen ansprach. Alle anderen nannten sie Rose.
»Ja, du hast vermutlich so laut geklopft, wie du sprichst«, sagte Rosetta ungehalten.
»Meine Stimme ist, wie sie ist, und für das, was einem der Herrgott mit auf den Lebensweg gegeben oder ihm versagt hat, kann man den Menschen nicht verantwortlich machen«, antwortete Kate Mallock ungerührt und ohne Unterwürfigkeit im Flüsterton. Ihre Stimme war nie mehr als ein Flüstern, als wäre alles, was sie zu sagen hatte, ein düsteres Geheimnis, das sie eigentlich verschweigen wollte und nur mit größter Überwindung über ihre sonst so verschwiegenen Lippen brachte.

Düster war überhaupt die rechte Bezeichnung für Kate Mallock. Sie war von hagerer Gestalt, hob die Stimme nie über ein Flüstern und schlich mit leicht gekrümmtem Rücken lautlos wie eine Hexe umher, so daß man nie wußte, wo im Haus sie sich gerade aufhielt. Sie war erst Anfang Vierzig, sah jedoch gute zehn Jahre älter aus. Das Gesicht mit der spitz zulaufenden Kinnpartie und den grauen durchdringenden Augen unter dünnen Brauen war schmal, zerfurcht und abgehärmt. Die Haut, fast so aschgrau wie ihr Haar, spannte sich über hohen Wangenknochen. Sie war eine Frau, vor der man Angst haben konnte, wenn man nicht über ein stark ausgeprägtes Selbstbewußtsein verfügte.
In letzter Zeit fragte sich Rosetta öfters, ob es klug gewesen war, Kate mitzunehmen. Sie flößte ihr mit ihrem düsteren schleichenden Wesen von Jahr zu Jahr mehr Unbehagen ein. Ein Gefühl, das sie überraschte, denn solange sie denken konnte, war Kate zu ihren Diensten dagewesen. Ihre Eltern hatten sie als Kindermädchen eingestellt, später war sie dann ihre Zofe geworden – und ihre Vertraute. Sie wußte einfach zuviel und übte zuviel Macht über sie aus.
Doch sie hatte sich nicht von ihr trennen können. Kate war ihr einziges Verbindungsglied zu der Welt, die sie liebte und in der sie glücklich gewesen war – eine Welt, die nun 12 000 Meilen entfernt jenseits endloser Ozeane lag. Und was sie noch miteinander verband, war der Haß. Kate haßte Kenneth mittlerweile genauso wie sie, wenn auch aus anderen Gründen. Sie hatte ihn von Anfang an gehaßt, weil sie wohl befürchtet hatte, mit der Eheschließung Macht und Einfluß zu verlieren. Und Kenneth hatte auch wirklich versucht, Rosetta dazu zu bewegen, ihre Zofe zu entlassen und notfalls ein anderes Mädchen einzustellen. Doch er hatte seinen Willen nicht bekommen, schon gar nicht, als er ihr eröffnet hatte, daß sie für fünf Jahre nach New South Wales ziehen würden.
»Du widersprichst mir in letzter Zeit zu häufig!« sagte Rosetta ungnädig.
Kate füllte eine zartblaue Tasse mit dampfendem Tee, völlig

unbeeindruckt von Rosettas Vorwurf. »Ich mache mir nur Sorgen um Sie.«

Rosetta nahm die Tasse entgegen und bedeutete ihr mit einer Kopfbewegung, daß sie sich setzen sollte. Außer dem indischen Mädchen Maneka und Kate hatte sie keinen, mit dem sie sprechen konnte. »Du hast dir Sorgen um mich gemacht, seit ich denken kann«, sagte sie; es klang nicht sonderlich interessiert.

Ein selbstsicheres Lächeln huschte über Kates Gesicht. »Und schon vorher. Ich habe Sie gewickelt, und als Sie im Fieber lagen...«

Rosetta machte eine ungeduldige Handbewegung. »Fang nicht von alten Wiegenzeiten an, Kate! Du weißt, ich mag es nicht, wenn du so weitschweifig wirst. Wenn du etwas auf dem Herzen hast, sag es!«

Kate preßte kurz die Lippen zusammen. »Es ist meine Aufgabe, mich um Sie zu sorgen, Rosetta. Wen kümmert es denn sonst, wie es Ihnen geht und was aus Ihnen wird?«

»Niemanden!« stieß Rosetta bitter hervor. »Am wenigsten Kenneth. Aber das ist wohl mein Schicksal, mit dem ich mich abfinden muß.«

»Vielleicht wäre es anders, wenn Sie ihm den gewünschten Sohn schenken würden«, sagte die Zofe vorsichtig. »Vielleicht verhielte er sich Ihnen gegenüber dann endlich so rücksichtsvoll, wie man es von einem wahren Gentleman eigentlich erwarten dürfte.«

Rosetta sah sie zurechtweisend an. Sie verabscheute es, über ihre drei Fehlgeburten zu reden und zwangsläufig daran erinnert zu werden, welche körperlichen Abscheulichkeiten eine Schwangerschaft erst möglich machten. »Ich habe getan, was ich konnte, Kate!« sagte sie scharf. »Ist es meine Schuld, daß ich von zu zarter Konstitution bin, um ein Kind auszutragen?«

»Ich habe die Karten befragt«, raunte Kate und sah sie erwartungsvoll an.

Rosetta hatte sich schon tausendmal gesagt, daß es unsinnig

war, auf das zu hören, was Kate aus ihren Karten herauslas. Sie glaubte nicht, daß Kate die Fähigkeit besaß, in die Zukunft zu schauen. Zumindest sagte ihr das die Stimme der Vernunft. Doch wann immer ihre Zofe die abgegriffenen Karten hervorholte, sie nach einem Rosetta unverständlichen System auslegte, sie dann einander neu zuordnete und dabei mal Laute freudiger Überraschung, mal Laute der Bestürzung von sich gab, hatte sie ihren Vorsatz, nichts darauf zu geben, schnell vergessen. Dann packte sie ein beklemmendes Gefühl.

»Und was haben sie dir gesagt?« hörte sich Rosetta mit angespannter Stimme fragen.

»Sie werden einen Sohn haben, Rosetta!« flüsterte Kate eindringlich. »Ja, das stand ganz klar in den Karten. Dreimal habe ich sie gelegt, und sie zeigten immer wieder dasselbe – einen Sohn, der Ihnen Seelenfrieden bringen wird.«

Rosetta schwieg einen Augenblick. Kenneth würde sie so lange schänden und erniedrigen, bis sie ihm den Sohn und Erben geboren hatte. Erst dann würde er von ihr ablassen. Doch wann würde das sein? Sie hatte die schreckliche Angst, vielleicht nie ein gesundes Kind zur Welt zu bringen. Und was war, wenn sie doch endlich mit einem Kind niederkam und es kein Junge, sondern ein Mädchen war? Dann würde die Qual weitergehen.

»Es wäre schön, wenn die Karten recht behielten«, sagte sie ohne viel Zuversicht in der Stimme.

»Die Karten lügen nicht«, versicherte Kate Mallock und fuhr dann geheimnisvoll fort: »Aber das war nicht das einzige, was mir die Karten erzählt haben.«

»Willst du mir vielleicht Zwillinge voraussagen?« fragte Rosetta sarkastisch.

»Nein, die Karten haben mir etwas verraten, was mich mit Sorge erfüllt, Rosetta. Wir stehen unter dem Einfluß einer dunklen, verderblichen Macht...«

»Meinst du damit vielleicht meinen Mann?« unterbrach Rosetta ihre Zofe.

»Nein, es ist kein männliches Wesen, das Verderben über uns

bringt. Die Karten sprechen von einem Mädchen, von einem jungen Mädchen, das den Samen des Bösen in sich trägt und alles Gute im Keim erstickt.«

Rosetta runzelte die Stirn. »In diesem Haus gibt es nur ein einziges junges Mädchen, und das ist Maneka.«

Kate nickte bekräftigend. »So ist es! Ich hab' von Anfang an gewußt, daß dieses indische Mädchen uns nur Unglück bringt. Sie war auch auf dem Schiff, als Sie Ihr Kind verloren haben. Und ist es nicht ein Omen des Teufels, daß Ihr Mann das Mädchen im Glücksspiel gewonnen hat? Ich sage, Maneka muß aus dem Haus, bevor sie noch mehr Unheil anrichten kann! War sie es nicht, die Ihren Mann mit ihren Reizen betört und verführt hat? Und wäre es wegen dieses unseligen Geschöpfes nicht beinahe zu einer Bluttat gekommen?«

Rosetta sah sie betroffen an. Es stimmte, Kenneth hatte das sechzehnjährige Mädchen auf der Überfahrt bei einem Glücksspiel von einem Händler gewonnen, der es aus Indien mitgebracht hatte. Die Eltern, die bei ihm verschuldet gewesen waren, hatten ihm ihre Tochter für sieben Jahre verkauft. Kenneth hatte die Papiere erhalten, die die Leibeigenschaft für sieben Jahre dokumentierten. Er hatte Maneka geschändet, wie er sie geschändet hatte, und versucht, das indische Mädchen zu seiner Geliebten zu machen. Als sie Manekas Qualen nicht länger hatte mit anhören können, hatte Rosetta zur Muskete gegriffen, Kenneth bedroht und ihm sein heiliges Ehrenwort abgenommen, daß er Maneka nie wieder berühren würde. Ihr Mann hatte sich daran gehalten – doch was für einen Preis hatte sie, Rosetta, für ihr Eingreifen bezahlen müssen! Seit jener Nacht hatte sie ihm wieder zu Willen sein müssen.

Doch war Maneka ein verderbtes Geschöpf, das Unheil über sie brachte? Rosetta konnte und wollte das nicht glauben. Sie hegte viel eher den Argwohn, daß Kate erneut einen Versuch unternahm, Maneka loszuwerden. Vermutlich mißfiel es ihr, daß sie, Rosetta, Maneka in ihr Herz geschlossen hatte, zu ihrer Beschützerin geworden war und ihr mehr und mehr Aufgaben übertrug, die bisher zu Kate Mallocks Bereich gehört hatten.

»Jetzt redest du dummes Zeug!« sagte Rosetta und schüttelte ärgerlich den Kopf. »Maneka mag dir exotisch erscheinen, aber ein verderbtes Geschöpf mit dunklen, bösen Mächten ist sie ganz sicherlich nicht! Du solltest eher Mitleid mit ihr haben, als sie in die Nähe von Hexen zu rücken!«
»Es steht in den Karten, Rosetta!« Kate hatte ein verkniffenes Gesicht, und ihr Flüstern verwandelte sich in ein scharfes Zischen, das ihre Abneigung verriet. »Dieses Mädchen ist bis auf den Grund ihrer Seele verdorben und so hinterhältig wie eine Natter, wenn sie sich Ihnen gegenüber auch zahm und unschuldig wie ein Lamm gibt. Doch mir macht sie nichts vor! Ich habe sie längst durchschaut. Wenn sie nicht bald verschwindet, befürchte ich, daß sich die günstige Voraussage mit dem Sohn nicht er...«
Rosetta setzte die Tasse so abrupt ab, daß Tee über den Rand schwappte und das Porzellan klirrte. »Schluß damit!« schnitt sie ihr das Wort ab. »Ich will kein Wort mehr davon hören! Vor allem kein Wort darüber, daß Maneka verdorben ist und das Böse in sich hat! Kein Wort, verstanden?« Zorn blitzte in ihren Augen.
Kate Mallock erhob sich, Augen und Lippen zu schmalen Strichen zusammengepreßt. Ein Muskel neben dem rechten Mundwinkel zuckte unter der Haut. »Nehmen Sie es, wie Sie wollen!« stieß sie heiser hervor. »Hab' es nur gut mit Ihnen gemeint und Ihnen gesagt, was ich in den Karten gelesen habe. Wenn Sie die Warnung in den Wind schlagen wollen...« Sie hob die Hände in einer Geste der Resignation. »Sie müssen es wissen, Sie sind die Herrin... und es ist Ihr Kind. Wer weiß, vielleicht tragen Sie es ja schon unter dem Herzen.«
»Genug, Kate! Laß mich allein! Wenn ich dich brauche, werde ich nach dir rufen! Und nimm den Tee mit! Ich mag ihn nicht mehr!«
»Wie Sie meinen«, flüsterte Kate und schlug die Augen nieder, um ihre Wut zu verbergen. Lautlos, wie sie gekommen war, eilte sie mit dem Tablett auch wieder von dannen.
Rosetta blieb noch eine Weile im Salon und hing ihren Gedan-

ken nach, die sie immer deprimierter stimmten. Sie dachte an das kleine Kästchen, das in der Truhe neben der Waschkommode in ihrem Schlafzimmer lag. Sie nannte es ihr Traumkästchen. Es war gefüllt mit kleinen, dunkelbraunen, klebrigen Kügelchen, und diese wunderbaren Kügelchen halfen ihr, in eine Welt zu flüchten, die frei von Schrecken und Ängsten war und wo sie schwerelos ihren Träumen nachhängen konnte.
Es ist noch zu früh dafür, sagte sie sich, ich muß sparsam mit meinem Vorrat umgehen. Doch Sucht und Verlockung waren stärker als ihr Wille. Und so verließ sie den Salon und begab sich in ihr Schlafzimmer, in dem stets die Vorhänge zugezogen waren. Sie haßte das grelle, unbarmherzige Licht Australiens.
Sie öffnete die Truhe und holte das mit kunstvollen Intarsienarbeiten verzierte Kästchen hervor. Darin lagen eine kleine Silberdose und eine Pfeife, die in ein Seidentuch eingewickelt war.
Sie klappte die Dose auf. Nur noch sieben Kügelchen. Es wurde Zeit, daß sie Kate zu dem Mann nach Sydney in die Rocks schickte, der ihr mehr Schlafmohn verkaufen würde.
Sie beherrschte ihre Gier und preßte nur eine halbe Schlafmohnkugel in den Pfeifenkopf. Wenig später erfüllte ein schwerer, betäubender Duft den Raum, und Rosetta gab sich willenlos der berauschenden Wirkung hin, die sie in eine Welt phantastischer Träume davontrug und sie alles vergessen ließ.
Stunden verstrichen.
Das Poltern und Hämmern kam erst aus weiter Ferne, schien zu dem Traum zu gehören, der Rosetta noch gefangenhielt, jedoch schon zu verblassen begann. Doch dann mischte sich eine wütende Stimme in das Hämmern, die sie aus den Tiefen ihres Schlafes holte.
»Hörst du mich, Rose? Wach auf, verdammt noch mal! Schieb sofort den Riegel zurück, oder ich trete die Tür ein! Ich weiß, daß du da drin bist!«
Es war Kenneth!
Rosetta richtete sich benommen auf. Bis auf das schwache Licht der Öllampe, dessen Flamme sie heruntergedreht hatte, bevor

sie sich angekleidet aufs Bett gelegt und den Rauch tief eingesogen hatte, war es dunkel im Zimmer. Die Nacht stand hinter den Fenstern.
»Rose! Das ist meine letzte Warnung!«
»Hör auf!« stieß Rosetta hervor, deren Sinne überreizt waren. Das wuchtige Hämmern gegen die Tür schmerzte sie in den Ohren.
»Du sollst mich reinlassen, verdammt noch mal!«
»Warte!... Ich öffne!« rief sie und stand auf. Unsicheren Schrittes ging sie zur Tür. Ihre Hand zitterte, als sie den Riegel zurückschob.
Kenneth Forbes stieß die Tür so heftig auf, daß sie gegen die Wand stieß. Er trug nur noch seine Reiterhose, die große Schweißflecken an den Oberschenkeln aufwies. Auch auf seiner nackten Brust glänzte Schweiß. Das Haar klebte ihm feucht am Kopf. Er war scharf geritten und hatte Zorn und Enttäuschung an seinem Pferd ausgelassen. »Du hast dir verdammt viel Zeit gelassen, Rose«, sagte er gereizt, und seine Stimme verriet, daß er schon einiges getrunken hatte, seit er nach THREE WELLS zurückgekehrt war. In der rechten Hand hielt er ein Glas, in der linken eine Karaffe mit Brandy. »Ich dachte, meine lange Abwesenheit hätte dich mit Sehnsucht erfüllt, mein Liebling. Doch statt mir wie die geliebte Gattin beim ersten Hufschlag freudig entgegenzueilen und mir um den Hals zu fallen, verbarrikadierst du dich in deinem muffig riechenden Zimmer und läßt mich über Gebühr warten, bis ich dich mit meiner geschätzten Gegenwart beehren kann. Du schätzt meine Gegenwart doch, nicht wahr?« Ein höhnisches Lächeln lag auf seinem Gesicht.
Sie wich vor ihm zum Bett zurück, setzte sich auf die Kante. »Du hast einen langen Ritt hinter dir.« Solange sie redeten, war sie vor ihm sicher.
»Schlaues Köpfchen. Ich hab's ja immer gesagt, meine Frau ist ein außergewöhnliches Wesen«, sagte er spöttisch.
»Dann wirst du müde sein.«
»Oh, wie besorgt du bist!« höhnte er.

»Es ist spät. Du solltest schlafen gehen.«
»Ich wette, ich bin nicht halb so müde wie du, Rose.«
»Das mag sein. Ich bin in der Tat sehr erschöpft und fühle mich in den letzten Tagen überhaupt nicht gut.«
Er täuschte Mitgefühl vor. »Du Arme. Du fühlst dich also nicht wohl. Das ist ja entsetzlich. Nun, da ich mich gut für zwei fühle, werde ich dich ein bißchen aufmuntern, damit du mal wieder auf andere Gedanken kommst.«
»Ken, bitte!«
Er leerte sein Glas, goß es wieder voll und wechselte das Thema. »Ich rieche nach Pferd, nicht wahr?«
Sie zögerte. »Ja.«
»Und du kannst Pferdegeruch nicht ausstehen, nicht wahr?«
Es hatte keinen Sinn, das zu leugnen. Schon in England hatte sie ihm gestanden, daß sie den Geruch von Stall- und Pferdeausdünstungen nicht vertrug und er sich nach einem Ausritt gefälligst umziehen solle, bevor er zu ihr kam. Deshalb antwortete sie: »Nein, ich bin kein Freund davon, wie du sehr wohl weißt.«
Er grinste. »Zum Umziehen hatte ich weder Zeit noch Lust, Verehrteste. Bin deshalb einen Kompromiß eingegangen und habe mich ausgezogen. Bis auf die Hose, wie du siehst. Dachte, du könntest dich in deinem sittlichen Anstand verletzt fühlen, wenn ich auch die noch ausgezogen und im Adamskostüm bei dir angeklopft hätte.«
»Es ist schon spät. Du solltest dir jetzt wirklich ein paar Stunden Schlaf gönnen. Der lange Ritt... und der Alkohol haben dich ermüdet«, sagte Rosetta beschwörend.
»Deine Besorgnis wärmt mein Herz, Rose, und bestätigt mich in meiner Hoffnung, dich in einer entgegenkommenden Stimmung anzutreffen«, erwiderte er ironisch, stieß sich vom Rahmen ab und schloß die Tür hinter sich. »Doch es ist nicht Schlaf, was ich mir und dir gönnen möchte, meine Liebe, auch wenn das Bett dabei eine Rolle spielt.«
Rosetta erblaßte. »Nein, Ken!... Bitte nicht heute!« beschwor sie ihn.

»Bisher fand ich unsere Unterhaltung recht angenehm und anregend, Rose. Doch nun beginnst du mich zu verärgern. Was soll das heißen: ›Nicht heute!‹? Das sagst du jedesmal. Fällt dir sonst nichts ein?«
»Ich habe dir doch gesagt, daß ich mich nicht wohl fühle. Warum kannst du mich nicht in Ruhe lassen?«
»Weil du meine Frau bist, zum Teufel noch mal, und mir Liebe, Treue und Gehorsam versprochen hast!« gab er heftig zurück, und die aufgesetzte Freundlichkeit war wie weggewischt. »Du hast dich seit unserer Hochzeit nie wohl genug gefühlt, um bereitwillig deinen ehelichen Pflichten nachzukommen. Aber du weißt, daß es damit aus ist. Ich bekomme, was mir zusteht. Und wenn du es mir nicht freiwillig geben willst, werde ich es mir eben mit Gewalt holen. Die Wahl liegt ganz bei dir, Rose.«
Sie schluckte schwer. »Ich beuge mich der Gewalt«, hauchte sie mit zitternder Stimme. Sie beugte sich zur Öllampe hinüber, um sie auszublasen.
Doch er gebot ihr Einhalt. »Nein! Die Lampe bleibt an!« befahl er. »Und nun zieh dich aus.«
»Vor dir? Im Licht?« stieß sie erschrocken hervor.
»Ja! Du bist meine Frau! Ich habe das Recht, deinen gottverdammten Körper auch nackt zu sehen!« stieß er hervor. »Und jetzt fang an. Oder ist es dir lieber, wenn ich dir dabei helfe? Ich tue es gern!«
»Warum mußt du mich so erniedrigen?«
»Weil du mich demütigst, dich dazu zwingen zu müssen!« antwortete er mit flammendem Zorn in den Augen.
Rosetta wußte aus bitterer Erfahrung, daß es sinnlos war, sich seinem Willen widersetzen zu wollen. Und so begann sie, sich vor ihm auszuziehen, während ohnmächtige Wut und Abscheu sie erfüllten.
Kenneth genoß seine Macht. Er sprach dem Brandy kräftig zu, ohne seinen Blick auch nur einen Augenblick von ihr zu wenden. Doch es war nicht Rose, die er vor sich sah, sondern eine andere Frau, die seit Wochen sein Denken und Verlangen be-

herrschte – Jessica. Er stellte sich vor, daß sie es war, die sich da vor seinen Augen von Kleid, Mieder und Unterwäsche befreite und sich ihm in schutzloser Nacktheit darbot – und voller Wollust. Heiß und drängend strömte das Blut durch seine Lenden, und seine Hose wölbte sich unter dem Druck seiner Begierde.
Endlich war sie nackt. Sie kreuzte die Arme vor der Brust, doch Ken befahl ihr, die Arme sinken zu lassen. Sie war zwar sehr schlank, besaß jedoch eine wohlgeformte frauliche Figur. »Es ist ein Jammer, Rose. Du hast einen Körper, der nicht nur einem Mann, sondern auch dir selbst viel Freude schenken könnte. Warum weigerst du dich bloß, das zu genießen, was Gott uns allen mitgegeben hat?«
»Tu, was du tun mußt, doch mach es schnell!« keuchte Rosetta.
Ken knallte Glas und Karaffe auf die Kommode. »Also gut, ganz wie du willst!« stieß er grimmig hervor und öffnete seinen Gürtel. Schnell fuhr er aus der verschwitzten Hose und stieg zu Rosetta ins Bett. Steif wie ein Brett, die Augen geschlossen und die Beine zusammengepreßt, lag sie da. Sie atmete flach und schnell, und als sein Alkoholatem sie traf, wandte sie den Kopf zur Seite.
Ken versuchte schon längst nicht mehr, seine Frau zu küssen. Doch er nahm sich, was ihr Körper ihm an Erregung bieten konnte. Seine Hände umfaßten ihre Brüste, dann seine Lippen, und jedesmal hoffte er, ihr einen Laut der Lust entlocken zu können. Doch vergeblich.
Schließlich drückte er ihre Beine auseinander und drang in sie ein, hart und rücksichtslos, wie sie es seiner Meinung nach nicht anders verdiente. Es kümmerte ihn nicht, daß sie unter ihm wimmerte und von seinem Gewicht fast erdrückt wurde. Der Akt war wie eine Strafe, wie eine andere Art der Auspeitschung. Seine Stöße kamen ohne Hingabe und Wildheit, sondern gleichmäßig und hart wie Stockschläge.
Erst als die sinnliche Erregung die kalte Wut in einer Woge heiß aufsteigender Lust überspülte, wurden seine Bewegungen schneller, drängender und vom atemlosen Rhythmus seiner Wollust bestimmt.

Er umklammerte ihren schlanken Körper, preßte seinen Mund auf ihre kalte Brust und drang so tief in sie ein, wie er konnte. Und bei jedem Stoß seiner harten Männlichkeit bäumte sie sich vor Schmerzen auf.

»O Jessica!... Jessica!« Seiner Kehle entrang sich ein verzweifelter Aufschrei, ohne daß er sich dessen bewußt wurde, als sich die Anspannung in einem konvulsivischen Zucken entlud und er seinen heißen Samen in ihr verströmte. »Jessica!«

Einen Augenblick blieb er schweratmend und schweißüberströmt auf ihr liegen. Dann hörte er ihr unterdrücktes Schluchzen, und er verspürte plötzlich das wilde Verlangen, sie zu schlagen. Doch er beherrschte sich. »Bring endlich einen Sohn zur Welt!« fuhr er sie an und gab sie frei. »Dann lasse ich dich in Ruhe. Jede billige Hafenhure kann mir mehr Vergnügen bieten als so ein gefühlloses, kaltes Weibsstück, wie du es bist! In ein Kloster gehörst du!«

»Und du bist so abstoßend und hemmungslos wie ein Tier!« erwiderte sie mit tränenerstickter Stimme.

Ken zog seine Hose an. »Mag sein, aber zumindest weiß jedes Tier, wozu es bestimmt ist, während du die Aufgaben, die die Natur dir übertragen hat, offenbar nicht erfüllen kannst! Du taugst nichts, Rose! Weder als Ehefrau noch als Mutter!« erwiderte er verächtlich. »Und bis du nicht bewiesen hast, daß du wenigstens die eine Funktion erfüllen kannst, nämlich für einen Nachfolger zu sorgen, werde ich dich auch so behandeln, wie du es als Versager verdient hast! Also sieh zu, daß du ein Kind kriegst, und zwar einen Jungen, oder beginn dich daran zu gewöhnen, deinem Mann, dem hemmungslosen Tier, stets zu Willen sein zu müssen, wann immer es ihn danach verlangt!«

Er nahm Glas und Karaffe an sich und stürmte aus dem Zimmer. Er hörte noch, wie der Riegel hinter ihm in die Halterung schepperte, nicht jedoch, wie Rosetta sich in die Waschschüssel übergab, bis sie nur noch bittere Galle spuckte.

Kenneth Forbes trat vor das Haus, hinaus in die sternenklare Nacht. Die Hitze des Tages hatte sich verflüchtigt, doch der Sommer war schon so weit fortgeschritten, daß jetzt auch

nachts schon Temperaturen herrschten, die den Aufenthalt im Freien ohne Hemd erlaubten.
Die Nacht war erfüllt vom Gezirpe und Gesumme der Insekten und dem Quaken der Frösche, die den kleinen quellgespeisten Teich hinter der Scheune bevölkerten. Aus der Ferne kam das Blöken von Schafen. Und Kenneth glaubte, auch das Heulen von Dingos hören zu können.
Er fühlte sich körperlich erleichtert, von der unerträglichen Anspannung befreit. Doch der fade Nachgeschmack, den er im Mund hatte, ließ sich auch nicht mit Brandy hinunterspülen. Ausgerechnet er, der Liebling aller leidenschaftlichen Frauen, hatte eine ewig leidende, gefühlskalte und lustlose Frau geheiratet! Ausgerechnet er, der sein Aussehen und seinen Charme schon von frühester Jugend an gezielt und erfolgreich eingesetzt hatte, um seinen unersättlichen Trieb zu befriedigen.
Kenneth Forbes starrte in die Schwärze und kippte den Brandy hinunter. Seine Gedanken kehrten immer wieder zu Jessica zurück. Sie hatte ihn abgewiesen, doch er dachte nicht daran, sich damit abzufinden. Sein Gesicht nahm einen entschlossenen Zug an. »Ich will Jessica haben!« murmelte er. »Und ich werde sie bekommen – koste es, was es wolle!«

10

»Verschwinde, Weib, wir haben Dinge zu besprechen, die eine Frau nichts angehen! Geh aufs Feld oder mach dich sonstwie nützlich! Hier störst du nur!« herrschte George Randell seine Frau an. »Na, los! Worauf wartest du noch?«
Lydia zögerte. Ihr Blick ging zu Jonas Duckworth hinüber, der zusammen mit Nick Slayton und ihrem Mann am Tisch saß, den speckigen Steuermannsrock aufgeknöpft und ein schmieriges Grinsen auf dem Gesicht. »Alles, was die Farm betrifft, geht auch mich etwas an!« erwiderte sie störrisch. Sie wußte, daß George Schulden bei dem Flußschiffer hatte, der ihn stets mit Rum versorgte. Sie wußte nicht, wie sie diese Schulden begleichen sollten, und hatte ein ungutes Gefühl. Die ENTERPRISE war am Tag zuvor bei Nacht erschienen, und Jonas Duckworth hatte ihnen einen kurzen Besuch abgestattet. Dann war er mit der Schaluppe weiter flußaufwärts gesegelt. Jetzt, einen Tag später, war er wieder zurückgekehrt. Doch nicht mit dem Segler, sondern mit dem Beiboot – und nur in Begleitung seines Bootsmannes, den sie ebensowenig ausstehen konnte wie den feisten Flußschiffer selbst. Warum waren sie mit dem Beiboot gekommen, und was hatte George mit den beiden Männern zu besprechen, was sie besser nicht hören sollte?
»Mir scheint, Ihre Frau gibt nicht viel auf Ihr Wort, Mister Randell«, bemerkte Duckworth und stopfte sich eine Pfeife.
»Tu endlich, was ich dir gesagt habe!« zischte George und griff nach der Peitsche, die neben ihm auf der Bank lag. »Oder du wirst mich kennenlernen!«
»Willst du mich schlagen?«
»Wenn du mich herausforderst, Weib, werde ich dir den nötigen Gehorsam beibringen!« drohte er.

»George, du...«
»Raus!« brüllte George.
Lydia starrte ihn verbittert an, drehte sich dann um und verließ das Farmhaus ohne ein Wort.
Duckworth stieß seinen Bootsmann an. »Sieh nach, ob sie nicht vor der Tür herumlungert!« trug er ihm auf.
Nick Slayton nickte, erhob sich und ging zur Tür. Er blickte hinaus. »Sie spricht mit einem der Sträflinge. Jetzt gehen sie beide zu den Feldern rüber.«
»In Ordnung«, sagte Duckworth zufrieden und steckte seine Pfeife in Brand.
»Jetzt können wir ungestört reden, Captain«, sagte George, begierig, endlich zu erfahren, was es mit dem Geschäft auf sich hatte, von dem der Flußschiffer gestern in vagen Andeutungen gesprochen hatte.
»Alles zu seiner Zeit, Mister Randell.«
»George, bitte«, bat der Farmer leutselig.
Duckworth nickte paffend. »Ein hartes Brot, das Farmen am Hawkesbury, nicht wahr, George?«
»Ich tue, was ich kann, Captain, aber mit diesen verdammten Faulpelzen, die man mir zugeteilt hat, kann man es doch zu nichts bringen.«
»Jessica Brading wird da aber vermutlich eine andere Meinung haben«, erwiderte der Flußschiffer spöttisch und ließ ihn nicht aus den Augen.
George schnaubte verächtlich. »Jessica Brading! Kommen Sie mir nicht mit der!«
Duckworth und Slayton tauschten einen schnellen, zufriedenen Blick. Dann sagte der Flußschiffer scheinbar überrascht: »Das klingt ja so, als wären Sie auf Jessica Brading nicht gut zu sprechen.«
»Gut zu sprechen? Ich hasse dieses Weib!« stieß George hervor.
»Und ich dachte, Sie wären stets so gut befreundet gewesen«, lockte Duckworth ihn heraus.
»Ja, am Anfang, als ich noch nicht wußte, was für ein Gezücht

da drüben auf SEVEN HILLS lebt«, erklärte George und griff zur Rumkanne. »Steve Brading war schon ein gieriger Mann, der sich nicht Land genug unter die Finger reißen konnte. Doch Jessica ist noch schlimmer als er! Sie kann einfach nicht genug bekommen – Land und Macht. Erst vor kurzem hat sie doch die Auborns von ihrer Farm vertrieben und sie sich einverleibt. O ja, sie tut immer so großzügig und gönnerhaft und erweckt bei Fremden den Eindruck, überaus hilfsbereit zu sein und uns kleinen Farmern helfen zu wollen. Aber das ist alles Heuchelei. Ich weiß genau, was sie will.«

»Und das wäre?« fragte Nick Slayton.

»Sie will NEW HOPE und mehr!« stieß George haßerfüllt hervor. »Sie schreckt nicht einmal davor zurück, meine Männer gegen mich aufzuwiegeln. Hat sie mich doch durch ihren Verwalter, den verdammten Iren McIntosh, wissen lassen, daß sie es nicht duldet, daß ich meine Sträflinge auspeitsche, wenn sie sich etwas zuschulden kommen lassen. Und meine Frau ist so mit Blindheit geschlagen, daß sie einfach nicht begreift, was für ein dreckiges Spiel Jessica Brading treibt! Sie will die uneingeschränkte Macht hier am Hawkesbury!«

Jonas Duckworth entspannte sich und lehnte sich mit einem kaum merklichen Lächeln auf den Lippen zurück. »Mit Ihrer Einschätzung liegen Sie gar nicht mal so falsch, George«, stimmte er ihm zu und sog genüßlich an seiner Pfeife.

»Falsch?« Der Farmer lachte grimmig auf. »Ich weiß, was ich sage! Diese Frau ist wie ein Aasgeier, der nur darauf wartet, um sich auf sein entkräftetes Opfer zu stürzen und es gnadenlos in Stücke zu reißen.«

»Sie wissen vielleicht schon, daß Jessica Brading jetzt auch im Transportgeschäft auf dem Hawkesbury eine Rolle spielen möchte«, sagte Duckworth. »Sie hat sich an der COMET beteiligt, die einem dreckigen Iren namens Patrick Rourke gehört, einem ehemaligen Sträfling, der wegen rebellischer Umtriebe nach New South Wales verbannt wurde.«

George nickte. »Ja, das habe ich gehört. Sie kriegt den Rachen einfach nicht voll.«

»Wenn man dieser Frau nicht Einhalt gebietet, wird sie bald wirklich so mächtig sein, wie Sie befürchten, George«, fuhr der Flußschiffer ruhig fort. »Sie wird einen nach dem anderen aus dem Transportgeschäft drängen, indem sie unsere Frachtraten so lange unterbietet, bis wir seriösen Flußschiffer nicht mehr mithalten können und schließlich aufgeben müssen.«

»Genau das, was ich meiner Frau gesagt habe!« pflichtete George ihm bei.

»Nun, Sie sind ein Mann mit Verstand und wissen ihn zu gebrauchen«, schmeichelte Duckworth ihm, »im Gegensatz zu vielen anderen Männern entlang des Flusses... von Frauen mal ganz zu schweigen.«

George nahm die lobenden Worte des Flußschiffers zum Anlaß, um ihnen allen noch einmal großzügig aus der Rumkanne nachzugießen und seinen Gästen wichtigtuerisch zuzuprosten. Dann wischte er sich mit dem Handrücken über den Mund und fragte den Bootsmann: »Sind Sie Emanzipist, Mister Slayton?«

Der Bootsmann verzog das Gesicht. »Wollen Sie mich beleidigen? Ich bin als freier Mann nach New South Wales gekommen – wie Sie und Captain Duckworth!« Er verschwieg dabei, daß er ein Deserteur war und sich deshalb in diese abgelegene Ecke der Welt geflüchtet hatte, um nicht vor ein Kriegsgericht gestellt und aufgehängt zu werden. Aber das waren nebensächliche Kleinigkeiten in Gesellschaft von Männern wie Jonas Duckworth.

»Nichts lag mir ferner, als Sie beleidigen zu wollen!« versicherte der Farmer eiligst. »Ich dachte mir schon, daß Sie ein Freier sind, wollte mich dessen aber nur noch mal vergewissern. Denn einmal Sträfling, immer Sträfling, Gentlemen! Und wenn diese Brut zehnmal ihre Strafe verbüßt hat und sich nun Emanzipisten schimpft, im Grunde bleibt sie doch ihr Leben lang eine verkommene, lästige Brut. Jessica Brading ist dafür das beste Beispiel«, ereiferte er sich. »Sie hat nicht nur in England ein Verbrechen begangen, sondern auch noch auf der Überfahrt hierher! Einen Offizier hat sie erstochen! An den

Galgen hätte sie gehört! Doch Steve Brading hat sie davor bewahrt.«
»War Ihre Frau nicht auch eine Deportierte?« konnte sich Nick Slayton nicht verkneifen zu fragen.
George warf ihm einen grimmigen Blick zu. »Ich schäme mich, das zugeben zu müssen. Der Teufel mag wissen, was mich dazu gebracht hat, eine Verbannte zur Frau zu nehmen. Ich muß nicht bei Sinnen gewesen sein. Lydia hält zu diesem verdammten Hurenmädchen, das sich nun als Herrin von SEVEN HILLS aufspielt, und taugt so wenig wie sie!«
Jonas Duckworth hatte genug gehört, um seiner Sache nun sicher zu sein. Er machte eine ungeduldige Handbewegung. »Sehr schön, daß wir uns über Jessica Brading einig sind, George. Aber zurück zum Transportgeschäft. Es gefällt mir nicht, daß sie mir auf dem Hawkesbury Konkurrenz macht. Einmal ganz davon abgesehen, daß sie mich auf übelste Weise beschimpft und bedroht hat, hat sie einen Denkzettel verdient.«
»Das hat sie, in der Tat!« bekräftigte George.
»Nun, es gibt da eine Möglichkeit, ihr einen solchen zu verpassen. Und wir sind hier, um Sie für unseren Plan zu gewinnen, George.«
George blickte den Flußschiffer mißtrauisch an. »Was ist das für ein Plan?«
»Was halten Sie davon, wenn die COMET in Flammen aufgeht?« fragte Duckworth direkt.
George wußte einen Augenblick vor Überraschung nicht, was er sagen sollte. »Sie wollen die COMET in Brand setzen?« fragte er ungläubig und hatte seine Stimme unwillkürlich zu einem Flüstern gesenkt.
Duckworth nickte. »Genau das habe ich vor, George. Wir lassen den verdammten Schoner von Captain Rourke und Jessica Brading in Rauch aufgehen – und damit auch das Geld, das sie in das Schiff gesteckt haben. Das wird sie schwer treffen. Rourke hat nicht genug Geld, um sich ein neues Schiff kaufen zu können. Und auch wenn er es mit Jessicas Hilfe versucht, so schnell wird er keines finden. Na, was halten Sie davon?«

George lachte auf. »Verdammt, gefallen würde es mir schon. Die COMET in Flammen, das wäre ganz nach meinem Geschmack. Doch wieso wollen Sie mich dafür gewinnen?« fügte er vorsichtig hinzu. »Auf mein Stillschweigen können Sie natürlich bauen. Ich stehe ganz auf Ihrer Seite.«
»Ich möchte, daß Sie nicht nur gedanklich auf unserer Seite stehen, sondern auch tatkräftig dabei helfen, die COMET in eine prächtige Fackel zu verwandeln!« sagte Duckworth. »Wir brauchen für das Vorhaben nämlich einen vierten Mann, und Sie sollen dieser vierte Mann sein!«
Die Vorstellung schien George wenig zu gefallen, denn er rutschte unruhig auf der Bank hin und her. »Ich weiß nicht, ob das eine so gute Idee ist. Ich bin ein Farmer, und von anderen Dingen verstehe ich nichts. Sie wären bestimmt schlecht beraten, sich auf meine Unterstützung bei einer so riskanten Sache zu verlassen.«
»Die Sache ist nicht riskant!« widersprach Duckworth. »Und wir brauchen Sie. Sie haben nichts weiter zu tun, als mit uns im Ruderboot flußabwärts zu rudern – und nach dem Anschlag so schnell wie möglich zur ENTERPRISE zurück. Mann, wir brauchen Sie nur zum Rudern. Alles andere machen wir schon selber.«
Schweiß trat dem Farmer auf die Stirn. »Ich weiß nicht...«
Duckworth hielt es für an der Zeit, George Randell ein wenig unter Druck zu setzen und ihn an seine Verbindlichkeiten zu erinnern. Er tat es auf die hinterhältig-freundliche Art. »Mein lieber George, ich weiß, daß Sie sich in einer schwierigen Situation befinden. Ihre Farm wirft nicht genug ab, um Ihnen ein sicheres Auskommen zu gewährleisten, was bei diesen Sträflingen als Arbeiter natürlich kein Wunder ist. Aber so liegen die Dinge nun mal. Ich tue es ungern, doch ich möchte Sie nur daran erinnern, daß Sie mit einer hübschen Summe bei mir in der Kreide stehen.«
George wurde blaß und schluckte. »Ich versichere, daß ich bezahlen werde... wenn Sie mir nur noch etwas Zeit lassen!«
Duckworth nickte scheinbar betrübt. »Ja, das höre ich oft, lei-

der allzuoft, George. Aber Sie müssen verstehen, auch ich habe meine Kosten und Löhne, die bezahlt werden wollen. Und den Rum, der Ihnen sosehr am Herzen liegt, bekomme ich in Sydney auch nicht für leere Versprechungen. Nein, nein, Sie sind in einer wirklich unangenehmen Lage. Doch ich bin Ihr Freund, George. Deshalb habe ich bei dieser Sache, die ja offenbar Ihre Billigung findet, sofort an Sie gedacht ...«, sagte er und fügte nach einer wohlbemessenen Pause wirkungsvoll hinzu: »Denn wenn schon jemand bei diesem Akt ausgleichender Gerechtigkeit etwas verdienen soll, dann sollten Sie das sein.«

Interesse leuchtete in George Randells Augen auf. »Sie zahlen dafür?«

»Verdammt großzügig will der Captain sein«, warf Nick Slayton ein. »Jeder, der so ein goldenes Angebot ausschlägt, muß ein ausgemachter Dummkopf sein.«

»Wieviel?« fragte George gierig.

»Ich werde Ihnen die Schulden erlassen – und sogar noch die stolze Summe von fünf Pfund dazulegen!« erklärte Duckworth.

Man sah, wie es hinter Georges Stirn arbeitete. Mit den Schulden, die er bei dem Flußschiffer hatte, waren das über sieben Pfund. »Es klingt wahrlich verlockend«, sagte er schließlich. »Aber für ein solches Risiko wohl doch noch zu wenig. Wir können dafür gehängt werden, wenn man uns dabei erwischt!«

Jonas Duckworth blickte verdrossen drein, während er innerlich triumphierte. George Randell hatte Blut geleckt! Er war viel zu habgierig, um solch ein blendendes Geschäft auszuschlagen. Jetzt ging es ihm nur noch darum, den Preis für seine Beteiligung an dem Anschlag so hoch wie möglich zu treiben. Er hatte damit gerechnet. Aber gut, sollte er seinen Spaß haben.

»Ein junges Pferd zuzureiten ist gefährlicher als das, was wir vorhaben«, brummte er. »Wir schlagen im Schutz der Nacht zu. Und bevor die Männer an Bord der Comet wissen, was die

Stunde geschlagen hat, sind wir mit dem Ruderboot schon auf und davon. Aber meinetwegen: Ich erhöhe von fünf auf sechs Pfund.«

»Zehn Pfund, zusammen mit meinen Schulden!« verlangte der Farmer.

»Zehn Pfund für ein bißchen Schweiß am Ruder?« empörte sich der Bootsmann, der sich vorher mit seinem Captain abgesprochen hatte. »Das grenzt ja schon an Unverschämtheit!«

Duckworth winkte besänftigend ab. »Schon gut, Nick. Ich will mit George nicht lange feilschen. Das ist mir die Sache wert. Ich bin einverstanden – zehn Pfund also! Schlagen Sie ein, George!« Er streckte ihm die schmutzige Hand über den Tisch.

George zögerte einen Augenblick. Dann ergriff er die Hand des Flußschiffers und besiegelte den verbrecherischen Pakt mit einem festen Druck. »Wann soll es denn losgehen?« wollte er dann wissen.

»Schon heute nacht«, sagte Duckworth. »Die COMET liegt schon seit gestern am Anlegesteg von SEVEN HILLS. Vielleicht bleibt Captain Rourke noch ein, zwei Tage bei Jessica Brading. Möglich aber auch, daß er schon morgen früh weitersegeln will. Wir haben also keine Zeit mehr zu verlieren. Der Schoner wird diese Nacht in Flammen aufgehen – und zwar gegen drei Uhr, wenn alles in tiefem Schlaf liegt.«

George nickte. »Gut. Aber wird der Verdacht nicht zwangsläufig auf Sie fallen, wenn die COMET in Flammen aufgeht? Ich meine, man weiß doch, was zwischen Ihnen und Jessica vorgefallen ist, und daß Sie sich mit der ENTERPRISE hier in der Gegend befinden.«

Der Flußschiffer verzog das Gesicht zu einem breiten, selbstsicheren Lächeln. »Ist mir gar nicht so unlieb, daß sich der eine oder andere zusammenreimen wird, wer da seine Finger im Spiel gehabt hat. Das wird einigen, die glauben, sich mit mir anlegen zu können, eine Warnung sein. Aber das ist auch alles. Ohne Zeugen und ohne Beweise gibt es auch keine Anklage. Sie brauchen also keine Angst zu haben. Es ist ein Kinderspiel. Wir haben nicht nur das Überraschungsmoment auf unserer

Seite, sondern auch den Schutz der Nacht. Und wenn uns doch einer sieht, dann wird er später einzig und allein aussagen können, daß er vermummte Gestalten gesehen hat, die aus dem Nichts aufgetaucht und auch gleich wieder dort verschwunden sind.«

George war beruhigt. »Wann und wo treffen wir uns?«

»Am besten kommen Sie gleich mit uns auf die ENTERPRISE. Sie liegt nur anderthalb Meilen weiter flußaufwärts an einer geschützten Flußbiegung, wo man sie von SEVEN HILLS aus nicht sehen kann«, erklärte Jonas Duckworth. »Niemand wird sich was dabei denken, wenn Sie uns einen Besuch abstatten. Wir werden angeblich einen guten geschäftlichen Abschluß feiern – und die Besatzung auch daran teilhaben lassen. Gegen zwei werden wir Sie dann angeblich nach NEW HOPE zurückbringen. Keiner meiner Männer wird dann noch nüchtern genug sein, um irgend etwas davon mitzubekommen. Wir werden zurück sein, bevor auch nur einer seinen Rausch ausgeschlafen hat. Na, wie finden Sie das?«

George erwiderte das Grinsen des Flußschiffers. Er war jetzt Feuer und Flamme für den Plan. »Habe nichts daran auszusetzen.«

Jonas Duckworth erhob sich. »Ach, wir brauchen noch ein paar Ballen Stroh, George. Zusammen mit ein wenig Pech und Schießpulver werden sie erstklassige Brandfackeln abgeben. Sorgen Sie dafür, daß sie zum Boot gebracht werden, und erzählen Sie Ihrer Frau, ich hätte Sie zu mir an Bord eingeladen, und Sie kämen erst morgen wieder.«

Die drei Männer traten auf den Hof hinaus. George holte mehrere Ballen Stroh aus der Scheune und hatte dann alle Mühe, seine Frau zu finden. Er entdeckte sie schließlich hinter dem Hühnergehege auf dem Maisfeld. Sie blickte nicht auf, als er ihr mit knappen, unfreundlichen Worten mitteilte, daß er von Duckworth auf die ENTERPRISE eingeladen sei und erst morgen nach Tagesanbruch zurückkehren werde.

11

Längst war die Dunkelheit aus den Sträuchern und Bäumen gekrochen, die den breiten Fluß säumten, und hatte sich unter einem mondlosen Himmel wie ein schwarzer Umhang über Strom und Land gelegt.

Es war still auf Koppel und Weiden, still auch in den Hütten der Sträflinge. Die Feuer, die wie jeden Abend zur Essenszeit vor den Unterkünften aufgelodert waren und mit ihrem unruhigen Flammenschein vergeblich gegen die hereinbrechende Dunkelheit angekämpft hatten, waren längst verglommen oder zischend unter einem Eimer Wasser erloschen.

Nur aus dem Farmhaus von New Hope drang noch der gelbliche Schein einer einzigen Öllampe in die milde Sommernacht hinaus. Lydia saß am Tisch und starrte in das ruhige Licht der Lampe, das Gesicht grau, die Augen vom Weinen gerötet. Die Tränen waren schon lange versiegt, doch der Schmerz in ihrer Brust war stärker als zuvor.

Als George sie hinausgeschickt hatte, war ihr nicht entgangen, daß der hagere Bootsmann sie von der Tür aus beobachtet und verfolgt hatte, wohin sie gegangen war. Hätte er das nicht getan, wäre sie vielleicht wirklich aufs Feld gegangen und hätte versucht, ihren Kummer durch schwere Arbeit zu vergessen. Doch das Mißtrauen der Männer hatte sie in ihrem Verdacht bestätigt, daß es bei ihrem Gespräch um mehr als nur gewöhnliche Geschäfte gehen mußte.

Sie hatte einen Bogen geschlagen, war im Schutz des Maisfeldes zum Hühnergehege geeilt und von dort an die Hinterseite des Wohnhauses. Dort, unweit der Ecke, wo sich Tisch und Bänke befanden, hatte das Mauerwerk einen Riß. Der Lehm war unter der Sonne aufgeplatzt und hatte einen Spalt hinter-

lassen. Er war nicht länger als ein Finger, und man hätte gerade eben eine Münze hindurchschieben können. Doch er ging durch die ganze Wand, und als sie ihr Ohr an den Riß gepreßt hatte, konnte sie die Stimmen der drei Männer klar und deutlich verstehen.
Was sollte sie bloß tun?
Seit Stunden quälte sie diese Frage. Sie zermarterte sich das Gehirn nach einer Lösung, mit der sie leben konnte. Erst hatte sie den Entschluß gefaßt, ihrem Mann zur ENTERPRISE zu folgen, ihn zur Rede zu stellen und ihn und Captain Duckworth zu beschwören, ihren hinterhältigen Plan aufzugeben. Niemand hätte dann etwas von dem verbrecherischen Vorhaben erfahren, und das Leben hätte seinen gewohnten Fortgang nehmen können.
Doch dann war ihr zu Bewußtsein gekommen, daß von nun an nichts mehr so sein würde und konnte, wie es vor dem Gespräch der drei Männer gewesen war – und dieses Leben war bis dahin schon bedrückend genug gewesen. Sie hatte längst schon bemerkt, daß von der Liebe, die George ihr in den ersten Monaten ihrer Ehe entgegengebracht hatte, nichts mehr geblieben war. Es gab schon längst nichts mehr, was sie miteinander teilten – weder Ansichten noch das Bett. Er war völlig dem Rum und seinen Gewaltausbrüchen den Sträflingen und letztlich auch ihr gegenüber verfallen. Wann sie die Farm verlieren würden, weil George zuviel Schulden gemacht hatte, war nur noch eine Frage der Zeit.
So war es bisher gewesen, und irgendwie hatte sie sich mit ihrem Schicksal abgefunden. Doch dann hatte sie gehört, mit welcher Verachtung George von ihr gesprochen hatte. Seine grausamen Worte hatten sie getroffen wie Messerstiche in den Rücken. Sie hatten in ihr den Rest Hoffnung, den sie sich trotz allem noch bewahrt hatte, zerstört und ihr vor Augen geführt, daß sie für ihn nicht mehr als menschlicher Abschaum war, auf dem er herumtrampeln konnte und wollte.
Nur unter größter Willensanstrengung hatte sie sich dazu zwingen können, an der Hauswand auszuharren und sich kein

Wort entgehen zu lassen. In stummer Verzweiflung waren ihr die Tränen über das Gesicht gelaufen, und sie hatte hinterher blutige Knöchel gehabt, weil sie in ihre Finger gebissen hatte, um das Schluchzen, das sich ihr entringen wollte, zu unterdrücken.

Nein, es war sinnlos, Duckworth und ihren Mann zur Vernunft bringen zu wollen. Beide verachteten sie, und statt auf sie zu hören, würden sie sie an Bord festhalten, bis sie ihren teuflischen Plan ausgeführt hatten. Schlimmer noch: Sie würden sie töten, dessen war sie sich sicher. Sie wußte zuviel, und das Wissen konnte für den Flußschiffer und seine Komplizen den Galgen bedeuten. Zur ENTERPRISE zu rudern bedeutete also ihren sicheren Tod.

Was sollte sie also tun? Auf NEW HOPE bleiben, ihr Gewissen vergewaltigen und sich sagen, daß es ihr nicht möglich war, ihrer Freundin Jessica zu helfen – und womöglich den Tod von Männern zu verhindern, die an Bord der COMET vom Feuer überrascht und getötet wurden?

Nein, keinen Tag würde sie mit dieser Schuld leben können. Aber wenn sie den geplanten Anschlag auf den Schoner ihrer Freundin verriet, verriet sie doch gleichzeitig auch ihren Mann! Duckworth und die beiden anderen, die noch daran teilnehmen würden, kümmerten sie nicht. Doch sie konnte doch nicht *ihren eigenen Mann* an den Galgen bringen! Er mochte sie geschlagen und mit Verachtung gestraft haben, doch er blieb immer noch ihr Mann.

Sie hatte ihm Liebe, Treue und Gehorsam geschworen. Auf die Heilige Schrift. Zwar hatte er all seine Schwüre gebrochen, doch das gab ihr noch lange nicht das Recht, dasselbe zu tun und zu seinem Richter zu werden. Sie hatten schöne Monate gehabt, in denen er ihr das wunderbare Gefühl gegeben hatte, geliebt und gebraucht zu werden. Das war das kostbarste Geschenk gewesen, das sie jemals erhalten hatte. Sie hatte diese Zeit nicht vergessen und würde sie auch nie vergessen, egal, was danach gekommen war – und noch kommen würde. George war nicht immer so gewesen, wie er es jetzt war. Und

durch seine Heirat hatte er sie von ihrem Sträflingsdasein befreit.
Nein, sie konnte ihn nicht verraten und ihm dadurch die Henkerschlinge um den Hals legen. Eher würde sie sich selber umbringen.
Selbstmord.
War das der Ausweg?
Er würde sie von ihrer Verzweiflung und Qual befreien. Doch damit war bestenfalls nur ihr geholfen. Selbstmord aus Eigennutz. Doch was war mit den Männern auf der COMET und mit Jessica, der sie soviel verdankte? Sie hatte ihnen gegenüber eine Verantwortung, der sie sich durch feigen Selbstmord nicht entziehen durfte. Jessica mußte gewarnt werden!
Aber wie, ohne George nicht zu gefährden?
Lydia spürte das Verlangen, ihre Verzweiflung über die ausweglose Lage in die Nacht hinauszuschreien. Doch ihr Mund blieb stumm, und die Zeit verrann.
»Ich muß etwas tun!« stieß sie hervor und sprang auf. Sie blies das Licht aus und lief hinaus, hinunter zum Fluß, wo ihr Ruderboot lag. Sie zerrte es ins Wasser, sprang hinein und stieß es mit dem Ruder vom Ufer ab.
Nach wenigen Ruderschlägen spürte sie schon den Sog der Strömung. Sie brauchte jetzt kaum noch Kraft aufzuwenden, sondern nur noch den Kurs zu steuern. Auf dem Rückweg würde es anders sein, da würde sie alle Kraft aufbringen müssen, um gegen den Fluß anzukommen und das andere Ufer zu erreichen. Doch es war sinnlos, sich jetzt darüber Gedanken zu machen. Was getan werden mußte, mußte getan werden. Sie hielt den Bug des kleinen Bootes schräg zum Strom, so daß sie sich bald in der Mitte des Flusses befand.
Lydia kannte auf diesem Abschnitt des Hawkesbury jede Biegung, jede Sandbank am Ufer und jeden Strauch und Baum. Wie oft hatte sie diese Strecke schon mit dem Boot zurückgelegt. Bei brennender Sonne und bei strömendem Regen.
Keine halbe Stunde später hatte sie SEVEN HILLS erreicht. Deutlich wie ein schwarzer Scherenschnitt auf grauem Hinter-

grund hob sich die Silhouette des Schoners vor dem Nachthimmel ab.
Lydia steuerte das wendige Boot ans Ufer. Eine gute Viertelmeile vor der Anlegestelle rutschte der Rumpf des Bootes knirschend über Ufersand und blieb mit dem Bug in einem niedrigen Strauch hängen.
Sie sprang an Land, zog das Ruderboot aus dem Wasser und legte die Bugleine sicherheitshalber um einen Baumstamm. Dann lief sie den Hang zum Farmhaus hoch. Es waren nur ein paar hundert Yards, doch es war der längste Weg ihres Lebens.

12

Seine Küsse bedeckten ihr Gesicht, und zärtlich liebkosten seine Hände ihre Brustwarzen, die unter seinen intimen Berührungen so hart und steif wurden wie sein heiß pochendes Glied, das sich gegen ihren Oberschenkel preßte.
Sie war bereit, ihn zu empfangen, und sie öffnete sich ihm, umschlang ihn und zog ihn zu sich herab, um mit ihm zu verschmelzen und sich mit ihm in einem Rausch der Sinneslust zu verlieren.
»Ja, komm, Geliebter!« flüsterte sie leidenschaftlich. »Erfülle mich mit deiner Liebe und deinem Verlangen, bevor ich von innen verbrenne!«
Sie schaute auf und blickte in sein Gesicht. Doch da war kein Gesicht. Kein Mund, keine Augen, keine Nase. Sie blickte in ein verschwommenes Bild, das sich dauernd veränderte und aus vielen verschiedenen Gesichtern zu bestehen schien.
Die Hitze, die sie durchströmt hatte, verwandelte sich schlagartig in Kälte. Ein Frösteln durchfuhr ihren nackten Körper, und sie hatte plötzlich Angst. Sie schlug nach den Händen, die ihren Körper abtasteten, ihr aber keine Lust mehr bereiteten, sondern ihren Abscheu weckten.
»Nein!... Nicht!... Laß mich!« keuchte sie, von panischer Angst erfüllt. »Laß mich in Ruhe!... Nimm die Hände weg!... Nicht anfassen!«
»Wach auf, Jessica!«
Jessica erwachte, als jemand sie an der Schulter rüttelte, und blickte verstört in die Dunkelheit. Sie sah eine Gestalt an ihrem Bett. Jemand war in ihr Zimmer eingedrungen. »Wer ist da?« murmelte sie, noch ganz benommen von dem merkwürdigen Traum.

»Ich bin's, Lydia.«
Jessica fuhr sich über die Augen und brauchte einen Moment, um zu begreifen, daß sie das nicht träumte. »Himmelherrgott, wie spät ist es, und wie bist du bloß in mein Zimmer gekommen?«
»Es muß so um Mitternacht sein, und das Fenster stand offen. Da bin ich reingeklettert, Jessica. Ich habe dich gehört. Du mußt wirr geträumt haben.«
Lydia zu dieser späten Nachtstunde hier auf SEVEN HILLS, die sich wie ein Dieb in ihr Haus stahl, das war kein gutes Omen.
»Was ist passiert?« stieß sie hervor, richtete sich auf und schlug die Decke zurück.
»Ich muß mit dir sprechen, Jessica.«
»Jetzt um diese Uhrzeit?«
»Ja, uns bleibt nicht mehr viel Zeit.«
»Zeit wofür?« fragte Jessica und warf sich ihren Umhang aus blaßgelbem Batist um die Schultern, denn ihr Nachtgewand war recht dünn.
»Jessica, du mußt mir ein Versprechen geben...«, begann Lydia.
»Warte. Ich hole uns Licht. Wir müssen ja nicht wie zwei Verschwörerinnen im Dunkeln sitzen, oder?«
»Aber bitte beeil dich!« drängte Lydia.
»Ich bin gleich zurück«, versicherte Jessica, eilte aus dem Zimmer und kehrte wenige Augenblicke später mit einer Öllampe zurück. Als ihr Schein auf das Gesicht ihrer Freundin fiel, erschrak sie. Lydia sah entsetzlich mitgenommen aus, blaß und erschöpft.
Lydia ergriff Jessicas Hand, als sie die Lampe auf den kleinen, dreibeinigen Tisch aus Kirschholz stellte. »Jessica, ich schäme mich ja so... doch ich kann nicht anders, ich muß dich bitten, nein, ich flehe dich an, mir zu versprechen, daß er nicht verurteilt wird«, sprudelte sie verstört hervor. »Ich könnte es nicht ertragen, wenn man ihn hängen würde.«
Jessica blickte sie verständnislos an. »Lydia! Was ist geschehen? Wovon sprichst du? Wer darf nicht gehängt werden?«

»George, mein Mann!«
»Ich versteh' noch immer kein Wort.«
»Es ist so... entsetzlich, daß... ich nicht... weiß, wo ich beginnen soll«, stammelte Lydia unter Tränen. »Es ist so erniedrigend und so gemein.«
»Du hast gesagt, daß keine Zeit zu verlieren ist. Wenn dem so ist, solltest du mir endlich sagen, was du auf dem Herzen hast. Wenn ich dir irgendwie helfen kann, werde ich es tun«, versprach Jessica. »Und ich werde auch deinem Mann helfen.«
»Versprichst du, daß du alles versuchen wirst, damit er nicht... hängen muß?« flüsterte Lydia und sah sie mit angstgeweiteten Augen an.
Ein Schauder überlief Jessica. »Ja, das verspreche ich. Doch nun sag endlich, was so Schreckliches passiert ist!« forderte sie Lydia auf. Sie konnte sich nicht erinnern, sie jemals so verstört und aufgelöst gesehen zu haben. Und nie hatte sie Angst in ihren Augen entdecken können. Im Kerker von Newgate hatte sie die unmenschliche Behandlung der Wärter mit kalter Verachtung hingenommen. Nichts hatte sie aus ihrer stoischen Ruhe bringen können. Was also war geschehen?
»Mein Mann und Jonas Duckworth, der Flußschiffer, werden heute nacht einen Anschlag auf dein Schiff unternehmen.« Ihre Stimme war nur ein Flüstern, und doch kostete es sie all ihre Kraft, um die Worte herauszubringen. Sie mußte sie sich förmlich abringen.
»Ein Anschlag auf die Comet?« stieß Jessica ungläubig hervor. »Ja, aber das ist doch...«
»Sie wollen sie in Brand setzen. Um drei Uhr werden sie mit dem Beiboot der Enterprise kommen und Feuer legen, und George wird einer dieser vier Männer sein, die dieses Verbrechen ausführen wollen! Mein Mann!«
Jessica war einen Moment sprachlos vor Schreck und Entsetzen. Daß Jonas Duckworth auf irgendeine Hinterhältigkeit sinnen würde, wie er sich an ihr rächen konnte, damit hatte sie gerechnet. Und keine noch so gemeine Tat von seiner Seite hätte sie überraschen können, traute sie ihm doch das Schlimmste

zu. Doch daß sich George auf seine Seite geschlagen hatte und bereit war, sich an einem derartigen Verbrechen zu beteiligen, das gegen sie gerichtet war, hätte sie nie gedacht. Daß er verbittert war und ihr den Erfolg von SEVEN HILLS neidete, war ihr schon lange kein Geheimnis mehr. Doch daß sein Groll und sein eigenes Versagen ihn so tief hatten sinken lassen, wäre ihr nie in den Sinn gekommen.
Lydia sank vor ihr auf die Knie. »Du mußt sein Leben verschonen!« flehte sie Jessica an. »Bitte, sei barmherzig! Ich schäme mich ja so für ihn, aber ich würde es nicht ertragen, wenn man ihn dafür hängt! Er ist doch mein Mann, Jessica! Verstehst du, er ist mein Mann! Ich kann ihn nicht verraten. Lieber will ich sterben...«
Jessica packte sie an den Schultern und zog sie hoch. »Hör auf damit, Lydia! Ich habe dir mein Versprechen gegeben, und das werde ich auch halten, soweit es in meiner Macht steht. Doch jetzt erzähl, was sie genau vorhaben!«
Mit tränenerstickter Stimme gab Lydia das Gespräch wieder, das sie belauscht hatte. Als Jessica sicher war, alle wichtigen Einzelheiten zu kennen, sagte sie: »Sei jetzt ganz ruhig, Lydia. Es wird alles gut werden. Es ist noch Zeit genug, um dieses geplante Verbrechen zu verhindern – und um George vor dem Galgen zu bewahren.«
»Ich werde dir nie wieder in die Augen blicken können«, schluchzte Lydia.
Jessica griff nach dem Handgelenk ihrer Freundin und drückte es so fest, daß Lydia vor Schmerz zusammenzuckte. »Rede nicht so einen Unsinn!« fuhr sie sie an. »Du trägst an dem, was aus George geworden ist, nicht die geringste Schuld, und fang gar nicht erst an, dir das einreden zu wollen. Es ist das Land, das ihn zermürbt und zu dem gemacht hat, was er jetzt ist. George hat nichts mit dir zu tun – und du nichts mehr mit ihm. Schon lange nicht mehr. Ihr seid zwar Mann und Frau, aber diese Ehe ist doch nicht einmal mehr das Papier wert, auf dem sie beurkundet ist! Was geschehen ist, hast du weder voraussehen können noch irgendwie mitzuverantworten. Ich habe

dich immer bewundert, weil du so unerschütterlich und beständig warst wie ein Fels in der Brandung. Soll ich mich nun auch noch in dir getäuscht haben, Lydia? Bist du in Wirklichkeit eine Jammergestalt, die sich in Weinerlichkeit und haltlose Selbstvorwürfe flüchtet, weil sie nicht die Kraft aufbringt, mit dieser bitteren Enttäuschung fertigzuwerden?«
»Nein, das bin ich nicht«, kam die Antwort leise, aber mit fester Stimme.
»Gut, dann benimm dich gefälligst auch so!« herrschte Jessica sie an. Sie wußte, daß Lydia unter einem schweren seelischen Schock stand und zu sich gebracht werden mußte. Gern hätte sie ihre Freundin in den Arm genommen und getröstet, doch damit war ihr jetzt weniger geholfen als mit aufrüttelnden Worten, die ihr die Selbstachtung wiedergaben. »Gemeinsam haben wir die Hölle von Newgate überstanden, die gräßlichen Monate der Überfahrt, den Schiffbruch – und wir werden auch diese Prüfung gemeinsam überstehen. Und so wie ich mich auf dich verlassen kann, kannst du dich auf mich verlassen, Lydia. Wir schaffen es gemeinsam. Ich habe dir ein Versprechen gegeben. Nun versprich du etwas.«
Lydia hob den Kopf. »Was denn, Jessica?«
»Daß du nicht zuläßt, daß Männer wie Duckworth und George unsere Freundschaft und unser gegenseitiges Vertrauen zerstören«, sagte Jessica eindringlich. »Denn wenn ihnen das gelingt, haben sie etwas zerstört, das mir zehnmal mehr wert ist als die COMET, sosehr mich der Verlust des Schoners auch schmerzen würde.«
Lydia nickte mit Tränen in den Augen. »Ja, das verspreche ich dir, Jessica! Es soll ihnen nicht gelingen. Nie!« beteuerte sie, und ihre Stimme hatte wieder Kraft.
Jessica war erleichtert. »Das klingt schon besser. So, und jetzt gehst du zurück zum Boot.«
»Ja, ich muß schnellstens nach NEW HOPE zurück. Falls sie nachher kurz bei uns anhalten und sehen, daß das Boot nicht an seiner Stelle liegt, könnte George mißtrauisch werden«, sagte Lydia.

»Du mußt zurück, das ist richtig. Aber wenn du allein gegen den Strom paddelst, kommst du nur langsam vorwärts. Warte bei deinem Boot, Lydia. Ich gebe dir vier von meinen Männern mit. Sie werden unser Boot nehmen und eures ins Schlepptau nehmen. Das ist schneller und sicherer. Wenn hier alles vorbei ist, schicke ich jemanden zu Pferd zu dir, um dich zu holen. Wir werden dann noch einiges zu besprechen haben, wofür jetzt keine Zeit ist.«

»Jessica, das werde ich dir nie vergessen«, sagte Lydia dankbar und beschämt.

»Das hoffe ich doch auch«, gab Jessica trocken zurück. »Und nun geh!«

Jessicas erster Gang führte sie zu den Sträflingsunterkünften. Sie holte William Howard aus dem Schlaf und sagte ihm, was er zu tun hatte. »Nimm Bailey, Cole und Norman mit. Und beeilt euch! Man darf euch weder sehen noch hören. Es ist eine Sache auf Leben und Tod. Warum das so ist, erkläre ich euch später.«

William Howard stellte keine langen Fragen, sondern nickte nur stumm und holte die drei Männer, die Jessica bestimmt hatte, aus den Betten.

Indessen war Jessica schon bei Ian McIntosh. Das Haus des Verwalters befand sich zwischen der Siedlung der Arbeiter und dem Hauptgebäude. Er war schon wach und gerade dabei, sich anzukleiden. Die Stimmen auf dem Hof hatten ihn geweckt. Kaum hatte Jessica gegen die Tür gepocht, als Ian ihr auch schon öffnete.

»Buschbrand?« fragte er besorgt. Buschbrände waren in den heißen, trockenen Sommermonaten die größte Gefahr, die den Siedlern drohte. Es geschah immer wieder, daß sich das pulvertrockene Gras und Unterholz bei der Gluthitze selber entzündete.

»Nein, aber mit Feuer hat es auch zu tun. Duckworth wird in spätestens drei Stunden hier auftauchen, um mit seinen Komplizen die COMET in Brand zu setzen!« antwortete Jessica ihm ohne Umschweife.

Er starrte sie fassungslos an und sah, daß sie es ernst meinte. »Heiliger Saint Patrick! Woher wissen Sie das?« stieß er hervor, stopfte sich das Hemd schnell in die Hose und griff nach seinen Stiefeln.
»Von Lydia. Ihr Mann ist mit von der Partie der Brandstifter!«
»O Gott!« stöhnte der Verwalter bestürzt.
»Kommen Sie, Ian!« drängte Jessica ihn zur Eile. »Wir müssen Captain Rourke informieren und besprechen, was wir tun können.«
»Über den Haufen schießen sollten wir sie, wie die tollwütigen Hunde!« erregte sich Patrick Rourke, als sie ihn auf dem Schiff aus dem Schlaf geholt hatten und nun in der Achterkajüte saßen. »Vier Männer, haben Sie gesagt, Jessica? Dann sollte eine Salve genügen!«
»Einfach das Feuer auf sie eröffnen?« Jessica schüttelte heftig den Kopf. »Nein, das kommt nicht in Frage, Captain. Meine Zustimmung erhalten Sie dazu nie!«
»Das wäre Mord – und noch schlimmer als das, was Duckworth und seine Komplizen zu tun beabsichtigen«, pflichtete Ian McIntosh ihr bei. »Sie mögen an den Tod Ihrer Männer bei diesem geplanten Brandanschlag denken, doch das ist noch lange kein Grund, die Verbrecher einfach abzuknallen wie Tiere. Wir sind doch keine Gesetzlosen! Soll das Gericht doch entscheiden, wie sie zu bestrafen sind.«
Jessica wollte etwas dazu sagen, unterließ es jedoch. Erst einmal mußte geklärt werden, wie sie den Brandanschlag verhindern und die vier Männer am besten überwältigen konnten, ohne daß Blut floß oder einer entkam.
Patrick Rourke verzog das Gesicht. »Entschuldigen Sie, das ist mir in meiner Wut auch nur so herausgerutscht. Natürlich würde ich nicht ohne Warnung das Feuer eröffnen. Aber wissen Sie überhaupt, was das bedeutet, wenn die Mistkerle uns Strohballen an Deck werfen, die mit Pech und Schießpulver getränkt sind? Da brennt im Handumdrehen das ganze Schiff!«
»Das werden wir zu verhindern wissen«, sagte Jessica ruhig.

»Und genau darüber sollten wir reden, Captain. Wir haben genügend Leute, um ihr Vorhaben zu vereiteln und sie in die Falle gehen zu lassen. Sie müssen mit ihrem Boot ja ganz nahe an die COMET heran. Und da wir gewarnt sind und sie erwarten, dürfte für das Schiff keine Gefahr bestehen, wenn nur genügend Wasserfässer und nasse Säcke an Deck bereitliegen.«

Patrick Rourke nickte. »Das stimmt. Machen wir uns also an die Arbeit!«

13

Die Strömung trug das Beiboot der ENTERPRISE geschwind flußabwärts durch die Nacht. George Randell saß vorn neben Rob Jones auf der Bank, während der Flußschiffer mit seinem Bootsmann am Heck Platz genommen hatte. Zwischen ihnen lagen acht zusammengeschnürte Strohbündel, die nach Pech und Schießpulver stanken. Die Lampe, an deren Flamme sie die Brandfackeln entzünden wollten, stand hinter Jonas Duckworth. Er hatte sie in eine kleine Tonne, deren Deckel mehrere Luftlöcher besaß, gestellt, damit kein noch so schwacher Lichtschein zu sehen war. Aus einer alten Decke hatten sie vier Kapuzen mit Sehschlitzen angefertigt, die sie überziehen würden, so wie sie SEVEN HILLS erreichten.
Nichts war dem Zufall überlassen worden. Alles war so eingetroffen, wie Jonas Duckworth es vorausgesagt hatte. Auf der ENTERPRISE war der Rum in Strömen geflossen, und die Besatzung, der sich eine solche Gelegenheit selten bot, hatte sich hemmungslos betrunken. Als sie das Beiboot beladen und sich von Bord geschlichen hatten, war von der Mannschaft nicht einer mehr auf den Beinen gewesen. Die Männer lagen in ihren Kojen oder auf dem Vorschiff und schliefen ihren Rausch aus. Es lief also alles wie geplant, und doch hatte George Randell ein ungutes Gefühl. Er fror, obwohl die Luft warm war.
Das Boot mit den vier Männern trieb an NEW HOPE vorbei. George erahnte die baufälligen Gebäude seiner Farm mehr, als daß er sie sehen konnte. Er spürte das Verlangen, Jonas Duckworth zu bitten, ihn an Land und aus dem Unternehmen aussteigen zu lassen. Doch er dachte an seine Schulden und das Geld, das ihm winkte, wenn er im Boot blieb.
Er umklammerte das Ruder, daß die Knöchel weiß hervortra-

ten, und schwieg. Augenblicke später lag das vertraute Ufer hinter ihnen. Nun gab es kein Zurück mehr.
»Rüber auf das andere Ufer!« befahl Duckworth von hinten mit gedämpfter Stimme.
Die Männer legten sich in die Riemen, kreuzten den Strom in wenigen Minuten und hielten sich dann im Schutz des rechtsseitigen Ufers.
»Hätten keine bessere Nacht erwischen können«, raunte Nick Slayton und deutete zum Himmel. Kein Mond tauchte Land und Fluß in hellen, silbrigen Schein. Und das Licht der wenigen Sterne wurde von den dahinziehenden Wolken erstickt.
»Wie weit noch, George?« fragte Duckworth.
»Drei Flußbiegungen.«
»Gut. Haltet die Kapuzen bereit. Eigentlich könnten wir sie uns sparen, aber sicher ist sicher. Vor der letzten Flußbiegung ziehen wir sie über. Jeder weiß, was er zu tun hat?«
»War nicht viel, was man behalten mußte, Captain«, antwortete Rob Jones.
»Denkt daran, es muß schnell gehen!« ermahnte sie der Flußschiffer.
Nick Slayton lachte leise auf. »Schneller ist noch kein Schiff in Flammen aufgegangen, wie das bei der Comet gleich der Fall sein wird, Captain. Eine verdammte Schande nur, daß wir uns das hübsche Feuerchen nicht in aller Ruhe ansehen können.«
»Werden die Flammen noch weit genug sehen. Mir reicht der Glanz der Münzen, die der Captain für diesen Nachtausflug springen läßt«, erwiderte Rob Jones spöttisch.
»Schnauze jetzt!« zischte Duckworth.
Die letzte Flußbiegung vor Seven Hills tauchte vor ihnen auf, und sie zogen die Kapuzen über. Als das Boot um die Landzunge bog, sahen sie schon die Comet. Nirgends leuchtete ein Licht in der Dunkelheit. Eine trügerische Stille herrschte.
»Aufpassen, daß das Boot nicht zuviel Fahrt hat!« flüsterte Duckworth und tauchte das mit Lappen umwickelte Ruderblatt ins Wasser, um das Boot zu verlangsamen. Nick Slayton tat es ihm gleich.

George starrte durch den Schlitz in seiner Kapuze auf den Schoner, dessen Konturen sich immer deutlicher vor ihnen abzeichneten. Das Knarren und Ächzen von Masten, Spanten und Wanten klang schon zu ihnen herüber. Die COMET lag am breiten, langen Landungssteg vertäut.

»Siehst du jemanden an Deck, Nick?« flüsterte der Flußschiffer.

»Nein, keine Wache«, lautete die leise Antwort des Bootsmanns. »Wozu auch? Sie können sich hier doch sicher fühlen – bis jetzt!«

»Also dann, vorsichtig längsseits gehen! Es darf keinen Stoß geben, kapiert? George, ziehen Sie das Ruder ein, und halten Sie sich bereit, das Boot von der Bordwand zu drücken. Rob! Nick!... Jetzt gilt es!«

Das Beiboot der ENTERPRISE war nur noch wenige Längen von der Steuerbordseite des Marssegelschoners entfernt, der ihr begrenztes Blickfeld jetzt ganz ausfüllte. Duckworth ließ seinen Blick kurz über den Hang des Hügels streifen, hinauf zum Farmhaus. Doch da sich nirgends etwas Verdächtiges ausmachen ließ, konzentrierte er sich sofort wieder auf das bevorstehende Anlegemanöver.

Sie hielten auf das Ankertau zu, das vor ihnen aus dem Wasser aufstieg und schräg nach oben zum Bug der COMET führte. George und Nick, die auf derselben Seite saßen, fingen den Stoß, mit dem die Strömung das Ruderboot gegen das Tau drückte, geschickt ab. Schnell wickelte George die Bugleine um das armdicke Ankertau. Die Strömung drehte das Ruderboot, so daß das Heck nun stromabwärts zeigte.

Langsam ließ George nun Leine nach. Das Ruderboot näherte sich der Bordwand der COMET Yard um Yard. Dann lag es endlich mittschiffs längsseits.

George tastete nach seinem Messer. Sowie die acht präparierten Strohbündel an Bord geschleudert waren und den Schoner in Brand gesetzt hatten, war es seine Aufgabe, die Leine zu kappen, die sie mit dem Ankertau verband, damit sie augenblicklich vom brennenden Schiff freikamen.

Jonas Duckworth hob den Deckel von der kleinen Tonne, griff hinein, nahm den Glaszylinder von der Lampe und ließ ihn in den dunklen Fluten des Hawkesbury versinken. Dann drehte er den Docht hoch, so daß die Flamme in der Tonne stark genug war, um die Strohbündel in Brand zu setzen.
»Fangen wir an!« zischte der Flußschiffer.
Nick Slayton ergriff das erste Bündel und hielt ein Ende an die Flamme der Öllampe. Augenblicklich fing das trockene Stroh Feuer.
Er kam nicht mehr dazu, die Brandfackel zu werfen.
Patrick Rourke hatte hinter dem Schanzkleid gekauert, das Näherkommen des Ruderbootes beobachtet und die vier Männer nicht eine Sekunde aus den Augen gelassen. Als das Stroh Feuer fing, gab er das Signal: »Wasser über!«
Die Männer, die flach an Deck gelegen und kaum zu atmen gewagt hatten, sprangen nun auf, ergriffen die bereitstehenden Eimer und leerten sie über die vermummten Gestalten im Boot. Eine wahre Wasserflut ging auf sie nieder, näßte sie bis auf die Haut und löschte jede Flamme.
Duckworth und seine Komplizen waren zu Tode erschrocken, als sie ihren verbrecherischen Plan vereitelt sahen.
»Eine Falle!« schrie Rob Jones mit sich überschlagender Stimme. »Eine gottverdammte Falle!«
»Sie haben uns erwartet!«
»Verrat!«
»Weg!« brüllte Jonas Duckworth.
Im selben Augenblick warfen vier von Captain Rourkes Männern ein großes Fischernetz über die Angreifer, um sie an der Flucht zu hindern. Gleichzeitig wurde es auch am Ufer lebendig. Fackeln flammten in der Dunkelheit auf und tauchten die Szene am Anlegesteg in flackerndes Licht. Männer mit Flinten und Musketen richteten ihre Waffen auf die vier im Ruderboot.
»Keiner von euch Bastarden rührt sich vom Fleck! Oder wir blasen euch geradewegs ins Jenseits!« donnerte Steuermann Lew Kinley vom Deck der COMET.

George, Nick und Rob dachten gar nicht mehr an Flucht oder gar Gegenwehr. Die beiden Musketen und die Flinte, die sie im Boot liegen hatten, nutzten ihnen jetzt nichts mehr. Das Sturzwasser hatte Zündhütchen und Pulver unbrauchbar gemacht. Entsetzt über die plötzliche Wendung des Geschehens, verharrten sie wie gelähmt unter dem Schleppnetz. Nicht jedoch Jonas Duckworth.

Er hatte als einziger geistesgegenwärtig reagiert, als sich die Wasserflut über sie ergossen hatte. Er war von der Sitzbank hochgeschnellt und aus dem Boot gesprungen.

Patrick Rourke war das nicht entgangen, und er zögerte nun keine Sekunde. Jonas Duckworth durfte auf keinen Fall entkommen! Mit einem Satz hechtete er über die Reling seines Schiffes und sprang in den Fluß. Er war kein guter Schwimmer, doch er mußte ihn einholen, bevor er im Schutz der Dunkelheit fliehen konnte!

Zum Glück war Duckworth ein noch schlechterer Schwimmer als Captain Rourke. Wild ruderte er mit den Armen, während ihn die Strömung davontrieb. Er schluckte Wasser, hustete, hörte hinter sich die wütende Stimme seines Rivalen und versuchte, das Ufer zu erreichen, bevor er im tiefen Wasser versank und ertrank. Er spürte Grund unter den Füßen und mobilisierte alle Kräfte, um das Dickicht am Ufer zu erreichen, bevor sein Verfolger ihn eingeholt hatte.

Doch es gelang ihm nicht. Er stand noch bis zu den Hüften im Wasser, als Captain Rourke ihn zu fassen bekam. »Du entkommst deiner gerechten Strafe nicht, Duckworth!«

»Fahr zur Hölle!« schrie der fette Flußschiffer, riß das Walfängermesser aus der Scheide und wirbelte herum.

Patrick wich dem Stich aus. Die Klinge fetzte seine Hose an der Hüfte auf. Doch zu einem zweiten Angriff gab er ihm keine Chance mehr. Mit aller Wucht schlug er ihm auf das Handgelenk, und das Messer entglitt der plötzlich kraftlosen Hand des Flußschiffers. Sekundenbruchteile später traf ihn Patrick Rourkes geballte Linke ins Gesicht, schleuderte ihn nach hinten und warf ihn in den Uferschlamm. Als er stöhnend auf die

Beine kam, schlug sein Gegner erneut zu. Zwei Schwinger, hart wie Schmiedehämmer, bohrten sich in seinen fetten Leib. Duckworth stieß einen erstickten Laut aus, als die Faustschläge ihm die Luft aus den Lungen preßten. Würgend klappte er zusammen.

Inzwischen hatten Jessica, Ian und William Howard die Stelle erreicht, wo der kurze Kampf zwischen den beiden Flußschiffern stattgefunden hatte.

Der Verwalter richtete seine Flinte auf den sich im Schlamm windenden Duckworth, und als Captain Rourke Anstalten machte, ihn hochzuzerren und die einseitige Schlägerei fortzusetzen, rief Jessica: »Das reicht, Captain! Er ist erledigt – auch ohne daß Sie ihm jeden Knochen im Leib brechen!«

Triefend und mit wutverzerrtem Gesicht stand Patrick Rourke im Licht der Fackel, die Howard hielt. Dann öffneten sich seine Fäuste, und er atmete tief durch. »Sie haben recht, Jessica. Er ist es gar nicht wert, daß man sich an ihm die Finger dreckig macht! Los, hoch mit dir, du Schweinehund! Beweg dich!«

Wimmernd, die Arme vor den Leib gepreßt, richtete sich Jonas Duckworth auf und taumelte an Land. »Das wirst du mir büßen!« stieß er gepreßt hervor. »Ihr alle... werdet... dafür büßen!«

»Für das, was du vorgehabt hast, wirst du am Galgen hängen!« zischte Captain Rourke.

»Darüber müssen wir noch reden, Captain«, sagte Jessica leise, als sie ihren Gefangenen zum Schiff zurückführten.

»Was meinen Sie damit?« fragte Captain Rourke.

»Später, in Ihrer Kajüte«, bat Jessica.

Die vier Männer wurden gefesselt und in der Bilge der COMET eingesperrt. Es dauerte eine ganze Weile, bis sich die Aufregung gelegt hatte und die Männer und Frauen von SEVEN HILLS in ihre Unterkünfte zurückkehrten. Und während die Mannschaft von Patrick Rourke an Deck feierte, saßen Jessica, Ian und der Captain in der Kajüte.

»Ich verstehe Sie nicht, Jessica«, sagte der Captain ungehalten. »Diese Dreckskerle wollten das Schiff in Brand setzen und uns notfalls auch mit draufgehen lassen, und Sie erklären nun in aller Seelenruhe, daß es zu keinem Gerichtsverfahren kommen darf. Bei allem Respekt und auch aller Sympathie, aber darauf lasse ich mich nicht ein! Es geht nicht an, daß Duckworth und seine Komplizen ungestraft davonkommen!«

»Da muß ich dem Captain zustimmen«, sagte Ian McIntosh. »Wir können sie unmöglich laufenlassen, als hätten sie bloß versucht, uns einen derben Streich zu spielen, Jessica. Das war nicht nur versuchte Brandstiftung, sondern auch versuchter Mord!«

Jessica nickte. »Ich weiß, daß ich sehr viel von Ihnen verlange, besonders von Ihnen, Captain...«

»Zuviel, Jessica!« unterbrach Rourke sie hart.

»... aber ich habe ja nicht davon gesprochen, daß sie ungestraft davonkommen sollen«, fuhr sie gelassen fort. »Wenn es zu einem Prozeß kommt, ist das Urteil ganz sicherlich Tod durch Hängen.«

»Das haben sie gewußt und auch verdient!« sagte Patrick Rourke.

»Das haben sie, ja«, pflichtete Jessica ihm bei. »Doch ich habe Lydia mein Ehrenwort gegeben, daß ihr Mann wegen dieser Tat nicht am Galgen hängen wird.«

»Er ist nicht besser als Duckworth oder irgendein anderer der vier!« beharrte der Captain.

»Das weiß ich nicht, aber darum geht es hier auch gar nicht«, erwiderte sie.

»Um was geht es dann, Jessica?« fragte Ian.

»Wenn Lydia nicht gekommen wäre und mir vertraut hätte, wäre die COMET jetzt eine lodernde Fackel – und Sie vielleicht schon im Schlaf erstickt oder verbrannt, Captain!« hielt sie ihm vor. »Also nicht nur ich bin ihr zu Dank verpflichtet, sondern Sie auch, ob Ihnen das nun paßt oder nicht. Vergessen Sie nicht, daß Lydia aus freien Stücken zu mir gekommen ist und mich gewarnt hat. Und vergessen Sie auch nicht, was es bedeutet, den eigenen Mann zu verraten. Ich habe mein Versprechen nicht leichtfertig gegeben, und ich beschwöre Sie, genau abzuwägen, was schwerer wiegt – Ihr verständlicher Wunsch nach gnadenloser Bestrafung der Verbrecher oder Ihr Schiff und Ihr Leben, das Sie Lydia verdanken!«

Patrick Rourke starrte finster drein. »Der Teufel soll mich holen, wenn ich dieser Frau nicht dankbar bin für das, was sie getan hat, verdammt dankbar sogar«, räumte er ein. »Aber wie kann ich das eine mit dem anderen vereinbaren, Jessica? Sie laufenzulassen, mein Gott, es will mir einfach nicht in den Schädel, daß Duckworth so billig davonkommen soll!«

Jessica lächelte. Sie wußte, daß Patrick jetzt begriffen hatte, daß die Sache nicht so einfach war, wie er gemeint hatte, und nun für einen Kompromiß empfänglich sein würde. »Keine Sorge, Jonas Duckworth wird seine Strafe erhalten, eine Strafe, die ihn vielleicht schlimmer trifft als ein schneller Tod durch den Strick!«

14

Die Männer der ENTERPRISE staunten nicht schlecht, als sie am Morgen die COMET den Hawkesbury heraufkommen sahen – mit Captain Duckworth und Bootsmann Slayton an Bord! Beide sahen ausgesprochen übernächtig aus, doch da seine Männer selber noch unter den Folgen des übermäßigen Rumgenusses zu leiden hatten, dachten sie sich nichts dabei.

»Das verstehe, wer will«, brummte einer. »Erst flucht unser Captain, daß er diesem Iren die Kehle durchschneiden und ihn zu den Fischen schicken wird, und dann ist er auf einmal ganz dicke mit Captain Rourke. Sprunghaft wie ein launisches Weib, wenn ihr meine Meinung wissen wollt.«

»Hab' nie kapiert, was bei Duckworth da oben vor sich geht«, sagte ein anderer Matrose abfällig und tippte sich gegen die Stirn. »Heute spendiert er Unmengen Rum, und morgen greift er zum Tauende, wenn man bei 'ner verdammten Kleinigkeit nicht sofort springt! Soll ihn verstehen, wer will. Ich jedenfalls hab's aufgegeben.«

Merkwürdig kam es den Männern schon vor, als nur der Bootsmann zu ihnen auf die ENTERPRISE übersetzte, während ihr Captain auf der COMET blieb. Aber sie wurden nicht dafür bezahlt, daß sie sich Gedanken über die Beweggründe von Jonas Duckworth machten. Wer wollte auch schon wissen, was sie dachten. Und so zuckten sie nur mit den Achseln, als Nick Slayton den Befehl gab, Segel zu setzen und Kurs auf SEVEN HILLS zu nehmen. Als einer der Matrosen den Bootsmann ansprach und sich beiläufig erkundigte, ob sie ihre Fahrt flußaufwärts damit beendeten und nun nach Sydney zurückkehren würden, bekam Slayton einen Wutausbruch und schrie ihn an, er solle sich gefälligst um seinen eigenen Dreck kümmern.

Niemand auf der Schaluppe bemerkte, daß sich mehr Männer an Bord des Schoners aufhielten, als eigentlich für ein Schiff dieser Größe nötig waren. Und daß überall an Deck unter Taurollen und Segeltuch Waffen griffbereit lagen, blieb ihnen ebenfalls verborgen.
Die Sonne stand gerade erst eine Handbreit über den Eukalyptuswäldern im Osten, als die ENTERPRISE neben dem Schoner am Landungssteg von SEVEN HILLS festmachte.
Dort warteten schon Jessica und Ian. Captain Rourke und Lew Kinley, sein Steuermann, nahmen Jonas Duckworth in ihre Mitte und brachten ihn zu ihr.
»So, Captain Duckworth, sind Sie bereit?« fragte Jessica mit ausdruckslosem Gesicht. Sie zeigte weder Freude noch Hohn.
»Die Pest über Sie!« zischte Duckworth.
»Vorsichtig, du Verbrecher!« herrschte Rourke ihn mit gedämpfter Stimme an. »Wenn es dir lieber ist, können wir dich und deine Komplizen auch gern nach Sydney vors Gericht bringen. Spuck es nur aus, wenn der Strick mehr nach deinem Geschmack ist!«
Duckworth schwieg.
»Also, sind Sie bereit?« fragte Jessica noch einmal.
»Ja!« stieß Duckworth haßerfüllt hervor.
»Na, dann genießen Sie Ihren Auftritt«, sagte Captain Rourke sarkastisch und trat etwas zurück, damit Jonas Duckworth zu seiner Mannschaft sprechen konnte. Nick Slayton hatte sie aufgefordert, das Schiff zu verlassen und auf den Steg zu kommen, weil der Captain ihnen etwas sagen wollte.
»Worum geht's denn, Captain?« rief einer der Männer.
Jonas Duckworth starrte ihn an, als wollte er ihn mit seinen Blicken durchbohren. Dann schluckte er, als müßte er einen fetten Kloß hinunterwürgen, und stieß hervor: »Die Fahrt ist hier zu Ende, Männer! Ihr könnt eure Sachen holen und werdet ausbezahlt.«
»Verdammt, das soll wohl ein schlechter Witz sein!« empörte sich ein Matrose. »Wir haben für 'n ganzes Jahr auf der ENTERPRISE angeheuert und...«

»Reg dich ab, Dave! Jeder kriegt seinen vollen Jahreslohn ausgezahlt!« fuhr Duckworth ihn an.
»Das ist natürlich was anderes.«
»Aber was sollen wir hier, mitten in der Wildnis?« fragte sein Nebenmann. »Wie kommen wir nach Sydney zurück, oder wenigstens bis nach Parramatta. Wir sind Matrosen und keine gottverdammten Buschläufer!«
»Ihr bekommt das Beiboot, da ist Platz genug für euch, und ausreichend Proviant«, mischte sich Captain Rourke nun ein. »In ein paar Tagen seid ihr in Sydney. Und für diese Unannehmlichkeiten zahlt euch Captain Duckworth noch zwei Monatsheuern extra, ist es nicht so?«
Jonas Duckworth nickte stumm.
»Aber was soll das alles, Captain? Wo wollen Sie hier eine neue Mannschaft anheuern? Ohne Männer sitzen Sie mit der ENTERPRISE doch fest.«
Patrick Rourke legte Duckworth scheinbar freundschaftlich eine Hand auf die Schulter und forderte ihn grinsend auf: »Na los, Captain, machen Sie es nicht so spannend und sagen Sie Ihren Leuten, warum hier Endstation für sie ist.«
Jonas Duckworth riß sich zusammen. »Ich hab' die ENTERPRISE an Missis Brading verkauft, und zwar mit sofortiger Wirkung. Ich hänge die Flußschifferei an den Nagel. Sollen sich doch andere mit den Siedlern herumschlagen.«
Die Matrosen hätten nicht überraschter sein können, hätte Jonas Duckworth ihnen eröffnet, er wolle von nun an als Missionar tätig werden.
Patrick Rourke lachte. »Ja, und er hat einen verdammt guten Preis herausgeholt, bei allem, was recht ist! Euer Captain versteht sich wahrlich darauf, etwas für sich herauszuschlagen. Er hat Missis Brading ganz schön eingeheizt, ist es nicht so, Captain Duckworth?«
»Ja«, gab Duckworth einsilbig zurück.
»Tja, und da sie an der ENTERPRISE noch einige Umbauten vornehmen lassen möchte und ich genug Männer zur Führung schon auf meiner Heuerliste habe, müssen wir euch leider mit

dem Beiboot zurückschicken«, fuhr Rourke aufgeräumt fort. »Ihr könnt das Boot übrigens verkaufen und euch den Erlös teilen.«

Das versöhnte die Männer mit der Unbequemlichkeit, die sie die nächsten Tage würden auf sich nehmen müssen. Das Beiboot der ENTERPRISE konnte noch einen Hilfsmast führen und war einiges wert. Sie würden also mehr Geld in den Taschen haben als je zuvor. Jeder fast zwei Jahresheuern! Wenn das nicht ein verdammt gutes Geschäft war!

»Das war es, Männer!« rief Patrick Rourke. »Packt eure Sachen und holt dann eure Heuer ab. Euer Captain und ich sorgen inzwischen dafür, daß ihr genug Wasser und Proviant im Boot habt und sofort loskönnt. Wenn ihr es in weniger als einer halben Stunde schafft, lege ich noch ein Fäßchen Rum dazu.«

Das ließen sich die Matrosen nicht zweimal sagen. Im Handumdrehen hatte ein jeder sein Bündel geschnürt und stand aufbruchbereit auf dem Landungssteg, um seine Heuer in Empfang zu nehmen. Mit finsterem Gesicht zahlte Jonas Duckworth sie aus. Patrick Rourke legte wie versprochen noch ein Fäßchen Rum zum Proviant. Schnell war alles im Beiboot der Schaluppe verstaut. Captain Duckworth' ehemalige Mannschaft richtete den Hilfsmast auf, zog das Segel hoch und legte ab. Das Boot entfernte sich rasch, doch die fröhlichen Stimmen der Matrosen waren noch lange zu hören.

Patrick Rourke wandte sich mit einem breiten Grinsen an Jessica. »War das nicht eine geradezu herzerwärmende Vorstellung, die unser Captain gerade gegeben hat?« spottete er. »Ganz besonders seine Großzügigkeit hat mich überrascht. Eine ganze Jahresheuer und darauf noch zwei Monatsheuern, das nenne ich wahrlich nobel.«

Der Anflug eines Lächelns ging über Jessicas Gesicht. »Ich glaube mich daran erinnern zu können, daß seine Großzügigkeit erst einiger ... nun, sagen wir mal Ermunterung Ihrerseits bedurfte«, erinnerte sie ihn.

Sein Grinsen wurde noch breiter. »Aber das war mir doch ein ausgesprochenes Vergnügen, seiner unterentwickelten Großherzigkeit ein wenig auf die Sprünge helfen zu dürfen. Aber das Beste kommt ja erst noch, nicht wahr?«

»Sie sagen es, Captain. Sehen Sie zu, daß Sie die Fracht umladen.«

»Wir fangen sofort an«, versprach Captain Rourke. »Ich gebe Ihnen Bescheid, wenn wir bereit sind.«

Jessica nickte und wandte sich nun ihrem Verwalter zu, der dem Wortwechsel mit einem versteckten Lächeln zugehört hatte.

»Sind alle Papiere vorbereitet, Ian?« fragte Jessica.

Der Verwalter nickte. »Es ist alles bereit.«

»Gut, dann schaffen Sie sie hinauf.«

Ian McIntosh gab die entsprechenden Befehle, und bewaffnete Farmarbeiter eskortierten die vier Schurken den Weg zum Farmhaus hinauf.

Jessica fand im Zimmer, das einmal das Arbeitszimmer ihres verstorbenen Mannes gewesen war und ihr nun dieselben Dienste leistete, die entsprechenden Schriftstücke auf dem messingbeschlagenen Schreibtisch vor.

Ian trat ein und schloß die Tür hinter sich. »Sie warten in der Halle.«

»Sie werden keine Eile haben«, meinte Jessica sarkastisch und legte vier Blätter auf die Seite. »Was halten Sie von ihren Geständnissen, Ian? Würden sie vor Gericht notfalls bestehen?«

»Absolut!« versicherte Ian. »Sie haben ihre Unterschrift geleistet, soweit sie dazu in der Lage waren. Doch jedes Papier trägt ja noch die Unterschriften von mindestens vier weiteren Zeugen, die bei dem geplanten Überfall zugegen waren und mit ihrer Unterschrift bezeugen, daß die Geständnisse so abgelegt und von den Tätern auch unterzeichnet wurden. Keiner wird sich aus dieser Sache herausreden können, Jessica. Dafür gibt es einfach zu viele Zeugen.«

»Und wie sieht es mit den beiden Kaufverträgen aus? Kann ihre Rechtmäßigkeit angefochten werden?« wollte Jessica wissen.

»Unmöglich. Alles einwandfrei. Duckworth hat Ihnen die ENTERPRISE verkauft und George Randell NEW HOPE. Die Papiere sind in Ordnung und rechtmäßig mit all den Unterschriften versehen, die den ordnungsgemäßen Abschluß dieser geschäftlichen Transaktionen bezeugen.«

»Gut, dann holen Sie doch bitte Duckworth herein«, bat sie ihn.

Der Flußschiffer riß sich mit einer wütenden Gebärde vom Verwalter los, als dieser ihn am Arm zu Jessica in das Zimmer führte. Er war hochrot im Gesicht. »Jetzt haben Sie es endlich geschafft, Sie Sträflingshure!« schrie er außer sich vor ohnmächtiger Wut.

Ian McIntosh wollte einschreiten, doch Jessica gab ihm mit einem knappen Kopfschütteln zu verstehen, daß er nichts unternehmen sollte.

»Was habe ich geschafft, Captain?« fragte Jessica gelassen.

»Mich auszuschalten, Ihren schärfsten Konkurrenten! Das war es doch, was Sie von Anfang an wollten! Sie wollen den Hawkesbury ganz für sich allein! Sie wollen auf dem Fluß genauso bestimmen wie hier auf Ihrer verdammten Farm, weil Sie genau wissen, daß die anderen kleinen Boote Ihre Vormachtstellung nicht gefährden, wenn Sie erst den Schoner *und* meine Schaluppe haben! Und deshalb haben Sie mich in die Falle gelockt und mich jetzt um mein Schiff betrogen!« stieß er haßerfüllt hervor.

»Du mußt krank im Kopf sein, Mann!« herrschte Ian ihn nun an. »Du bist es gewesen, der hier einem anderen eine Falle stellen wollte. Nicht mal vor Mord wäret ihr zurückgeschreckt. George, dein Bootsmann, und dieser Rob Jones, sie alle haben gestanden. Und du auch! Also rede gefälligst nicht so lächerlich daher! Sonst könnte es nämlich doch noch passieren, daß dir der Henker ein großes Tau um den Hals legt!«

Duckworth preßte die Lippen zusammen, doch aus seinen Augen sprühte ein wildes Feuer unbändigen Hasses.

»Ich glaube nicht, daß das nötig sein wird«, griff Jessica nun ein, und ihre Stimme klang kühl, fast teilnahmslos. »Sie wissen, was Sie getan haben und was Ihnen blüht, Captain, wenn Sie sich nicht an unsere Vereinbarungen halten.«

»Mit diesen Papieren haben Sie uns ein Leben lang in der Hand!« stieß Duckworth hervor. »Sie können uns jederzeit erpressen und...«
»Sie verwechseln mich mit Ihresgleichen!« schnitt sie ihm scharf das Wort ab. »Niemand wird Sie damit erpressen, darauf haben Sie mein Wort.«
Duckworth spuckte aus. »Das Wort einer machthungrigen, skrupellosen Sträflingshure!«
»Nicht, Ian!« rief Jessica. »Lassen Sie ihn nur. Jemand wie Jonas Duckworth kann mich nicht beleidigen.« Und zum Flußschiffer gewandt sagte sie: »Es ist natürlich Ihnen überlassen, ob Sie mir glauben oder nicht. Tatsache jedoch bleibt, daß ich Ihr Geständnis nie gegen Sie verwenden werde – es sei denn, Sie zwingen mich dazu, indem Sie sich an mir oder meinen Freunden zu rächen versuchen. In dem Fall werde ich keine Gnade kennen, vergessen Sie das nicht!«
»Von Ihnen will ich keine Gnade!«
»Die haben Sie schon angenommen, als Sie sich gegen den Galgen und für mein Angebot entschlossen haben!« erwiderte Jessica verächtlich. »Und jetzt raus mit ihm! Ian, ich möchte auch noch mit George sprechen.«
»Die Pest über Sie!« fluchte Duckworth.
Der Verwalter führte den Flußschiffer zu den Wachen zurück und brachte George Randell. Der Farmer machte einen gebrochenen Eindruck und schien in dieser Nacht um Jahre gealtert. Das Haar hing ihm in fettigen Strähnen ins Gesicht, das von aschgrauer Farbe war. Die Augen, die in tiefen Höhlen lagen, wirkten leblos. Er ging gebückt und mit hängenden Schultern, als hätte ihn jegliche Kraft verlassen.
»Lassen Sie uns bitte allein«, bat Jessica.
Ian McIntosh nickte verständnisvoll, ging hinaus und schloß die Tür hinter sich.
»Setz dich, George.«
Ohne sie anzublicken, nahm George Platz.
»Warum, George?« fragte sie leise. »Sind wir nicht mal Freunde gewesen?«

»Freunde!« stieß er mit heiserer Stimme hervor. »Du hast gut reden. Dir fehlt ja nichts. Alles, was du haben willst, kriegst du auch.«
»Weder Steve noch mir wurde irgend etwas in den Schoß gelegt. Aber auch wenn es so gewesen wäre, was hätte das geändert. Vor allem: Warum dieser Haß, obwohl wir dir gute Nachbarn sind und dir helfen wollten?«
»Hilfe? Der Teufel soll deine Hilfe holen, Jessica! Dir ging es doch nur um New Hope. Jetzt hast du dein Ziel ja endlich erreicht.«
»Angenommen, ich wäre wirklich so habsüchtig und verlogen, wie du mich darstellst, George, wäre das denn schon Grund genug, um ein Verbrechen zu rechtfertigen, wie ihr es vorhattet? Es wäre nicht nur simple Brandstiftung gewesen, sondern ihr hättet mit Gewißheit einige der Männer auf der Comet umgebracht! Das Feuer hätte sie unter Deck eingeschlossen und ihnen die Flucht ins Freie versperrt! Das habt ihr gewußt und kaltblütig in Kauf genommen wie die skrupellosesten Verbrecher! Und jetzt erklär mir einmal, was diese Matrosen mit deinem Haß auf mich zu tun haben, George? Was haben dir diese Männer getan? Warum wolltest du sie sterben lassen? Um dich an mir zu rächen? O nein, diese Ausrede glaubst du doch selber nicht. Es ging dir um etwas ganz anderes – nämlich um das Blutgeld, das Duckworth euch zahlen wollte. Allein darum ging es dir!«
George sackte noch mehr in sich zusammen.
Jessica fühlte sich unendlich müde und niedergeschlagen. Sie konnte keine Genugtuung darüber empfinden, daß Duckworth sich durch seinen Plan selbst ins Verderben gestürzt und George mit sich gezogen hatte. »Und warum hast du das Lydia angetan? Eine bessere Frau hättest du nie finden können. Sie hat dich geliebt, mein Gott, wirklich geliebt, und du hast alles zerstört, im Suff ertränkt!«
Sein Kopf ruckte hoch. »Geliebt? Sie hat mich verraten! Wie ein Judas hat sie mich verraten!« brach es wild aus ihm heraus.

»Du bist ein verdammter Schwachkopf!« erwiderte Jessica mit auflodderndem Zorn über seine Blindheit. »Sie hat dich nicht verraten, sondern sie hat dich vor dem Galgen bewahrt! Wenn Lydia mich nicht angefleht und mir das Versprechen abgerungen hätte, dich nicht vor Gericht stellen zu lassen, wäre dir jetzt der Strick sicher! Und es war nicht einfach gewesen, auch Captain Rourke davon zu überzeugen, daß es zu keinem Prozeß kommen darf. Nicht wegen Duckworth, sondern allein wegen dir! Daß du so billig davonkommst, hast du nur deiner Frau zu verdanken!«

Verstört blickte er sie an. »Lydia hat...?«

»Ja, sie hat um dein Leben gefleht, George! Und was du Verrat nennst, war in Wirklichkeit eine mutige Tat, die sie viel Schmerz und Überwindung gekostet hat. Sie hat dich davor bewahrt, zu einem Mörder zu werden und am Galgen zu enden.«

George wich ihrem Blick aus und zuckte dann trotzig mit den Achseln. »Und was hat sie jetzt davon? Um nichts auf der Welt wollte sie New Hope aufgeben. Und nun hat sie die Farm doch verloren, an ihre angeblich beste Freundin, die mich gezwungen hat, die Farm zu verkaufen!« sagte er verächtlich.

»Ich habe dir einen fairen Preis gezahlt, George«, erwiderte Jessica.

»Ja, und die Hälfte davon hast du mir gleich wieder abgenommen!«

»Weil das Lydias Anteil ist, der ihr zusteht. Und mit dem Geld wird Lydia mir New Hope wieder abkaufen!« eröffnete Jessica ihm. »Damit die Farm von nun an ganz allein ihr gehört und kein Mann sie durch Faulheit und Schuldenmachen aufs Spiel setzen kann.«

Einen langen Augenblick herrschte Schweigen im Zimmer. Dann sagte Jessica: »Das war es, was ich dir noch sagen wollte, George. Du hast dein Einverständnis zur Auflösung der Ehe gegeben und versprochen, dich in diesem Gebiet nie wieder blicken zu lassen. Du wirst dich daran halten, es sei denn, dir steht der Sinn nach einem Prozeß wegen versuchten Mordes.

Vergiß nie, daß du ein Geständnis unterschrieben hast und es genügend Zeugen gibt, die dich lieber heute als morgen in den Händen des Henkers sehen möchten. Und nun geh!«

Wie ein alter, gebrechlicher Mann stand George Randell auf und ging hinaus. Als ihn Ian McIntosh zu den anderen drei Komplizen führte, stand plötzlich Lydia vor ihm.

Er machte einen Schritt auf sie zu. »Lydia, laß mich dir erklären...«, begann er, und Verzweiflung stand in seinen trüben Augen.

Lydia schüttelte den Kopf. »Nein, George, es gibt nichts mehr zu erklären. Was du zu sagen hattest, hast du in unserem Haus zu Duckworth und dem Bootsmann gesagt. Ich habe jedes Wort gehört«, sagte sie mit zitternder Stimme. »Aber auch wenn ich das nicht gehört hätte, was du Jessica und Captain Rourke antun wolltest, sagt mehr als tausend Worte.«

»Lydia, bitte, gib mir noch eine Chance!« flehte er sie an. »Es war der Rum.«

»Nein, es war nicht nur der Rum, George«, erwiderte Lydia. »Und was zwischen uns einmal war und hätte sein können, ist vorbei. Ich ertrage deinen Anblick nicht mehr! Geh mir aus den Augen!«

»Du hast gehört, was sie gesagt hat. Beweg dich!« knurrte Ian.

»Möge Gott dir verzeihen, ich kann es nicht«, murmelte Lydia mit erstickter Stimme, als der Verwalter ihren Mann wegführte.

Jessica saß lange Zeit allein im Zimmer und blickte auf den Fluß hinaus, ohne ihn jedoch wirklich zu sehen. Sie hatte die Nacht nicht eine Stunde Schlaf gefunden, und die Müdigkeit machte sich nun bemerkbar. Doch es war nicht die körperliche Erschöpfung, die ihr das Gefühl gab, ausgelaugt zu sein. Es war die seelische Anspannung, die bittere menschliche Enttäuschung, die sie niederdrückte. Wie konnte ein Mensch so tief fallen, daß ihn der Tod anderer, völlig unbeteiligter Menschen unberührt ließ? Was war aus dem zugänglichen, zuversichtlichen George Randell geworden, der als Farmer voll Energie und Hoffnungen an den Hawkesbury gekommen war. Wie hatte er sich in dieser kurzen Zeit nur so verändern können, daß er letztlich nicht einmal vor einem abscheulichen Verbrechen zurückgeschreckt war?

Es muß das Land sein, dachte Jessica. Es stellt einen jeden von uns auf eine harte Probe, fordert uns das letzte ab. Und entweder gewinnt das Gute und das Beständige bei diesem Kampf die Oberhand, oder das Schlechte und Schwächliche kommt zum Durchbruch. Für George ist die Kolonie zum Verderben geworden, doch Lydia wird sich durchsetzen und NEW HOPE zu einer blühenden, gewinnbringenden Farm machen.

Es klopfte an die Tür, und auf Jessicas Ruf trat Patrick Rourke ein. »Wir haben alles vorbereitet, Jessica. Geben Sie jetzt den Befehl, oder haben Sie es sich doch noch überlegt?«

»Nein, Patrick, es bleibt dabei«, erwiderte sie fest und ging mit ihm hinaus. Jonas Duckworth, George Randell, Rob Jones und Nick Slayton standen abseits des Farmhauses, bewacht und verunsichert, was sie dort sollten. Alle Männer, Frauen und Kinder von SEVEN HILLS hatten sich versammelt und blickten erwartungsvoll zum Fluß hinüber.

Man hatte die ENTERPRISE ein gutes Stück flußabwärts gebracht und mitten im Strom verankert. Das Beiboot der COMET lag längsseits. Vier von Patrick Rourkes Männern standen an Deck, brennende Fackeln in den Händen.

»Sie warten auf Ihr Zeichen«, sagte Patrick Rourke, und seine Stimme hatte einen belegten Klang. Mit sichtlichem Widerwillen reichte er Jessica den langen Holzstab, an dessen Ende ein rotes Tuch geknotet war.

Jessica zögerte nicht eine Sekunde. Sie hob den Fahnenstock und schwenkte das Tuch. Nun schleuderten die Männer auf der ENTERPRISE die Fackeln in Ladeluken und Niedergänge. Die Stichflammen, die aus den Öffnungen in den klaren Sommerhimmel schossen, verrieten, daß die Männer viel Öl, Pech und Schießpulver unter Deck verstreut hatten. Sie sprangen nun schnell ins Ruderboot und beeilten sich, daß sie weg von dem Schiff kamen, das jetzt lichterloh brannte.

Jonas Duckworth stöhnte auf, als er seine Schaluppe niederbrennen sah. Was er der COMET zugedacht hatte, widerfuhr nur seinem Schiff. Mit haßerfüllten Augen starrte er in das tosende Inferno, das die ENTERPRISE umhüllte.
Patrick Rourke atmete heftig, enthielt sich jedoch eines Kommentars. Auch die Leute von SEVEN HILLS und die Besatzung der COMET verfolgten stumm, wie die Flammen ihr vernichtendes Werk in Windeseile vollbrachten. Die Schaluppe würde bis zur Wasserlinie herunterbrennen.
Jessica starrte noch zum brennenden Schiff hinüber, als die vier Männer weggebracht wurden, um ausgepeitscht zu werden. Fünfzig Hiebe mit der neunschwänzigen Peitsche, darauf hatte Patrick Rourke bestanden, und Ian hatte ihm zugestimmt. Sie zwang sich, nicht ins Haus zu gehen und ihre Ohren nicht zu verschließen, als sie das häßliche Klatschen der Peitsche hörte und die Schreie, die über den Hof gellten.
»Es muß sein«, sagte Ian leise neben ihr und berührte ihre Hand, als wollte er ihr Trost und Kraft geben, und sie ließ ihn gewähren, während das Flammenmeer auf dem Fluß vor ihren Augen zu einer blutroten Wand verschwamm.

15

Gewissenhaft säuberte Maneka in der Küche das Gemüse, das sie aus dem Garten geholt hatte. Sie war konzentriert bei der Arbeit. Keine noch so winzige Wurmlarve entging ihrem Blick, und kein Korn Erde blieb an einem Blatt kleben, wenn sie Gemüse wusch. Sie war ganz in ihre Tätigkeit vertieft, während sie ein indisches Lied vor sich hinsummte.

Gerade siebzehn Jahre jung war Maneka, doch für europäische Augen, die an helle Haut gewöhnt sind, sah sie einige Jahre älter aus. Sie war ein bildhübsches Mädchen, obwohl sie selbst nur ungläubig gelacht hätte, hätte man ihr das gesagt. Ihr langes Haar schimmerte in einem selten blauschwarzen Ton, der an die besondere Farbe einer klaren Sommernacht erinnerte, und umfloß ihr ebenmäßiges Gesicht. Ihre samtweiche Haut war leicht getönt wie die Schale frischer Oliven. Unter blauschwarzen Brauen und langen Wimpern lagen große Augen, dunkel wie jahrhundertealte Jade. Ihre Nase hatte einen sanften Schwung, und ihre Lippen waren voll. Und so bezaubernd ihr Gesicht war, so sinnlich betörend war ihr Körper.

Sogar Kate Mallock mußte zugeben, daß Maneka eine Schönheit war. Das machte es aber nur noch schlimmer. Sie hatte dieses indische Mädchen vom ersten Tag an nicht leiden können, gerade weil es so atemberaubend schön war und etwas verwirrend Unschuldiges an sich hatte. Daß Mister Forbes ihr die jungfräuliche Unschuld schon an Bord des Schiffes genommen hatte, änderte nichts daran. Sie wußte nicht, wie sie Manekas Ausstrahlung nennen sollte. Es war eine Reinheit der Seele, und das war etwas, was sie viel mehr fürchtete als beispielsweise Mister Forbes' Feindschaft, die sie mit ganzer Leidenschaft erwiderte, oder Rosettas Unmut.

Haß, Hinterhältigkeit, Feindschaft – damit und mit all ihren unterschiedlichen Spielarten verstand sie umzugehen, und sie wußte sich darauf einzustellen, denn das war ihr ureigenstes Gebiet. Seit sie in fremden Diensten war, und sie hatte ihre erste Stelle schon mit fünfzehn Jahren angetreten, also vor drei Jahrzehnten, war kein Jahr vergangen, in dem sie sich nicht mit allen Mitteln der Intrige und der versteckten Auseinandersetzung hatte zur Wehr setzen müssen: gegen Widersacher aus den Reihen des Personals und der jeweiligen Herrschaft und immer wieder gegen den Versuch, ihre offizielle Macht zu beschneiden – und ihren inoffiziellen Einfluß zu beschränken, was viel schwerer wog. In den drei Jahrzehnten hatte sie ausreichend Erfahrungen gesammelt und ein gut bestücktes, unsichtbares Arsenal an Waffen für diesen Kampf angelegt.

Maneka mußte verschwinden!

Zu dieser Erkenntnis war Kate Mallock schon kurz nach ihrer Ankunft in der Kolonie gekommen. Und sie war entschlossen, nichts unversucht zu lassen, um das indische Mädchen so schnell wie möglich aus dem Haus zu bekommen.

Verdrossen beobachtete sie Maneka bei ihrer Arbeit, während sie vorgab, selbst beschäftigt zu sein. Sie verwünschte Kenneth Forbes aus tiefster Seele. Er hätte dieses wunderschöne Mädchen als Geliebte haben können, wenn er ihr nur mehr Zeit gelassen und sie ein wenig umworben hätte. Kate hegte nicht den geringsten Zweifel, daß Maneka dann die Vorzüge einer solchen Verbindung erkannt und ihm nur zu bereitwillig das Vergnügen geschenkt hätte, das Kenneth bei seiner Frau im Bett nicht fand.

Doch statt geschickt und gewinnend vorzugehen, hatte Kenneth seinen ungestümen Trieb nicht zügeln können und so alles verdorben. Nicht nur für sich, denn das wäre ihr gleichgültig gewesen, sondern auch für sie, Kate Mallock. Denn hätte Kenneth Maneka zu seiner Geliebten gemacht, die ihm zumindest sinnliche Bereitschaft vorspielte, hätte Rosetta sich nicht zu dieser Gefühlsduselei hinreißen lassen, mit diesem heidnischen Geschöpf Mitleid zu haben. Dann hätte Rosetta sie darin unterstützt, sie aus dem Haus zu bekommen, zumindest aber ihre Verachtung geteilt. Dann wäre alles beim alten geblieben: Rosetta und sie zusammen gegen Kenneth und seine Freunde.

Leider war alles anders gekommen. Mit Groll dachte Kate an jene Nacht vor einigen Wochen, als Kenneth wieder einmal Maneka gegen ihren Willen genommen hatte und Rosetta ihr zu Hilfe geeilt war. Mit der Muskete in der Hand hatte sie ihren Mann aus dem Bett der verfluchten indischen Heidin geholt und ihn zu dem idiotischen Schwur gezwungen, sie nie wieder zu berühren! Welch eine Narrheit! Geschah ihr eigentlich ganz recht, daß Kenneth sie nun mit seinen sexuellen Bedürfnissen quälte. Doch was ihr ganz und gar nicht paßte, war, daß Rosetta sich nun in der Rolle von Manekas Beschützerin zu gefallen schien und ihr immer mehr Zeit widmete.

Rosetta entglitt ihrem Einfluß, das spürte Kate Mallock ganz deutlich. Sie hatte sich von ihr von Kindheit an leicht lenken lassen, ohne sich dessen bewußt zu sein, doch jetzt begann sie genauso unbewußt, sich von ihr zu lösen, und das würde sie nicht tatenlos hinnehmen. Sie hatte zu lange dafür gekämpft, bis sie diese Machtposition erreicht hatte, und sie war zu alt, um bei einer anderen Herrschaft noch einmal von vorn anzufangen. Rosetta gehörte ihr, und wer sich ihr in den Weg zu stellen versuchte, wußte nicht, wozu sie fähig war!

Zorn packte Kate, als sie daran dachte, daß ihr Versuch mit den Karten gescheitert war. Aber so leicht gab sie nicht auf.

»Wo hast du dieses Kleid her?« fuhr sie Maneka plötzlich an.

Maneka fuhr zusammen und drehte sich um. »Von Mistress Forbes«, antwortete sie und lächelte unsicher. »Es ist sehr schön, nicht wahr?«

»Du hast so etwas nicht zu tragen!«

»Aber sie sagte, es steht mir gut.«

»Widersprich mir nicht!« fauchte Kate. »Du siehst darin wie... wie eine Hure aus! Deine Schultern sind nackt! Und ein Dienstmädchen zeigt nicht ihren Busen, es sei denn, sie legt es darauf an, wollüstige Gedanken zu wecken!«

Maneka sah an sich hinunter. Das hübsche hellblaue Kleid, das Rosetta ihr geschenkt hatte, hatte zwar einen Ausschnitt, doch er war bei weitem nicht so gewagt, wie Kate behauptete. »Aber Mistress Forbes hat gesagt...«

»Hast du nicht gehört, daß du mir keine Widerworte geben sollst?« brauste Kate auf. »Du wirst nächstens mich fragen, was du anziehen kannst und was nicht! Mistress Forbes wirst du damit nicht belästigen. Sie ist krank und manchmal zu verwirrt, um zu wissen, was für ein Dienstmädchen wie dich passend ist und was nicht. Hast du mich verstanden?«

Maneka senkte den Blick. »Ja.«

»Und jetzt nimm den großen Korb und füll ihn drüben im Schuppen mit Holzscheiten. Wie oft hab' ich dir schon gesagt, daß der Korb immer voll zu sein hat!«

Maneka nahm den Korb, der neben der Feuerstelle stand, und eilte aus der Küche.

»Wäre doch gelacht, wenn ich dich nicht aus dem Haus bekomme«, murmelte die Zofe und holte die Speckschwarte aus der Tasche unter ihrer Schürze. Schnell fettete sie die kostbare Teekanne aus blauweißem Porzellan damit ein und legte die kaputte Reitgerte zurecht.

Minuten später kam Maneka mit dem Korb zurück. Sie hatte ihn bis obenhin gefüllt und brauchte alle Kraft, um ihn zu schleppen. Sie hatte es besonders gut machen wollen.

Kaum hatte sie ihn abgesetzt und sich aufgerichtet, da trat Kate zu ihr und drückte ihr die Teekanne in die Hände. »Stell sie in den Eckschrank im Salon, aber paß auf!«

Maneka nahm sie, doch ihre Finger rutschten am fettigen Porzellan ab. Und bevor sie noch etwas tun konnte, war sie ihr schon entglitten. Sie zerbrach auf den harten Bohlen in tausend Scherben.

»Du tolpatschiges, nichtsnutziges Ding!« schrie Kate und griff zur Reitgerte. »Ich werde dich lehren, was es heißt, so kostbares Porzellan zu zerbrechen.« Die Gerte schnitt durch die Luft und traf Maneka quer über die Brust, wo kein Stoff die Haut schützte.

Sie schrie gellend auf, bedeckte ihre Brust mit den Armen, erhielt einen zweiten, heftigen Hieb und wollte davonrennen. Doch Kate folgte ihr und schlug ihr die Gerte so fest sie konnte auf die bloßen Schultern.

Sie liefen Kenneth Forbes in die Arme, der gerade das Haus betreten hatte und nun der Züchtigung mit schneidender Stimme Einhalt gebot.

»Warum hast du sie geschlagen, Kate?« verlangte er herrisch zu wissen und entriß ihr die Gerte.

»Sie hat Strafe verdient, Sir!« sprudelte Kate hervor. »Was man ihr auch aufträgt, sie macht alles falsch, als wollte sie es darauf anlegen. Ständig gibt sie Widerworte. Jetzt hat sie Rosettas Lieblingsteekanne zu Boden geworfen, das kostbare Stück!«

»Das stimmt nicht!« widersprach Maneka mit tränenerstickter Stimme.

»Da hören Sie es, Sir! Nichts als Trotz und Widerworte! Dieses Mädchen taugt nichts im Haus! Soll sie doch auf den Feldern arbeiten, wo sie nicht soviel Schaden anrichten kann!« geiferte die Zofe.

»Sie ist mir entglitten!« beteuerte Maneka, und Tränen liefen ihr über das Gesicht.

»Nichts als Lüge!« zischte Kate.

Kenneth blickte unschlüssig von einer zur anderen, sah die blutroten Striemen auf Manekas Brust und Schultern, und sagte dann: »Ich habe jetzt keine Zeit, mich darum zu kümmern. Ich habe eine Verabredung.«

»Aber sie muß doch dafür bestraft werden, Sir!« rief Kate empört.

»Die Schläge mit der Reitgerte sind dafür ja wohl Strafe genug, Kate!« fuhr er sie ärgerlich an. »Laß sie jetzt. Doch wenn es noch einmal etwas zu bestrafen gibt, dann bin ich derjenige, der über die Strafe entscheidet und sie auch ausführt! Habe ich mich klar ausgedrückt?«

»Wie Sie meinen, Sir.«

»Das meine ich nicht nur so, Kate, sondern das ist ein Befehl, an den du dich halten wirst, sonst lernst du mich kennen!« drohte Kenneth. »Und jetzt hol mir meine Uniform. Ich bin in Eile. Und du, Maneka, lauf zum Stall hinüber und sag dem Knecht, er soll mein Pferd satteln!«

»Ja, Sir«, flüsterte Maneka und lief schnell hinaus.

Die Schreie und aufgeregten Stimmen hatten Rosetta aus ihrem Zimmer geholt. »Was ist passiert?«

Kenneth verzog das Gesicht. »Ach, Kate und Maneka hatten sich in den Haaren. Maneka muß sich reichlich ungeschickt angestellt haben, oder weiß der Teufel, was in der Küche vorgefallen ist. Auf jeden Fall hat Maneka die Teekanne von dem Service, das du zur Hochzeit von deiner Mutter geschenkt bekommen hast, zerbrochen. Kate hat sie daraufhin mit der Gerte geschlagen, diese alte Hexe!«

»Sprich nicht so von Kate!«

Er winkte ab. »Kümmere du dich darum, wenn du willst. Ich muß mich umziehen«, sagte er und ging in sein Zimmer.

Rosetta folgte ihm. »Wohin reitest du?«

»John MacArthur hat mich auf seine Farm eingeladen. Wenn du möchtest, kannst du mitkommen. Die Frauen sind auch eingeladen. Doch ich nehme an, du fühlst dich nicht kräftig genug, um die Fahrt im Einspänner zu machen, auch wenn es nur ein paar Meilen sind«, sagte er mit bitterer Ironie. »Deine schwache Konstitution wird es wohl nicht zulassen, nicht wahr?«

»Nein«, erwiderte Rosetta knapp. »Wann wirst du zurück sein?«

»Vermutlich übermorgen. Falls ich länger bleibe, was gut möglich ist, werde ich dir eine entsprechende Nachricht zukommen lassen.«

»Dann wünsche ich dir viel Spaß«, sagte Rosetta kühl.

Kenneth zögerte einen Augenblick. »Rose, warum können wir nicht vernünftig zusammenleben?« fragte er beschwörend.

»Eine ausgezeichnete Frage, Ken, auf die ich deine Antwort hören möchte!«

»Warum kommst du mir nicht ein bißchen entgegen? Verlange ich denn wirklich soviel von dir?«

»Du verlangst gar nichts, Ken«, antwortete sie bitter, »sondern du nimmst dir einfach, worauf du ein Recht zu haben glaubst. Auf meine Rechte nimmst du keine Rücksichten, geschweige denn auf meine Gefühle!«

»Auf dem Schiff habe ich dich monatelang nicht berührt, weil du es so verlangt hast! Ich habe Rücksicht genommen, verdammt noch mal! Aber ich kann doch nicht mein Leben lang enthaltsam leben, nur weil du keine Freude daran hast. Und komm mir jetzt nicht damit, daß es für Männer genügend Möglichkeiten gibt, sich zu vergnügen. Ich will Kinder, Rose! Zumindest aber einen Sohn, der einmal erbt, was ich hier aufbaue!«

Ein spöttisches Lächeln flog wie ein Schatten über Rosettas Gesicht. »Was willst du in dieser elenden Sträflingskolonie schon aufbauen«, sagte sie geringschätzig. »Diese armselige Farm, die ich nun mein Zuhause nennen muß, hätte ich in England nicht einmal betreten!«

Er machte eine unwirsche Kopfbewegung. »Es geht mir doch nicht um diese Farm oder um die Zukunft der Kolonie. Ich werde genau wie du keinem von beiden eine Träne nachweinen, wenn wir nach England zurückkehren. Es geht mir doch nur um die unvorstellbaren Profite, die man hier als Offizier machen kann, wenn man die richtigen Beziehungen hat.«

Sie hob die Augenbrauen. »So, und du meinst, du hast sie, ja?«

Er lachte selbstsicher. »Und ob ich die habe! Die Einladung auf MacArthurs Farm ist dafür der endgültige Beweis. Ich gehöre jetzt fest zum Kreis derjenigen Männer, die das Rum-Monopol in dieser Kolonie beherrschen. Keiner kann in New South Wales einen guten Gewinn machen, ob nun als Farmer oder als Händler, wenn wir es nicht wollen. Wir kontrollieren die Einfuhr aller Waren und vor allem den Handel mit Rum, und das ist ein phantastisches Geschäft mit bis zu tausend Prozent Gewinn!«

»Ich verstehe nicht viel von Politik, und sie interessiert mich auch nicht«, erwiderte Rosetta skeptisch. »Aber soviel ich ge-

hört habe, will Gouverneur Bligh das Rum-Monopol abschaffen.«
Ken lachte verächtlich. »Der alte Bounty-Bligh! Der redet viel, wenn der Tag lang ist, Rose. Dabei weiß er längst, daß er in New South Wales so machtlos ist wie seine Vorgänger. In Wahrheit regieren John MacArthur und wir Offiziere die Kolonie. Was wir wollen, das wird auch getan. Und wir lassen uns das Rum-Geschäft doch nicht von diesem alten Grobian aus der Hand nehmen. Möglich, daß uns irgendwann einmal reguläre Truppen ablösen und andere Zeiten in New South Wales einkehren, aber das soll uns nicht kümmern. Bis dahin hat jeder von uns sein Vermögen gemacht, und ich sage dir, Rose, es wird ein echtes Vermögen sein! Also warum versuchen wir nicht gemeinsam, das Beste aus dieser Zeit hier zu machen. Ich sähe es wirklich gern, wenn du mich zu den MacArthurs begleiten würdest. Seine Frau Elizabeth und ihre Kinder sollen sehr reizend sein. Es wäre für dich auch mal eine Abwechslung.«
Rosetta zögerte. »Vielleicht ein andermal, Ken.«
»Du magst zwar gesundheitlich nicht auf der Höhe sein«, sagte er und wählte eine Formulierung, mit der er sich nicht festlegte, »aber man sieht es dir nicht an, Rose. Du siehst so bezaubernd schön aus wie am Tag der Hochzeit, und es ist geradezu eine Vergeudung von Schönheit und der Gabe, einer Gesellschaft Glanzlichter aufzusetzen, daß du dich so von der Welt absonderst und nie das Haus verläßt.«
Seine Komplimente überraschten und erinnerten sie an jenen charmanten Kenneth Forbes, der ihr mit geistreichem Geplauder und weltmännischem Auftreten den Hof gemacht hatte. »Es ist lange her, daß du mir so etwas gesagt hast. Ich dachte schon, du sähest zwischen mir und Kate keinen Unterschied mehr«, sagte sie spöttisch, doch ohne Schärfe. Eher schwang ein hoffnungsvoller Unterton in ihrer Stimme mit.
»Ich mag meine Fehler haben, Rose, doch mit Blindheit geschlagen bin ich nicht«, erwiderte er. »Du würdest bei meinen Offiziers- und Geschäftsfreunden großen Eindruck machen,

und im Handumdrehen hättest du auch die Sympathien ihrer Frauen gewonnen.«
»Du möchtest also, daß ich an deiner Seite repräsentiere, ja?«
»Früher oder später wirst du das tun müssen, Rose. Ich habe dich jetzt schon oft genug entschuldigt, weil deine angegriffene Gesundheit es dir angeblich nicht gestattet, Einladungen anzunehmen, geschweige denn auszusprechen. Aber auf die Dauer ist das für mich nicht tragbar.«
»So, für dich nicht tragbar.«
»Rose, begreife doch, daß auch ich gesellschaftliche Pflichten zu erfüllen habe! Und eine Frau, die sich in der Gesellschaft geschickt und gewinnend zu verhalten weiß, kann ihrem Mann nur von großem Vorteil sein. Wir mögen zwar unsere Differenzen haben, Rose, aber letztendlich müssen wir miteinander auskommen und leben. Also muß doch auch dir daran gelegen sein, daß ich schnell zu viel Geld komme! Je erfolgreicher ich bin, desto angenehmer wird das Leben für dich.«
»Dein Vorteil muß noch längst nicht mein Vorteil sein, Ken. Doch ich werde darüber nachdenken«, sagte Rosetta zurückhaltend.
»Ich wäre unter Umständen bereit, mit dir ein Arrangement zu treffen, das deiner ...«, er suchte nach einem Wort, das ihre Gefühlskälte nicht auf beleidigend krasse Art beschrieb, »... deiner zurückhaltender Natur in den Dingen intimer ehelicher Beziehungen entgegenkäme.«
»Und was wäre das für ein Arrangement?« fragte Rosetta und hatte Mühe, nicht zu begierig zu klingen. Sie war bereit, fast jedes Arrangement zu akzeptieren, wenn es sie nur davon befreite, sich ihm hingeben zu müssen.
Es klopfte. »Ihre Uniform, Lieutenant!« rief Kate.
Rosetta verfluchte insgeheim, daß Kate gerade in diesem Augenblick kommen mußte.
Ken wurde durch Kate daran erinnert, daß es für ihn Zeit wurde. Seine Reisetasche lag schon gepackt auf dem Bett. »Ja, bring sie rein, Kate!« rief er, und zu Rosetta sagte er: »Wir reden darüber, wenn ich zurück bin.«

Rosetta ließ sich ihre Enttäuschung nicht anmerken. »Gut, in ein paar Tagen also. Viel Erfolg ... und laß dir nur Zeit.«
Ein Schimmer von Verärgerung zeigte sich auf seinem Gesicht. »Ich weiß, daß dich meine Abwesenheit wohl kaum mit tiefem Kummer erfüllen wird«, erwiderte er.
»Nein ... nicht, wie die Dinge im Augenblick liegen«, gab sie zu. »Doch ich habe nichts dagegen, wenn sich das nach deiner Rückkehr zum Besseren wendet. Nun, wir werden sehen.« Sie ließ ihn allein und wartete im Salon, bis ihr Mann sich umgezogen und das Pferd bestiegen hatte, das der Stallknecht vor dem Haus am Zügel hielt.
Als das Trommeln der Pferdehufe verklungen war, rief sie ihre Zofe zu sich. »Kate, ich habe einen wichtigen Auftrag für dich, der aber niemandem sonst zu Ohren kommen darf!« eröffnete sie ihr.
Die Augen der Zofe leuchteten auf. Sie liebte wichtige Aufträge, die Verschwiegenheit erforderten, erhöhten sie doch Rosettas Abhängigkeit von ihr. »Sie wissen, daß ich alles tue, was in meiner Macht steht, Rosetta. Worum geht es also?«
»Du mußt nach Sydney!«
Kate sah sie verständnislos an. »Sydney? Was soll ich da, Rosetta?«
»Ich habe kaum noch etwas von meiner ... meiner Medizin«, erklärte Rosetta mit einem Anflug von Verlegenheit. »Du mußt mir neue besorgen.«
»Schlafmohn ist keine Medizin, Rosetta. Dieses verdammte Zeug benebelt Sie und macht Sie ganz wirr im Kopf. Sie sollten die Finger davon lassen.«
»Willst du mir sagen, was ich zu tun habe, Kate?« fuhr Rosetta sie ungehalten an. »Für mich ist Schlafmohn Medizin, also mach mir keine Vorhaltungen, als wäre ich noch das kleine Kind, das du vor siebzehn Jahren gehütet hast!«
»Es war nicht so gemeint«, sagte Kate unterwürfig und ärgerte sich, überhaupt etwas gesagt zu haben. »Wenn das Zeug für Sie Medizin ist und die gewünschte Wirkung erzielt, will ich nichts gesagt haben.«

Rosetta nickte zufrieden und zog einen Zettel aus ihrem Ausschnitt. »Hier ist die Adresse, die mir der Schiffsarzt Doktor Devin gegeben hat. Der Mann, den du in Sydney aufsuchen mußte, heißt Jacob Holbrook.«
»Und wo genau wohnt er?« fragte Kate.
Rosetta zögerte. »Nun, an den Namen der Straße konnte sich Doktor Devin nicht mehr erinnern. Kann sein, daß sie überhaupt keinen besitzt. Aber es sollte nicht allzu schwierig sein, Jacob Holbrook in den Rocks zu finden, wenn man nach ihm fragt.«
»Dieser Jacob Holbrook lebt in den Rocks?«
»Ja.«
Kate sah sie empört an. »Ich soll mich in dieses Lasterviertel wagen? Wissen Sie, was Sie da von mir verlangen?«
»Aber wer wird denn wagen, dich zu belästigen, Kate? Du verstehst dich doch darauf, in solch ... äh ... ungewöhnlichen Situationen einen kühlen Kopf zu bewahren«, schmeichelte Rosetta ihr. »Du hast bestimmt nichts zu befürchten. Wenn du jetzt gleich aufbrichst, bist du am Nachmittag in Sydney. Wirklich unsicher ist es in den Rocks doch erst nach Einbruch der Dunkelheit. Aber bis dahin hast du doch schon alles erledigt.«
»Bei aller Ergebenheit, Rosetta, aber ich weiß nicht, ob ich mich darauf einlassen soll«, gab sich Kate Mallock widerstrebend, obwohl sie sich schon längst dafür entschieden hatte, ihr diesen Dienst zu tun. Doch Rosetta sollte in ihrer Schuld stehen.
»Bitte, Kate, tu es für mich!« bat Rosetta ihre Zofe eindringlich. »Ich brauche den Schlafmohn. Ohne meine Medizin halte ich es nicht aus. Ich werde es dir auch großzügig vergelten. Aber laß mich jetzt bitte nicht im Stich, wo die Gelegenheit so günstig ist. Mein Mann kommt erst in ein paar Tagen wieder. Er darf davon nichts erfahren, und er wird es auch nicht, wenn du heute nach Sydney fährst. Du kannst den Einspänner nehmen, und der Stallknecht kann dich zur Sicherheit begleiten. Calvin ist ein maulfauler Bursche, der nicht daran denkt, mit meinem Mann auch nur ein Wort mehr als notwendig zu

wechseln. Von ihm wird er also nichts erfahren, aber er ist kräftig, und man kann sich auf ihn verlassen. Am besten verbringt ihr die Nacht in Sydney und kommt morgen früh zurück. Calvin weiß, wo ihr eine vernünftige Bleibe für die Nacht findet.«

Kate seufzte schwer, als ließe sie sich wider besseres Wissen überreden, diesen nicht ungefährlichen Auftrag anzunehmen. »Ich sollte es nicht tun, Rosetta, aus vielen Gründen, von denen mein Wunsch, mich nicht in Gefahr zu begeben, noch der geringste ist«, seufzte sie. »Aber wann habe ich Ihnen je etwas abschlagen können? Nun, ich kann auch diesmal nicht nein sagen. Also gut dann, ich wage mich in die Rocks.«

Rosetta strahlte überglücklich. »Kate, du bist ein Goldstück.«

»Ich brauche Geld«, erinnerte die Zofe sie nüchtern.

»Du wirst genug bekommen!« versicherte Rosetta.

Kate Mallock brauchte nicht lange, um aufbruchbereit zu sein. Calvin hatte den Einspänner aus dem Schuppen geholt, das Pferd eingespannt und wartete schon auf die Zofe. Er hatte keine Fragen gestellt. Es genügte ihm, daß er Kate Mallock nach Sydney begleiten und ihr seinen Schutz gewähren sollte. Das Geldstück, das die Herrin von THREE WELLS ihm in die Hand gedrückt hatte, war ihm Begründung genug.

Rosetta sah dem Einspänner nach, bis er hinter einer Wegbiegung ihrem Blickfeld entschwand. Nur die Staubfahne, die Pferd und Wagen aufgewirbelt hatten, hing noch in der heißen Sommerluft.

Erleichtert, diese Angelegenheit nun endlich in Angriff genommen und bald wieder genügend Schlafmohn zur Verfügung zu haben, kehrte sie ins kühle Haus zurück.

Sie hörte jemanden in der Küche hantieren und erinnerte sich wieder an die grellen Stimmen, die sie vorhin aus ihrem Zimmer geholt hatte.

Eine Falte bildete sich auf ihrer Stirn, als sie überlegte, was Ken vorhin gesagt hatte. Es war merkwürdig: In letzter Zeit hatte sie Schwierigkeiten, Dinge zu behalten. Manchmal wußte sie fünf Minuten später nicht mehr, was Kate zu ihr gesagt hatte.

Es fiel ihr wieder ein, und ihr Gesicht entspannte sich. Es war die Teekanne gewesen. Richtig, darum war es bei dem Gezeter und Geschrei gegangen. Maneka hatte sich angeblich ungeschickt angestellt und sie fallen lassen. Ausgerechnet ihre Lieblingskanne. Das war wirklich zu dumm. Aber das sah dem Mädchen überhaupt nicht ähnlich, war sie doch sonst stets so anstellig und gewissenhaft. Also wie hatte das passieren können? Am besten fragte sie sie selbst danach.

Rosetta begab sich in die Küche. Maneka ließ ihre Arbeit sofort liegen, als ihre Herrin den Raum betrat. Sie griff nach einem Geschirrtuch und preßte es vor die Brust, was Rosetta erst nicht weiter beachtete. »Was war mit der Teekanne?« fragte sie ruhig und ohne Tadel.

»Sie ist mir entglitten, Mistress«, antwortete Rosetta mit leiser Stimme und gesenktem Blick.

»Aber wie konnte dir das passieren?« wollte Maneka wissen. »Du bist doch sonst sehr geschickt! Wie kam das also?«

Maneka zuckte hilflos mit den Achseln. »Ich weiß es nicht, Mistress. Vielleicht waren meine Hände zittrig. Ich hatte nämlich den großen Korb mit Holzscheiten in die Küche getragen.«

»Aber der ist doch viel zu schwer für dich!«

»Miss Mallock hat es mir aber so aufgetragen.«

Rosetta seufzte mitfühlend. Kate konnte wahrlich ein Biest sein, wenn sie jemanden nicht leiden mochte.

»Und dann hat sie mir plötzlich die Kanne in die Hand gedrückt und mir aufgetragen, sie in den Salon zu bringen. Sie war so rutschig, daß sie mir entglitten ist. Ich habe es wirklich nicht absichtlich getan.«

Rosetta runzelte die Stirn. »Rutschig?«

»Ja, Mistress.«

»Wo sind die Scherben?«

»Ich weiß es nicht.«

Rosetta fand sie nach kurzem Suchen. Sie lagen in ein altes Tuch gewickelt hinter der Kiste, in der die Küchenabfälle für die Hühner gesammelt wurden. Kate hatte die Scherben hastig abgewischt, als Ken nach seiner Uniform verlangt hatte, doch nicht genug Zeit gehabt, um alle Spuren zu verwischen. An manchen Stellen glänzte das Porzellan fettig. Rosetta roch kurz daran, und sie ahnte, was Kate getan hatte. Ärger wallte in ihr auf. Daß ihre Zofe Maneka nicht ausstehen konnte, wußte sie, wenn auch nicht, warum. Doch daß Kate zu so hinterhältigen Mitteln greifen würde, um sie bei ihr schlechtzumachen, hätte sie nicht gedacht.

Rosetta richtete sich auf, das Gesicht beherrscht. Sie würde Kate unter vier Augen zur Rede stellen. Maneka brauchte nicht zu erfahren, was ihre Zofe da ausgeheckt hatte, um sie gegen sie aufzubringen, falls sie es nicht schon ahnte. »Du kannst beruhigt sein, Maneka. Dich trifft keine Schuld. Die Kanne ...« Rosetta brach ab, denn nun fiel ihr auf, daß Maneka noch immer das Tuch vor ihre Brust hielt. »Was hast du da?«

»Nichts, Mistress!«

»Dann nimm es endlich runter!«

Maneka ließ das Tuch langsam sinken.

»Mein Gott!« stieß Rosetta hervor und starrte bestürzt auf den langen, blutunterlaufenen Striemen, der sich quer über ihre Brust zog. »Wer hat das getan?«

»Miss Mallock«, antwortete Maneka ängstlich und kämpfte mit den Tränen. »Sie hat mich mit der Reitgerte geschlagen.«

Zorn auf Kate wallte in Rosetta auf, als sie sah, daß Maneka auch auf den Schultern zwei häßlich rote Striemen hatte. Kate würde etwas zu hören bekommen, wenn sie wieder zurück war! Dieses arme Mädchen so zu mißhandeln, wo sie genau wußte, daß sie sich nichts hatte zuschulden kommen lassen.

»Das wird sie nie wieder tun, Maneka, das verspreche ich dir!« stieß Rosetta zornig hervor und nahm ihre Hand. »Komm, ich habe dafür eine gute Salbe.«

Willig folgte Maneka ihr in ihr Zimmer.

Rosetta öffnete eine Dose, die mit einer bräunlichen Creme gefüllt war. »Zieh das Kleid aus, damit es nicht verschmiert wird.«

Ohne zu zögern streifte Maneka das Kleid von den Schultern.

Sie trug nichts darunter. Als Maneka sich zu ihr umdrehte, war sie im ersten Augenblick überwältigt von ihrer Schönheit. Ein beklemmendes Gefühl überkam sie, und jäh erinnerte sie sich ihrer Freundin, mit der sie im Mädchenpensionat ein Zimmer und manche Nacht auch ein Bett in zärtlicher Umarmung geteilt hatte.
»Es wird die Schmerzen lindern, Maneka«, sagte sie mit belegter Stimme und zögerte kurz, bevor ihre Finger die Salbe über die blutigen Striemen rieben.
»Sie ... Sie sind ... so gut zu mir, Mistress«, sagte Maneka mit zitternder Stimme, als Rosettas Hand fast liebkosend über ihre Brüste strichen.
»Ich mag dich, Maneka«, flüsterte Rosetta und sah sie an. Das Verlangen nach Zärtlichkeit überwältigte sie fast. »Ich mag dich sogar sehr, Maneka. Und du fühlst dich wunderbar an. Niemand wird dich jemals wieder schlagen. Ich werde auf dich aufpassen, das verspreche ich dir.«
Maneka vergaß, wer sie war. Schluchzend drängte sie sich in Rosettas Arme und ließ ihren Tränen freien Lauf, und Rosetta hielt sie fest, spürte ihren nackten, schutzlosen Körper und begann sie zu streicheln, während sie Worte flüsterte, wie sie nur über die Lippen von Liebenden kommen.

16

Jessica saß an ihrem Sekretär und blickte auf den Brief, den sie zu schreiben begonnen hatte. Doch schon nach wenigen Zeilen hatte sie die Feder wieder abgesetzt, weil sie nicht wußte, wie sie fortfahren sollte. Mitchell wartete bestimmt ungeduldig auf ein Lebenszeichen von ihr, doch wie sollte sie ihm in einem Brief all das berichten, was sich vor einer Woche auf SEVEN HILLS ereignet hatte? Sie sehnte sich nach ihm und wollte ihn das gern wissen lassen. Doch wie sollte sie diese Gefühle mit der Beschreibung all der anderen häßlichen Dinge verbinden. Wie konnte sie ihm sagen, daß er ihr fehlte, und gleichzeitig von dem Brandanschlag und der Auspeitschung berichten?

»Jessica?«

Sie drehte sich um. Ian McIntosh stand in der Tür.

»Störe ich?«

»Nein, nein, kommen Sie nur rein, Ian. Sie stören nicht«, versicherte sie, ausgesprochen froh über diese Ablenkung. »Ich bin heute wohl nicht in der Verfassung, mich auf das Briefschreiben zu konzentrieren.«

»Es ist sehr heiß geworden.«

Sie schüttelte den Kopf. »An der Hitze liegt es nicht. Aber lassen wir das. Sagen Sie mir lieber, was Sie zu mir geführt hat, Ian.«

»Captain Rourke läßt Ihnen ausrichten, daß er in einer Stunde lossegelt«, unterrichtete der Verwalter sie. »Wenn Sie noch etwas mit ihm zu besprechen haben, sollten Sie sich beeilen.«

Die COMET hatte noch am selben Morgen, als die ENTERPRISE in Flammen aufgegangen war, ihre Fahrt weiter flußaufwärts fortgesetzt. Captain Rourke hatte die noch weiter oberhalb gelegenen Farmen aufgesucht und die Fracht, die Jonas Duckworth hatte abliefern sollen, an ihren Bestimmungsort gebracht. Jetzt, eine gute Woche später, war er zurückgekehrt, und er wollte so schnell wie möglich weiter nach Parramatta und Sydney. Irgendwo vor Anker zu liegen, wo es keine Fracht an Bord zu nehmen oder Waren zu verkaufen gab, kostete nur Geld, statt Gewinn zu bringen.

Jessica seufzte nun und blickte auf den Brief, der über drei Zeilen nicht hinausgekommen war. »Ja, ich sollte mich beeilen. Schade, daß Patrick es so eilig hat. Ich habe noch nicht einmal Zeit gehabt, in Ruhe mit ihm zu sprechen«, bedauerte sie. Bei der Rückkehr der COMET war Jessica auf dem Feld gewesen. Als sie davon erfahren hatte, war sie auf der Stelle an ihren Sekretär geeilt, um den längst fälligen Brief an Mitchell zu schreiben, damit Patrick ihn nach Parramatta mitnehmen konnte.

»Warum fahren Sie denn nicht mit?« schlug Ian spontan vor. »Die Fahrt mit dem Schoner würde Ihnen bestimmt gefallen. Mir scheint, daß ein wenig Ablenkung nach den Ereignissen der letzten Woche genau das ist, was Sie jetzt brauchen.«

Jessica sah ihn freudig überrascht an. Sein Vorschlag weckte ihre Begeisterung. Warum war sie bloß nicht selbst auf diese Idee gekommen. »Genau das werde ich auch tun, Ian! Eine Fahrt auf dem Schoner, der mir zur Hälfte gehört! Was wird das für ein Gefühl sein!«

»Sicherlich ein recht angenehmes«, meinte Ian schmunzelnd.

Sie strahlte ihn an, fühlte sich plötzlich regelrecht aufgekratzt. »Ich war schon lange nicht mehr in Sydney. Die Keltons werden sich freuen, wenn ich plötzlich vor ihnen stehe. Bei der Gelegenheit kann ich auch gleich Weihnachtsgeschenke für die Kinder einkaufen. Sind ja nur noch ein paar Wochen bis zum Fest. Außerdem wird es Zeit, daß ich Ruth und Joshua aufsuche. Ich hoffe, der Faßbinder nimmt unser Angebot an. Na, ich werde ihm einfach gar keine Wahl lassen. Ich habe Ruth versprochen, sie da herauszuholen, und das werde ich auch tun.«

»Wenn Sie wollen, können wir uns ja in Sydney treffen, damit Sie nicht auf den Wagen der Keltons angewiesen sind«, bot der Verwalter an.

»Ja, richtig, Sie wollten ja auch nach Sydney. Warum kommen Sie nicht auf der COMET mit? Patrick wird bestimmt auch für Sie noch eine Koje finden.«
Er lehnte lachend ab. »Nein, ich bin nicht versessen darauf, die Planken eines Schiffes unter mir zu spüren. Auch wenn eine Fahrt den Hawkesbury hinunter nicht gerade ein lebensgefährliches Unterfangen ist, ziehe ich den Sattel eines Pferdes oder den harten Kutschbock eines Fuhrwerks vor. Außerdem brauche ich den Wagen.«
»Dann nehmen Sie doch die Kutsche. Craig wird sich freuen, das Prunkstück in Sydney herzeigen zu können. Ich fahre dann mit Ihnen in der Kutsche nach SEVEN HILLS zurück.«
»Gut, die Kutsche. Ich werde entsprechende Anweisungen geben, Jessica.«
»Oh, Sie können mir einen Gefallen tun.«
»Mit Vergnügen, wie immer.«
»Sie werden doch lange vor der COMET in Parramatta sein, nicht wahr?«
»Sicher, gut zwei Tage, nehme ich an.«
»Nun, dann bitte ich Sie, Mister Hamilton eine Nachricht von mir zu überbringen, damit er weiß, daß ich ihn besuchen werde.«
Der Verwalter nickte. Wenn das Gespräch auf Mitchell Hamilton kam, wurde er wieder so wortkarg wie früher, als ihr Mann noch lebte.
Jessica stutzte. »Ja, aber wer übernimmt dann die Aufsicht, wenn wir beide nicht hier sind, Ian?«
»William Howard«, antwortete der Verwalter, ohne zu zögern. »Er versteht es, die Leute einzuteilen, und genießt auch ihren Respekt. Er ist schon so lange bei uns, daß er längst weiß, was wann zu tun ist. Außerdem stehen zur Zeit keine besonderen Arbeiten an. Machen Sie sich also keine Gedanken. SEVEN HILLS kann auch mal ein paar Tage ohne unsere Anwesenheit auskommen, ohne gleich auseinanderzufallen wie ein Kartenhaus beim ersten Windstoß.«
Jessica lachte. »Sie haben mal wieder völlig recht. Bitte tragen

Sie Anne doch auf, daß Sie meine Sachen zusammenpackt und auf die COMET bringen läßt. Ich schreibe indessen schnell die Nachricht für Mister Hamilton.«
Jessica kritzelte hastig ein paar Zeilen auf ein Blatt Papier, faltete und versiegelte es und ging zu Edward und Victoria, die inzwischen schon von Ian und Anne erfahren hatten, daß sie mit der COMET nach Parramatta und Sydney segeln würde. Vor allem Edward bedrängte seine Mutter, doch mitreisen zu dürfen, doch Jessica vertröstete ihn auf einen späteren Zeitpunkt.
Jessica hatte insgeheim befürchtet, Patrick Rourke könnte von ihrem Vorhaben wenig begeistert sein. Doch der lebensfrohe Ire war überaus erfreut, daß sie auf der COMET reisen wollte. Und er bestand darauf, daß sie für die Dauer der Fahrt seine geräumige Kajüte erhielt.
»Aber das geht doch nicht!« protestierte Jessica. »Sie sind der Captain des Schiffes, und ich bin nur Gast an Bord. Vergessen Sie nicht, was wir verabredet haben. Ich bin zwar geschäftlich Ihr gleichberechtigter Partner, aber auf der COMET habe ich nichts zu sagen.«
Ein breites Grinsen ging über sein braungebranntes Gesicht, und der Wind spielte mit seinem wilden rötlichen Haar, das unter der Känguruhmütze in alle Richtungen hervorstand. »Deshalb frage ich Sie ja auch gar nicht erst, sondern befehle einfach, in meiner Kajüte Quartier zu beziehen. Sie wissen ja, daß Befehlsverweigerung an Bord eines jeden Schiffes mit schweren Strafen geahndet wird!« Er zwinkerte ihr zu.
»Aber wo bleiben dann Sie?«
»Ganz einfach, ich schmeiße meinen Steuermann aus *seiner* Kabine. Soll er doch sehen, wo er bleibt«, erwiderte Patrick. »Ist es nicht so, Lew?«
Lew Kinley, der Steuermann, tauschte einen belustigten Blick mit Jessica. »Wenn es so heiß bleibt, schlafe ich sowieso an Deck.«
»Also gut, dann akzeptiere ich.«
»Vernünftig«, bemerkte Patrick trocken. »Eine andere Wahl hätte ich Ihnen sowieso nicht gelassen.«

Es war noch früh am Nachmittag, als die Leinen schließlich losgemacht wurden und der Schoner von der Anlegestelle glitt. Jessica stand an Deck und schaute zu SEVEN HILLS hinüber, das immer kleiner wurde und schließlich ganz außer Sicht geriet.
Sie blieb lange an Deck und schaute auf das weite Land, das sich mit seinen endlosen Busch- und Grasflächen wie ein rotbraunes Meer vor ihr erstreckte, aus dem die Eukalyptuswälder wie kleine graugrüne Inseln herausragten. Der Fahrtwind milderte die Sonnenglut des Hochsommertages, und sie genoß das Nichtstun. Auf der Farm gab es stets tausend Dinge, die getan werden mußten. Und wenn sie es auch längst nicht mehr nötig hatte, grobe Arbeiten zu verrichten, leistete sie doch wie eh und je ihren Teil. Niemand sollte sagen können, die Herrin von SEVEN HILLS sei sich zu schade für die knochenbrechende Dreckarbeit oder nicht in der Lage, diese oder jene Tätigkeit auszuführen. Deshalb ging sie immer wieder mit hinaus auf die Felder und Weiden, half beim Ausbessern oder Neuanlegen von Bewässerungsgräben, dem Ziehen von Zäunen und dem Roden wilden Landes, das kultiviert werden sollte. Und sie verstand ein Schermesser bei der alljährlichen Schafschur immer noch besser zu führen als die meisten auf der Farm, Ian McIntosh und zwei andere mal ausgenommen. So waren ihre Tage von Sonnenaufgang bis Sonnenuntergang mit vielfältigen Pflichten ausgefüllt, so daß sie ihre Kinder manchmal nur kurz am Morgen und am Abend zu Gesicht bekam. Doch das war wohl der Preis, den man zahlen mußte, wenn man sich als Frau in einer Männergesellschaft nicht nur behaupten, sondern zudem auch noch als letzte Entscheidungsinstanz respektiert werden wollte.
Doch auf der COMET wurde nichts von ihr erwartet. Sie konnte untätig über das Deck schlendern, an der Reling lehnen, den Matrosen bei ihrer Arbeit zuschauen, ungestört vor sich hinträumen und all das tun, wozu sie auf SEVEN HILLS keine Zeit fand. Vor allem, sich treiben zu lassen, das war es, was sie in vollen Zügen genoß. Nichts entscheiden zu müssen und einmal Atem holen zu können von all den Zwängen, die ihr Leben be-

stimmten, soviel Belohnungen es andererseits für sie auch bereithielt.
Die Last der Verantwortung fiel von ihr ab, ließ sie befreit durchatmen und gab ihr das merkwürdige Gefühl, endlich einmal frei und sie selbst sein zu dürfen.
Patrick Rourke schien zu spüren, was mit ihr vorging, und er drängte sich ihr nicht auf, sondern ließ sie stundenlang allein, wenn er das Gefühl hatte, daß sie sich Gesellschaft genug war.
»Ich wünschte, diese Fahrt würde nie ein Ende nehmen«, sagte sie versonnen, als sie zusammen das Abendessen einnahmen. Es hielt natürlich keinen Vergleich mit den abwechslungsreichen Köstlichkeiten stand, die Lisa Reed auf SEVEN HILLS zu zaubern verstand. Doch es war schmackhaft zubereitet und paßte einfach zum Leben auf so einem Schoner.
Patrick Rourke freute sich. »Sie genießen es sehr, nicht wahr?«
»Mehr, als ich in Worte fassen kann«, gestand sie und sagte überschwenglich: »Ich fühle mich, als käme ich geradewegs aus einem Jungbrunnen.«
Er lachte schallend. »Nun übertreiben Sie aber maßlos. Sie haben nie einen Jungbrunnen nötig gehabt, Jessica, nicht bei Ihrem Aussehen. Sie sehen so hübsch und jung aus, daß sogar ein alter Seebär wie ich versucht sein könnte, Ihnen schöne Augen zu machen«, sagte er mit entwaffnender Offenheit und fügte hinzu: »Aber da ich noch nie mein eisernes Prinzip ›Halte Privates und Geschäftliches immer so streng getrennt wie die Maus vom Speck!‹ gebrochen habe, sind Sie vor meinen grobschlächtigen Nachstellungen sicher.«
Jessica war erst errötet, brach dann aber in Lachen aus. Ihr war ganz warm ums Herz geworden. Spontan griff sie über den Tisch hinweg nach seiner Hand und drückte sie. »Patrick, Sie wissen gar nicht, wie froh ich bin, Ihre Freundschaft und Ihre Partnerschaft gewonnen zu haben.«
Nun war er es, der einen verlegenen Eindruck machte. »Meine Partnerschaft haben Sie ja buchstäblich gewonnen, Jessica, ob-

wohl ich mir heute nicht mehr so ganz sicher bin, ob bei dem Spiel damals auch alles mit rechten Dingen zugegangen ist«, sagte er mit hochgezogenen Brauen. »Aber was meine Freundschaft betrifft, so haben Sie die im Fluge erobert. Obwohl ich sagen muß, daß Sie mir letzte Woche doch eine bittere Enttäuschung bereitet haben.«

»Ich?« Jessica sah ihn erstaunt an. »Wieso denn?«

»Die ENTERPRISE in Flammen aufgehen zu lassen! Na gut, die Schaluppe war reichlich verdreckt und ähnelte innen mehr einem Schweinestall als einer Schaluppe. Aber Scheuerstein und Wasser hätten da Wunder gewirkt! Denn vom Holz her war die ENTERPRISE noch kerngesund!« lamentierte Patrick Rourke. »Und Sie stecken so ein Boot ohne lange zu überlegen in Brand, als wäre es ein Spielzeugboot für Kinder! Wissen Sie, wieviel Pfund Sterling da in Rauch aufgegangen sind?«

»Gute sechshundert schätzungsweise«, sagte Jessica ungerührt.

»Ja, das war sie wert, ohne Segel am Mast und vor Anker liegend! Doch sie hätte uns Tausende einbringen können, Jessica! *Tausende!* Die Schaluppe niederzubrennen war eine Schande und hat mir das Herz im Leib rumgedreht. Wir hätten zwei Boote auf dem Fluß gehabt und uns auch um den Küstentransport kümmern können.«

»Wir werden auch so Tausende verdienen, Patrick«, beruhigte sie ihn. »Auch ohne die ENTERPRISE. Ich will an Jonas Duckworth nicht einen einzigen Penny verdienen. Hätte ich die Gelegenheit genutzt, um aus dieser Situation für mich einen großen geschäftlichen Vorteil zu ziehen, wäre ich nicht viel besser gewesen als Duckworth. Oder möchten Sie sich nachsagen lassen, daß Sie Ihren Erfolg erpresserischen Praktiken zu verdanken haben?«

Er verzog das Gesicht. »So gesehen ist das natürlich in Ordnung«, räumte er widerstrebend ein.

»Ja, so und nicht anders sehe ich es, Patrick.«

Er seufzte. »Aber geschmerzt hat es mich schon, die ENTERPRISE in Flammen stehen zu sehen«, sagte er traurig. »Was

kann das Schiff für die Verbrechen seines Eigentümers? Duckworth und seine Komplizen hätten noch viel härter bestraft werden müssen.«
Patrick erinnerte Jessica mit seiner Bemerkung daran, daß sich die vier Männer ja auch an Bord der COMET befanden, eingesperrt im Vorschiff. Nach der Auspeitschung waren sie nicht fähig gewesen, auch nur einen Schritt zu tun. Sie waren daher auf SEVEN HILLS geblieben, ständig bewacht und gepflegt von einer der Sträflingsfrauen. Als die COMET von ihrer Fahrt flußaufwärts zurückkam, waren die Wunden so weit verheilt, um sie von der Farm aufs Schiff zu bringen.
»Wie geht es den Gefangenen?« fragte sie.
Er zuckte die Achseln. »Für meinen Geschmack viel zu gut. Ihre Wunden sind bestens verschorft. Sie hausen zwar in einem stickigen Loch, aber sie kriegen so viel Wasser, wie sie wollen. Und bis nach Parramatta ist es ja keine Reise um die Welt. Im Vergleich zu den Strapazen, die ich auf der Überfahrt von England nach Australien erdulden mußte, lebt dieses Verbrechergesindel wie Erster-Klasse-Passagiere auf einem noblen Ostindienfahrer.«
»Menschlichkeit ist kein Zeichen von Schwäche, Patrick.«
Er sah sie ernst an. »Zu gern möchte ich Ihnen zustimmen, Jessica. Doch was hilft das, wenn Leute wie Jonas Duckworth es anders auslegen?« fragte er besorgt. »Ich hoffe nur, Sie haben mit Ihrer Entscheidung, sie nicht vor Gericht zu stellen, keinen Fehler gemacht, den Sie einmal bitter bereuen.«
»Das Gespräch gleitet in unerfreuliche Themen ab, die so gar nicht zu meiner guten Stimmung passen«, erwiderte Jessica leichthin. »Außerdem scheint Ihrer Aufmerksamkeit völlig entgangen zu sein, daß mein Glas leer ist. Hätten Sie also noch einen Schluck Wein für mich?«
»Mehr, als Sie vertragen«, sagte er fröhlich und füllte ihr Glas. »Aber Sie haben recht, reden wir von erfreulicheren Dingen. Schlagen Sie etwas vor.«
»Wie wär's mit einer Unterhaltung darüber, wie wir das Geschäft noch weiter ausbauen können?«

Patrick Rourke ließ seine strahlendweißen Zähne sehen. »Sie können Gedanken lesen, geben Sie es zu! Denn genau das wollte ich Ihnen auch vorschlagen.«
»So etwas nennt man dann zwei verwandte Seelen«, scherzte Jessica.
»Die meisten anderen Frauen an Ihrer Stelle hätten sich mit dem, was Sie erreicht haben, schon längst zufriedengegeben, aber Sie denken gar nicht daran, nicht wahr? Sie sind gerade erst dabei, so richtig warm zu werden und Gefallen daran zu finden, stimmt's?«
Sie hielt seinem forschenden Blick mit einem sicheren, gelösten Lächeln stand. »Es stimmt, Patrick. Ich habe Gefallen daran gefunden, und ich fange gerade erst an, die Spielregeln zu lernen.«
Patrick Rourke schüttelte den Kopf. »Ich glaube nicht, daß Sie zu denjenigen gehören, die sich an irgendwelche Spielregeln halten, Jessica. Ich bin vielmehr der Überzeugung, daß Sie zu den wenigen zählen, die die Spielregeln aufstellen, nach denen sich die anderen zu Ihrem Vorteil zu richten haben. Und der Teufel soll mich holen, wenn ich nicht höllisch froh bin, daß ich nicht auf der anderen Seite stehe, sondern Sie zum Partner habe. Was immer Sie auch planen, Jessica, versprechen Sie mir, daß Sie mir zumindest die Option einräumen, mich daran zu beteiligen – sofern Sie eine Beteiligung wünschen.«
Jessica lachte nicht. »Sie haben mein Ehrenwort.«
Sie stießen darauf an.
Später, als Jessica in der Koje lag und die Kajüte vom Geruch des Flusses erfüllt war, dachte sie daran, daß sie bald Mitchell wiedersehen würde und wie sehr sie ihn vermißt hatte. Sie konnte es gar nicht abwarten, ihn zu sehen, seine Hand auf ihrem Arm zu spüren, bei ihm zu sein.
»Bald, Mitchell«, flüsterte sie in der Dunkelheit und schickte einen Kuß zu ihm durch die Nacht.

17

Kate Mallock verstand es, sich in allen Situationen zu behaupten, und Ängstlichkeit entsprach so wenig ihrer Natur wie Warmherzigkeit. Es hatte ihr auch nicht das geringste ausgemacht, sich ohne männliche Begleitung in die Rocks zu begeben, obwohl dieses Viertel wahrlich ein Sumpf menschlicher Abgründe war. Mit abweisender, verschlossener Miene hatte sie sich in das Labyrinth enger Gassen und dreckiger Straßen begeben, in dem allen Spielarten des Lasters gefrönt wurde. Nichts hatte sie berührt: weder die häßlichen Szenen sich prügelnder Dirnen noch die Messerstecherei zweier Matrosen. Und hatten Betrunkene sich ihr in den Weg gestellt, hatte es nur eines kalten Blickes bedurft, um sie davon abzuhalten, sie zu belästigen. Sogar die jungen Burschen, deren Zuhause die Straßen, Gassen und Hinterhöfe dieses Viertels waren, unternahmen gar nicht erst den Versuch, sie zu bedrängen und von ihr eine Art Wegzoll zu erpressen, wie sie es gewöhnlich bei Leuten taten, die offensichtlich nicht in die Rocks gehörten oder zu schwach aussahen, um eine Gefahr darzustellen. Und die Männer, die es nach der Befriedigung ihrer fleischlichen Gelüste drängte, schenkten ihr nicht einmal einen flüchtigen Blick. Sogar die hartgesottenen Männer, die die üblen Rum-Tavernen betrieben, akzeptierten sie wie ihresgleichen, als sie sich nach dem Haus von Jacob Holbrook erkundigte.

Nein, die Rocks flößten Kate Mallock keinen Schrecken ein. Doch bei Jacob Holbrook lag die Sache schon anders. Holbrook war ein stiernackiger, schwergewichtiger Bursche mit einem von Narben entstellten Gesicht. Das linke Auge war eine häßliche leere Höhle. Ein Messerschnitt hatte auch seine linke Mundpartie entstellt. Ober- und Unterlippe waren dort nach

einer offenbar schweren Verwundung zusammengewachsen, so daß seine Aussprache sehr undeutlich und zischend war.
Genauso entsetzlich wie das Aussehen des Mannes war das Innere des Hauses, das mehr ein Bretterschuppen war. Der große Raum, von zwei Öllampen nur spärlich erleuchtet, war durch dünne Trennwände in etwa ein Dutzend Nischen unterteilt, in denen hinter einem Vorhang aus Glasperlen je eine primitive Bettstelle stand. Auf diesen Pritschen lagen Männer, die Schlafmohn rauchten, das Jacob Holbrook auch Opium nannte. Kate hatte noch nie zuvor so hagere, ausgemergelte Männer gesehen wie hier.
Sie ließ sich nichts anmerken, war jedoch angewidert, als Jacob Holbrook sie in einen Bretterverschlag führte, um dort über das Geschäft zu sprechen. Zum Glück blieb es ihr erspart, mit diesem furchteinflößenden Mann lange über den Preis zu feilschen. Rosetta hatte ihr genügend Geld mitgegeben, und so machte sie gar keinen Versuch, den zuerst genannten Preis herunterzuhandeln. Sollte Rosetta ruhig für dieses Teufelszeug bezahlen. Hauptsache, sie kam so schnell wie möglich aus dieser Opiumhöhle heraus!
»Kommen Sie bald wieder, Miss. Stehe Ihnen stets zu Diensten«, sagte er mit von Speichel erstickter Stimme, als er sie zur Tür brachte. »Jacob Holbrooks Träume sind die schönsten.«
»Wir werden uns bestimmt wiedersehen, Mister Holbrook«, versicherte Kate und schlüpfte hinaus in den warmen Abend.
Nach dieser Begegnung war ihr nach einer Stärkung zumute, und sie beeilte sich, daß sie zum SOUTHERN CROSS zurückkam, einem Wirtshaus, das zwar noch am Rande der Rocks lag, doch ziemlich respektierlich war. Calvin Henders hatte diese Unterkunft vorgeschlagen, weil der Wirt auch einen bescheidenen Mietstall unterhielt.
Die Gästezimmer des SOUTHERN CROSS befanden sich in einem neu angebauten Trakt, der nach hinten zum Hof hinausging und mit der Taverne nicht direkt verbunden war. Man mußte am Stall vorbei über den kleinen Hof, der zu dieser Abendstunde schon in Dunkelheit getaucht war. Deshalb hörte Kate

auch zuerst die beiden erregten Stimmen, bevor sie die Gestalten neben der Stalltür bemerkte: eine Frau und ein Soldat. Unwillkürlich blieb sie im Schatten der Hauswand stehen und lauschte dem heftigen Wortwechsel.

»Aber du kannst mich doch jetzt nicht im Stich lassen, Albert! Du hast versprochen, dich um mich zu kümmern!« beschwor sie ihn.

»Versprochen hab' ich dir gar nichts, Sophie!« erwiderte der Soldat heftig. »Du hast genau gewußt, daß ich nicht frei bin und auf was du dich da eingelassen hast! Komm mir jetzt bloß nicht mit dem Geflenne!«

»Aber es ist doch auch dein Kind!«

»Es ist bestenfalls ein Bastard!« gab er kalt zurück. »Und wer garantiert mir, daß du es nicht auch mit anderen getrieben hast. Immerhin hast du dir ja so deinen Lebensunterhalt verdient, als ich dich aufgegabelt habe.«

»Wie kannst du so gemein sein!«

»Ich hab' dir doch gesagt, daß du dich vorsehen sollst! Ich kann ein Kind von dir so wenig gebrauchen wie die Pest. Mir wirst du es jedenfalls nicht anhängen.«

»Aber was soll ich allein mit einem Kind anfangen?« stieß die Frau verzweifelt hervor. »Bitte, du mußt mir helfen, Albert. Nimm mich mit nach Van Diemen's Land. Ich tue auch alles für dich!«

»Mach dich nicht lächerlich! Du bist eine Dirne, und wir hatten unseren Spaß zusammen, aber das war auch alles. Hier, nimm das.« Münzen klirrten in der Dunkelheit. »Sieh zu, daß dir jemand den Bastard wegmacht. Ich will damit nichts zu tun haben, Sophie. Und wag ja nicht, mich noch einmal zu belästigen. Dann laß ich dich verhaften und ins Frauengefängnis stecken!« Er riß sich von ihr los und war im nächsten Augenblick verschwunden.

Schluchzend kauerte Sophie am Boden und sammelte die Münzen ein, die er ihr hingeworfen hatte. »Ich wußte es, ich wußte es...«, murmelte sie schluchzend vor sich hin.

Kate stieß sich von der Mauer ab und machte sich durch ein lautes Räuspern bemerkbar. Als sich Sophie umdrehte, erkannte sie die Frau. Sie war aus dem hintersten Zimmer gekommen, als der Wirt ihnen ihre Zimmer zugewiesen hatte. Diese Sophie war noch jung, keine zwanzig und von recht fülliger Figur.

»Entschuldigung, kann ich dir helfen?« fragte Kate Mallock freundlich.

»Sie haben gelauscht, ja?«

»Es war nicht meine Absicht.«

»Er läßt mich sitzen, als wäre ich eine billige Straßenhure! Und dabei bekomme ich ein Kind von ihm!« Wut und Verzweiflung lagen in ihrer Stimme. »Was soll ich mit einem Kind? Kein anständiger Mann will dann noch was mit mir zu tun haben.«

»Vielleicht kann ich dir helfen, Sophie.«

»Wer sind Sie?«

»Du kannst mich Kate nennen. Komm, laß uns in den Schankraum gehen. Ich glaube, wir können jetzt beide ein Glas Rum und etwas Anständiges zu essen vertragen.«

»Aber ich habe nicht mehr viel Geld. Mister Crawford, der Wirt, schmeißt mich raus, wenn ich die Wochenmiete nicht mehr bezahlen kann.«

»Ich lade dich ein, und über das andere reden wir in aller Ruhe.«

Nun hatte Sophie Ballard nichts mehr einzuwenden, und wenig später klagte sie Kate Mallock bei einem Becher gutem Rum ihr Leid. Sie war neunzehn Jahre und das einzige Kind ihres Vaters, der vor vier Jahren als freier Mann nach New South Wales gekommen war, um sein Glück zu versuchen. Doch er hatte schon eine Woche nach ihrer Ankunft in der Kolonie all seine Ersparnisse in den Rocks verspielt und sich daraufhin eine Kugel in den Kopf geschossen. Sie war in den Rocks geblieben und hatte das einzige getan, was einem alleinstehenden Mädchen in ihrer Situation zu tun blieb, wenn sie nicht verhungern wollte: Sie hatte ihren Körper verkauft.

»Aber Corporal Albert hab' ich richtig gern gehabt. Er hat mich hier untergebracht und Kost und Logis für mich bezahlt. Dafür

mußte ich nur für ihn dasein. Doch jetzt ist er nach Van Diemen's Land versetzt worden – und ich sitze mit einem Balg da!« schloß sie ihren Bericht mit Tränen in den Augen.
»Wie lange weißt du schon, daß du schwanger bist?« fragte Kate leise.
»Schon 'ne ganze Weile.«
Kates eingehende Fragen ergaben, daß sie schon im dritten Monat schwanger sein mußte. »Wirst du das Kind wegmachen lassen?«
Angst trat in Sophies Augen. »Ich hab' soviel Schlimmes über diese Engelmacherinnen gehört.«
Kate nickte. »Eine höchst gefährliche Sache. Hab' mehrere Dienstmädchen gekannt, die das gemacht haben und elend verblutet sind. Ist eine böse Sache und jedesmal ein Spiel mit dem Tod.«
»Aber behalten kann ich es doch auch nicht! Was soll ich mit einem Kind? Wer wird mich denn noch ansehen, wenn ich einen dicken Bauch habe? Und einen guten Mann werde ich nie finden, mit einem Bastard am Hals.«
»Ich könnte dir helfen, Sophie.«
»Wie denn?«
»Verkauf dein Baby!« flüsterte Kate.
Verstört blickte Sophie sie an. »Verkaufen? Ich verstehe nicht.«
»Du wirst es gleich verstehen, mein Mädchen«, raunte die Zofe. »Trag das Kind aus und bringe es zur Welt. Ich nehme es dir dann ab, und du wirst es nie wiedersehen. Es wird so sein, als ob du nie ein Kind gehabt hättest. Du wirst frei sein. Natürlich bezahle ich Kost und Logis, bis du niederkommst – und dann noch einmal einen schönen Batzen Geld, mit dem du dir irgend etwas Eigenes aufbauen kannst.«
Sprachlos starrte Sophie sie an. Dann fragte sie: »Ich soll mein Kind verkaufen?«
»Du verkaufst es nicht wirklich, Sophie. Du sorgst durch diesen Handel nur dafür, daß dein Kind nicht als Bastard zur Welt kommt und du wieder frei bist. Ich bin bereit, so für dein Kind

zu sorgen, wie du es selbst nie könntest«, sagte Kate. Daß nicht sie es war, für die das Kind bestimmt sein sollte, brauchte Sophie nicht zu wissen.
»Ich... ich weiß nicht.«
»Überleg es dir gut – und denk daran, was dir für ein Leben blüht. Du hast völlig recht, der Wirt wird dich auf die Straße schmeißen, so wie deine paar Pennies verbraucht sind. Und wenn man erst mal sieht, daß du ein Kind erwartest, werden dich die Männer nicht mehr begehrenswert finden. Und was tust du dann?«
Sophie nagte an ihrer Unterlippe.
Kate zog ihren Geldbeutel hervor und ließ die Münzen darin klingen, während sie ein Sixpence heraussuchte. »Hier hast du etwas Geld, um über die nächsten Tage zu kommen, Sophie. Ich will dich nämlich zu nichts überreden. Es gibt genügend Frauen, die sich darum schlagen, ihr Kind in die Hände eines Menschen zu geben, der gut für sie und ihr Baby sorgen kann. Ich dachte nur, es wäre für dich der ideale Ausweg... wo du doch noch so jung bist und eigentlich das Leben noch vor dir hast, natürlich vorausgesetzt, du bist nicht schon von der Geburt eines Bastards gezeichnet. Nun, ich wünsche dir viel Glück«, sagte sie leichthin und erhob sich.
Sophie griff nach ihrem Arm und hielt sie fest, Panik in ihrem Blick. »Gehen Sie noch nicht! Bitte! Ich habe ja nicht nein gesagt. Es kommt einfach nur so überraschend«, sprudelte sie hastig hervor.
Kate unterdrückte ein zufriedenes Lächeln und setzte sich wieder. »Wie schon gesagt, ich möchte dich um Gottes willen nicht zu etwas überreden, von dem du selbst nicht überzeugt bist, daß es für dich und dein Kind das Beste ist.«
Sophie druckste verlegen herum, und Kate Mallock wußte genau, was sie beschäftigte. Doch sie wartete, wußte sie doch, daß sie gewonnen hatte.
»Wieviel... wieviel wäre es Ihnen denn wert?« fragte Sophie schließlich, ohne Kate anzublicken.
»Nun, ich bin auch nicht gerade auf Rosen gebettet, aber ich

würde mich nicht lumpen lassen«, gab Kate Mallock sich zögernd. »Erst einmal würde ich für Kost und Logis aufkommen. Und wenn dann das Kind zur Welt gekommen ist...«

»Ja?« fragte Sophie begierig.

»Zwei, drei Pfund könnte ich schon zahlen.«

»Zahlen Sie mir fünf Pfund, und Sie können mein Kind haben!«

»Fünf Pfund verdient ein guter Zimmermann nicht einmal im Jahr!« gab sich die Zofe empört, obwohl sie in Wirklichkeit nichts an dem Preis auszusetzen hatte. Fünf Pfund konnte Rosetta bestimmt ohne Schwierigkeiten aufbringen, und soviel würde es ihr auch gewiß wert sein, ihrem Mann nach drei Fehlgeburten endlich einen Sohn und Erben zu präsentieren und von da an vor seinen Zudringlichkeiten sicher zu sein. Sophie konnte natürlich auch ein Mädchen zur Welt bringen, aber das Risiko mußten sie eingehen.

»Fünf Pfund und keinen Penny weniger!«

Kate seufzte schwer. »Also gut, aber nur, wenn es ein Junge ist! Drei für ein Mädchen. Das ist mein letztes Angebot. Schlag ein, oder laß es bleiben!«

Sophie Ballard schlug ein, und damit war der Kindeshandel perfekt.

18

Die COMET lag zwischen einer Barke und einem Kutter am Ladekai von Parramatta vor Anker. Parramatta war die zweitgrößte Siedlung der Kolonie, und man sah ihr an, daß sie mit viel mehr Weitsicht und Planung angelegt worden war als Sydney. Die Ortschaft umschloß mit ihren sorgsam ausgerichteten Häusern einen Hügel, auf dessen Kuppe die Sommerresidenz des Gouverneurs stand. Gärten und Weinberge überzogen die Hänge, und fruchtbares Land umgab die aufblühende Siedlung. Überall herrschte geschäftiges Treiben, auch am kleinen Hafen, und verriet, daß Parramatta längst kein verschlafenes Nest mehr war, sondern von Jahr zu Jahr mehr Siedler und Geschäftsleute anzog, die erkannt hatten, daß man bei diesem ertragreichen Hinterland gute Geschäfte machen konnte. Die Zahl der öffentlichen Bauten, an denen überall gearbeitet wurde, war ein weiterer Hinweis auf die wachsende Bedeutung von Parramatta, das zudem noch den Vorteil bot, während der Sommerzeit ein bedeutend erträglicheres Klima zu haben als das schwüle Sydney.

Jessica ging mit Patrick von Bord des Schoners. Sie hatte ihren Parasol aufgespannt, denn die Sonne war von blendender Helligkeit.

»Mister Hamilton dürfte jeden Moment kommen, Jessica«, sagte der Captain. Als sie angelegt hatten, hatte er sofort einen Boten nach MIRRA BOOKA geschickt, um Mitchell Hamilton von ihrer Ankunft zu unterrichten. »Ich würde ja noch warten und nur zu gern seine Bekanntschaft machen, aber leider habe ich eine Besprechung mit Mister Milligan, und es ist nicht ratsam, so einen wichtigen Geschäftsmann über Gebühr warten zu lassen.«

»Natürlich nicht, Patrick. Das Geschäft geht vor. Ich werde Ihnen Mister Hamilton noch vorstellen. Gehen Sie nur. Und nochmals danke für die wunderbare, erholsame Fahrt. Bei Gelegenheit werde ich sie bestimmt wiederholen«, versicherte sie.

»Ich freue mich schon jetzt darauf, Jessica. Schöne Tage in Parramatta und Sydney – und bis bald auf SEVEN HILLS«, verabschiedete er sich und eilte dann davon.

Jessica vertrieb sich die Zeit damit, den Männern zuzuschauen, die die Barke mit Säcken und Kisten beluden. Es gab auch noch vieles andere im Hafen zu beobachten, so daß ihr das Warten nicht lang wurde.

Als sie Schritte hinter sich hörte, drehte sie sich mit einem erwartungsvollen Lächeln um – doch das Lächeln gefror ihr auf dem Gesicht, als sie Kenneth Forbes erblickte.

»Jessica, welch eine Überraschung! Willkommen in Parramatta!« begrüßte er sie mit unbefangenem Überschwang, als hätte es ihre heftige Auseinandersetzung auf dem Weg nach SEVEN HILLS nicht gegeben. Er trug seine scharlachrote Offiziersuniform, was sein attraktives Aussehen und selbstbewußtes Auftreten noch unterstrich. »Grenzt es nicht schon an ein Wunder, daß sich unsere Wege immer wieder kreuzen?«

»Woher weißt du, daß ich hier bin?« fragte sie verstört. »Es ist doch kein Zufall, daß du hier plötzlich auftauchst!«

»Parramatta ist nicht London, Jessica. Interessante Neuigkeiten sprechen sich schnell rum, vor allem wenn man die richtigen Beziehungen hat«, antwortete Ken wichtigtuerisch. »Ich freue mich, dich endlich wiederzusehen.«

»Das kann ich nicht behaupten!«

»Ich verstehe einfach nicht, warum du dich so ungehalten gibst, Jessica.«

»Ich gebe es nicht vor, ich *bin* ungehalten!« erklärte sie scharf. »Habe ich dir nicht klar und deutlich gesagt, daß ich dich nicht wiedersehen möchte, Ken?«

»Sicher, das hast du, aber die Erfahrung lehrt, daß eine Frau nicht unbedingt nein meint, wenn sie nein sagt«, erwiderte er.

»Es entzieht sich meinem Urteil, welche Erfahrungen du mit anderen Frauen gemacht hast. Deinen Worten nach zu urteilen müssen es Heuchlerinnen oder Frauen gewesen sein, die nicht wußten, was sie wollten. Ich weiß dagegen sehr wohl, was ich will – und ganz besonders, was ich nicht will! Wenn *ich* nein sage, dann meine ich sehr wohl nein!«

Ihre zornige Zurechtweisung beeindruckte ihn nicht sonderlich. Er lächelte sie so unbekümmert an, als wüßte er mehr über ihre Gefühle als sie selbst. »Du siehst hinreißend aus, wenn du zornig bist.«

»Es reicht, Ken! Laß mich in Ruhe. Ich will mich nicht wieder mit dir streiten. Begreif endlich, daß du dir Illusionen gemacht hast.«

»Man soll mit dem Urteil nicht so schnell bei der Hand sein, Jessica«, erwiderte er störrisch. »Daß dich meine Anwesenheit in New South Wales durcheinanderbringt, verstehe ich ja. Aber ich sehe nicht ein, warum wir uns meiden sollten, als wären wir Todfeinde. Dabei ist doch das genaue Gegenteil der Fall.«

Wütend klappte Jessica den Parasol zusammen. Jetzt reichte es ihr. »Du tust mir leid, Ken. Du magst zwar äußerlich ein erwachsener Mann sein, doch innerlich bist du offenbar ein verwöhntes, trotziges Kind geblieben, das nicht begreifen will, daß es nicht alles haben kann, was es sich zum Spielen wünscht!«

»Jessica!« rief er ärgerlich. »Wie kannst du so etwas sagen? Was ich für dich empfinde ...«

Sie schnitt ihm das Wort ab. »Rede nicht so geschwollen von deinen Empfindungen, als hättest du die große wahre Liebe deines Lebens entdeckt. Ich bezweifle, daß du dazu überhaupt fähig bist. In Wirklichkeit empfindest du nämlich nichts weiter als das Verlangen, mich zu besitzen!«

»Das stimmt nicht!« stieß er erbost hervor. »Ich verbiete dir, meine Gefühle so in den Schmutz zu ziehen!«

»Ich sage, was mir paßt, Ken, begreif das endlich! Weder bin ich ein Sträfling noch ein kleines Mädchen, das sich von dir verführen und herumkommandieren läßt. Du suchst ein aufregendes Abenteuer und nichts weiter. Aber mit mir wirst du das nicht erleben, das schwöre ich dir! Ich weiß nicht, was mich damals dazu gebracht hat, mich in dich zu verlieben, Ken. Doch was immer das gewesen sein mag, es ist nichts mehr davon geblieben.«

»Das sagst du nur so«, behauptete er verstimmt. »Ich kann dir gar nicht so gleichgültig sein, wie du tust!«

Jessica bedachte ihn mit einem mitleidigen Blick. »Ken, du hältst dich für den schönsten und unwiderstehlichsten Mann, dabei hast du auf mich nur die Ausstrahlung einer hübsch bemalten Holzpuppe! Das einzige, was ich überhaupt empfinde, wenn ich dich sehe, ist Bedauern über meine eigene Unvernunft. Meine schwärmerische Verliebtheit für dich war nicht einen einzigen Tag im Gefängnis von Newgate wert. Es tut mir leid, es dir so direkt sagen zu müssen, aber du willst es ja nicht anders. Überwinde endlich deine gekränkte Eitelkeit und akzeptiere, daß ich nicht zu denjenigen Frauen gehöre, die bei deinem Lächeln vor Sehnsucht zerfließen und dir willenlos zu Füßen sinken. Bisher bist du mir gleichgültig gewesen, doch jetzt beginnst du mir lästig zu werden!«

Er trat auf sie zu und packte impulsiv ihren Arm. »Nimm das sofort zurück!« zischte er.

»Laß mich los! Du tust mir weh!« Sie riß sich von ihm los und wich einen Schritt zurück. Sie hörte schnelles Hufgeklapper, und im nächsten Augenblick hielt ein Einspänner neben ihnen. Erleichterung durchflutete sie, als sie Mitchell erkannte.

»Mitchell!« rief sie, um Ken vor einem weiteren unbedachten Schritt zu bewahren. »Da bist du ja endlich!«

Mit einem Satz sprang Mitchell vom Sitz. Er hatte gesehen, wie der Lieutenant Jessica am Arm gepackt und wie sie sich von seinem Griff befreit hatte.

»Würden Sie mir bitte eine Erklärung geben, was Ihr Verhalten zu bedeuten hat, Lieutenant?« sprach Mitchell den Offizier mit unverhohlener Mißbilligung an. »Oder gehört es neuerdings zu den Umgangsformen eines Offiziers, daß er eine Dame derart grob behandelt?«

Ken musterte ihn mit einem geringschätzigen Blick. »Ich wüßte nicht, weshalb ich Ihnen überhaupt eine Antwort geben sollte, Mister...?« Er hob in höhnischem Fragen die Augenbrauen.

»Mister Hamilton, Lieutenant!« stellte sich Mitchell mit schneidender Stimme vor, obwohl er das Gefühl hatte, als wüßte der Lieutenant, wer er war. »Ich erwarte Ihre Antwort, Lieutenant!«

»Nun, dann warten Sie mal weiter, Mister Hamilton. Ich habe nicht die Absicht, einem Wildfremden Rede und Antwort zu stehen, während ich sehr persönliche Dinge zu besprechen habe«, sagte Ken von oben herab.

»Sehr persönliche Dinge, die Sie mit *meiner Verlobten* zu besprechen haben?« fragte Mitchell, und seine Stimme war so durchdringend wie sein Blick.

Verdutzt blickte Ken Jessica an. »Du bist mit diesem... Mister Hamilton verlobt?« fragte er ungläubig.

Jessica wich seinem Blick nicht aus. »Ja!« erwiderte sie knapp.

»Pah! Das glaube ich einfach nicht!« sagte Ken.

Mitchells Gestalt straffte sich. »Wollen Sie mich der Lüge bezichtigen, Lieutenant?«

Ken zögerte.

»Nimm es ihm nicht übel, daß er überrascht ist, Liebling«, sagte Jessica mit betont zärtlicher Stimme zu Mitchell. »Lieutenant Forbes und ich kannten uns flüchtig in England, und ich hatte noch keine Gelegenheit, ihm von dir zu berichten. Er ist erst kurz in der Kolonie und muß sich noch an viele Dinge gewöhnen, die sehr neu für ihn sind.« Sie reichte Mitchell demonstrativ ihre Hand, damit er ihr beim Einsteigen half. Als Mitchell ihr Gepäck aufgeladen hatte, sagte sie zu Kenneth Forbes unmißverständlich zweideutig: »*Was* für ein Vergnügen es war, Sie wiederzusehen, brauche ich ja nicht noch einmal zu betonen, Lieutenant. Alles Gute – und natürlich herzliche Grüße unbekannterweise an Ihre Frau, die sich wirklich glücklich schätzen darf, einen Offizier wie Sie zum Mann zu haben«

»Lieutenant!« Mitchell Hamilton nickte ihm knapp zu und schwang sich dann zu Jessica auf den Einspänner, während Kenneth Forbes sprachlos vor Wut und Verblüffung dastand und ihnen nachblickte, wie sie sich schnell im Einspänner entfernten. »Na warte!« stieß er schließlich zwischen zusammengepreßten Zähnen hervor. »Verlobt oder nicht, das letzte Wort zwischen uns ist noch längst nicht gesprochen!«

19

Sie fuhren eine Weile schweigend dahin. Jessica war innerlich von einer wilden Wut auf Ken erfüllt, weil er ihr diese häßliche Szene gemacht und damit ihr Wiedersehen mit Mitchell getrübt hatte. Sie hatte sich so darauf gefreut und sich an Bord immer und immer wieder vorgestellt, wie es sein würde, wenn sie sich endlich wieder gegenüberstanden und in die Augen blickten. Sie hatte von dem Moment geträumt, wo er auf sie zukommen und sie in ihrem hübschen Kleid bewundern würde. Und sie hatte es nicht erwarten können, ihm etwas Liebevolles, Zärtliches zu sagen, ihm zu gestehen, wie schrecklich lang ihr die letzten Wochen geworden waren und wie sehr sie ihn vermißt hatte. Doch Kens Auftauchen, das gewiß kein Zufall gewesen war, hatte all das hinfällig gemacht. Ja, beinahe wäre es zwischen ihm und Mitchell sogar zu einem Streit gekommen, der ein folgenschweres Nachspiel hätte haben können. Ken war ihr diesmal erschreckend unberechenbar erschienen.

Diese unerfreuliche Begegnung am Hafen lastete irgendwie auf ihnen, während sie durch Parramatta fuhren. Schließlich brach Mitchell das Schweigen.

»Dein Halbbruder ist also in der Kolonie.«

»Ja.«

»War das euer erstes Wiedersehen?«

»Nein, das dritte, und alle drei gegen meinen Willen.«

»Warum hast du mir nichts davon erzählt?« fragte er vorwurfsvoll, und Jessica hatte das Gefühl, als schwänge so etwas wie Eifersucht in seiner Stimme mit.

»Weil ich nicht darüber reden wollte, und ich will auch jetzt nicht darüber sprechen, weil es da nichts mehr zu sagen gibt,

Mitchell«, erklärte sie energisch, um erst gar keine Zweifel aufkommen zu lassen. »Dieses traurige Kapitel der Vergangenheit liegt schon lange abgeschlossen hinter mir.«
»Aber offensichtlich nicht für ihn.«
»Mag sein, aber damit muß er selber fertig werden. Ich möchte damit jedenfalls nichts zu tun haben.«
Er sah sie skeptisch an. »Und du meinst, du kannst so einfach darüber hinweggehen?«
»Ja, genau das habe ich vor.«
»Wenn du es dir da nicht zu leicht machst, Jessica. Er ist ja nicht irgendwer, sondern immerhin Offizier. Und ich brauche dir wohl kaum zu sagen, wieviel Macht diese Rotröcke in New South Wales haben.«
Sie zuckte mit den Achseln, des Themas überdrüssig. »Das ändert nichts daran, daß ich ihn weder sehen noch sprechen möchte. Er ist mir lästig, Mitchell, was ich ihm auch klar gesagt habe. Und wenn er merkt, daß er einem lächerlichen Trugbild nachjagt, wird er schon zur Vernunft kommen und mich in Ruhe lassen. Außerdem ist er verheiratet.«
»Was nichts zu besagen hat.«
Jessica seufzte. »Ich habe mich so darauf gefreut, dich wiederzusehen, Mitchell. Mir ist die ganze Freude verdorben, und das ist schon schlimm genug. Also, müssen wir jetzt unbedingt noch über meine Fehler der Vergangenheit reden?«
»Mir geht es eher darum, Fehler in der Zukunft zu vermeiden, Jessica.«
»Mitchell, bitte!«
»Also gut, kein Wort mehr darüber, Jessica«, versprach er, und seine Stimme wurde weich und zärtlich, als er sagte: »Du weißt gar nicht, wie auch ich mich gefreut habe, als Mister McIntosh mir vor drei Tagen deine Nachricht brachte. Ich dachte schon, du hättest mich vergessen.«
»Ach, Mitchell...« Sie lächelte ihn an, und ihr Zorn auf Ken verlor an Bedeutung.
Er tastete nach ihrer Hand, während er den Einspänner aus Paramatta hinauslenkte und die Landstraße nach Nordwesten

einschlug. »Ich bin so glücklich, daß du endlich gekommen bist, Jessica. Seit ich dich auf SEVEN HILLS verlassen habe, habe ich täglich auf Nachricht von dir gewartet.«
»Es ist viel passiert, Mitchell, und zwar nicht gerade erfreuliche Dinge«, sagte Jessica und berichtete ihm, was sich bei ihnen am Hawkesbury ereignet hatte.
Bestürzt hörte Mitchell zu, als sie ihm von dem Brandanschlag auf die COMET, Lydias Warnung, der Vernichtung der ENTERPRISE und der Auspeitschung der vier Männer berichtete. Er war voller Bewunderung für ihr energisches Handeln, zeigte sich jedoch skeptisch, was die Bestrafung von Jonas Duckworth und seinen Komplizen betraf. »Ich hätte sie lieber vor Gericht gesehen.«
»Aber ich hatte Lydia mein Versprechen gegeben!«
»Ja, das konntest du wohl schlecht brechen«, gab er zu, doch seine Miene verriet, daß er sich Sorgen machte.
Sie passierten die Anhöhe Trebble Hill, auf der eine Windmühle stand, und dann lag MIRRA BOOKA vor ihnen. Die Farm nahm mit ihren Feldern und Weiden den größten Teil eines weiten Tales ein, das von sanften Hügelketten schützend umschlossen wurde. Ein kleiner Fluß wand sich durch das Tal und hielt zusammen mit mehreren Quellen das fruchtbare Land auch im Sommer stets feucht, um gute Ernten zu garantieren.
Sie kamen zum hohen Tor, das aus zwei mächtigen Eukalyptusstämmen, die rechts und links in den Boden gerammt waren, und einem mannsdicken, geschwungenen Abschlußbalken bestand. In diesen Torbalken war der Name der Farm eingebrannt, der der Sprache der Aborigines, der Eingeborenen Australiens, entnommen war.
»Da steht es! MIRRA BOOKA – KREUZ DES SÜDENS!« wies Mitchell sie voller Stolz auf den Torbalken hin. »Hat mich einigen Schweiß gekostet, die Buchstaben in das harte Holz zu brennen.«
»Ein wunderbarer Flecken Erde – und ein Schmuckstück von einer Farm«, sagte Jessica anerkennend.
Er lachte. »Ausgerechnet du mußt das sagen! SEVEN HILLS ist

fast dreimal so groß wie MIRRA BOOKA und braucht auch sonst keinen Vergleich zu scheuen.«

»Aber ein so großes und zugleich so prachtvolles Farmhaus gibt es auf SEVEN HILLS nicht.«

»Noch nicht!«

Das Hauptgebäude bestand aus vier gleich langen Trakten, die sich um einen Innenhof gruppierten und so ein Quadrat bildeten. Böden und Wände waren aus massivem Stein, was im Sommer für angenehme Kühle im Haus sorgte. Und die Dächer waren so weit heruntergezogen, daß nur die schwache Morgen- und Abendsonne durch die Fenster fallen konnte. Einen sehr gepflegten Eindruck machten auch die zahlreichen Scheunen, Schuppen, Stallungen und die anderen Nebengebäude.

Jessica hatte diesem Tag mit freudiger Erregung entgegengefiebert, sich jedoch auch mit Beklommenheit gefragt, wie es sein würde, wieder John Hawkley entgegentreten und so tun zu müssen, als würden sie sich nicht kennen. Deshalb war sie angenehm überrascht, was sie jedoch vor Mitchell verbarg, als dieser ihr mitteilte, daß Hawkley nicht auf der Farm weilte.

»Er bedauert sehr, nicht hier sein zu können«, log Mitchell, denn in Wirklichkeit hatte es eine erbitterte Auseinandersetzung zwischen ihnen gegeben, weil John Hawkley nicht von seiner halsstarrigen Überzeugung abgehen wollte, daß eine ehemalige Deportierte für Mitchell die denkbar schlechteste Wahl war. Er hatte seinem väterlichen Freund und Partner viel zu verdanken, denn John hatte ihn alles über das Farmen und die Schafzucht gelehrt und ihn schließlich als gleichberechtigten Partner an MIRRA BOOKA beteiligt. Aber was seine Liebe zu Jessica betraf, hatte Hawkley ihn nie verstehen können, sondern alles versucht, um ihn mit den Töchtern anderer freier Siedler zu verkuppeln.

»Ja, wirklich?«

»Er hat schon vor Wochen eine Einladung von Freunden in Sydney angenommen, die er nicht enttäuschen wollte«, erklärte Mitchell und vermied es, sie dabei anzusehen. »Aber was reden wir über John. Ich bin eigentlich ganz froh, daß wir allein sind. John ist zwar wie ein Vater zu mir, aber manchmal kann er mir schon ganz schön auf die Nerven gehen mit seinen althergebrachten Ansichten... wie das eben bei Vätern so üblich ist. Komm, ich führ' dich durch das Haus.«

Jessica war beeindruckt von der Großzügigkeit der Räume, ganz besonders jedoch von der kostbaren Einrichtung, die fast ausschließlich aus Möbeln bestand, die aus der fernen Heimat in die Kolonie gebracht worden waren.

»Das muß ja ein Vermögen gekostet haben!« stieß Jessica beeindruckt hervor, als sie die silbernen Leuchter, die Wandteppiche, Gemälde und Möbel aus besten Hölzern sah. Dagegen war ihr Farmhaus geradezu primitiv eingerichtet, obwohl es auch auf SEVEN HILLS einige gute, echte Stücke aus England zu bewundern gab, aber eben doch nicht in jedem Zimmer. Sogar die Gästeräume waren hier üppig eingerichtet.

»John hat sich das wirklich einiges kosten lassen und darauf bestanden, daß ich diese Tradition beibehalte und Möbel nur aus England kommen lasse«, erklärte Mitchell.

»Du mußt mir alles zeigen, die ganze Farm«, bat Jessica.

Sie unternahmen einen kleinen Ausritt und kehrten bei Einbruch der Dunkelheit zum Haus zurück. Jessica hatte diesen Ausflug mit Mitchell genossen.

»Wir essen im Innenhof. Da ist es angenehm kühl. Sag mir, wann du bereit bist«, sagte er, als sie von den Pferden stiegen und ins Haus gingen.

»Gib mir eine gute Stunde, Mitchell.«

»Ich möchte dir alles geben, was du dir wünschst«, sagte er eindringlich.

»Ich glaube, das finde ich jetzt auf meinem Zimmer – nämlich kühles Wasser, um mich frisch zu machen, und ein Kleid, das dir hoffentlich gefallen wird.«

»Du wirst mir immer gefallen, Jessica, ob in diamantenbesetzten Kleidern oder im Armenkleid«, sagte er. »Doch das allerschönste Kleid, das ich mir an dir vorstellen kann, ist deine bloße Haut.«

Heiß schoß ihr das Blut ins Gesicht und ließ sie erröten. »Du solltest besser auf die Wahl deiner Komplimente achten, die reichlich gewagt ausfallen, Mitchell«, wies sie ihn zurecht, doch das Leuchten ihrer Augen strafte ihren tadelnden Ton Lügen. »Vielleicht wäre eine Anstandsdame angebracht.«
Er lachte. »John Hawkley hätte diese Rolle hervorragend gespielt. Aber ich bin sicher, daß du sehr wohl auf dich selber aufpassen kannst. Brauchst du jemanden, der dir beim Umziehen hilft?«
»Schaden könnten ein paar geschickte Hände nicht.«
Er nickte. »Dann schicke ich dir Sally aufs Zimmer. Sie hat mal als Zofe gearbeitet und sollte noch nicht verlernt haben, einer wunderschönen Frau bei ihrer Garderobe zur Hand zu gehen.«
Sally war eine dralle, muntere Frau in den Dreißigern, die wirklich nichts von der Geschicklichkeit verlernt hatte, die eine gute Zofe ausmachte. Sie rieb ihren verschwitzten Körper mit klarem Wasser ab, in das sie einige Tropfen Rosenöl getan hatte. »Das macht die Haut glänzend und geschmeidig.«
Jessica ließ sich gern verwöhnen und hing ihren angenehmen Gedanken nach, während Sally sich um alles kümmerte. Sie legte dünne Unterröcke, mit Spitzenrändern versehene Beinkleider und ein zartes Mieder heraus und half ihr bei der Wahl des Kleides. Jessica entschied sich nach langem Hin und Her für ein Kleid aus rubinrotem Satin, das nicht zu elegant war, ihre schlanke Figur jedoch eindrucksvoll hervorhob. Sally legte noch mit der Brennschere Hand an ihre Haare, dann war sie bereit.
Der kühle Innenhof leuchtete im warmen Licht silberner Kerzenleuchter und gab ihrem Auftritt den richtigen Rahmen. Mitchell wartete schon auf sie. Er trug zu einer erdbraunen Hose ein weites, weißes Hemd, das seine muskulöse Brust und seine tiefbraune Haut noch unterstrich.
»Jessica!« rief er und kam schnell auf sie zu. »Das hättest du nicht tun dürfen!«
»Was hätte ich nicht tun dürfen?«

»Du siehst so zauberhaft aus, daß ich meine Augen gar nicht von dir nehmen kann. Wie soll ich da mit dir zu Abend essen? Ich werde mich wie ein Tölpel benehmen, Jessica. Dein Anblick raubt mir nicht nur den Atem, sondern nimmt mir auch jeden Appetit – zumindest was die Speisen betrifft«, fügte er mit einem unmißverständlichen Lächeln hinzu.
»Tut mir leid, wenn ich dir damit das Abendessen verdorben habe«, sagte Jessica ein klein wenig herausfordernd.
»Verdorben? Mein Gott, wohl nur ein Eunuch könnte sich an deiner Seite noch für so profane Dinge interessieren«, sagte er mit belegter Stimme und nahm ihre Hände, hielt sie mit seinen umschlossen. »Ich habe mich so nach dir gesehnt, Jessica. Es waren wohl die längsten Wochen meines Lebens. Kein Tag ist vergangen, an dem ich nicht mindestens tausendmal an dich gedacht und dich herbeigewünscht habe. Es erscheint mir noch immer wie ein Traum, daß du gekommen bist.«
»Edward wollte wissen, warum du nicht länger auf SEVEN HILLS geblieben bist«, antwortete Jessica mit leiser Stimme. »Und ich hab' ihm gesagt, daß es manchmal ganz gut ist, wenn sich zwei Menschen, die sich gern haben, eine Zeitlang nicht sehen. Denn durch die Trennung kann man viel lernen und sich klarer darüber werden, wie lieb man den anderen wirklich hat. Empfindet man sehr, sehr viel, verzehrt man sich und kann es gar nicht erwarten, bis die Zeit der Trennung vorbei ist.«
Erwartungsvoll blickte er ihr in die seegrünen Augen. »Und wie gut hast *du* die Zeit der Trennung überstanden, Jessica?« fragte er.
»Schwer, Mitchell.«
Er führte ihre Hände an seine Lippen und küßte sie leicht. »Weißt du jetzt, ob du nun Dankbarkeit ... oder Liebe für mich empfindest?«
»Ganz sicher empfinde ich viel Dankbarkeit für dich«, antwortete Jessica und schaute ihn unverwandt an. »Aber ich glaube nicht, daß sich meine Dankbarkeit an meiner Liebe zu dir messen kann.«

»O Jessica!« flüsterte er und gab ihre Hände frei. Er legte seine Arme um ihren schlanken Körper, und die erregende Anspannung, die sie beide mit fast greifbarer Intensität erfüllte, wurde noch stärker.
Sie sahen sich einen Moment schweigend an, ihre Augen hielten eine stumme zärtliche Zwiesprache, und dann beugte sich Mitchell zu ihr hinunter, um sie zu küssen. Sie empfing seinen Kuß mit geöffneten Lippen, und sie schlang ihre Arme um ihn, weil sie plötzlich das Gefühl hatte, schwindlig zu werden.
Ihr Kuß war erst weich und zaghaft, als könnte sie noch nicht glauben, daß dies wirklich geschah. Doch dann ließ sie alle Zurückhaltung fahren und erwiderte seine Zärtlichkeiten mit unverhohlener Leidenschaft.
Sie war ganz atemlos, als sich ihre Lippen lösten. »Mitchell...«, flüsterte sie nur.
»Ist dir noch nach Abendessen zumute?« fragte er mit schnellem Atem.
Sie schüttelte den Kopf, wohl wissend, was ihre Antwort bedeutete. »Ich könnte nicht einen Bissen hinunterkriegen.«
»Dann komm«, sagte er nur, nahm ihre Hand und führte sie in sein Schlafzimmer. Eine kleine Öllampe, die auf einer Kommode vor einer Reihe ledergebundener Bücher stand, spendete gedämpftes Licht.
Mitchell schob den Riegel vor und nahm Jessica dann wieder in seine Arme. Sie küßten sich ungestüm und wie unersättlich. Jessica fühlte sich schon jetzt vor Glück ganz benommen, obwohl sie noch gar nicht begonnen hatten, richtig zärtlich zu sein.
Er führte sie zum breiten Bett, das einen geschwungenen Baldachin und an allen Seiten hauchdünne Vorhänge besaß, die vorgezogen werden konnten. Er begann sie ohne Hast auszuziehen. Als sie ihm helfen wollte, wehrte er ab. »Laß mich es allein tun, Liebste«, bat er. »Es ist die schönste Entdeckungsreise, die ich mir vorstellen kann.«
Sie lächelte. »Dann zieh mich aus – aber immer auch ein Stück von dir«, verlangte sie, während sie aus dem Satinkleid stieg.

Er war schon nackt, als ihre Unterröcke gefallen waren und sie nur noch das dünne Mieder und die Beinkleider trug, die an den Kniesäumen hübsche Spitzen trugen.
Ihr Mund wurde vor Erregung und innerem Feuer ganz trokken, als ihre Hände über seine breite Brust fuhren, über seinen Bauch und hinunter zu seinem Glied, das sich prall und hart aufgerichtet hatte.
Er knotete ihr Mieder auf und streifte ihr dann die Beinkleider von den Hüften. »Mein Gott, wie schön du bist«, stieß er überwältigt hervor, als sie nackt war und sich ihm ohne Scham darbot. »Ich könnte dich stundenlang so ansehen.«
»Tue es, wenn du mich foltern willst.« Sie streckte die Arme nach ihm aus, und als sich ihre Körper berührten, überlief sie ein Schauer der Lust.
Sieben Jahre hatte Mitchell von dieser Stunde geträumt und phantasiert. Und jetzt war es soweit, er hielt Jessica in seinen Armen, teilte mit ihr das Bett und konnte ihr endlich zeigen, wie sehr er sie liebte.
Er bedeckte ihr Gesicht mit Küssen und streichelte ihren Körper, der willig und begierig auf seine Liebkosungen reagierte. Sein Mund wanderte zu ihren festen, hohen Brüsten. Er küßte sie und reizte ihre Brustwarzen mit der Zunge, daß sie so steif und hart wurden wie seine Männlichkeit, die Jessica umfaßt hielt.
Ihre gegenseitigen Zärtlichkeiten wurden immer stürmischer und verlangender. Jessicas Körper schien zu brennen, denn seine Lippen, seine Zunge, seine Hände schienen überall zugleich zu sein, und alles schrie in ihr danach, ihn endlich in sich zu spüren und mit ihm zu verschmelzen. Auch er hielt es nicht länger aus.
»Komm jetzt! Bitte!... Ich kann nicht länger warten!... Du machst mich verrückt!« rief Jessica verlangend und öffnete sich weit für ihn.
Er senkte sich über sie, und als er in sie eindrang, kam sie ihm entgegen. Ein langgezogenes Stöhnen entrang sich ihrer Kehle, als er sie ganz ausfüllte. Sie nahm seinen Rhythmus auf,

der ihren Körper in wollüstiges Schwingen versetzte. Seine Stöße waren kräftig und doch weich zugleich, und ihre Lippen hielten einander fest, während die Bewegung seiner Hüften immer schneller wurde und die Sturmflut der Lust ihr den Atem nahm.

Sie wand sich unter ihm, drängte sich ihm mit derselben wilden Begierde entgegen und schlang Arme und Beine um seine Körper, der sie einer geradezu rauschhaften Erfüllung entgegentrieb.

Ihr schlanker, glühender Leib bog sich wie eine frische Gerte im Feuer, als die Wogen der Leidenschaft sie emporschleuderten und mit einer längst vergessenen Glückseligkeit erfüllten, die sie alles um sich herum vergessen ließ. Sie hörte nicht ihren wollüstigen Schrei und merkte auch nicht, daß sie sich in seine Schultern krallte.

Sekunden später folgte ihr Mitchell in diesen Rausch der Lust, der sie davontrug, wie ein Sturmwind ein Blatt hoch in die Luft reißt, um es dann ganz langsam zu Boden zurücksinken zu lassen.

In enger Umarmung und noch immer vereint blieben sie liegen, kosteten die sinnliche Wärme ihrer erhitzten Körper wie einen süßen Dessertwein nach einem üppigen, anstrengenden Mahl und schauten sich an, glücklich und voller Zärtlichkeit. Sie wußten, daß ihr Verlangen noch nicht gestillt war.

Nachdem sie sich ein zweites Mal geliebt hatten, diesmal mit mehr Geduld und Raffinesse, legten sie sich unter die kühlen, dünnen Decken, Jessica an seine Brust geschmiegt.

»Heirate mich, Jessica«, sagte Mitchell nach einer Weile wohliger Seufzer und zärtlicher Worte mit unvermitteltem Ernst. »Werde meine Frau. Was ich deinem Halbbruder gegenüber behauptet habe, nämlich daß du meine Verlobte bist, laß es hier und jetzt Wahrheit werden.«

Jessica gab seine Brust frei und rollte sich auf den Rücken. Zärtlich streichelte Mitchell über ihre Brüste. »Ich weiß nicht, ob das eine so gute Idee ist«, sagte sie zurückhaltend.

»Aber du liebst mich doch, so wie ich dich liebe!«

Sie lächelte ihn an. »Ja, und ich glaube, das hast du eben gespürt, um daran keine Zweifel zu hegen, mein Liebster. Oder habe ich dich enttäuscht?« neckte sie ihn.
Er machte ein unwilliges Gesicht. »Sag doch nicht so etwas Unsinniges. Es war schöner als jeder Traum, Jessica. Ich war noch nie so glücklich wie in dieser Stunde, und ich will dich nie wieder hergeben. Deshalb bitte ich dich, meine Frau zu werden. Oder hast du Angst wegen deiner Kinder?«
Sie schüttelte den Kopf und wünschte, er hätte nicht gerade in dieser ersten Nacht von Heirat gesprochen. Aber früher oder später hätten sie doch darüber reden müssen, warum also nicht jetzt. »Edward und Victoria mögen dich. Bei Edward kommst du sofort hinter dem alten Baker, und das ist eine Auszeichnung.«
Er lachte. »Ich mag sie auch, Jessica. Und ich werde ihnen ein guter Vater sein und sie wie meine Kinder lieben.«
»Ja, das glaube ich dir. Aber das ist es auch nicht, was mir Sorgen macht.«
Er runzelte die Stirn. »Du liebst mich und weißt, daß mich deine Kinder nicht ablehnen. Also wo ist das Problem?«
»Wo werden wir leben, Mitchell?« fragte Jessica ruhig. »Wo wird unser Zuhause sein? Wirst du MIRRA BOOKA aufgeben wollen und zu mir nach SEVEN HILLS ziehen? Oder möchtest du, daß ich die Farm am Hawkesbury aufgebe?«
Er sah sie verblüfft an, hatte er sich darüber doch noch keine Gedanken gemacht. »Nein, MIRRA BOOKA kann ich nicht aufgeben«, sagte er spontan und fügte dann schnell abschwächend hinzu: »Das kann ich John nicht antun, wo er doch immer mehr auf den Rollstuhl angewiesen ist. Und es ist ausgemacht, daß ich die Farm weiterführe.«
»Das heißt also, daß ich hier bei dir leben soll«, folgerte Jessica ohne jeden Vorwurf.
»Hast du nicht gesagt, wie wunderschön du es hier findest?«
»Und was soll aus SEVEN HILLS werden?«
»Du kannst die Farm verkaufen...«
»Nie! Steve hat sein Leben für die Farm gelassen, und sie ist

mir zur Heimat geworden. SEVEN HILLS ist das Erbe meiner Kinder!«
»Gut, behalte sie. Dein Verwalter, dieser Mister McIntosh, ist doch ein überaus tüchtiger Mann, wie du selbst gesagt hast. Er wird die Farm gut bewirtschaften.«
»Ich glaube, du machst es dir ein wenig zu einfach, Mitchell«, sagte Jessica seufzend und fuhr ihm durch das Haar. »Sosehr ich dich liebe und deine Liebe brauche, sosehr brauche ich auch das Leben auf SEVEN HILLS. Es ist gewiß wunderschön hier auf MIRRA BOOKA, doch ich glaube nicht, daß es mir jemals so viel wie SEVEN HILLS bedeuten und zu einem wirklichen Zuhause werden könnte.«
»Wie kannst du das jetzt schon sagen, wo du es noch gar nicht ausprobiert hast«, sagte Mitchell vorwurfsvoll und zog sie an sich.
»Angenommen, ich würde wirklich zu dir ziehen«, spann Jessica den Faden weiter, »welche Aufgaben und Rechte hätte ich dann?«
»Aufgaben und Rechte? Wie meinst du das? Du wirst meine Frau sein!«
Sie nickte, als hätte sie mit dieser Antwort gerechnet, und der Schatten eines traurigen Lächelns verdunkelte einen Augenblick das glückliche Leuchten ihrer Augen. »Aber Frau und Mutter zu sein wird mir nicht genügen.«
»Dir genügt meine Liebe nicht?« Er zeigte sich nun ernstlich betroffen.
»Genügt dir meine Liebe, so daß du die Farm hier aufzugeben und auf SEVEN HILLS zu leben gewillt bist?« fragte sie ruhig zurück.
»Aber das ist doch etwas anderes. Du bist eine Frau...«
Sie legte ihm den Zeigefinger auf den Mund. »Paß auf, was du da sagst, Mitchell. Ich fürchte, du kennst mich nicht wirklich. Ich habe fast sieben Jahre am Hawkesbury gelebt und geschuftet. Blut und Schweiß stecken in dem Boden. Noch vor nicht ganz einem Jahr hatte ich geglaubt, diese Jahre auf SEVEN HILLS einfach wie eine Haut abstreifen und hinter mir zurücklassen

zu können. Doch das war ein Irrtum. Ich konnte SEVEN HILLS nicht verlassen. Die Farm bedeutet mir einfach zuviel, als daß ich sie für irgend etwas aufgeben würde.«

»Nicht einmal dafür, meine Frau zu werden?« fragte er eindringlich.

»Beides schließt nicht zwangsläufig einander aus«, erwiderte sie.

»Aber wenn es das täte!« beharrte Mitchell.

»Dann nicht einmal dafür«, sagte Jessica ehrlich. »Denn es wäre nicht richtig und würde uns beide nur unglücklich machen.«

»Wie kannst du nach dem, was zwischen uns geschehen ist, von Unglück sprechen, ja es auch nur in Erwägung ziehen? Sieben Jahre habe ich auf dich gewartet. Und nun, wo wir frei für unsere Liebe sind, sollten wir auch nicht länger zögern. Werde meine Frau, und alles andere wird sich finden!« bedrängte er sie.

»Nein, Mitchell. Ich glaube nicht, daß eine Hochzeit all unsere Gegensätze und die damit verbundenen Probleme von heute auf morgen lösen wird. Eher befürchte ich das Gegenteil, daß unser Glück nämlich schnell Sprünge bekommen wird, weil einer von uns zu einem Opfer gezwungen wird, das er eigentlich nicht zu bringen bereit ist.«

»Du siehst das viel zu pessimistisch«, versuchte Mitchell abzuschwächen.

»Nein, ich sehe, wie es ist. Jeder von uns führt eine ertragreiche Farm und genießt den Erfolg, die Früchte langer Jahre Arbeit. Und das wird unsere Liebe belasten, wenn nun einer von uns sein bisheriges Leben aufgeben soll. Ich kann mir jedenfalls ein Leben *nur* als Ehefrau gar nicht mehr vorstellen, Mitchell. Ich will ganz offen und ehrlich mit dir sein: Es macht mir Spaß, eine so große Farm wie SEVEN HILLS zu leiten und weiter auszubauen und mich auch in neuen Geschäften zu versuchen. Diese erregenden Herausforderungen könnte ich nie für das langweilige Leben einer Dame der besseren Gesellschaft aufgeben – zumal ich als ehemalige Deportierte größte Schwierigkeiten haben würde, überhaupt Aufnahme in diese Gesellschaft zu finden.«

»Nicht als meine Frau!«

Sie gab ihm einen Kuß. »Verstehe mich doch. Ich sage das doch, gerade weil ich dich so liebe und mir deine Liebe zu viel bedeutet, um sie aufs Spiel zu setzen. Ich brauche nicht deine Frau zu sein, um dich zu lieben und dich glücklich zu machen. Bitte, dräng mich vorerst nicht weiter, dich zu heiraten. Hast du nicht selbst gesagt, daß du sieben Jahre gewartet hast? Nun, was wir jetzt haben, ist etwas Wunderschönes, das uns doch helfen sollte, in Ruhe abzuwarten, was uns die Zukunft bringt.«

Er seufzte. »Ja, ich glaube, ich habe da einfach zuviel von dir verlangt, wollte gleich alles auf einmal. Ich werde dich also vorerst nicht weiter drängen, meine Frau zu werden. Aber das ändert nichts an der Tatsache, daß ich dich heiraten werde.«

Sie schmiegte sich wieder an ihn. Seine Frau zu sein, das wünschte sie sich auch, zumal sie nun damit rechnen mußte, ein Kind von ihm zu empfangen. Doch würde es überhaupt möglich sein, ihrer beider Leben harmonisch zu verbinden? Welchen Preis würde sie dafür bezahlen?

Jessica verdrängte diese unbequemen Fragen, die ihr Gefühl des Glücks und der Geborgenheit nur störten, und bald war sie in seinen Armen eingeschlafen.

Als der Morgen dämmerte, weckten sie Küsse auf ihre Brüste. Hände glitten über ihre Schenkel und liebkosten den Hort ihres erwachenden Verlangens. Sie schlug die Augen auf und schaute Mitchell ins Gesicht. Das Sonnenlicht, das durch das Fenster fiel, verzauberte seinen kräftigen Körper, schien ihn mit Gold zu übergießen.

Sie richtete sich auf und drückte ihn nieder. »Ich werde dir zeigen, was es heißt, mit dem Feuer zu spielen«, raunte sie ihm zu, als hätte sie Angst, ein lauterer Ton könnte den magischen Bann ihrer Liebe zerstören.

»Ich kapituliere vor deiner Schönheit«, erwiderte er ebenso leise und fuhr durch ihr Haar.

Nun ergriff sie die Initiative, bedeckte seinen Körper mit einer Flut von Küssen und spendete ihm mit ihrem Mund Wonnen, die ihn aufstöhnen ließen. Er umfaßte ihre Brüste, als sie sich schließlich auf ihm niederließ und ihn ganz tief in sich aufnahm.
»So sollte jeder Morgen beginnen, mein Liebling«, flüsterte Mitchell und bewunderte ihren Körper, der sich seinen Augen in seiner natürlichen, erregenden Nacktheit darbot.
Jessica beugte sich zu ihm hinunter. Ihre Haarpracht fiel nach vorn und umhüllte ihr Gesicht, als sie sich küßten und dem Taumel der Leidenschaft hingaben.

20

Rosetta schlug widerwillig die Augen auf, als sich der warme anschmiegsame Körper von ihr löste. Noch im Halbschlaf legte sie einen Arm um Manekas Taille und zog sie wieder zu sich heran. »Warum willst du schon gehen? Es ist doch noch so früh. Bleib doch noch bei mir«, murmelte sie verschlafen und berührte sanft die Brüste des indischen Mädchens, dessen herrlicher Körper ihr in den letzten Tagen so vertraut geworden war wie kein anderer zuvor.
Maneka blieb einen Augenblick still und nackt bei ihr. Ihre Hand ruhte auf Rosettas Hüfte. Doch dann löste sie sich endgültig aus der Umarmung. »Ich muß gehen. Ich habe Hufschlag gehört. Es wird Ihr Mann sein«, sagte sie und schlug die Decke zurück. »Er darf uns nicht zusammen sehen ... nicht so, nicht wahr?«
Rosetta seufzte. »Nein, das darf er auf keinen Fall, mein Liebes. Das muß unser Geheimnis bleiben.«
Maneka lächelte sie an, und in diesem Lächeln lag keine Spur von Unterwürfigkeit oder Verlegenheit, sondern eine Wärme, nach der Rosetta in dieser kurzen Zeit schon so süchtig geworden war wie nach dem Schlafmohn. Die selbstlose Hingabe, mit der Maneka all ihre Zärtlichkeiten erwidert hatte, war ihr wie ein Wunder erschienen; sie hatte bei diesem siebzehnjährigen Mädchen ihre Erfüllung gefunden, wie grotesk das auch sein mochte.
»Von mir wird niemand etwas erfahren, Rosetta«, versicherte Maneka und schlüpfte in ihr Kleid.
»Ich wünschte, du könntest immer bei mir sein«, sagte Rosetta, »und müßtest dich nicht wie ein Dieb aus meinem Zimmer schleichen. Nur mit dir zusammen bin ich glücklich.«

»Glück ist immer nur ein Augenblick, Rosetta«, erwiderte Maneka mit einem wehmütigen Klang in der Stimme und huschte dann auf nackten Sohlen aus dem Zimmer.
Rosetta richtete sich im Bett etwas auf, schob sich das Federkissen in den Rücken und zog die Decke bis zum Hals hoch, denn sie trug nichts im Bett, wenn Maneka es mit ihr teilte. Die letzten Tage kamen ihr wie ein Traum vor. So grob und rücksichtslos Ken war, so zärtlich und einfühlsam war Maneka. Sie war ihr wie eine Offenbarung erschienen, und sie hatte in ihr eine ekstatische Leidenschaft entfacht, zu der sie sich nie fähig geglaubt hatte. In welch schwindelnde Höhen der Lust waren sie gemeinsam aufgestiegen! Und diese unfaßbare Explosion der Sinne, die sie für endlos scheinende Augenblicke in einen Kosmos der Lust geschleudert hatte, alles vergessend und alles lösend. Nie hatte sie vorher etwas Vergleichbares erlebt.
Kate war vermutlich nicht entgangen, daß Maneka nun eine besondere Rolle in Rosettas Leben spielte. Doch Kate war keine Gefahr. Die Zofe war ihr so lange bedingungslos treu ergeben, als ihre Vormachtstellung im Haushalt zweifelsfrei gewährleistet war. Nun gut, es fiel ihr nicht schwer, Kate diesen Gefallen zu tun, solange sie dafür Maneka in Ruhe ließ und ihren besonderen Status stillschweigend akzeptierte.
Rosetta lauschte dem Klang der Stiefelschritte, die über den Hof auf das Haus zukamen. Es war kein sicherer, energischer Gang, sondern ein zögernder, schlurfender, und ihr war klar, daß es Ken sein mußte. Vermutlich hatte er zuviel getrunken.
Die vordere Tür knarrte, und sie rechnete damit, daß er sich aus dem Salon die Karaffe holen und dann in ihr Zimmer kommen würde. Sie kannte ihn gut genug, um sich darin nicht zu irren.
Nur wenige Minuten später pochte es knapp gegen die Tür, und Ken trat ein, ohne ein Herein abzuwarten. Er hielt tatsächlich die Brandy-Karaffe in der Hand. Doch diesmal trug er noch Hemd und Hose. »Es beruhigt mich ungemein zu sehen, daß ich dich nicht aus dem Schlaf gerissen habe, Rose«, begrüßte er sie spöttisch.
»Ich hab' das Pferd gehört.«

Er zuckte die Achsel. »Nun, es ist Morgen, und du machst einen erholten Eindruck. Offenbar sind dir die Tage meiner Abwesenheit blendend bekommen.«
Sie ging nicht darauf ein. »Du warst lange weg. War dein Aufenthalt wenigstens erfolgreich?«
Ken starrte sie an, ohne sie wirklich zu sehen. »Eine verlorene Schlacht ist noch kein verlorener Krieg«, murmelte er.
»Von welcher verlorenen Schlacht redest du?« wollte Rosetta wissen. »Hat Gouverneur Bligh MacArthurs und deine hochgesteckten Pläne doch noch vereitelt?«
Er furchte die Stirn. »Was? Bligh? Nein, Bligh ist keine Gefahr für uns. Wir haben die Sache im Griff. Ich habe mich an einem neuen, todsicheren Geschäft mit tausend Pfund beteiligt. Wir werden bald reich sein, wie ich es dir versprochen habe.«
»Dann hast du ja allen Grund, dich zu freuen und guter Laune zu sein. Aber irgendwie machst du einen recht verdrossenen Eindruck.«
Ken machte eine vage Handbewegung mit der Karaffe. »Eine Kleinigkeit, die nicht ganz so verlaufen ist, wie ich es mir gewünscht habe. Aber nichts, was sich nicht mit etwas Einsatz wieder in Ordnung bringen läßt. Was ich will, das bekomme ich, du weißt es«, sagte er und dachte an Jessica. Der Zorn, den er in Erinnerung an ihre verletzende Zurückweisung so intensiv empfand wie vor zwei Tagen, trieb ihm in einer nur scheinbar paradoxen Reaktion das Blut heiß und drängend in die Lenden. Er würde sie eines Tages besitzen und nehmen, so wie er auch Rosetta nahm, wann immer es ihm so gefiel – wie jetzt zum Beispiel.
Ihr Blick fiel auf seine Hose. Die Wölbung unter dem Tuch verriet nur zu deutlich seine Absichten. Und jetzt mußte sich Rosetta entscheiden. Entweder stimmte sie Kates Plan zu, oder sie erduldete mit zusammengebissenen Zähnen das Abscheuliche, das Ken ihr gleich aufzwingen würde.
»Ich muß mit dir reden, Ken.«
»Nun, reden ist nicht gerade das, was ich im Sinn hatte«, erwiderte er, erinnerte sich dann aber, worüber er mit ihr vor sei-

nem Wegritt gesprochen hatte. »Oder bist du vielleicht zu einem Entschluß gekommen, was mein Angebot betrifft, das ich dir vor ein paar Tagen gemacht habe?«
»Ja, das bin ich«, erwiderte Rosetta. »Aber darüber können wir später sprechen.«
»Worum geht es dann?«
»Um deinen möglichen Erben«, sagte sie nach kurzem Zögern. »Ich möchte dich an dein Versprechen erinnern, mich während der Schwangerschaft nicht... nicht zu berühren.«
»Du bist schwanger?« stieß er verblüfft hervor.
Sie nickte. »Ja, schon im dritten Monat.«
»Aber warum sagst du mir das erst jetzt?«
»Ich... ich war mir einfach nicht sicher, Ken. Manchmal kann man sich täuschen, und ich wollte bei dir keine falschen Hoffnungen wecken. Doch jetzt bin ich mir sicher«, sagte sie und zwang sich zu einer festen Stimme.
Ein zufriedenes Lächeln trat auf sein Gesicht. »Das nenne ich endlich einmal eine gute Nachricht, Rose. Du bist also wieder in Umständen. Prächtig. Das kann so manches ins Lot bringen.«
»Du hältst doch dein Wort, nicht wahr? Du weißt, was schon der Arzt in England gesagt hat.«
»Ich weiß, was er gesagt hat. Aber keine Sorge, ich werde nichts tun, was deine Schwangerschaft gefährden könnte. Ein Sohn ist mir viel zu wichtig!« versicherte er und dachte, daß er sich seine Befriedigung auch besser und vergnüglicher bei Frauen verschaffen konnte, die sich dafür bezahlen ließen, als bei ihr. »Diesmal muß es aber klappen, Rose. Du wirst hier alle Ruhe und Pflege haben, die du dir nur wünschen kannst.«
In bester Stimmung verließ Ken ihr Zimmer, während Rosetta der Schweiß auf der Stirn stand. Sie hatte es getan. Nun gab es kein Zurück mehr.
Wenig später kam Kate zu ihr, als hätte sie geahnt, was im Zimmer ihrer Herrin gesprochen worden war. Sorgfältig schloß sie die Tür hinter sich. »Haben Sie es ihm gesagt?« fragte sie gespannt.

Rosetta nickte.
»Gut!« Kate setzte sich zu ihr ans Bett.
»Ich habe Angst, Kate, daß der Schwindel auffliegt.«
»Unsinn, gar nichts wird auffliegen.«
»Was ist, wenn es sich diese Person doch noch anders überlegt?«
»Sie wird es sich nicht anders überlegen, Rosetta. Sie ist viel zu verzweifelt, um das Kind behalten zu wollen. Sie weiß genau, was ihr als unverheiratete Frau mit einem Kind blüht. Ihr bleibt nur ein Leben als Straßendirne. Nein, sie denkt gar nicht daran, sich diese einmalige Chance entgehen zu lassen. Für fünf Pfund kann sie sich in den Rocks eine eigene Spelunke kaufen und so zu etwas kommen. Das habe ich ihr klar genug vor Augen geführt. Wir werden mit ihr keine Schwierigkeiten bekommen, und sie weiß noch nicht einmal, wer ich bin. Machen Sie sich also keine Sorgen. Ich kümmere mich schon um alles!« sprudelte die Zofe hervor und hatte Mühe, den Triumph, den sie empfand, zu verbergen. Von nun an würde sie etwas Gewichtiges gegen Rosetta in der Hand haben und sich daher um ihre Zukunft keine Sorgen mehr zu machen brauchen. Ihrer beider Schicksal war von diesem Tag an unzertrennlich miteinander verknüpft.
»Aber wie soll ich es vor ihm und der Hebamme verbergen, daß ich überhaupt nicht schwanger bin?« wollte Rosetta wissen.
»Ihr Mann wird Sie nicht häufig zu sehen bekommen. Außerdem ist es ein Kinderspiel, Ihnen einen scheinbar gewölbten Leib zu verschaffen. Ein entsprechendes Bauchkissen, das man immer dicker machen kann, läßt sich leicht anfertigen«, hatte Kate sofort die beruhigende Antwort parat. »Und was die Hebamme betrifft, da werden wir einen günstigen Zeitpunkt abwarten und es so einrichten, daß Sie das Kind angeblich schon zur Welt gebracht haben, bevor sie bei Ihnen sein kann. Es wird eben eine Frühgeburt sein. Wichtig ist nur, Ihren Mann davon überzeugen zu können, daß Sie sich bei dieser Schwangerschaft ganz wunderbar fühlen und die Aufsicht eines Arztes nicht benötigen. Das hängt nur von Ihrer Überzeugungskraft ab.«

»Ja, so könnte es vielleicht klappen«, murmelte Rosetta, zwischen Hoffnung und Angst hin und her gerissen.

»Seien Sie beruhigt, Rosetta, *es wird klappen*!« flüsterte die Zofe. »Ich werde nichts, aber auch gar nichts dem Zufall überlassen!«

21

Schon beim ersten Tageslicht saß Gouverneur William Bligh in seinem Arbeitszimmer am Schreibtisch. Er trug trotz der Hitze einen schweren Rock aus marineblauem Brokat. Der sorgfältig geflochtene Haarzopf fiel ihm weit über den hohen Kragen hinunter und reichte fast bis zur obersten Sprosse des Lehnstuhls, dabei hatte er den Zopf im Nacken schon hochgesteckt.

»Bring ihn rein!« wies Bligh seinen Sekretär an, ohne von seinen Papieren aufzublicken, die seinen Schreibtisch bedeckten.

Der Sekretär führte George Howe, den Eigentümer und Herausgeber der SYDNEY GAZETTE, ins Zimmer. »Zu Ihren Diensten, Exzellenz«, grüßte er.

Bligh deutete ungeduldig auf einen unbequemen Holzstuhl, mit dem seine Besucher vorliebnehmen mußten. »Setzen Sie sich und hören Sie zu. Ich hab' nicht viel Zeit.«

»Ich werde mich bemühen, Ihre Zeit nicht über Gebühr in Anspruch zu nehmen«, antwortete George Howe respektvoll, während er Platz nahm. »Doch müßte ich erst einmal den Grund erfahren, welchem Anlaß ich die Ehre Ihrer geschätzten Aufmerksamkeit verdanke.«

»Ich möchte, daß Sie die Bewohner der Kolonie an einige meiner Erlässe erinnern, die noch von zu vielen mißachtet werden, was ich aber nicht länger zu dulden beabsichtige«, sagte Bligh auf seine knurrige, nicht sehr freundliche Art.

George Howe war ein verträglicher Mann von achtundfünfzig Jahren und unauffälligem Äußeren. Als Sohn eines Druckers auf der westindischen Insel St. Kitts geboren, hatte Howe lange Jahre bei einer Londoner Druckerei gearbeitet, bevor er wegen Ladendiebstahls verurteilt und nach Australien deportiert worden war.

Unter dem Einfluß von Evangelisten hatte er schnell auf den Pfad der Tugend zurückgefunden, und man hatte ihm nicht nur Pardon gewährt, sondern auch die Erlaubnis erteilt, eine Zeitung auf eigenes Geschäftsrisiko herauszugeben – unter der Bedingung, daß die Artikel jeder Wochenausgabe vor Druckbeginn von einem vom Gouverneur zu benennenden Beamten oder Offizier geprüft und zur Veröffentlichung freigegeben wurden. Am 3. März 1803 war die SIDNEY GAZETTE AND NEW SOUTH WALES ADVERTISER zum erstenmal erschienen. Von diesem Tag an hatte es sich George Howe zur Aufgabe gemacht, in der Zeitung nicht für irgendeine Seite Partei zu ergreifen und einseitige Berichterstattung zuzulassen. Er hatte in der ersten Ausgabe versprochen, daß die SYDNEY GAZETTE sich aus allen Streitereien mit persönlichen Stellungnahmen heraushalten und nur sachliche Informationen drucken würde. Im großen und ganzen hatte er sich in all den Jahren auch an diesen löblichen Vorsatz gehalten.

»An welche Erlässe denken Sie, Exzellenz?« erkundigte sich George Howe.

William Bligh zog ein Papier hervor und wedelte damit, als wollte er ihm drohen. »Die vom 17. Februar dieses Jahres, Mister Howe!«

Der Verleger der SYDNEY GAZETTE war mit den Februar-Erlässen sehr gut vertraut, hatten sie vor zehn Monaten doch für viel Empörung gesorgt – besonders unter den Offizieren und den Anhängern des Rum-Monopols. »Ja, sie sind mir gut bekannt, Exzellenz. Und ich darf wohl sagen, daß die darin angedrohten Strafen zwar drastisch sind, aber notwendig waren.«

»Sie sind heute notwendiger denn je!« donnerte Bligh. »Auf meiner letzten Inspektionsreise durch die Kolonie habe ich wenig davon gemerkt, daß diese Gesetze eingehalten werden! Sie werden die Bevölkerung von New South Wales noch einmal nachdrücklich daran erinnern, daß es verboten ist, Arbeitskraft, Getreide, Waren oder Dienstleistungen mit Rum zu bezahlen, und daß demjenigen empfindliche Strafen drohen, der sich nicht daran hält!«

George Howe nickte. Die Strafen, die drohten, waren in der Tat so hoch, daß sie eigentlich abschreckend hätten wirken müssen: Mißachtete ein Sträfling das Gesetz, drohten ihm hundert Schläge mit der Neunschwänzigen und zwölf Monate Schwerstarbeit. Ein Emanzipist mußte mit dem Verlust aller Vergünstigungen und Zuwendungen durch die Krone, mit drei Monaten Einkerkerung und einer Geldstrafe in Höhe von zwanzig Pfund rechnen. Einen freien Siedler, Geschäftsmann oder Captain eines Schiffes kostete die Übertretung des Gesetzes vom 17. Februar 1807 alle Vergünstigungen und Zuwendungen durch die Krone sowie fünfzig Pfund Geldstrafe, was auch einen wohlhabenden Mann schmerzen mußte. Doch die Macht der Offiziere war so groß, daß dieses Gesetz völlig wirkungslos geblieben war, weil niemand es für nötig hielt, es zu befolgen.
»Ich werde das Nötige veranlassen, Exzellenz.«
»Und weisen Sie besonders darauf hin, daß demjenigen, der so eine Mißachtung des Gesetzes zur Anzeige bringt, ein Teil der Geldstrafe als Belohnung winkt!« trug Bligh ihm auf.
Der Sekretär steckte den Kopf zur Tür herein. »Mister Richard Atkins, Exzellenz«, meldete er.
»Soll warten!« beschied Bligh ihn barsch. »Werde ihn schon rufen lassen, wenn ich Zeit für ihn habe!«
»Sehr wohl, Exzellenz.« Der Sekretär schloß die Tür wieder.
Die Unterhaltung zwischen dem Gouverneur und dem Herausgeber der SYDNEY GAZETTE war recht einseitig und wurde zum überwiegenden Teil von Bligh bestritten, der sich erbost über den moralischen Sumpf ausließ, in dem New South Wales zu versinken drohe. George Howe konnte ihm als überzeugter Evangelist nur zustimmen, doch die sehr derbe Sprache des Gouverneurs, der auch nicht davor zurückschreckte, sich des vulgären Wortschatzes eines Matrosen zu bedienen, war nicht nach seinem Geschmack. Bligh mochte ja ein unbestechlicher Mann sein, der seine Qualitäten besaß, doch die Gabe der vornehmen Zurückhaltung hatte er nicht. Deshalb war George Howe erleichtert, als er schließlich gehen konnte.

»Schicken Sie mir Mister Atkins rein, Griffin!« rief der Gouverneur seinem Sekretär zu.

Richard Atkins betrat mit einer schwungvollen Bewegung das Arbeitszimmer des Gouverneurs. »Einen prächtigen guten Morgen, Exzellenz!« grüßte er überschwenglich.

Bligh musterte ihn ungnädig. »Ob er so prächtig ist, wird sich erst noch zeigen müssen«, brummte er und stellte zu seinem Ärger fest, daß Atkins sich setzte, ohne dazu gebeten worden zu sein. Doch Bligh schluckte eine unfreundliche Bemerkung hinunter.

Eigentlich konnte er Richard Atkins nicht leiden. Dieser Mann hatte das höchste Richteramt in New South Wales inne und war doch in der ganzen Kolonie als Schwätzer, Opportunist und ganz besonders als Trunkenbold bekannt. Er hatte einmal sogar im Zustand der Volltrunkenheit ein Todesurteil ausgesprochen. Ein Mann also, den William Bligh unter normalen Umständen verachtet und gemieden hätte. Doch die Umstände in New South Wales waren leider alles andere als normal, was die Tatsache nachdrücklich bewies, daß er sich mit einem Trinker als höchstem Richter und Verbündeten im Kampf gegen das Rum-Monopol abgeben mußte.

Atkins konnte MacArthur nicht ausstehen und umgekehrt, zumindest erweckte der Richter Atkins bei ihm diesen Eindruck. Doch manchmal hatte er den Verdacht, daß auf Atkins' Loyalität so viel Verlaß war wie auf die Beständigkeit eines Wetterhahnes.

»Sie haben Neuigkeiten?« fragte Bligh, und seine Stimme hatte einen ungeduldigen Klang. Atkins neigte dazu, weitschweifig zu erzählen.

»Es handelt sich um den Schoner PARRAMATTA, Exzellenz«, begann der korpulente Richter, dessen aufgeschwemmtes Gesicht den Trinker verriet. »Sie wissen, es besteht der Verdacht, daß mit diesem Schiff vor einigen Monaten ein Sträfling geflohen ist...«

»Ja, ja, ich weiß. Mir ist auch bekannt, daß MacArthur Mitbesitzer des Schoners ist. Kommen Sie zur Sache. Können wir diesem Schurken nun endlich einen Strick drehen oder nicht?«

»Die Kaution von neunhundert Pfund, die MacArthur und seine Freunde gemäß den Bestimmungen der Kolonie vor Auslaufen hinterlegt haben, verfällt und geht an die Krone, da nun zweifelsfrei ein Rechtsbruch vorliegt«, erklärte Richard Atkins mit unverhohlener Schadenfreude. »Doch was viel wichtiger ist: Wir können ihn endlich vor Gericht stellen.«

Der Gouverneur fixierte ihn scharf. »Vor zwei Monaten, im Oktober, stand MacArthur schon mal vor Gericht, Richter! Und zwar wegen der beiden Rum-Destillerien, die er illegal in die Kolonie eingeführt hatte. Sie und Major Johnston sprachen sich in diesem Verfahren *für* MacArthur aus!« hielt er ihm unwirsch vor.

»Ich konnte nicht anders entscheiden, Exzellenz«, verteidigte sich der Richter. »Bei diesem Verfahren ging es doch allein darum, ob er das Recht hat, die Kupferkessel und Rohre privat im Haushalt zu nutzen.«

»So«, brummte Bligh.

»Im Fall des Schoners haben wir eine völlig andere Sachlage, Exzellenz. Hier geht es um Beihilfe zur Flucht und zahlreiche andere Gesetzesmißachtungen. MacArthur hat diesmal keine Chance, sich herauszuwinden, da gebe ich Ihnen mein Wort!«

Bligh lehnte sich zurück, und zum erstenmal an diesem Morgen zeigte sein Gesicht ein freundliches Lächeln. »Das ist in der Tat eine angenehme Nachricht.«

»Ich bin sicher, daß MacArthur bei seinem hitzigen Temperament die Vorladung, vor Gericht zu dieser Sache Rede und Antwort zu stehen, einfach ignorieren wird«, fuhr Richard Atkins fort.

Der Gouverneur lächelte. »Soll er es nur tun, soll er es nur tun. Ich hoffe es sogar. Sie werden ihn dann sofort verhaften und ins Gefängnis werfen lassen. John MacArthurs Zeit ist gekommen!«

22

Die zwei Tage und Nächte auf Mirra Booka waren wie ein einziger sinnlicher Traum, erfüllt von Liebe, Zärtlichkeit und Leidenschaft. Jessica kostete die Stunden und Minuten, die Augenblicke ungekannten Glücks und verzehrender Ekstase aus und verschwendete keinen Gedanken an das Morgen. Sie nahm voller Dankbarkeit und Hingabe, was das Schicksal ihnen beiden geschenkt hatte. Denn das Geschenk ihrer wiedergefundenen Liebe war zu wertvoll, um es an diesen beiden Tagen durch irgendeine Unstimmigkeit oder Zukunftssorgen in seiner berauschenden Herrlichkeit zu trüben.

Die Zeit würde auf viele Fragen, die unausgesprochen zwischen ihnen standen, die Antwort bringen. Sogar Mitchell gab sich diesem fast unwirklichen Bann, dieser Verzauberung hin und brachte das Gespräch nicht ein einziges Mal mehr auf eine baldige Eheschließung.

Jessica wich nicht von seiner Seite – die zwei Stunden ausgenommen, die sie dazu verwendete, um den fast blinden Faßbinder Joshua Chowning und seine Tochter Ruth aufzusuchen. Ruth sah jünger aus, als sie war, und Jessica fand, daß sie eine natürliche, frische Ausstrahlung besaß, die ihr eher farbloses Äußeres zu einem guten Teil aufwog.

Ruth paßte sie bei dem abgestorbenen, kahlen Eukalyptusbaum vor der Lehmhütte ab. In ihren großen Augen lag mehr Hoffen, als sie mit Worten hätte ausdrücken können. »Wie schön, Sie wiederzusehen, Missis Brading. Ich... ich habe so oft an Sie gedacht.«

»Ich habe nicht vergessen, was ich dir versprochen habe, Ruth«, sagte Jessica ohne Umschweife, denn sie sah Ruth an, wie sehr sie unter der Anspannung und der Ungewißheit litt.

»Deshalb bin ich heute auch gekommen. Hättest du Lust, demnächst auf Seven Hills zu leben – in einer Hütte, die ganz allein dir gehört... bis du weißt, welchen Mann du zu deinem Ehemann und Vater deiner Kinder nehmen möchtest?«
»Sie machen sich über mich lustig, Missis Brading. Natürlich würde ich gern dort leben. Aber ich glaube nicht, daß sich irgendein Mann für mich interessieren wird – so wie ich aussehe.«
»Bevor das neue Jahr zur Hälfte um ist, wirst du einen anderen Namen und vielleicht schon dein erstes Kind unter dem Herzen tragen, darauf gehe ich jede Wette ein, Ruth«, versicherte Jessica und eröffnete ihr, wie sie sich das mit ihrem Vater gedacht hatte.
Ruth war begeistert, nicht jedoch der alte, fast kahlköpfige Joshua Chowning, der kaum noch etwas sah, aber nichtsdestoweniger ausgezeichnete Arbeit leistete.
»Ich bleibe hier und Ruth auch!« bestimmte er.
Jessica hatte mit dieser Reaktion gerechnet. Daß der Faßbinder sich erst einmal störrisch stellte, entmutigte sie nicht. Sie kannte ihn gut genug, um seine Stärken, aber auch seine Schwächen beurteilen zu können. Sie vermittelte ihm den Eindruck, daß seine Arbeitskraft dringend auf Seven Hills gebraucht werde. Und nach langem, zähem Verhandeln, bei dem es eigentlich nur um unbedeutende Kleinigkeiten gegangen war, hatte sie ihn dann endlich soweit.
»Also gut, ich werde dir den Gefallen tun, Jessica, und nach Seven Hills kommen«, krächzte er schließlich. »Aber keiner pfuscht mir ins Handwerk. Und wenn mir die Frau nicht paßt, die mir den Haushalt führt, kann ich sie hinausschmeißen, ja?«
»Ja, so ist es abgemacht«, bestätigte Jessica und schmunzelte, was er zum Glück nicht sehen konnte.
»Dann soll es so sein!«
Ruth strahlte vor Glück. Für sie begann nun ein neues Leben, das nicht mehr von der entsetzlichen Tyrannei ihres Vaters bestimmt sein würde.

»Das werde ich Ihnen nie vergessen, Missis Brading«, sagte Ruth draußen zu ihr, und Tränen liefen ihr über das Gesicht, während ihre Augen leuchteten, daß sie fast hübsch aussah. »Nie werde ich vergessen, was Sie für mich ... für uns getan haben.«
»Ich habe es auch für mich getan, Ruth«, erwiderte Jessica und kehrte leichten Herzens zu Mitchell zurück, der ihre Rückkehr schon ungeduldig erwartet hatte.
»Ich möchte, daß du zum Ball kommst«, sagte er am Abend.
»Was für ein Ball?«
»Oh, davon habe ich dir ja noch gar nichts erzählt. Da kannst du mal sehen, wie sehr du mich verwirrt und aus dem Gleichgewicht gebracht hast, Liebste. Also: John und ich, wir veranstalten zum Jahreswechsel stets ein großes Fest, so auch dieses Jahr. Diesmal wirst du an meiner Seite sein.«
Die Aussicht auf einen großen, aufwendigen Ball erregte Jessica, hatte sie so etwas doch noch nie mitgemacht, aber schon tausendmal davon geträumt.
Doch sie zögerte, ihm ihre Zustimmung zu geben. »Ich weiß nicht, ob das ratsam ist, Mitchell. Zuerst müßtest du ja wohl John Hawkley fragen.«
»Warum sollte ich das tun, Jessica? Ich kann doch von meinen Freunden einladen, wen ich will, rede ich John doch auch nicht hinein, wen er zu diesem Fest bittet. Und vergiß bitte nicht, daß wir zwar theoretisch immer noch gleichberechtigte Partner sind, in der Praxis aber alles auf meinen Schultern liegt. John ist wegen seiner Krankheit nicht mehr in der Lage, viel zur Führung von Mirra Booka beizutragen. Ich mache es ihm nicht zum Vorwurf, doch da ich nun mal die ganze Verantwortung trage, nehme ich auch das Recht für mich in Anspruch, Entscheidungen zu treffen, die ihm nicht gefallen mögen. Aber was rede ich da über John! Du bist mir wichtiger als alles andere, Jessica, und du mußt einfach kommen.«
»Vergiß nicht, daß ich ein ehemaliger Sträfling bin!«
»Du bist nicht irgendeine Deportierte, du bist die Herrin von Seven Hills, einer der größten Farmen der Kolonie! Außer-

dem besteht gut die Hälfte der Bewohner von New South Wales aus Emanzipisten.«

»Die aber nicht zu solchen gesellschaftlichen Anlässen eingeladen werden«, wandte sie sarkastisch ein.

»Jessica, bitte! Warum quälst du mich mit deinem unvernünftigen Widerspruch? Verstehst du denn nicht, daß ich dich bald wiedersehen und ganz besonders auf diesem Fest an meiner Seite wissen möchte? Tu mir den Gefallen und sag zu!« beschwor er sie, zog sie in seine Arme und begann sie zu entkleiden, während er sie küßte. »Ich werde dich nicht eher freigeben, bis du es mir versprochen hast.«

Seine Küsse setzten ihre Haut wieder in Flammen, und sie erschauderte, als sie seinen warmen Atem, seine feuchten Lippen und seine kundige Zunge auf ihren Brüsten spürte. »Wenn du so weitermachst, verspreche ich es dir nie«, stöhnte sie und erwiderte seine Zärtlichkeiten. Es war ihre letzte Nacht, und sie kosteten sie bis zur völligen Erschöpfung aus. Irgendwann in den Stunden vor Morgengrauen versprach sie ihm, zum Fest zu kommen.

Am nächsten Morgen brachte Mitchell sie zum Hafen. Patrick Rourke hatte sie tags zuvor durch einen Boten des Schiffsausrüsters in Parramatta wissen lassen, daß er eine Ladung für Sydney bekommen habe und deshalb zu früher Morgenstunde Segel setzen wolle.

Mitchell hatte vergeblich versucht, sie zum Bleiben zu überreden. Doch Jessica hatte sich nicht erweichen lassen. »Ian wird schon unruhig in Sydney bei den Keltons auf mich warten. Über eine Woche bin ich jetzt von SEVEN HILLS weg, und ich brauche noch zwei Tage in Sydney. Und du hast hier auch mehr als genug zu tun.«

»Mein Gott, ist es schwer, sich bei dir einmal durchzusetzen!« hatte er geklagt. »Du solltest besser Hosen als Kleider tragen.«

»Gewöhn dich dran«, hatte sie im Scherz erwidert, doch es lag auch ein Quentchen Ernst darin. Sie war, nach alldem, was hinter ihr lag, nicht gewillt, sich von irgend jemandem vorschreiben zu lassen, was sie zu tun oder zu lassen hatte. Es war besser, für sie beide, wenn Mitchell sich schon früh an diesen Gedanken gewöhnte.

Als Mitchell sie nun auf die COMET brachte, fragte sich Jessica verwundert, wo die Tage geblieben waren. Und es schmerzte sie genauso wie ihn, daß sie sich nun trennen mußten. Doch nachdem sie Mitchell mit Captain Rourke bekannt gemacht hatte und es Zeit war, die Segel zu setzen, sorgte sie dafür, daß ihr Abschied kurz und knapp ausfiel. Für gefühlsbetonte Szenen in der Öffentlichkeit hatte sie nichts übrig.

»Es war wunderschön, und ich liebe dich, Mitchell. Aber nun geh bitte schnell. Ich hasse rührselige Abschiede mit Tränen.«

»Vergiß nie, wie sehr ich dich liebe«, flüsterte er und gab sie dann widerwillig frei.

»Bis bald, Mitchell«, sagte sie und ging schnell unter Deck, während die Leinen losgeworfen wurden und die COMET ablegte. Erst als Parramatta außer Sicht war, ging Jessica wieder an Deck.

Der Schoner brauchte vier Stunden für die Fahrt, und sie erreichten Sydney noch vor der größten Mittagshitze, wo Ian McIntosh sie mit der Kutsche abholte.

Er freute sich sehr, sie wiederzusehen, und zeigte es auch. »Die Fahrt mit der COMET scheint Ihnen vorzüglich bekommen zu sein, Jessica«, begrüßte er sie.

Sie lachte. »Ja! Die Ruhe hat mir wirklich gutgetan.«

Er nickte. »Das sieht man Ihnen an. Sie sehen wie das blühende Leben in seiner hübschesten Erscheinungsform aus, wenn Sie mir diese Bemerkung erlauben.«

»Ich habe gar nicht gewußt, daß Sie sich auch in der Kunst der Schmeichelei verstehen, Ian«, sagte sie amüsiert.

»Mit Schmeichelei hat das nichts zu tun, Jessica. Es ist nur die Feststellung einer offensichtlichen Tatsache«, erklärte er, hielt es aber für ratsamer, das Thema zu wechseln. »Die Keltons warten ungeduldig auf Sie. Sie dachten schon, Sie hätten es sich vielleicht doch anders überlegt und würden gar nicht mehr kommen.«

Jessica seufzte. »Ich wünschte, ich hätte ein eigenes Haus in Sydney«, entfuhr es ihr unwillkürlich.
»Aber die Keltons sind doch Ihre Freunde!« wandte er verwundert ein.
»Sicher sind sie das«, beteuerte Jessica. »Ich mag sie ja auch wirklich gern, doch auch Freunde sind nicht frei von Fehlern. Und was Robert und Martha betrifft, so kann man von ihrer fürsorglichen Art geradezu erdrückt werden. Für ein paar Stunden ist es ja gut zu ertragen, aber wenn man mehrere Tage mit ihnen unter einem Dach leben muß...« Sie zuckte nur mit den Achseln.
Ian schmunzelte. »Ich muß Ihnen da zustimmen, es ist wirklich anstrengend, ihr Gast zu sein. Und das Zuhören hat Missis Kelton nicht gelernt.«
»Nein, ihre Schwatzhaftigkeit ist oft sehr anstrengend.«
Sie lachten beide, so daß man sich nach ihnen umdrehte, als sie über die Pier zum Ladeschuppen gingen, wo die Brading-Kutsche wartete.
»Wenn Ihnen so an einem Haus in Sydney liegt, warum schauen Sie sich nicht mal nach einem geeigneten Objekt um?« schlug Ian vor. »Sie können es sich leisten, und als Wertanlage kann ich Ihnen nur dazu raten.«
»Sie müssen es ja wissen, Ian. Vermute ich richtig, daß Ihnen inzwischen halb Sydney gehört?« scherzte sie, wußte sie doch, daß Ian schon seit Jahren sein Geld in Grund und Boden investierte, ganz besonders in und um Sydney.
»Ein gutes Dutzend Grundstücke ist noch nicht die halbe Stadt«, erwiderte der Verwalter belustigt. »Aber wenn sich mir eine günstige Gelegenheit in Sydney bietet, zögere ich nicht lange. Die Immobilienpreise steigen rapide. Die Zeit, wo man die Nase über die Kolonie rümpfte, ist endgültig vorbei. Sie sehen ja selbst, daß immer mehr Siedler nach New South Wales kommen. Gut zehntausend haben sich bis jetzt schon hier niedergelassen, und ich sage Ihnen, das ist erst der Anfang.«
»Vielleicht sollte ich mir Ihren Vorschlag wirklich durch den Kopf gehen lassen.«

»Ich werde Ihnen natürlich gern mit Rat und Tat zur Seite stehen, obwohl ich nicht die Befürchtung habe, daß Sie sich von irgendeinem noch so cleveren Geschäftsmann übervorteilen lassen«, meinte er.
»Danke für das Kompliment, Ian.«
»Das ist kein Kompliment, sondern meine Überzeugung.«
Sie hatten die Kutsche erreicht. Ian hielt ihr den Schlag auf, und Jessica nahm auf dem samtbezogenen Sitz Platz. Ian setzte sich auf die Bank ihr gegenüber, und Craig, der Kutscher, trieb das Gespann an. Ruckend setzte sich die Kutsche in Bewegung.
Jessica dachte an Mitchells Einladung zum Ball. »Sie kennen sich besser in Sydney aus als ich, Ian. Welches Geschäft hat Ihrer Ansicht nach die größte Auswahl an Stoffen?«
Ian McIntosh überlegte kurz. »Das beste Geschäft in Sydney ist wohl das von Mister Simonton in der Pitt Street.«
»So?«
»Ja, er importiert Stoffe nicht nur aus England, Indien und China, sondern hat trotz der Kriegswirren in Europa auch französische Waren in seinem Angebot.«
»Gut, dann statten wir Mister Simontons Geschäft doch mal einen Besuch ab«, sagte Jessica, die beschlossen hatte, sich für dieses Fest zum Jahreswechsel ein besonders hübsches Kleid zu nähen. »Sagen Sie Craig, daß er uns nicht zu den Keltons, sondern in die Pitt Street fahren soll.«
Er zögerte. »Tja, ich weiß nicht so recht...«, druckste er herum.
»Oh, lassen Sie sich von mir, um Himmels willen, bloß nicht aufhalten, falls Sie selbst noch Dinge zu erledigen haben«, deutete sie sein Zögern falsch. »Ich habe Ihre Zeit schon lange genug in Anspruch genommen.«
»Nein, nein, das ist es nicht. Ich habe Zeit im Überfluß«, versicherte er.
»Was ist es dann?«
»Nun, soviel mir zu Ohren gekommen ist, steht Missis Deborah Simonton bei uns Emanzipisten nicht gerade in einem gu-

ten Ruf. Sie gehört zu den Freien und soll ihrem Mann nur höchst widerwillig in die Kolonie gefolgt sein. Sie verabscheut New South Wales, weil es eine Sträflingskolonie ist, und hat für Leute wie Sie und mich nicht viel übrig. In ihren Augen bleiben wir wohl auf ewig Sträflinge, verachtenswerter Abschaum der Gesellschaft.«

Jessica zuckte die Achseln. »Da ist sie wohl nicht die einzige, die so denkt. Aber ich beabsichtige nicht, mich in ein Streitgespräch über moralische Standpunkte verwickeln zu lassen. Mir geht es um gute Stoffe, und da ist das Geld eines Emanzipisten wohl genausogut wie das eines Freien. Kommen Sie, Ian, sagen Sie Craig Bescheid.«

Der Verwalter machte eine besorgte Miene und schien noch etwas erwidern zu wollen. Doch Jessicas energischer Tonfall hatte ihm verraten, daß sie entschlossen war, dieses Geschäft aufzusuchen, und sich durch nichts davon abbringen lassen würde. Und so behielt er seinen Einwand für sich und wies Craig an, sie in die Pitt Street zu fahren.

SIMONTON'S STOFFE UND KOLONIALWAREN stand über dem Geschäft, das in einem flachen Gebäude aus rotbraunen Ziegelsteinen untergebracht war. Zwei Fenster, die statt der üblichen Wachspapierbespannung richtige gläserne Butzenscheiben hatten, gingen auf die Straße hinaus und verrieten auch einem Ortsunkundigen, daß der Geschäftsinhaber über Geldmittel und Beziehungen verfügte, die der Luxus von gläsernen Fensterscheiben in New South Wales erforderte.

In freudiger Erregung betrat Jessica mit Ian McIntosh das Geschäft. Bei ihrem letzten Besuch in Sydney hatte ihr der Sinn nicht danach gestanden, sich in den feineren Geschäften umzusehen. Um so mehr genoß sie jetzt die verwirrende Vielfalt der Gerüche und der Farben, die sie im Innern des Geschäftes umgab.

Der große, rechteckige Raum war in zwei Abteilungen unterteilt. Auf der rechten Seite füllten vertraute und exotische Köstlichkeiten, Gewürze und Riechstoffe die Regale. Sie waren in kleinen Beuteln abgepackt oder in Flaschen abgefüllt, wäh-

rend getrocknete Rosenblätter, Safran, Moschus, Lavendel, Jasmin, Senna und Gelbwurz sowie Ingwer und Pfeffer, Muskatnuß und Zimt, Sultaninen und Bataviatabak in hölzernen oder gläsernen Behältern aufbewahrt wurden. Der intensive Duft, der den vollgestellten Regalen entströmte, schlug den eintretenden Kunden wie eine berauschende Woge entgegen und weckte in ihnen das Verlangen, von all diesen Kostbarkeiten zumindest ein klein wenig zu besitzen.
Auf der linken Seite des Geschäftes stapelten sich Stoffballen in den Verkaufsregalen. Da gab es Kattun und Musselin, Brokat und Satin, Madrasgewebe und Organdystoffe, Gabardine und sogar Seide aus Piemont.
Jessica war im ersten Moment wie benommen. Tief sog sie die Wohlgerüche ein und vermochte sich an den herrlichen Stoffen nicht sattzusehen. In kleinen Fächern entdeckte sie tausend andere Dinge, die längst vergessen geglaubte frauliche Wünsche in ihr erweckten. Ihr Blick sprang mit wachsender Erregung von den Spitzenbändern zu den Bonnets, von den Rüschentüchern zu Handschuhen und Stoffrosetten, von den Halstüchern zu den Nähmaterialien.
»Was für eine Fülle!« entfuhr es ihr bewundernd. »Welch ein Überfluß!«
In London wäre Mister Simontons Geschäft nicht der Erwähnung wert und sein Warenangebot ausgesprochen kläglich gewesen. Doch hier in New South Wales, wo es immer noch Engpässe bei den einfachsten Gebrauchsartikeln und Gerätschaften gab, existierte wohl kein anderes Geschäft, das sein Warenangebot an erlesenen und sündhaft teuren Artikeln übertreffen konnte.
»Ja, und es befindet sich auch viel unnützer Tand darunter, der zu uns Siedlern paßt wie ein Känguruh zum Hyde Park«, brummte Ian McIntosh leise, denn er war ein Mann von strengen Prinzipien und hielt jede unnütze Geldausgabe für ein Zeichen bedauernswerter Charakterschwäche. Doch in Jessicas Fall räumte er bereitwillig ein, daß sie nach den Jahren der Plackerei und der Entbehrungen ein Recht darauf hatte, sich et-

was zu leisten, das nicht unter den sonst üblichen Gesichtspunkten von Nützlichkeit und möglichst langer Lebensdauer ausgewählt werden mußte. Und so fügte er hinzu: »Aber es gibt in der Tat auch einige herrliche Dinge, die es sogar mir leichtmachen würden, die Münzen aus dem Beutel zu holen.«

Jessica hatte nur mit halbem Ohr hingehört und nickte vage auf seine Worte, während sie sich der Stoffabteilung zuwandte. Eine ältere Frau in einem blauen Seidenkleid hatte einige Kurzwaren erstanden, und die blasse Verkäuferin, die mit einem von Pockennarben entstellten Gesicht gestraft war, gab ihr gerade ein Sixpence-Stück zurück.

»Danke für Ihren Einkauf und noch einen schönen Tag, Missis Gatherby. Beehren Sie uns bald wieder, Missis Gatherby«, verabschiedete das etwa sechzehnjährige Mädchen die Kundin und strich über die makellos weiße, gestärkte Schürze, die sie über ihrem Kleid aus grauem Kattun trug. Dann wandte sie sich der neuen Kundschaft zu, grüßte mit der steifen Höflichkeit einer ungelernten und uninteressierten Aushilfskraft und fragte nach ihren Wünschen.

»Zeigen Sie mir die blaue Atlasseide . . . nein, warten Sie, lassen Sie mich die goldbraune Seide sehen«, verbesserte sich Jessica rasch. »Und das lindgrüne Musselin interessiert mich auch.«

»Sehr wohl.« Das Mädchen stellte sich auf die Zehenspitzen, zog den Ballen Seide aus dem Regal und legte ihn auf den blankpolierten Ladentisch. Sie rollte zwei Armlängen ab und breitete den goldbraunen Stoff aus. »Es ist allererste Wahl, gnädige Frau. Sie ist erst kürzlich eingetroffen. Mit der SOUTHWIND.«

Jessica ließ den glatten, herrlich leuchtenden Stoff durch ihre Finger gleiten und überlegte schon, welchen Schnitt sie für ihr neues Kleid aus diesem wunderbaren Material wählen sollte und ob sie es sich wohl erlauben konnte, Ausschnitt und Ärmel mit feiner Spitze einzufassen.

»Gefällt Ihnen der Stoff, Ian?«

Er ist fast so schön wie die Farbe Ihres Haares, hätte er beinahe geantwortet, sagte dann aber: »Er dürfte Ihnen vorzüglich zu Gesicht stehen.«

Jessica lachte. »Das hoffe ich doch auch! Was kostet der Yard übrigens?« fragte sie das Mädchen, obwohl sie wußte, daß sie den Stoff und sicherlich noch einige Längen Spitzenbesatz und Bänder erstehen würde, egal, wie teuer alles war.
Die junge Verkäuferin kam nicht mehr dazu, ihr den Preis zu nennen. Ein Vorhang, der das Geschäft von den dahinterliegenden Privaträumen der Simontons abtrennte, wurde zur Seite geschoben, und eine hagere Frau eilte herbei.
»Hilf meinem Mann im Lager, Rosy!« befahl sie dem Mädchen in einem scharfen, herrischen Ton, ohne Jessica und Ian eines Blickes zu würdigen. »Ich mache das hier schon!«
Das Mädchen deutete einen Knicks an. »Jawohl, Missis Simonton«, murmelte sie folgsam mit gesenktem Kopf und eilte ins Lager.
Deborah Simonton hatte die steife, unnatürliche Haltung eines Ladestockes. Hohe Wangenknochen bestimmten ihr schmales Gesicht, dessen Mundwinkel einen verkniffenen Zug aufwiesen, in dem viel Verbitterung und Hader mit dem Schicksal lagen. Von ihrer Erscheinung ging Unnahbarkeit aus, ja sogar Ablehnung, was durch ihr schwarzes, hochgeschlossenes Satinkleid und die streng nach hinten gekämmten und hochgesteckten Haare noch unterstrichen wurde.
Jessica mochte die Frau auf Anhieb nicht, ließ sich jedoch nichts anmerken. Betont freundlich lächelte sie Deborah Simonton an und sagte: »Ich hätte gern einige Yards von dieser herrlichen Seide und vielleicht auch noch...«
Deborah Simonton fiel ihr schroff ins Wort. »Bedaure, das ist unmöglich! Die Seide ist schon für eine andere Kundin reserviert. Rosy, dieses dumme Ding, muß es zu erwähnen vergessen haben.«
»Der ganze Ballen?« fragte Jessica verwundert.
»Ja, der ganze Ballen!« bestätigte Deborah Simonton kühl.
Jessica seufzte bedauernd. »Nun, dann lassen Sie mich doch mal Ihre Atlasstoffe sehen.«
»Habe keine mehr!«
Verständnislos blickte Jessica erst sie an und dann zu den fünf,

sechs Ballen, die in den tiefen Regalfächern lagen. »Aber da haben Sie doch noch jede Menge Atlasseide.«
»Davon ist nichts mehr verkäuflich!« beschied Deborah Simonton sie knapp.
»Das kann ich nicht glauben!«
»Glauben Sie, was Sie wollen!« erwiderte die Ladenbesitzerin unfreundlich. »Es ist so, wie ich sage! Ich habe weder Seide, Atlas noch Musselin für Sie!«
Verdutzt sah Jessica sie an. »Ich verstehe nicht ganz...«
»Das ist Ihr Problem!«
Ian hatte dem Wortwechsel schweigend und mit wachsendem Ingrimm zugehört. Was er befürchtet hatte, war eingetreten. »Kommen Sie, Jessica«, sagte er leise und berührte sie behutsam am Arm.
Ärgerlich schüttelte Jessica seine Hand ab. Allmählich begriff sie, welches Spiel Deborah Simonton mit ihr spielte. »Gibt es denn irgend etwas in Ihrem Geschäft, was noch nicht verkauft oder reserviert ist?«
Deborah Simonton blickte sie mit unverhohlener Verachtung an. »Nein!« schnappte sie. »Meine Waren sind ausschließlich für *Damen* reserviert, falls Sie das noch nicht gewußt haben sollten!«
Nun konnte sich der Verwalter nicht länger zurückhalten. »Was nehmen Sie sich für eine Unverschämtheit heraus!« donnerte er wutentbrannt. »Missis Brading...«
Deborah Simonton schnitt ihm mit scharfer Stimme das Wort ab. »...ist eine Emanzipistin! Und an Sträflinge und Emanzipisten verkaufe ich grundsätzlich nicht! Und nun machen Sie beide, daß Sie hinaus auf die Straße kommen!«
Grenzenlose Wut stieg in Jessica auf. Sie spürte das kaum zu zügelnde Verlangen, dieser hochnäsigen Frau eine schallende Ohrfeige zu versetzen. Doch sie beherrschte sich. »Sie wollen uns aus dem Geschäft jagen wie einen Straßenhund?« stieß sie mit zitternder Stimme und geballten Fäusten hervor.
»Sie haben lange gebraucht, um das zu begreifen! Und nun verschwinden Sie endlich, bevor ich den Konstabler rufe und

Sie wegen Belästigung vor Gericht stellen lasse!« geiferte Deborah Simonton.
Ein gefährliches Feuer loderte in Jessicas Augen. »Sie sitzen auf einem hohen Roß, Missis Simonton!« preßte sie hervor.
»Jessica, bitte! Lassen Sie uns gehen!« drängte Ian. Er hatte Angst, sie könnte sich in ihrem verständlichen Zorn zu einer unbedachten Äußerung hinreißen lassen, die sie später bereuen würde.
Jessica schüttelte gereizt den Kopf. »Sie können zehnmal als Freie in diese Kolonie gekommen sein... *Missis Simonton!* Aber Sie irren sich, wenn Sie der Meinung sind, so mit mir umspringen zu können!«
»Mit Gesindel von eurer Sorte springe ich um, wie es mir paßt!« zischte Deborah Simonton abfällig. »In meinem Geschäft dulde ich kein Sträflingspack!«
»Das werden Sie noch mal bereuen!« Jessica zitterte am ganzen Leib vor Erregung und ohnmächtigem Zorn.
»Soll das eine Drohung sein?«
»Nehmen Sie es, wie Sie wollen!«
»Raus!« brüllte Deborah Simonton und wies mit der gestreckten knochigen Hand zur Tür.
»Mein Gott, so kommen Sie doch endlich!« beschwor Ian sie, als er den dickleibigen Mann mit der Glatze und dem Zwicker auf der Nase hinter dem Vorhang hervortreten sah. Es war Albert Simonton. Schnell zog er Jessica am Arm aus dem Geschäft.
Albert Simonton eilte zu seiner Frau. »Bist du noch bei Sinnen, Weib? Was hast du getan?« stieß er hervor.
»Ich habe dieses Gesindel rausgeschmissen, das habe ich getan! Hat wohl gedacht, ich könnte einen Emanzipisten nicht von einem Freien unterscheiden! Pah! Man braucht sich doch bloß die verarbeiteten Hände und die ekelhaft sonnengebräunten Gesichter anzusehen, um zu wissen, daß man keine Dame vor sich hat!« erwiderte sie gereizt. »Und dieses Miststück von einer Deportierten hat auch noch die Dreistigkeit besessen, mir zu drohen!«

Albert Simonton rang die Hände. »Himmelherrgott! Habe ich dir nicht schon tausendmal gepredigt, daß du dir mehr Zurückhaltung auferlegen sollst?« lamentierte er. »Ob Emanzipisten oder Freie, wir führen ein Geschäft, und wir haben jeden Shilling, egal, aus welcher Tasche er kommt, bitter nötig.«

»Nicht einen Penny nehme ich von so einem Pöbel!« entgegnete sie schrill. »Wir haben das beste Geschäft in Sydney und genug Freie als Kunden!«

Albert Simonton sah sie gequält an, wagte jedoch nicht, ihr zu widersprechen. Er hatte schon mehr gesagt, als ratsam war. Bloß nicht ihr Mißtrauen erregen. Ihre bohrenden Fragen waren das letzte, was er jetzt oder zu irgendeinem anderen Zeitpunkt provozieren wollte.

Deborah nahm sein Schweigen für ein Zeichen von Schwäche, die es augenblicklich auszunutzen galt. »Ich habe dich damals gewarnt, als du darauf bestandest, ausgerechnet in diese gottverlassene Sträflingskolonie auszuwandern! Ich habe dir gesagt, daß ich mit dieser verkommenen Brut nichts zu tun haben will – auch nicht hier im Geschäft. Du warst damit einverstanden. Und ich denke nicht daran, irgend etwas zu ändern!«

»Deine elende Starrköpfigkeit bringt uns eines Tages noch an den Bettelstab!« warf er ihr vor.

»Das hättest du dir eher überlegen sollen! Ich sage dir ein für allemal: Ich will diesen Abschaum nicht im Geschäft haben! Und wenn du diese Leute nicht vor die Tür setzt, werde ich das tun!« Und ohne eine Antwort abzuwarten, drehte sie sich um und verschwand hocherhobenen Hauptes hinter dem Vorhang. Jetzt würde sie sich erst einmal dieses Flittchen Rosy vornehmen, dem ihr Mann ständig schöne Augen machte, auch wenn er glaubte, sie sähe das nicht. So ein blutjunges Mädchen war wohl ganz nach seinem wollüstigen Geschmack. Aber da würde sie auch noch ein gewichtiges Wort mitzureden haben, so wahr sie Deborah Simonton hieß!

Albert Simonton sank mit einem schweren Seufzer auf einen Holzschemel und wischte sich den Schweiß von der Glatze. Was wußte seine Frau schon von seinen Geschäften! Warum hatte Gott ihn bloß mit so einem zänkischen, herrischen Weib geschlagen, das sich nur beim Anblick von Geld freuen konnte. Sie würde ihn eines Tages noch ins Grab bringen, wenn er sich vorher nicht selbst zugrunde richtete...

Draußen auf der Straße zitterte Jessica indessen noch immer vor Wut. Ian McIntosh hätte ihr am liebsten seinen Arm beruhigend um die Schulter gelegt, doch diese Geste schien ihm von zu intimer Art zu sein, als daß er sich diese Freiheit ihr gegenüber hätte herausnehmen können – schon gar nicht in aller Öffentlichkeit, die tausend verborgene Augen und noch mehr Klatschmäuler besaß.

»Nun beruhigen Sie sich doch, Jessica!« redete er besänftigend auf sie ein.

»Ich will mich nicht beruhigen!« erwiderte Jessica heftig. »Ich will nie vergessen, wie sie mich gedemütigt hat. Und ich werde dafür sorgen, daß sie es eines Tages bitter bereuen wird, das schwöre ich bei Gott!«

»Jessica! Bitte! Zügeln Sie Ihre Zunge!« beschwor Ian sie erschrocken und drängte sie, in die Kutsche zu steigen. »Sie reden sich noch einmal um Kopf und Kragen! Die Simontons sind Freie, mit denen man sich in einer Kolonie wie dieser auch als Emanzipist nicht ohne Gefahr anlegt! Also bedenken Sie, was Sie im Zorn sagen!«

»Auch mich demütigt man nicht ungestraft!« sagte Jessica und empfand auf einmal wieder unbändigen Haß, der ihr damals an Bord des Sträflingsschiffes geholfen hatte, die Ungerechtigkeiten und Erniedrigungen zu ertragen und am Leben zu bleiben. Ihr war, als wären alte Narben aufgebrochen und nicht Jahre seit jenen unmenschlichen Leiden vergangen, sondern höchstens Wochen.

»Diese Frau ist es doch gar nicht wert, daß man sich ihretwegen so erregt«, versuchte Ian die aufgepeitschten Wogen ihrer Gefühle zu glätten. »Sie gehört zu den Unbelehrbaren, die sich ihre Meinung über einen Menschen schon gebildet haben, bevor sie ihm begegnet sind.«

Jessica blickte ihn an. Ihre Nasenflügel bebten, und in ihren

Augen stand dieses gefährliche Funkeln, das Ian nur zu gut kannte. So hatte sie ausgesehen, als er ihr berichtet hatte, daß Jonas Duckworth auf überhöhten Frachtraten bestand und leider am längeren Hebel saß.

»Unbelehrbar? Ich glaube, das ist das falsche Wort, Ian! Für sie sind wir nicht viel mehr als der Dreck in der Gosse. Sie gehört zu diesen selbstgerechten, heuchlerischen Christen, die uns am liebsten ewig geknechtet sehen möchten und die sich auf Kosten der Deportierten schamlos bereichern! Sie sind es, die keine öffentliche Auspeitschung und Hinrichtung auslassen, weil sie nämlich im Grunde ihres Herzens Sadisten sind, die sich am Leid anderer weiden!«

Er war von ihrem Gefühlsausbruch bestürzt. »Schon gut, schon gut! Es ist alles meine Schuld. Ich hätte wissen müssen, daß so etwas geschehen würde«, machte er sich nun bittere Vorwürfe. »Ihr Unmut sollte mich treffen, denn ich habe zugelassen, daß diese engstirnige Frau Sie verletzen konnte.«

»Nein! Sie wissen ganz genau, daß das nicht stimmt!« gebot sie seinen Selbstbezichtigungen Einhalt. »Es hätte mir an jedem anderen Tag passieren können! Also versuchen Sie nicht, mich wie ein kleines Kind zu behandeln, das nicht zu unterscheiden vermag, wen die Schuld trifft: das dumme Kaninchen, das nicht aufgepaßt hat, oder die Schlange, die ihr Gift in ihr Opfer versprüht!« Ihr Ton war ungewöhnlich scharf und zurechtweisend.

Ian McIntosh schwieg betreten.

»Die Keltons werden warten«, änderte Jessica abrupt das Thema. »Fahren wir!«

Ian McIntosh hoffte, daß Jessica diesen häßlichen Zwischenfall bald vergessen haben würde. Doch er irrte sich. Jessica hatte nicht die Absicht, auch nur ein Wort zu vergessen. Sie würde sich revanchieren, auf ihre Art. Doch weder sie noch Deborah Simonton ahnte zu diesem Zeitpunkt, daß ihre Begegnung im Geschäft in der Pitt Street der Beginn einer erbitterten Feindschaft war.

23

»Missis Brading! Welch eine angenehme Überraschung, daß Sie mir wieder die Ehre Ihres Besuches geben!« William Hutchinson machte eine steife Verbeugung und komplimentierte sie in einen bequemen Sessel, der mit grünem Leder bezogen war. »Darf ich mir die Bemerkung erlauben, daß ich Sie zwar als eine Frau von Schönheit und Geist in Erinnerung hatte, jetzt jedoch zu meiner Schande gestehen muß, daß meine Erinnerung mir nur ein sehr blasses Abbild Ihrer wahren anmutigen Erscheinung geliefert hat.«

»Sie dürfen, Mister Hutchinson«, sagte Jessica mit einem Schmunzeln, machte sich jedoch keine Illusionen. Jedes Kompliment von seinen Lippen würde sie bezahlen. William Hutchinson war ein Anwalt, der sogar ein zustimmendes Kopfnikken in Rechnung stellte.

Er war ein hagerer Mann Anfang Fünfzig mit einer schlaffen Gesichtshaut, die ihm wie leere Hamsterbeutel zu beiden Seiten über den Kiefer hingen. Wer ihn nicht kannte, mußte ihn für einen müden, kraftlosen Mann halten, dessen verschleierte Augen kaum noch etwas wahrnahmen. Doch dieser Eindruck, der nicht ungewollt war, täuschte. In Wirklichkeit war Mister Hutchinson nämlich ein Mann von schneller Auffassungsgabe und gerissen bis an die Grenze des Erlaubten. Sein Blick mochte zwar verschleiert sein wie der einer müden Eule, doch seinen Augen entging kein wichtiges Detail, kein Zögern, kein Zucken eines Muskels, kein noch so kleiner Hinweis auf menschliche Regungen.

Er trug wie immer einen schwarzen, altmodischen Tuchrock und eine gepuderte Perücke, die schon mal bessere Zeiten gesehen hatte, was auch auf den Besitzer derselben zutraf. William

Hutchinson hatte einmal eine äußerst erfolgreiche Kanzlei in Plymouth sein eigen genannt. Er war damals ein junger aufstrebender Anwalt gewesen, der jedoch nicht gewillt war, erst in späten Jahren zu einem ansehnlichen Vermögen zu kommen. Und so hatte er sowohl seiner Karriere als auch seinem Bankkonto kräftig auf die Sprünge geholfen, indem er Dokumente, vor allem Testamente und Erbschaftsverträge, gefälscht hatte. Diesem besonderen Talent verdankte er lange Jahre in sorglosem Wohlstand – und fast genauso viele Jahre als Sträfling in New South Wales. Inzwischen hatte er seine Strafe längst verbüßt und eine kleine Kanzlei in Sydney eröffnet.
»Was führt Sie zu mir, Missis Brading?« erkundigte sich der Anwalt, nachdem er wieder hinter seinem zerkratzten Schreibtisch Platz genommen hatte. »Gibt es Schwierigkeiten mit Captain Rourke?«
Jessica schüttelte den Kopf. »Nein, ganz im Gegenteil, Mister Hutchinson. Unsere Geschäftsbeziehung entwickelt sich zur größten beiderseitigen Zufriedenheit. Ich danke Ihnen noch mal für Ihre Hilfe.«
»Es war mir ein Vergnügen, Missis Brading, obwohl ich nicht verhehlen möchte, daß mir Ihre Art, Geschäfte zu tätigen, sehr gewagt vorgekommen ist. Sie hätten auch verlieren können – trotz aller Sicherheitsvorkehrungen.«
»Jeder soll seine faire Chance bekommen«, erwiderte Jessica.
»Und wem wollen Sie jetzt eine faire Chance geben?« erkundigte sich der Anwalt mit einem leicht spöttischen Unterton.
Jessica ließ sich Zeit mit ihrer Antwort. »Ich habe diesmal nicht die Absicht, mich lange damit auseinanderzusetzen, was fair und was unfair ist.«
Er lächelte feinsinnig. »Es freut mich zu hören, daß Sie sich von diesen Dingen freigemacht haben, die bei geschäftlichen Belangen bestenfalls nur unnützer Ballast sind, gelegentlich jedoch auch ruinösen Charakter haben können. Wobei kann ich Ihnen dienlich sein?«
»Bei letzterem.«
»Wie bitte?«

»Sie sprachen von Ruin.«
Er runzelte die Stirn. »Wollen Sie damit sagen, daß Sie sich in einer finanziell angespannten Situation befinden, Missis Brading?«
»Nein, ganz und gar nicht.«
Er seufzte erleichtert. »Es hätte mich auch sehr gewundert. Nun, wenn es sich nicht um Ihren eigenen Ruin handelt, können Sie nur den eines anderen gemeint haben.«
»So ist es.«
»Es geht Ihnen also darum, jemanden zu ruinieren, verstehe ich Sie da richtig?« vergewisserte er sich.
»Absolut richtig«, bestätigte Jessica. Sie wußte, daß der Anwalt für kriminelle Praktiken seit seiner Strafverbüßung nicht mehr zu haben war. Er war zwar bereit, alle möglichen Tricks und Kniffe anzuwenden, die ihm die Gesetze ließen, und auch bis an die Grenze des Erlaubten zu begeben. Doch für offensichtliche Gesetzesübertretungen konnte man ihn auch mit Geld nicht gewinnen. Aus diesem Grund, und weil der Anwalt ein Mann war, der Stillschweigen bewahren konnte, hatte Jessica auch Zutrauen zu ihm.
Er nickte lächelnd. »Interessant, interessant. Geht es Ihnen dabei um einen finanziellen Ruin oder mehr um einen... nun, sagen wir mal gesellschaftlichen Exitus?«
»Es geht mir um einen finanziellen Ruin, der sich in den Grenzen des im Geschäftsleben Erlaubten hält. Hätten Sie Interesse, mir bei einem solchen Unternehmen als Anwalt zur Seite zu stehen und für mich zu arbeiten?« fragte sie.
»Im Prinzip habe ich keine Einwände, Missis Brading. Der größte Teil der Arbeit eines guten Anwalts ist darauf gerichtet, den Konkurrenten seines Klienten geschäftlich zu ruinieren. Das liegt in der Natur unseres Berufes«, erklärte Hutchinson ironisch. »Ich stehe Ihnen also gern zu Diensten...«
»Die ich Ihnen großzügig entgelten werde.«
Er deutete im Sitzen eine Verbeugung an. »Ich hätte auch nichts anderes erwartet, Missis Brading. Auf welche Person hat sich Ihr Interesse denn gerichtet?«

»Auf Missis Simonton!«
Er hob überrascht die Augenbrauen. »Oh, diese hochnäsige Dame in der Pitt Street?«
Jessica nickte.
»Sie beweisen einen fürwahr trefflichen Geschmack, der sich in diesem Fall sogar mit dem meinen deckt. Es wird mir ein ganz besonderes Vergnügen sein, Ihnen bei diesem reizvollen Vorhaben zur Hand zu gehen.«
»Das freut mich«, versicherte Jessica und dachte: ›Aber Ihre Rechnung wird deshalb bestimmt nicht weniger hoch ausfallen!‹
»Darf ich Sie aber darauf aufmerksam machen, daß dies dann auch Mister Simonton einschließt?«
»Spricht irgend etwas dagegen?«
William Hutchinson verzog das Gesicht. »Nein, es gibt genug, was auch ganz objektiv gegen ihn spricht. Missis und Mister Simonton unterscheiden sich nicht im Grad Ihrer Unverträglichkeit, sondern höchstens in der Art, wie sie sie an den Tag legen. Nein, ich habe keine Bedenken, gegen beide aktiv zu werden.«
»Ich möchte sie in eine Art Bankrott treiben, der sie dazu zwingt, mir zumindest fünfzig Prozent ihres Geschäftes zu verkaufen.«
Der Anwalt zeigte sich überrascht. »Erst die Farm, dann der Schoner und nun das beste Geschäft in Sydney? Bei allem Respekt, aber Sie scheinen einen unersättlichen Appetit auf geschäftliche Unternehmungen der gegensätzlichsten Art zu haben.«
»Wäre ein solches Geschäft denn eine schlechte Investition?«
»Nein, Mister Simontons Geschäft ist eine wahre Goldgrube und könnte noch viel mehr abwerfen, wenn auch Nicht-Freie dort bedient würden.«
Enttäuschung malte sich auf Jessicas Gesicht. »So, eine Goldgrube. Dann ist es also um die Erfolgschancen meines Vorhabens schlecht bestellt?«
»Das würde ich nicht sagen«, widersprach er.

»Aber Sie sagten doch...«
»Eine Goldgrube kann noch so ergiebig sein, über den Reichtum eines Mannes sagt das nichts aus, Missis Brading«, sagte der Anwalt spöttisch. »Es kommt allein darauf an, was zwischen seinen Fingern hängenbleibt und an einen sicheren Ort wandert. Bei Mister Simonton wandert das Geld, das er mit seinem Laden verdient, ganz gewiß nicht an einen sicheren Ort, wo es Zinsen bringt.«
»Sondern?« fragte Jessica gespannt.
Der Anwalt wirkte plötzlich ein wenig verlegen und suchte nach den passenden Worten für seine Antwort. »Es schickt sich eigentlich nicht, in Gegenwart einer Dame von den Lastern zu reden, denen Mister Simonton meines Wissens frönt.«
»Zieren Sie sich nicht, Mister Hutchinson!« forderte Jessica ihn auf. »Wir beide sind auf einem Sträflingsschiff nach New South Wales gekommen, und daher ist keinem von uns irgendein menschlicher Abgrund fremd. Außerdem bezahle ich Sie nicht für rücksichtsvolle Worte, sondern für klare Antworten und Hilfen! Also, heraus damit!«
Ein schwaches, anerkennendes Schmunzeln huschte über sein Gesicht. »Entschuldigen Sie mein Zögern. Sie haben natürlich recht mit dem, was Sie da sagen. Aber ich bin es nicht gewohnt, mit Frauen, die meinen uneingeschränkten Respekt genießen, über derlei höchst pikante Dinge zu reden.« Er räusperte sich. »Aber gut, kommen wir zur Sache. Mister Simonton verbringt meines Wissens viele Abende und gelegentlich auch Nächte in Gesellschaft von Männern, die sich dem Glücksspiel verschrieben haben, und Frauen, die sich ihre Gunst bezahlen lassen.«
»Er verkehrt also in Freudenhäusern«, stellte Jessica auf ihre direkte Art fest.
»Ja, so ist es.«
Jessica lächelte. »Vielleicht zufälligerweise auch im Haus einer gewissen Betsy Fodder?«
»Sie besitzen das Talent, mich immer wieder zu überraschen, Missis Brading. Ja, dieses Haus frequentiert er in der Tat«, bestätigte er, und sein Erröten ließ in Jessica die Vermutung auf-

kommen, daß auch ihm das Innere des Freudenhauses von Betsy Fodder nicht unbekannt war. Aber er war unverheiratet, wie sie wußte, und es war seine private Angelegenheit, wo er sein Vergnügen suchte.

»Ich kenne Betsy Fodder, recht gut sogar. Wir kamen auf demselben Schiff nach Australien«, erklärte sie. »Aber bitte, fahren Sie fort.«

»Ich habe mich bisher nicht sonderlich für Mister Simontons Aktivitäten in diesem Hause interessiert, glaube mich jedoch daran erinnern zu können, daß er als sehr glückloser Spieler gilt, was man gewiß vielen nachsagen kann. Doch er scheint diese Tatsache nicht akzeptieren zu wollen. Denn statt sich vom Spieltisch fernzuhalten, versucht er das Glück mit Gewalt zu erzwingen.«

»Ohne Erfolg?«

»Mit dem Erfolg, daß er Schuldscheine zeichnen muß, sogar jede Menge Schuldscheine.«

»Wir sollten ihm dafür dankbar sein«, sagte Jessica fröhlich. »Sie wissen dann ja, was Sie zu tun haben, nicht wahr?«

Er nickte. »Es wird nicht so einfach sein, in den Besitz all dieser Schuldscheine zu gelangen, denn sie befinden sich in verschiedenen Händen.«

»Ich denke, das ist allein eine Frage des Angebots«, erwiderte Jessica ungerührt. »Welche Sicherheiten bietet er denn seinen Gläubigern?«

»Zuerst einmal das Geschäft in der Pitt Street, obwohl dieses wohl schon über Gebühr belastet sein dürfte«, berichtete der Anwalt. »Doch er hat sich auch noch mit fünfhundert Pfund an der Charter eines Handelsfahrers beteiligt. Kehrt dieses Schiff rechtzeitig zurück, dürfte er mit dem Gewinn aus diesem Unternehmen seine Schulden decken können.«

»Und wann erwartet er das Schiff zurück?«

»Es ist schon zwei Monate überfällig.«

»Dann dürften seine Gläubiger doch schon unruhig werden.«

»Das ist anzunehmen.«

»Bestens! Gehen Sie sofort an die Arbeit und kaufen Sie auf, was Sie kriegen können«, trug Jessica ihm auf. »Und wenn jemand zögert, an Sie zu verkaufen, bieten Sie ihm mehr als die Summe auf dem Schuldschein.«

»Wie hoch kann ich gehen?«

»Bis zu zehn Prozent über den Nennwert. Das sollte genügen, um auch einen Zauderer davon zu überzeugen, daß er mit Abwarten kein besseres Geschäft machen wird.«

»Ganz bestimmt. Aber das wird Sie einiges kosten, Missis Brading.«

»Ich weiß, aber das ist es mir wert. Sehen Sie nur zu, daß Sie keine Zeit verlieren!« forderte sie den Anwalt auf.

»Ich werde alles in meiner Macht Stehende tun, um Sie nicht zu enttäuschen«, versicherte William Hutchinson. »Und es wird mir eine Freude sein, bald über dem Geschäft in der Pitt Street BRADING'S STOFFE UND KOLONIALWAREN lesen zu können.«

»Nein, das werden Sie nicht.«

»Sondern?«

»Auf dem Schild werden beide Namen stehen – der eines Freien und der einer Emanzipistin. BRADING & SIMONTON, so wird die Aufschrift lauten!«

24

Edward Oakes zügelte sein Pferd, als die Farm in Sicht kam, und wischte sich Staub und Schweiß vom Gesicht. Bei der glühenden Hitze – es war jetzt Mitte Dezember und somit Hochsommer – war der Ritt von Parramatta nach Camden recht anstrengend gewesen. Doch der schwierigste Teil seiner Aufgabe lag noch vor ihm. Er war Chef-Konstabler von Parramatta und als gewissenhafter Mann bekannt, der dem Gesetz Geltung zu verschaffen verstand. Und bisher war er mit allen Schwierigkeiten, die seine Stellung nun mal mit sich brachten, stets bestens fertiggeworden.

Doch an diesem Tag fühlte er sich äußerst unwohl in seiner Haut. Richter Atkins hatte ihm eine Gerichtsvorladung auf den Tisch geknallt, die er nun John MacArthur zustellen sollte.

»Bringen wir es hinter uns«, murmelte er vor sich hin und trieb sein Pferd an.

Daß John MacArthur ein reicher Mann war, sah man seiner großen Farm, die in einem fruchtbaren Weidegebiet mit dem Namen *Cow Pastures* lag, schon auf den ersten Blick an. Saftige Weiden, wohin das Auge auch blickte, und ein reicher Viehbestand. Die besten Schafe der Kolonie kamen aus seiner Zucht. Und beim Bau seines neuen Farmhauses hatte er weder Kosten noch Mühen gescheut.

John MacArthur bat den Konstabler nicht ins Haus, als ihm sein Erscheinen gemeldet wurde. Er hatte Gäste, mehrere Offiziere des Corps und einige Händler, die mit ihm zusammen das Rum-Monopol beherrschten.

»Was führt Sie zu mir?« fragte MacArthur auf seine herrische Art, als er zu ihm auf die vordere Veranda hinaustrat.

Edward Oakes zog die Vorladung aus der Stulpe seiner Uniformjacke. »Mister MacArthur, ich habe die unerfreuliche Aufgabe, Ihnen diese von Richter Atkins unterzeichnete Gerichtsvorladung zuzustellen und Sie aufzufordern, sich zu den Anklagepunkten im Fall des Schoners PARRAMATTA vor Gericht zu äußern und ...«

MacArthur schnitt ihm grob das Wort ab. »Gerichtsvorladung! Sie sind wohl nicht bei Trost, Mann?« fuhr er ihn aufgebracht an. »Ich lasse mich doch nicht von diesem heruntergekommenen Säufer, der eine Schande für das Richteramt ist, herumkommandieren! Was ich zu sagen hatte, habe ich gesagt! Ich habe mit dem verdammten entlaufenen Sträfling so wenig zu tun wie mit dem Schoner. Und damit hat es sich. Sagen Sie diesem Trunkenbold, er kann sich seinen Wisch sonstwohin stecken!«

»Mister MacArthur! Dies ist eine ordentliche Gerichtsvorladung!« protestierte Edward Oakes. »Sie ergeht im Namen Seiner Exzellenz des Gouverneurs, Stellvertreter des Königs, und ich muß Sie doch sehr bitten, sich zu mäßigen!«

»Den Teufel werde ich tun, Mann!« ließ MacArthur seinem hitzigen Temperament freien Lauf. »Atkins und Bligh sind vom selben hinterhältigen Schlag! Ich denke gar nicht daran, mich dieser schamlosen Tyrannei durch Bounty-Bligh zu unterwerfen. Was er da treibt, ist ein abgekartetes Spiel, doch bei mir ist er da an den Falschen geraten! Ich kenne meine Rechte, und ich lasse sie mir auch nicht von einem Despoten wie Bligh beschneiden!«

»Sir, das sind schwerwiegende Beleidigungen, die Sie da äußern, und die Mißachtung einer Gerichtsvorlad...«

Wieder ließ MacArthur ihn nicht ausreden. »Sparen Sie sich Ihren Atem für den Rückweg! Ich akzeptiere diese verdammte Vorladung nicht, und damit basta! Und nun machen Sie, daß Sie von meinem Grund und Boden verschwinden. Lakaien von Tyrannen dulde ich hier nicht!«

Hochrot im Gesicht vor Zorn steckte Edward Oakes die Vorladung wieder ein. »Ganz wie Sie wollen, Mister MacArthur. Aber das wird für Sie noch ein Nachspiel haben!« drohte er.

»Wenn Sie jemandem Angst einjagen wollen, müssen Sie sich schon einen suchen, der das große Schlottern kriegt, wenn er den Namen Atkins oder Bligh hört. Aber da werden Sie in New South Wales kaum jemanden finden!« höhnte MacArthur.
Der Chef-Konstabler schwang sich auf sein Pferd und begab sich zurück nach Parramatta. Daß MacArthur ausfallend werden würde, damit hatte er insgeheim gerechnet, doch daß er sich zu solchen Beleidigungen würde hinreißen lassen, hätte er nie gedacht!
Kenneth Forbes war wie MacArthurs andere Gäste Zeuge dieses heftigen Wortwechsels geworden, der laut genug geführt worden war, daß sie im Innern des Hauses jedes Wort hatten verstehen können.
»John, ich fürchte, du hast damit einen Fehler begangen«, tadelte Major Robertson ihn.
»Ich habe nichts als die Wahrheit gesagt, verdammt noch mal! Atkins und Bligh versuchen jeden schäbigen Trick, um mir am Fell zu flicken!« verteidigte sich MacArthur vehement. »Aber ich werde mich diesen Tyrannen nicht beugen. Allmählich ist das Maß voll.«
»Das mag schon sein, und du weißt, was wir von Bligh halten...«
»Verdammt wenig!« warf einer der Männer ein.
Major Robertson nickte zustimmend. »Richtig, aber es dürfte ratsamer sein, John, wenn du versuchst, diesen Fehler auszubügeln, bevor Bligh dir daraus einen Strick drehen kann. Das könnte nur uns allen schaden.«
Die Meinung des Majors wurde in dieser Runde der Rum-Monopolisten ohne Ausnahme geteilt, und nach langem Diskutieren nahm MacArthur den Rat seiner Freunde an, nach Sydney zu reiten und die Angelegenheit schnellstens in Ordnung zu bringen. Ihrer uneingeschränkten Unterstützung konnte er gewiß sein.
Als John MacArthur am 16. Dezember in Sydney eintraf, war schon ein Haftbefehl gegen ihn ergangen. Kaum in der Stadt, wurde er festgenommen und ins Gefängnis gebracht.

Lange brauchte er jedoch nicht einzusitzen. Seine Freunde sorgten für eine schnelle vorgerichtliche Anhörung, bei der der Chef-Konstabler die Beleidigungen zu Protokoll gab, die MacArthur gegen ihn, Richter Atkins und Gouverneur Bligh geäußert hatte. Dennoch: Gegen eine geringe Kaution wurde er wieder auf freien Fuß gesetzt. Als Termin für den Prozeß gegen ihn wurde der 25. Januar 1808 festgesetzt. Zeit genug für John MacArthur, um eine hieb- und stichfeste Verteidigung aufzubauen. Und er nahm sich vor, diesen Prozeß als Plattform zu benutzen, ein für allemal mit Atkins und Bligh abzurechnen. In aller Öffentlichkeit!

25

»Beweg dich nicht von der Stelle! Du sollst ganz ruhig stehenbleiben. Aufrecht und steif wie eine Marmorstatue, Jessica!« ermahnte Lydia sie streng, und die Nadeln, die sie im linken Mundwinkel festhielt, ließen sie dabei lispeln.
»Ich bin aber keine Statue!« beklagte sich Jessica. »Mir ist heiß... Ich möchte wissen, wo Anne bloß mit dem Tee bleibt!«
»Nur noch einen Augenblick, dann bin ich fertig«, tröstete Lydia sie.
»Das sagst du schon seit einer halben Stunde!«
Lydia lachte. »Du bist ungeduldig wie ein kleines Kind. Das bin ich von dir ja gar nicht gewohnt.«
Jessica seufzte. »Ach, ich hasse dieses ständige An- und Ausziehen!«
»Aber diese Anproben sind nun mal wichtig, oder möchtest du in einem Kleid zu diesem großartigen Fest gehen, das im Rükkenteil Falten schlägt und einen Spitzenbesatz hat, der nicht richtig fällt?«
»Nein, natürlich nicht.«
»So, das wär's. Du kannst es wieder ausziehen.«
Jessica war gerade vorsichtig aus dem Kleid gestiegen, als es an der Tür pochte. Es war Anne, die den Tee und eine Schale mit Spritzgebäck brachte, das Lisa Reed frisch gebacken hatte.
»Wie wunderschön!« rief Anne in spontaner Begeisterung, als ihr Blick auf Jessicas Abendtoilette fiel. »Das ist ja ein Kleid für Königinnen!«
»Ja, was hast du denn sonst für die ungekrönte Königin von SEVEN HILLS erwartet?« fragte Lydia scherzhaft, doch auch mit Stolz in der Stimme.

»Darf ich es mal berühren?« fragte Anne schüchtern.
»Aber sicher doch.«
»Wenn du trockene und saubere Finger hast!« schränkte Lydia die Großzügigkeit ihrer Freundin ein und ließ sich erst Annes Hände zeigen, bevor diese den Seidenstoff andächtig betasten durfte.
»Seide und Gold«, murmelte sie hingerissen.
Jessica lächelte im stillen. Deborah Simonton hatte ihr zwar nicht einen Yard von dem herrlich goldbraunen Seidenstoff verkaufen wollen, aber bekommen hatte sie ihn letztendlich doch. Ian McIntosh hatte einen seiner zahlreichen Bekannten und Geschäftsfreunde in Sydney gebeten, ihm von diesem Seidenstoff genügend Yard für ein Abendkleid zu kaufen. Wie sehr hatte sich Jessica darüber gefreut. Ian war wirklich ein besonderer, wertvoller Mensch.
»So, und nun scher dich hinaus«, sagte Lydia energisch zu Anne. »Wir haben noch eine Menge zu tun, bis wir mit dem Kleid fertig sind, und auf dich wartet bestimmt auch noch genug Arbeit, oder?«
Anne verzog das Gesicht. »Lisa gönnt mir kaum die Zeit zum Atmen«, klagte sie, lachte aber dabei.
»Sie ist zu einer richtigen Schönheit erblüht, findest du nicht auch?« fragte Jessica, als sie wieder mit Lydia allein war und ihnen beiden Tee eingoß. Sie hatten eine Pause verdient. Seit den frühen Morgenstunden nähten sie nun schon an dem Kleid, und das seit Tagen. Welch ein Glück, daß Lydia ihr mit ihren wirklich unschätzbaren Nähkünsten zur Seite stand. Allein hätte sie sich kaum an die Aufgabe gewagt, ein so aufwendiges Kleid zu schneidern. Doch Lydia war mit Schere und Nadel so geschickt, als wäre sie jahrelang diesem Beruf nachgegangen.
»Anne meinst du?« fragte Lydia und setzte sich zu ihr ans Fenster, wo man wenigstens die Illusion haben konnte, einen kühlenden Luftzug zu spüren. »Ja, sie hat sich wirklich prächtig herausgemacht. Hat sie schon jemanden im Auge, den sie zum Mann nehmen möchte?«
Jessica lachte. »O nein! Es machen ihr zwar genügend Männer

den Hof – der Sohn der Kendriks zählt übrigens auch zu ihren Verehrern –, aber mir scheint, sie hat es mit der Ehe nicht so eilig, obwohl man meinen könnte, sie würde lieber heute als morgen Lisas herrischem Regiment entfliehen.«

»Recht hat sie. Sie soll sich nur Zeit lassen und sich genau überlegen, wen sie heiratet«, sagte Lydia mit einem schwermütigen Unterton in der Stimme und blickte aus dem Fenster auf den Fluß hinüber. »Man kann so schnell an den Falschen geraten. Es ist wohl etwas dran, wenn man sagt, daß Liebe blind macht. Ehen sollten klaren Auges und nüchternen Verstandes eingegangen werden.«

»Ich weiß, woran du denkst«, sagte Jessica mitfühlend. »Aber dennoch möchte ich dir widersprechen. Ich glaube nämlich nicht, daß es nur ein einziges Erfolgsrezept für gute Ehen gibt.«

Lydia sah sie an. »Was war denn mit Steve und dir, Jessica? Du hast ihn geheiratet, obwohl du ihn nicht geliebt hast, sondern weil die Vernunft dafür sprach. Und was ist daraus geworden? Eine wunderbare Ehe, die dich noch heute mit Glück erfüllen würde, wenn er nicht so jäh aus dem Leben gerissen worden wäre. Erst kam die Vernunft, und später dann hast du ihn zu lieben gelernt, nicht wahr?«

Jessica blickte versonnen in ihren Tee. »Ja, Steve war ein wunderbarer Mann und Vater, und ich habe es nie bereut, ihn geheiratet zu haben. Ich habe Steve wirklich geliebt«, sagte sie leise, fügte in Gedanken jedoch hinzu: ›Doch es war nicht diese himmelhoch jauchzende, leidenschaftliche Liebe, die ich für Mitchell empfinde und die mir die Sinne raubt, wenn er mich nur berührt.‹

Sie schwiegen einen Augenblick, tranken ihren Tee und probierten das Spritzgebäck, das Lisa hervorragend gelungen war und auf der Zunge zerging.

Dann fragte Lydia zögernd: »Hast du etwas von George gehört?«

»Nichts wirklich Zuverlässiges. Es gibt bloß Gerüchte.«

»Und was sagen die Gerüchte?«

»Daß George angeblich auf einem Walfänger angeheuert hat.« Sie erzählte, was sie von Patrick Rourke gehört hatte.
Lydia gab ein bitteres Lachen von sich. »Angeheuert auf einem Trankocher! Das würde ihm ähnlich sehen, Jessica. Nichts, was er zu Ende führt. Tausend Sachen, die er anfängt und aufgibt, wenn es schwierig wird.«
»Das wird ihm auf einem Walfänger nicht möglich sein«, gab Jessica zu bedenken. »Können bis zu zwei Jahre vergehen, bevor er eine Gelegenheit bekommt, abzuheuern und sich nach etwas anderem umzusehen. Das ist harte Arbeit auf so einem Walfänger, und man wird ihn hart rannehmen. Sich irgendwo in die Ecke zu setzen und sich am Rum gütlich zu tun, das ist an Bord eines Schiffes nicht möglich.«
Lydia nickte. »Gut möglich, daß er es gerade deshalb getan hat: um sich selbst jegliche Fluchtmöglichkeiten von vornherein abzuschneiden. Um sich zu zwingen, dabeizubleiben. Weißt du, im Grunde genommen ist er kein schlechter Kerl. Es klingt in deinen Ohren, nach dem, was er getan hat, vielleicht lächerlich, aber das glaube ich noch immer. Er war nicht schlecht, sondern nur schwach, willenlos und zum Schluß vom Rum so kaputt, daß er Jonas Duckworths Angebot einfach nicht abschlagen konnte.«
»Du magst recht haben. Ich wünsche es ihm sehr, daß er wieder auf den richtigen Weg zurückfindet«, sagte Jessica.
Lydia straffte sich und setzte die Teetasse ab. »Ja, wünschen wir es ihm. Und nun Schluß mit diesem unerquicklichen Thema! Der Vergangenheit nachzuhängen bringt uns nicht weiter. Wir haben noch ein gutes Stück Arbeit vor uns! Also, worauf warten wir dann noch? Greif zu Nadel und Faden!«
»Sklaventreiberin!« Jessica lachte.
»Anne hat recht, es ist wirklich ein Kleid, das auch einer Königin keine Schande machen würde«, sagte Lydia und war stolz darauf, daß sie am Entstehen dieses Traumes aus goldbrauner Seide und zartblauen Spitzen nicht unwesentlich beteiligt war.
»Ja, und das verdanke ich nur dir.«

»Unsinn, ich hab' dir nur ein paar Kniffe und Tricks verraten.«
»Aber gerade darauf kommt es ja an. Das Grobe kann jedes Dummerchen.«
»Es wird bestimmt ein zauberhafter Ball. Du mußt mir alles erzählen, wenn du wieder zurück bist. Und du darfst nichts auslassen. Ich will genau wissen, was die anderen Frauen anhatten und wie das Haus geschmückt war. Und... ach, du weißt schon, einfach alles. Ich komme doch nie zu einem derartigen Ball. Ob er noch schöner sein wird als das Siedlerfest, das du vor Monaten auf SEVEN HILLS gegeben hast, was meinst du?«
Jessica zuckte die Achseln. »Ich weiß nicht, ob er schöner wird, Lydia. Eigentlich bezweifle ich es. Ganz sicherlich wird er viel aufwendiger und prächtiger sein. Aber ob ich mich unter all den fremden Menschen so gut fühlen werde wie in Gesellschaft all meiner Freunde und Nachbarn...?«
»Er wird bestimmt himmlisch sein!« sagte Lydia zuversichtlich. »Und du wirst jede andere Frau an Schönheit ausstechen, da gehe ich jede Wette ein.«
»Ach, Lydia. Ich gehe bestimmt nicht auf den Ball, um irgend jemanden zu beeindrucken.«
Sie hob die Brauen. »Nein, wirklich nicht?«
»Nein.«
»Auch nicht den feschen Mister Hamilton?«
»Ja, ich möchte schon schön für ihn sein«, räumte Jessica mit einem leichten Erröten ein. »Aber ich bezweifle, daß er sich von einem hübschen Kleid allein sonderlich beeindrucken lassen würde.«
»Wirst du ihn heiraten?«
Jessica zögerte.
»Entschuldige, Jessica. Das war unhöflich von mir, so neugierig zu sein«, sagte Lydia betreten. »Das hätte ich dich nicht fragen dürfen, geht es mich doch gar nichts an.«
»Du brauchst dich nicht zu entschuldigen, Lydia«, beruhigte Jessica sie. »Bisher hab' ich mit dir doch alles besprochen, und so soll es auch in Zukunft sein. Ich wußte bloß nicht, was ich dir

antworten sollte... weil ich mir selbst noch nicht im klaren bin, was aus uns werden soll. Mitchell würde mich lieber heute als morgen heiraten, doch ich habe davor irgendwie Angst, obwohl ich ihn liebe und er mir so schrecklich fehlt. Aber wie sollen wir unser beider Leben verbinden, ohne daß einer von uns ein großes Opfer bringen muß?«
Lydia wußte darauf auch keine Antwort, und Jessica brachte das Gespräch bald auf ein anderes Thema, das sich besser für unbeschwertes Geplaudere bei Näharbeiten eignete. Am Nachmittag hatten sie es dann endlich geschafft. Lydia machte den letzten Stich, und Jessica überzeugte sich in einer letzten Anprobe, daß es am Kleid nichts mehr zu bemäkeln gab. Der Seidenstoff fiel glatt und gleichmäßig, und die blauen Spitzen um den Ausschnitt und an den kurzen Ärmeln lagen wie gewünscht.
Eine Stunde später begleitete Jessica ihre Freundin hinunter zur Fähre. Sie hatte schon früh genug Anweisung gegeben, alles für ein Übersetzen bereitzumachen, so daß Lydia nun nicht zu warten brauchte. Die Männer warteten nur darauf, daß Lydia zu ihnen auf die LADY JANE kam.
»Und du bist ganz sicher, daß du am Weihnachtsfest nicht zu uns kommen möchtest?« fragte Jessica noch einmal, als sie den Anlegesteg erreicht hatten. Weihnachten war schon in zwei Tagen. »Du weißt, wie gern wir dich bei uns haben. Also warum machst du uns nicht die Freude?«
»Danke, Jessica. Ich weiß, daß du es nur gut meinst. Aber ich möchte wirklich allein sein. Ich werde bestimmt etwas melancholischer Stimmung sein, was ja ganz in Ordnung ist. Doch wenn ich auf SEVEN HILLS bin, würde ich mich gezwungen fühlen, mich fröhlicher zu geben, als ich in Wirklichkeit bin. Also laß mich besser auf NEW HOPE, da bin ich zu Hause, und das ist an Weihnachten für meine Nachdenklichkeit genau der richtige Ort.«
»Vielleicht ist es wirklich besser so«, pflichtete Jessica ihr bei, wenn auch sehr widerstrebend.
»Wann fährst du nach Parramatta?«

»Gleich nach Weihnachten.«
Lydia sah sie überrascht an. »So früh schon?«
»Ich muß vor dem Fest noch nach Sydney, eine wichtige geschäftliche Angelegenheit dürfte dann zum Abschluß bereit sein«, erklärte Jessica vage.
»Dann sehen wir uns im alten Jahr vielleicht gar nicht mehr.«
»Ja, das ist gut möglich.«
»Dann laß dich umarmen und dir alle Segnungen des Lebens wünschen.«
Die Freundinnen umarmten sich herzlich, wünschten sich alles Gute und ließen einander nur zögernd los. Die Jahre hatten ein so enges Band zwischen ihnen geknüpft, daß sie jeder Abschied schmerzte.
Lydia betrat das Floß, ohne sich um den stattlichen Ochsen zu kümmern, der am hinteren Ende der Flußfähre angebunden stand und mit gesenktem Kopf scheinbar verwundert auf das Wasser starrte. Doch als die beiden Männer das Floß vom Steg wegdrückten und die LADY JANE leicht schaukelte, gab er ein lautes, unwilliges Schnauben von sich. Und nun erst registrierte sie den Ochsen.
»Jessica! Was hat der Ochse auf der Fähre verloren?« rief sie.
»Er ist auf dem Weg nach NEW HOPE!« rief Jessica lachend zurück. »Das ist mein Weihnachtsgeschenk an dich, Lydia! Und sag jetzt bloß nicht, du könntest ihn nicht annehmen!«
»Du bist verrückt! Das kann ich wirklich nicht annehmen! Einen Ochsen! Kommt gar nicht in Frage!« brüllte Lydia von der Mitte des Stromes herüber.
Jessica legte die Hände an den Mund und formte einen Trichter. »Dir bleibt gar nichts anderes übrig, du Streithals! Der Ochse kommt mir nicht wieder über den Fluß. Tut mir leid, aber du wirst ihn schon mit nach NEW HOPE nehmen müssen, wenn du nicht willst, daß das arme Tier sich im Busch verirrt und von Dingos gerissen wird.«
»Jessica, du bist unmöglich!« schallte es über den Fluß, und Lydia war nun froh, daß sie schon zu weit vom Ufer weg war, als daß Jessica noch ihre Tränen hätte bemerken können.

Jessica winkte noch mal und ging dann langsamen Schrittes den Weg zum Farmhaus hinauf. Lydia konnte den Ochsen nur zu gut gebrauchen. Viele Arbeiten würden ihr mit dem kräftigen Tier, das an das Joch der Feldarbeit gewöhnt war, schneller und besser von der Hand gehen. Sie hatte es auch dann noch schwer genug. George hatte die Farm in einem beklagenswerten Zustand verlassen. Es würde lange dauern, bis NEW HOPE das war, was es sein konnte: nämlich eine ertragreiche Farm, die ihrem Namen wirklich alle Ehre machte.

Auf dem Hof traf sie Ian. »Fertig mit den Vorbereitungen für den grandiosen Ball?« fragte er mit leichtem Spott.

»Ja, endlich.«

»Was hat Lydia zu dem Ochsen gesagt?« wollte er wissen.

Jessica lachte. »Sie hätten ihr Gesicht sehen sollen, Ian. Ihre Augen waren fast so groß wie die des Ochsen!«

»Ein reichlich großzügiges Geschenk, Jessica. Was ich übrigens auch von dem sogenannten Bonus sagen muß, den Sie mir ... äh ... gewährt haben.«

»Aufgedrängt – das wollten Sie in Wirklichkeit doch sagen, nicht wahr?« Jessica war belustigt. Sie hatte ihm eine wunderbare Stute geschenkt, die nicht billig gewesen war, und dieses Geschenk ihm gegenüber als ›Bonus‹ für seine hervorragende Arbeit als Verwalter deklariert, denn Geld hatte sie ihm nicht schenken wollen. Sein Stolz hätte es nicht zugelassen, Geld anzunehmen. »Sie haben es mir nicht leichtgemacht, Ihnen Freude zu bereiten und dadurch gleichzeitig meine Dankbarkeit zu erweisen.«

»Ihre Absicht ehrt mich«, erwiderte Ian mit steifer Zurückhaltung, »doch ein solches Geschenk wäre nicht nötig gewesen. Sie bezahlen mich ohnehin gut.«

»Ian, Sie wissen doch genausogut wie ich, daß ich mir diese Geschenke leisten kann – nicht zuletzt dank Ihrer vorzüglichen Arbeit.«

»Sie selbst sind daran nicht gerade unbeteiligt. Aber eine gute Geschäftslage sollte noch kein Grund sein, kostbare Pferde und Ochsen zu verschenken!« tadelte er.

»Aber, Ian! So etwas tue ich doch nicht oft! Jetzt übertreiben Sie aber gewaltig. Lydia kann ein bißchen Unterstützung wahrlich gut gebrauchen, einmal ganz davon abgesehen, daß sie sie auch verdient hat. Ich bewundere sie, wie sie mit allem fertig geworden ist und sich ganz allein dort drüben behauptet.«
»Sie ist eine außergewöhnliche Frau – wie Sie«, bemerkte Ian.
Jessica schüttelte den Kopf. »Ich hatte es einfacher als Lydia. Als Steve starb, war SEVEN HILLS schon die größte und ertragreichste Farm am Hawkesbury und hatte den besten Verwalter, den man sich nur wünschen kann. Nein, Lydia hat es wirklich schwer. Und wo ich helfen kann, da tue ich es auch!«
»Dennoch, Sie sind zu großzügig«, beharrte er.
»Nur meinen Freunden gegenüber.«
Er sah sie verwundert an. »Ich verstehe nicht ganz, Jessica.«
»Heißt es nicht in der Bibel, daß man auch seine Feinde lieben soll?«
»Ja, gewiß, aber ich glaube nicht, daß man jedes Wort der Heiligen Schrift auf den Buchstaben genau befolgen muß, um ein guter Mensch zu sein.«
Sie zuckte die Achseln. »Manchmal wünschte ich, ich hätte die seltene Gabe, auch meinen Feinden verzeihen zu können. Aber das habe ich noch nicht gelernt. Im Gegenteil. Gibt man mir eine Ohrfeige, schlage ich zurück – wenn auch nicht mit körperlicher Gewalt.«
Ian wußte, worauf sie anspielte. »Ich denke, das ist nur zu verständlich... besonders bei einer so arroganten Frau wie Deborah Simonton. Aber ich bin mir nicht sicher, ob der Weg, den Sie eingeschlagen haben, um sich für die Beleidigung zu revanchieren, der richtige ist. Ich habe stets die Überzeugung vertreten, daß man sich in geschäftlichen Belangen nicht von Emotionen leiten lassen sollte.«
»Aber es gibt Ausnahmen, Ian«, erwiderte sie. »Und zwar in dem Fall, wo sich der geschäftliche Nutzen mit dem Wunsch nach Vergeltung deckt.«
»Sie sind ein hohes finanzielles Risiko eingegangen«, gab der Verwalter zu bedenken, der in ihren Plan zur Übernahme des

Simonton-Geschäftes eingeweiht war. »Sollte der Handelsfahrer doch noch Sydney erreichen, bevor Mister Hutchinson sich in den Besitz genügender Schuldscheine gebracht hat, haben Sie eine beträchtliche Summe verloren, ohne Ihrem Vorhaben auch nur einen Schritt nähergekommen zu sein.«
»Mister Hutchinson weiß, was auf dem Spiel steht. Und ich habe volles Vertrauen, daß er es in wenigen Tagen geschafft hat«, sagte Jessica zuversichtlich. »Er hat jetzt mehrere Wochen Zeit gehabt, seinen Auftrag auszuführen. Sollte uns das Schiff dennoch einen Strich durch die Rechnung machen, werde ich den Verlust verschmerzen – und auf eine andere Taktik sinnen. Denn was ich mir einmal vorgenommen habe, das führe ich zu Ende!«
Ian McIntosh seufzte. »Wem sagen Sie das!«

26

Dunkle Spielhöllen und verlauste Bruchbuden, in denen verwahrloste Frauen dem Gewerbe der Prostitution nachgingen, gab es in den Rocks mehr, als man zählen konnte. Es existierten aber auch Häuser, in denen es verhältnismäßig gesittet zuging und wo sich nicht nur abgerissene Gestalten und betrunkene Matrosen die Türklinke in die Hand drückten. Doch im Vergleich zu Betsy Fodders Freudenhaus waren auch diese besseren Etablissements nichts weiter als schäbige Absteigen.
Betsy Fodder hatte schon in London ein vornehmes Haus geführt, in dem wohlsituierte Kunden ein Höchstmaß an Komfort und sinnlichen Freuden gefunden hatten – natürlich zu einem entsprechenden Preis. Eine mit Goldmünzen gefüllte Geldbörse eines durchreisenden Geschäftsmannes war in ihrem Paradies die Schlange der Versuchung gewesen – und hatte ihrer Karriere ein jähes Ende bereitet und sie nach New South Wales verschlagen. Dort war sie aber schnell wieder auf beide Beine gefallen – und ihrer Berufung, wie sie es nannte, treu geblieben.
Mit Unterstützung einflußreicher Gönner hatte sie im besseren Teil der Rocks ein Haus gebaut, und zwar aus massiven Ziegelsteinen, und so aufwendig eingerichtet, daß es den gehobenen Ansprüchen der zahlungskräftigen Kundschaft gerecht wurde. Schlicht war an diesem Freudenhaus nur eines, und das war sein Name: BETSY'S PLACE. Für alles andere, von der Wandbespannung über die Getränke bis hin zu den Schönheiten der Nacht, galt ihre Devise: Das Beste vom Besten war gerade gut genug. Und das hatte sich ausgezahlt. Es kursierte schon der Witz, der sich von der Wahrheit gar nicht so weit entfernte, daß alle wichtigen Geschäfte und politischen Entscheidungen der Kolonie in diesem Haus getroffen wurden.

Auch Albert Simonton fühlte sich in Betsy Fodders Etablissement am wohlsten, und er gehörte schon seit geraumer Zeit zu den Stammkunden. Sein Hauptinteresse galt jedoch nicht den hübschen jungen Frauen, die in raffinierter Spitzenunterwäsche und dünnen, wallenden Gewändern zwischen Bar und Salon hin und her flanierten und darauf warteten, von einem der Kunden angesprochen und in eines der vier Zimmer gebeten zu werden. Wenn er auch oft genug die Gelegenheit wahrnahm, die sich ihm an diesem Ort in vielfältig verführerischer Gestalt darbot, so besuchte er Betsy's Place doch in erster Linie wegen des Glückspiels, das im hinteren Teil des Salons stattfand. Vor der mit dunkelgrünem Brokat bespannten Wand standen vier Tische, und es gab selten mal eine Nacht, wo nicht alle vier Tische von Einbruch der Dunkelheit bis zum Anbruch des neuen Tages besetzt waren.

Albert Simonton war dem Glücksspiel verfallen. Sah er Karten oder Würfel, juckte es ihn unwiderstehlich in den Fingern, und sein Mund wurde vor Erregung ganz trocken. Hatte er erst einmal angefangen, überkam es ihn wie ein Rausch. Dann spielte er wie ein Besessener. War die Gunst Fortunas am Tisch einigermaßen gut verteilt und hielten sich Gewinne und Verluste die Waage, war er ein passabler Spieler und wäre in jeder Freundesrunde, die nur der Zerstreuung wegen zu Karten oder Würfel griff, ein wohlgelittener Partner gewesen. Begann sich das Glück jedoch gegen ihn zu wenden, was in Gesellschaft scharfsinniger Spieler, die auch mit einem mittelmäßigen Blatt zu gewinnen verstanden, auf die Dauer unweigerlich der Fall war, wurde er zu einem höchst willkommenen Mitspieler, ließ er dann doch die einfachsten Regeln der Vernunft außer acht. Statt einen klaren Kopf zu bewahren und seine Verluste zu begrenzen, betäubte er sich mit immer mehr Alkohol und ließ sich dazu hinreißen, einen Schuldschein nach dem anderen auszustellen. Kurzum, er war am Spieltisch der geborene Verlierer.

In dieser Nacht jedoch machte er seinen Mitspielern nichts als Verdruß. Das Glück schien geradezu an seinen Händen zu kleben. Er bekam ein außergewöhnliches Blatt nach dem anderen. Die Karten fielen für ihn so günstig, daß er einfach nicht verlieren konnte. Als die anderen Spieler merkten, daß es in dieser Nacht keinen Sinn hatte, sich gegen Albert Simontons Glückssträhne zu stellen, und schließlich aufgaben, belief sich sein Gewinn auf fast zweihundert Pfund.

Er fühlte sich wie ein König, als er sich vom Spieltisch erhob und zur Theke am anderen Ende des Salons begab, wo Betsy Fodder im Gespräch mit zwei ihrer Schönen stand.

Die Freudenhausbesitzerin war von gedrungener, molliger Gestalt und präsentierte ihren ausladenden Busen in einem extravagant geschnittenen Kleid aus schwarzem Brokat, dessen Paspelierungen genau den Farbton ihres Haares zeigten – feuerrot.

Sie schenkte ihm ein höfliches Lächeln, als er mit breitem Grinsen zu ihr trat. »Mir scheint, Sie haben sich in meinem Haus schon lange nicht mehr so blendend amüsiert wie in dieser Nacht, Mister Simonton«, sagte sie mit einer Mischung aus Freundlichkeit und Zurückhaltung, die sie allzu leutseligen Kunden vom Schlage eines Albert Simonton gegenüber an den Tag legte.

»Das können Sie laut sagen, Betsy! Heute lief es wie geschmiert! Den Burschen hab' ich's gezeigt. Jetzt hab' ich den Bogen raus!« prahlte Albert Simonton und spreizte sich wie ein Pfau, als hätte er eine außergewöhnliche Leistung vollbracht.

»Meine Gratulation, Mister Simonton«, sagte Betsy und fächelte sich mit ihrem Fächer Luft zu. »Das Kartenspiel ist ohne Zweifel eine erregende Leidenschaft. Doch was halten Sie davon, wenn Mary oder Jane Ihnen einmal zeigen würde, zu welchen außergewöhnlich erregenden Künsten sie in der Lage ist. Damit würden Sie die Nacht Ihres Erfolgs sicherlich angemessen krönen.«

Der Geschäftsmann hatte genau das im Sinn gehabt. Doch er wußte nicht, welcher er den Vorzug geben sollte. Sie sahen beide verlockend aus. Es würde ein Genuß sein, sich von ihren erfahrenen Händen und Lippen verwöhnen zu lassen. Doch vorher wollte er noch etwas ins reine bringen. »Ich werde gleich meine Wahl treffen, Betsy, und vielleicht nehm' ich beide«, sagte er. »Doch vorher möchte ich mit Ihnen über etwas anderes reden... und bitte unter vier Augen.«

»Aber gern«, sagte Betsy Fodder und schickte Mary und Jane weg. »Was liegt Ihnen denn am Herzen, Mister Simonton?«

»Ich möchte die Schuldscheine einlösen, die Sie anzunehmen so freundlich waren. Ich weiß es sehr zu schätzen, daß Sie mir einen so großzügigen Kredit eingeräumt haben.«

»Aber das war mir doch ein Vergnügen, Mister Simonton«, versicherte sie mit einem spöttischen Unterton, der ihm in seiner Euphorie völlig entging.

»Sofern ich mich recht erinnere, dürften sich meine Schuldscheine bei Ihnen auf achtundsechzig Pfund belaufen.«

Sie nickte. »Ihre Erinnerung trügt Sie nicht. Das war in der Tat die Summe, die Sie mir schuldeten.«

»Ich werde meine Schuld sofort begleichen!«

»Sie schulden mir gar nichts mehr, Mister Simonton.«

Verwirrt sah er sie an und lachte dann. »Sie wollen mir diese Summe doch wohl nicht erlassen, oder?«

»Nein, das widerspräche meinem gesunden Erwerbssinn«, versicherte Betsy Fodder. »Aber dennoch schulden Sie mir keinen Penny mehr.«

»Das verstehe ich nicht!«

»Oh, das ist nicht schwer zu verstehen, die Erklärung ist ganz einfach: In meinem Besitz befinden sich keine von Ihnen unterzeichneten Schuldscheine mehr, weil ich sie nämlich schon längst weiterverkauft habe.«

Verblüffung malte sich auf seinem Gesicht. »Sie haben meine Schuldscheine weiterverkauft? Gütiger Gott, warum haben Sie das getan? Und warum habe ich nichts davon erfahren?« erregte er sich.

Betsy schenkte ihm nun ihr berückendes Lächeln und schlug ihm mit der Fächerspitze sanft auf die Schulter. »Aber mein lieber Mister Simonton! Ich verstehe Ihre Erregung nicht. Ich führe ein Geschäft genau wie Sie, und Außenstände bringen

nun mal keinen Gewinn. Das werden Sie als Geschäftsmann doch verstehen. Als sich mir eine Gelegenheit bot, die Schuldscheine in Bargeld einzulösen, habe ich es getan. Oder hätte ich Sie wegen dieser lächerlichen Summe behelligen sollen? Ich hatte zumindest den Eindruck, daß Sie wegen Ihres finanziellen Engpasses nicht in der Lage waren, mich auszuzahlen. Ich dachte, Sie würden mir dankbar sein, daß ich Sie nicht belästigt habe. Und nun machen Sie mir Vorwürfe!« drehte sie den Spieß geschickt um.
»Nicht direkt Vorwürfe!« versicherte er hastig. »Ich . . . ich bin nur überrascht, das ist alles.«
»Seien Sie doch froh, daß ich Ihre Schuldscheine so leicht losgeworden bin. Beweist das doch, daß man in Sie und Ihre Geschäfte vollstes Vertrauen setzt«, schmeichelte sie ihm.
Das Kompliment gefiel ihm sichtlich, und sein Gesicht hellte sich auf. »Nun ja, ich tue mein Bestes. Finanzielle Engpässe gibt es wohl in jedem Geschäft. Aber davon wird keine Rede mehr sein, wenn die ARGONAUT zurück ist.«
Betsy Fodder lächelte und pflichtete ihm hintersinnig bei: »Ich bin überzeugt, daß sich Ihre finanziellen Probleme schneller lösen werden als gedacht.«
»Dennoch würde es mich interessieren, an wen Sie die Schuldscheine verkauft haben.«
Betsy machte den Eindruck, als müßte sie erst angestrengt überlegen. Dann sagte sie scheinbar verlegen: »Wenn ich mich nicht sehr täusche, war es ein Offizier namens Patterson oder Pickerton. Und er hat die Papiere auch nicht direkt gekauft, sondern sie in Zahlung genommen für Gefälligkeiten, die er mir erwiesen hat. Sie sind bei ihm bestimmt gut aufgehoben. Er ist im Augenblick auf einer Inspektionsreise am Hunter River, wie ich gehört habe. Es werden also noch ein paar Wochen vergehen, bevor er Sie aufsuchen und um Einlösung der Schuldscheine bitten kann. Sie sehen also, alles ist in bester Ordnung«, sagte sie und wechselte geschickt das Thema. »Und jetzt sollten wir etwas für Ihre Entspannung tun, mein lieber Mister Simonton. Und ich kann Sie zu Ihrer Wahl, Mary und

Jane zusammen zu genießen, nur beglückwünschen. Sie sind ein Mann, der Geschmack beweist.«

Albert Simonton zeigte ein gequältes Lächeln. Die Sache mit den verkauften Schuldscheinen hatte ihn irgendwie beunruhigt, obwohl Betsy Fodders Auskunft über den Besitzer eigentlich keinen Grund zur Besorgnis bot. »Ein andermal, Betsy. Ich glaube, es ist besser, wenn ich mich auf den Heimweg mache und mir noch ein paar Stunden Schlaf gönne.«

»Besser als in Marys und Janes Armen können Sie kaum schlafen«, meinte Betsy Fodder lächelnd.

»Gewiß, gewiß, aber wie gesagt: ein andermal«, murmelte der Ladeninhaber und eilte davon.

Das unverbindliche Lächeln verschwand augenblicklich von Betsys Gesicht, als er sich abgewandt hatte. Sie begab sich schnell in ihren privaten Salon, setzte sich an den Sekretär und schrieb hastig ein paar Zeilen auf ein Blatt. Dann rief sie nach Ryan, ihrem ergebenen Diener, einem bärtigen Mann von kleiner, drahtiger Statur.

»Ja?«

»Bring die Nachricht zu Mister Hutchinson! Es eilt! Laß dich also nicht abwimmeln. Die Sache ist von höchster Dringlichkeit!« trug sie ihm auf.

Er steckte das Schreiben ein und grinste. »Keine Sorge, er wird Ihre Nachricht nicht verschlafen – und wenn ich ihn eigenhändig aus dem Bett holen müßte!« versprach er und ging.

Gedankenversunken blieb Betsy am Sekretär sitzen. Ihr war von Anfang an klar gewesen, daß Albert Simonton früher oder später Wind von der Aktion bekommen würde. Doch er hatte erstaunlich lange nichts davon mitbekommen – bis zu dieser Stunde.

Sie seufzte. »Hoffentlich hat die Zeit gereicht, Jessica! Ich wünsche es dir!« murmelte sie leise vor sich hin.

Albert Simonton hatte sich indessen zur Tür begeben, war dort aber auf Jake Gollway getroffen, einen bulligen Mann aus Parramatta, mit dem er schon öfters am Spieltisch gesessen und der von ihm gleichfalls Schuldscheine angenommen hatte.

Als Simonton ihn darauf ansprach, schüttelte Jake Gollway den Kopf. »Ich hab' keine mehr. Hab' sie an 'nen Burschen verscheuert, der wohl noch nicht wußte, daß du 'n paar Schuldscheine zuviel ausgestellt hast.«

Simonton bekam einen Schreck. »Du hast meine Schuldscheine verkauft?« stieß er hervor.

»Klar, war das Beste, was mir passieren konnte. War es leid, mich dauernd von dir vertrösten zu lassen. Und nun laß mich vorbei. Bin scharf wie Schießpulver, und nach Quatschen ist mir jetzt nicht zumute.«

»Warte!« rief Simonton und hielt ihn am Arm fest. »An wen hast du verkauft?«

»Hab' ihn nicht nach seinem Namen gefragt«, gab Jake Gollway gleichgültig zurück. »Reichte mir, daß er mir für die Lappen mit deiner Unterschrift solides Geld gezahlt hat.« Damit machte er sich von Simontons Griff frei und ließ ihn stehen.

Albert Simonton konnte das Gelächter und fröhliche Stimmengewirr nicht länger ertragen, und er beeilte sich, daß er aus dem Haus kam. Mit schnellen, hastigen Schritten machte er sich auf den Weg zurück zu seinem Haus in der Pitt Street. Es war jetzt drei Uhr nachts, doch in den engen Gassen und Straßen der Rocks herrschte noch immer ein lebhaftes Treiben. Er bekam davon kaum etwas mit. Seine Gedanken beschäftigten sich einzig und allein mit den Schuldscheinen, die jemand Betsy Fodder und Jake Gollway abgekauft hatte. Handelte es sich dabei um zwei verschiedene Personen, die aufgrund eines Zufalls in den Besitz seiner Schuldscheine gekommen waren? Oder steckte vielleicht mehr dahinter?

Gab es jemanden, der gezielt Schuldscheine von Albert Simonton aufkaufte?

Der Schweiß brach ihm bei diesem Gedanken aus allen Poren, und er überlegte fieberhaft, wie er das feststellen könnte. Er mußte einfach Gewißheit haben.

Ihm fiel James Vaughan ein, der Schiffsausrüster. Im Gegensatz zu ihm hatte James Vaughan nicht nur als Geschäftsmann eine glückliche Hand, sondern auch als Spieler. Ihm hatte er ein ganzes Dutzend Schuldscheine ausgeschrieben. Vielleicht wußte er etwas über den oder die mysteriösen Fremden, die seine Papiere aufkauften.

Es war nachtschlafende Zeit, doch das kümmerte Albert Simonton nicht. James war ein Freund, so durfte er zumindest annehmen, und würde Verständnis dafür haben, daß er mit dieser quälenden Frage nicht bis zum Morgen warten konnte. Er brauchte jetzt die Gewißheit, daß er sich nur selbst verrückt machte und absolut nichts hinter der Sache steckte.

Die letzten zweihundert Yards zu James Vaughans Haus auf der Ostseite der Bucht lief er fast. Dort angekommen, hämmerte er gegen die Tür. Es dauerte eine Weile, bis ein verschlafenes Hausmädchen öffnete.

»Was wünschen Sie, Sir?«

»Ich muß Mister Vaughan sprechen!«

»Jetzt?« fragte die kraushaarige Frau verständnislos und blickte ihn an, als hätte er den Verstand verloren.

»Ja, jetzt! Es ist äußerst dringend! Sag, daß Mister Albert Simonton ihn unbedingt sprechen muß! Und nun laß mich endlich rein und tu, was ich dir gesagt habe!«

»Soll Mister Vaughan entscheiden, ob er Sie reinlassen möchte oder nicht«, erwiderte das Hausmädchen, nicht auf den Mund gefallen, und ließ ihn draußen warten.

Es vergingen nur ein paar Minuten, bis die dickleibige Gestalt des Schiffsausrüsters in der Tür auftauchte, doch sie kamen Simonton wie eine Ewigkeit vor.

James Vaughan hatte sich hastig einen grünseidenen Hausmantel über das Nachtgewand gezogen. Mit wirren Haaren und mühsam beherrschtem Unmut ließ er seinen nächtlichen Besucher ins Hause. »Was zum Teufel ist bloß passiert, daß du mich mitten in der Nacht aus dem Bett holst?« verlangte er zu wissen und gab sich keine Mühe um einen freundlichen Ton. »Ist dein Haus abgebrannt?«

»Nein, James. Ich brauche von dir eine Auskunft, die sehr wichtig für mich ist.«

»Ich hoffe für dich, daß sie verdammt wichtig ist, denn sonst schmeiße ich dich hochkantig hinaus!« schnaubte der Schiffsausrüster.

»Es geht um die Schuldscheine, die du von mir besitzt.«

James Vaughan zögerte, und seine Augen wurden noch kleiner. »Ich besitze keine mehr«, antwortete er knapp.

Albert Simonton zuckte wie unter einem Schlag zusammen, und seine Augen weiteten sich vor Schreck. »Du hast sie verkauft?« stieß er heiser hervor.

»Ja, genau das habe ich getan! Was starrst du mich so an, verdammt noch mal!« polterte der Schiffsausrüster los.

»Das hättest du nicht tun dürfen!«

»Bist du noch ganz bei Trost!« Jetzt wurde James Vaughan ernstlich wütend. »Über vierhundert Pfund hast du mir geschuldet, und einen Teil davon schon seit sechs Monaten! Glaubst du, das wären für mich nur ein paar lausige Hunderter, die ich einfach so in den Wind schreiben kann? Verdammt noch mal, wie oft hab' ich dich gefragt, wann du sie einzulösen gedenkst, aber nie hast du genug Geld gehabt.«

»Es ist nicht meine Schuld, daß ich mich vorübergehend in einer etwas angespannten finanziellen Lage befinde, James. Du weißt doch selbst, daß ich für meine Schulden aufkommen werde, wenn erst mein Schiff zurück ist!«

»Zur Hölle mit deinem Schiff! Das habe ich mir lange genug von dir angehört. Die ARGONAUT ist Monate überfällig. Wer weiß, ob sie nicht schon lange irgendwo auf dem Meeresgrund liegt – samt deiner Fracht, mit der du alles retten willst, und dann kommt dein Laden unter den Hammer! Es mag ja noch ein paar Leute geben, die darauf spekulieren, daß das Schiff doch noch auftaucht. Ich gehöre jedenfalls längst nicht mehr dazu. Ich habe die Wechsel verkauft, weil ich endlich mein Geld wiedersehen wollte. Komm du mir jetzt bloß nicht mit Vorwürfen! Ich habe mich von dir lange genug hinhalten lassen, und bei soviel Geld hört die Freundschaft auf! Und wenn du nicht so zügellos spielen würdest, hättest du keinen Grund gehabt, Schuldscheine auszuschreiben und deine Existenz aufs Spiel zu setzen.«

»Wann hast du sie verkauft und an wen?« stieß Simonton mit zitternder Stimme hervor.
»Kurz vor Weihnachten, vorletzte Woche. Den Namen des Mannes kenne ich nicht. Er hat mich, ehrlich gesagt, auch verdammt wenig interessiert«, log der Schiffsausrüster. Einen zehnprozentigen Aufschlag hatte ihm der Anwalt für sein Stillschweigen über das Geschäft geboten, und er hatte diesem verlockenden Angebot nicht widerstehen können.
»Aber warum wollte er die Wechsel haben?« bedrängte ihn Albert Simonton verstört. »Was kann das bedeuten?«
James Vaughan zuckte desinteressiert die Achseln. »Daß du vermutlich mit einer Menge Schwierigkeiten rechnen mußt. Aber daran hättest du früher denken sollen. Und jetzt will ich wieder ins Bett!«
Wie betrunken wankte Albert Simonton hinaus auf die Straße. Es war also doch kein Zufall. Irgend jemand kaufte all seine Wechsel auf. Doch aus welchem Grund? Was beabsichtigte der Unbekannte? Welche Forderungen würde er stellen, wenn er ihm die Schuldscheine präsentierte und er nicht zahlen konnte? Würde er Wucherzinsen von ihm verlangen?
Angst schnürte ihm die Kehle zu. Wie sollte er seiner Frau bloß erklären, wie es um sie bestellt war?
Diese und andere Fragen quälten ihn, als er sein Haus in der Pitt Street erreicht hatte und sich in den Salon schlich. Er goß sich einen Brandy ein, kippte ihn mit einem Schluck hinunter und trank noch zwei weitere Gläser. Doch der Alkohol wollte den Druck in seiner Brust nicht lösen. Kraftlos sank er in einen Sessel.
Eine Tür klappte.
Er fuhr auf.
Augenblicke später stand seine Frau im Raum, eine Öllampe in der Hand. »Schau an, du traust dich also noch nach Hause, ja? Weißt du, wie spät es ist? Wo hast du dich die Nacht herumgetrieben?« verlangte sie zu wissen.
»Laß mich in Ruhe! Ich bin müde, Weib!«
»Ja, vom Saufen und Herumhuren!« geiferte Deborah Simon-

ton erbost. »Aber das sehe ich mir nicht länger mit an! Ich stehe Tag für Tag im Geschäft und arbeite mir den Rücken krumm, während du dir mit irgendwelchen Flittchen die Nächte um die Ohren schlägst und das Geld verpulverst, das ich mit verdient habe! Damit ist Schluß!«

»Du sollst mich in Ruhe lassen, hast du nicht gehört?« schrie er sie unbeherrscht an. »Ich kann dein Gezänke nicht länger ertragen!«

Mit verkniffenem Gesicht blickte sie auf ihn hinunter. »Du wirst noch viel mehr ertragen müssen, das schwöre ich dir! Ich habe dein Lotterleben lange genug geduldet. Doch jetzt reicht es mir! Und mit mir springst du nicht um wie mit deinen Huren! Jetzt werde ich andere Saiten aufziehen, darauf kannst du Gift nehmen!« zischte sie, wandte sich abrupt um und knallte die Tür hinter sich zu.

In dumpfer Verzweiflung starrte Albert Simonton im Dunkel des Zimmers vor sich hin. Dann griff er wieder zum Brandy und betrank sich. Der Alkoholrausch hielt ihn noch gefangen, als der Tag anbrach und seine Frau das Geschäft öffnete.

Der junge Mann, der wenig später den Laden betrat, war kein Kunde, sondern ein Bote. Er überbrachte Deborah Simonton ein Schreiben des Anwalts William Hutchinson.

Albert Simonton lag noch schlafend im Salon auf dem Boden, als ihn ein schmerzhafter Schlag mit einem nassen Lappen ins Gesicht jäh aus seinen Alpträumen riß. Er schrie auf, zog sich am Sessel hoch und starrte seine Frau mit blutunterlaufenen Augen an.

»Was hast du angerichtet?« schrie sie ihn außer sich vor Wut an. »Was hast du nur angerichtet? Hier! Lies! Und wage es ja nicht, mich belügen zu wollen! Ich will die Wahrheit wissen!« Sie schleuderte ihm den Brief des Anwalts ins Gesicht.

27

»Warten Sie unten beim Segelmacher, Craig! Es kann aber etwas dauern«, sagte Jessica zum Kutscher. »Werden Sie also nicht unruhig. Ich schicke jemanden, wenn ich Sie brauche.«
»Wenn ich etwas in Australien gelernt hab', dann Geduld«, nuschelte der alte Craig gleichmütig. »Beim Segelmacher also. Mir soll's recht sein.«
Jessica vergewisserte sich, daß sich niemand in der schmalen Gasse aufhielt, die zur Hintertür des Hauses von William Hutchinson führte. Dann stieg sie aus, spannte den Parasol auf und hielt ihn so tief, daß niemand ihr Gesicht sehen konnte, sollte ihr jemand begegnen. Doch sie erreichte die Hintertür, die schon im Schatten der Nachmittagssonne lag, unbemerkt und saß dem Anwalt kurz darauf in seinem Besucherzimmer gegenüber.
William Hutchinson war froh, sie zu sehen. »Welch eine günstige Fügung des Schicksals, daß Sie schon in Sydney sind, Missis Brading! Ich hätte diese Aktion äußerst ungern ohne Ihre Anwesenheit zum Abschluß gebracht, obwohl Sie mir ja in weiser Voraussicht alle nötigen Vollmachten dafür erteilt hatten. Sicherlich gehe ich nicht fehl in der Annahme, daß es Ihnen nicht unwesentlich auf diesen Moment, wo sozusagen die Karten aufgedeckt werden, ankommt, nicht wahr?«
Jessica strich über ihr perlmuttschillerndes Kleid und lächelte. »Warum sollte ich Ihnen etwas vormachen, Mister Hutchinson? Dieser Augenblick ist mir einiges wert. Deshalb bin ich nach Weihnachten auch sofort von Seven Hills abgereist. Ich war irgendwie voller Unruhe, als hätte ich geahnt, daß es nicht mehr lange dauern würde. Wann erwarten Sie Mister Simonton?«

»Mein Schreiben ist an beide gerichtet gewesen, wie Sie es ausdrücklich gewünscht haben. Wenn sie Sinn für Pünktlichkeit haben, müßten sie in einer guten halben Stunde eintreffen.«
»Dann bleibt Ihnen ja noch genügend Zeit, um mich über den neuesten Stand Ihrer Bemühungen ins Bild zu setzen«, bat sie.
Der Anwalt griff zu einem Bogen, der von Namen- und Zahlenkolonnen bedeckt war. »Ich habe hier eine Auflistung aller Gläubiger, aus der Sie ersehen können, von wem Sie Wechsel in welcher Höhe erstanden haben. Befindet sich hinter einer Summe ein Kreuz, bedeutet das, daß zu dem Nennwert des Schuldscheines noch zehn Prozent Aufschlag zu addieren sind. Glücklicherweise mußte ich nur dreimal zu diesem Lockangebot greifen. Bedauerlicherweise auch bei einem seiner Hauptgläubiger, dem Schiffsausrüster Mister James Vaughan.« Er reichte ihr die Aufstellung. »Die andern waren meist viel zu begierig darauf, ihre Schuldscheine loszuwerden, um mich mit Fragen zu behelligen.«
Jessica warf einen Blick auf die Liste. »Meine Hochachtung, Mister Hutchinson! Sie haben wirklich ausgezeichnete Arbeit geleistet.«
Ein zufriedenes Lächeln gab seinem scheinbar schläfrigen Ausdruck einen Anflug von Lebhaftigkeit. »Es war eine interessante Aufgabe, wenn ich auch zugeben muß, daß es nicht immer einfach war, in diesen wenigen Wochen all seine Gläubiger zu ermitteln und an sie heranzutreten, ohne ihr Mißtrauen zu wecken.«
»Ich nehme an, Betsy Fodder war Ihnen dabei eine große Hilfe«, sagte Jessica.
Ein Hauch von Röte stieg in sein Gesicht. »Das war sie in der Tat, Missis Brading. Sie unterrichtete mich diese Nacht, daß Mister Simonton von den aufgekauften Schuldscheinen erfahren hatte und vermutlich weiterforschen würde. Daraufhin habe ich sofort einen Boten an die Adresse geschickt, die Sie mir gegeben hatten.«
Jessica nickte. Der Bote, der strikte Anweisung gehabt hatte,

die Nachricht nur ihr oder Mitchell Hamilton persönlich zu übermitteln, hatte sie am frühen Morgen auf MIRRA BOOKA erreicht, wo sie tags zuvor angekommen war. Zu Mitchells Verstimmung war sie unverzüglich mit der Kutsche nach Sydney aufgebrochen.

»Ein bißchen Glück gehört manchmal dazu«, sagte sie.

»Und ausreichende Geldmittel, Missis Brading. Wenn ich Ihre Aufmerksamkeit bitte auf die Gesamtsumme lenken dürfte, da rechts unten, dann werden Sie sehen, daß Sie sich mit einem beachtlichen Betrag engagiert haben.«

»Tausendzweihundertdreiundsiebzig Pfund«, las Jessica laut. »Dafür kann man so manchen Yard Stoff kaufen.«

»Wie bitte?« fragte der Anwalt irritiert, über die Vorgeschichte nicht im Detail informiert.

Jessica ging darüber hinweg. »Ich nehme an, die Summe ist ausreichend, um den Laden zu kaufen.«

»Das Geschäft der Simontons ist nach meinen Erkundigungen unter normalen Umständen gut seine zweitausend Pfund wert«, erklärte der Anwalt. »Aber wer in Zahlungsschwierigkeiten steckt, erhält bei einem Zwangsverkauf nie einen auch nur annähernd fairen Preis.«

»Es geht mir nicht nur um das Geschäft.«

Er machte eine besorgte Miene. »Sie wollen das Wagnis mit der ARGONAUT also immer noch eingehen?«

»Ja.«

»Ich möchte Ihnen dringend davon abraten! Die Summe der Wechsel reicht nicht aus, um Ihnen Geschäft und die Fracht der ARGONAUT, die vielleicht nur noch auf dem Papier existiert, zu sichern.«

»Ich weiß Ihren Rat sehr zu schätzen, Mister Hutchinson, doch ich muß ihn in diesem Fall leider unberücksichtigt lassen. Sie scheinen vergessen zu haben, daß es mir gar nicht darum ging, das Geschäft ganz in meinen Besitz zu bringen – zumindest jetzt noch nicht«, erwiderte Jessica.

»Richtig, Sie wollen die erzwungene Partnerschaft. Das habe ich nicht vergessen. Aber den Anteil der Simontons hätten Sie mit all den Wechseln auf lächerliche fünf Prozent herunterdrücken können! So aber werden Sie kaum mehr als fünfundfünfzig Prozent bekommen.«

»Das genügt mir im Augenblick«, versicherte Jessica. »Sollte das Schiff nämlich nicht untergegangen sein, ist die Fracht ein kleines Vermögen wert. Und ich möchte sicher sein, daß dieses Vermögen dann nicht in die Taschen der Simontons wandert und sie befähigt, mich möglicherweise auszuzahlen oder ein neues Geschäft zu eröffnen. Ich werde Zeit brauchen, um mich in diese Materie einzuarbeiten und mich im Geschäft in der Pitt Street fest zu etablieren.«

»Eine teuer erkaufte Sicherheit, sollte die ARGONAUT bereits auf dem Meeresgrund liegen«, sagte der Anwalt düster.

»Warten wir's ab.« Sie gab ihm die Aufstellung zurück und erhob sich. Ihr Blick fiel in den verdunkelten Nebenraum. Dort stand gleich neben der Tür ein Paravent, dessen vier verstellbare Flügel mit Stickereien bespannt waren, die Jagdmotive zeigten. »Ich sehe, Sie haben schon alles vorbereitet.«

»Es steht ein bequemer Sessel dahinter, Missis Brading. Der Spalt zwischen den beiden Mittelflügeln ist groß genug, so daß Sie alles gut im Blick haben werden, wenn Sie sich nur etwas vorbeugen. Ich hoffe, es wird Ihnen dennoch nicht zu unbequem«, meldete er Bedenken an. »Vielleicht sollten Sie doch zugegen sein...«

»Nein, es bleibt wie abgesprochen!« fiel sie ihm ins Wort. Kaum hatte Jessica hinter der spanischen Wand Platz genommen und sich davon überzeugt, daß sie wirklich genug sehen würde, als das Eintreffen von Mister und Missis Simonton gemeldet wurde.

Kurz darauf führte der Anwalt sie in sein Besprechungszimmer und bat sie, in den beiden Sesseln Platz zu nehmen, die so ausgerichtet standen, daß Jessica das Ehepaar genau im Blickfeld hatte.

An diesem Tag war Deborah Simontons strenge schwarze Kleidung dem Anlaß angepaßt und ein Spiegelbild ihrer inneren Verfassung, wie Jessica mit Genugtuung feststellte. Ihr Gesicht war grau und finster, wenn sie sich auch unter Kontrolle hatte. Ganz im Gegensatz zu ihrem Mann, der Mühe hatte, ruhig zu bleiben. Er sah ausgesprochen elend aus. Schweiß stand ihm auf Gesicht und Glatze, und sein Adamsapfel hüpfte unkontrolliert auf und ab. Wie ein Häufchen Elend sackte er in den Sessel.

Der Anwalt begann das Gespräch mit ausgesuchter Höflichkeit. »Missis Simonton... Mister Simonton, ich danke Ihnen für Ihr Kommen...«

Deborah Simonton konnte sich nicht länger zurückhalten und fiel ihm schroff ins Wort. »Wir haben Ihr Schreiben erhalten, Mister Hutchinson! Wenn Sie also zur Sache kommen wollen?«

»Ich komme Ihrer Bitte gern nach, Missis Simonton«, erwiderte der Anwalt gelassen und wandte sich an ihren Mann. »Mister Simonton, darf ich davon ausgehen, daß Sie Ihre Frau über Ihre geschäftlichen Belange voll und ganz unterrichtet haben... auch was die Wechsel angeht, die Sie in den letzten Monaten ausgestellt haben?«

Albert Simonton schluckte schwer, und sein Adamsapfel sprang wieder auf und ab, bevor er zu einer Antwort fähig war. »Sie müssen verstehen, Mister Hutchinson... Ein kurzfristiger finanzieller Engpaß...«

»Das interessiert hier niemanden!« schnitt ihm seine Frau grob das Wort ab. »Ich bin über alles informiert, auch über sein leichtsinniges Wechselausstellen. Doch ich verlange eine Erklärung für Ihren unverschämten Brief. Wir sind Freie und nicht gewohnt, daß man uns unter versteckten Drohungen zu einer derart dubiosen Unterredung bestellt!«

»Ich fürchte, daß Sie nicht viel zu verlangen haben, Missis Simonton!« William Hutchinsons Stimme nahm nun einen kühlen Ton an. »Mir liegen Wechsel Ihres Mannes vor, die sich auf über tausendzweihundert Pfund belaufen. Sollten Sie in der Lage sein, diese Wechsel heute noch einzulösen, können wir dieses Gespräch, das Ihnen offenbar so mißfällt, schnell zu einem Ende bringen.«

Deborah Simonton zuckte bei der Nennung der Schuld zusammen. »Tausendzweihundert?« wiederholte sie ungläubig.

Der Anwalt nickte. »Fast auf den Shilling genau. Nun, wie sieht es mit Ihrer Liquidität aus?«

»Sie wissen ganz genau, daß wir das nicht bezahlen können!« stieß sie hervor.

»Ich bin bereit, Zinsen auf die Wechsel zu zahlen«, krächzte ihr Mann. »Hohe Zinsen. Ich biete sieben Prozent, auch acht. Ich brauche nur einen kurzen Aufschub. Ich habe das Geld für die Zinsen dabei. Bestimmt werde ich bald in der Lage sein, die Schuldscheine einzulösen.«

»Ich bedaure, darauf nicht eingehen zu können«, lehnte der Anwalt ab. »Die Wechsel sind längst fällig, und an Zinsen ist mein Klient nicht interessiert.«

»Wer ist dieser gemeine Kerl, der hinter unserem Rücken die Wechsel aufgekauft hat?« verlangte Deborah Simonton zu wissen.

»Ich bin nicht befugt, den Namen zu nennen, möchte Sie aber mit aller Schärfe auffordern, sich weiterer Beleidigungen zu enthalten!« antwortete der Anwalt schneidend. »Wer Wechsel ausstellt und dann nicht zahlen kann, sollte für seine Zahlungsunfähigkeit nicht seine Gläubiger verantwortlich machen! Ihr Ton ist Ihrer Situation ganz und gar nicht angemessen!«

Deborah Simonton schoß ihm einen feindseligen Blick zu, beherrschte sich jedoch. »Also gut, was verlangen Sie?«

William Hutchinson ließ sich Zeit und tat so, als müßte er einige Papiere, die vor ihm lagen, sortieren. »Mein Klient stellt folgende Forderungen«, sagte er schließlich. »Für Wechsel im Wert von dreihundert Pfund überschreiben Sie ihm die Verfügungs- und Eigentumsrechte an der Fracht-Charter der ARGONAUT.«

»Dreihundert Pfund? Das ist ja geradezu lächerlich. Der reine Einkaufswert beträgt ja schon fast das Doppelte! Und hier in der Kolonie sind die Waren ein Vielfaches wert!« empörte sich Deborah Simonton.

»Ja, das ist richtig!« pflichtete ihr Mann ihr eilfertig bei, als hätte sein Wort noch Gewicht. In Wirklichkeit lief alles an ihm vorbei. Der Anwalt hatte längst begriffen, daß seine Frau es war, die die Entscheidungen traf.

»Im Falle, daß die ARGONAUT wider Erwarten doch noch auftaucht, mag das sein. Doch auf dem Papier sind Ihre Ansprüche im Augenblick keine hundert Pfund wert, und das wissen Sie ganz genau!« entgegnete Hutchinson spöttisch. »Andernfalls hätten Sie diese Ansprüche schon längst zu Geld gemacht, um die Wechsel zu bezahlen. Aber ich bin noch nicht fertig.« Er machte eine Pause. »Also vierhundert Pfund für die Fracht. Somit verbleiben noch achthundert Pfund. Dafür überschreiben Sie meinem Klienten fünfundsiebzig Prozent an Ihrem Geschäft...«

»Nie!« schrie Deborah Simonton.

»Das schließt auch alle Waren und den Grundbesitz ein«, fuhr der Anwalt gelassen fort.

»Sind Sie noch bei Sinnen?« fauchte sie. »Das Geschäft ist über zweitausend Pfund wert! Und Ihr verfluchter Klient will für achthundert einen fünfundsiebzigprozentigen Anteil? Nicht mit uns?«

William Hutchinson lehnte sich vor, verschränkte die Hände ineinander und antwortete mit einem Lächeln: »Regen Sie sich doch nicht so auf, Missis Simonton! Das ist doch nur ein Angebot. Es steht Ihnen selbstverständlich frei, es abzulehnen. Nur bezweifle ich, daß Sie bei einem Notverkauf, den mein Klient natürlich auf der Stelle veranlassen würde, auch nur annähernd achthundert Pfund erzielen werden. Sie kennen das doch, Missis Simonton«, sagte er, und sein Lächeln wurde noch breiter. »Wenn erst einmal bekannt ist, wie hoch Sie verschuldet sind, sinkt der Wert Ihres Geschäftes in den Keller.«

Albert Simonton sah bleich wie der Tod aus und versank nun völlig im Sessel, während seine Frau wie erstarrt dasaß, ihr nicht minder bleiches Gesicht plötzlich von häßlichen roten Flecken überzogen. Ein Augenlid zuckte unkontrolliert, und ihre Hände waren zu Fäusten geballt, daß die Fingerknöchel weiß hervortraten.

»Gut«, stieß sie schließlich hervor, und ihre Stimme zitterte. »Vierhundert Pfund für die Fracht, und für den Rest eine fünfzigprozentige Beteiligung. Und wir behalten das Wohnrecht im Haus!«
Der Anwalt schüttelte den Kopf. »Mir scheint, Sie unterschätzen den Ernst Ihrer Lage, Missis Simonton. Mit fünfzig Prozent gibt sich mein Klient nie zufrieden. Ich besitze nicht die Vollmacht, zu diesen Konditionen abzuschließen. Deshalb werde ich gezwungen sein, Ihren Konkurs und die Zwangsversteigerung zu beantragen.«
»Fünfundfünfzig!«
»Bedaure!«
»Sechzig!« stieß Deborah Simonton mit heiserer Stimme hervor.
»Sicherlich kein schlechtes Angebot, aber leider sind mir die Hände gebunden...«
»Zum Teufel noch mal, dann werden wir es eben darauf ankommen lassen! Mag sein, daß wir dann weniger bekommen. Aber zumindest haben wir die Genugtuung, daß Ihr Klient, die Pest über ihn, unser Geschäft nicht in seinen Besitz bekommt!«
»Dessen würde ich mir nicht so sicher sein«, gab der Anwalt gelassen zurück.
Deborah Simonton zögerte. »Fünfundsechzig! Aber das ist unser letztes Angebot.«
William Hutchinson rang sich ein schweres Seufzen ab. »Also gut, fünfundsechzig Prozent. Das kann ich gerade noch vertreten. Doch was das Wohnrecht betrifft, kann ich Ihnen nur für die Übergangszeit von sechs Monaten ein Nutzungsrecht einräumen. Das dürfte Zeit genug sein, sich nach einem anderen Haus umzusehen.«
Deborah Simonton nickte in stummer Resignation.
»Wenn Sie sich die Dokumente der Eigentumsübertragung und den Partnerschaftsvertrag durchlesen wollen«, bot der Anwalt an und reichte ihr die schon vorbereiteten Papiere.
Mit zusammengepreßten Lippen las sie Zeile für Zeile. Es wa-

ren einwandfreie Verträge, die ihnen keine Hintertür ließen. Sie traten die Führung des Geschäftes ab und würden von nun an nur noch Teilhaber sein, die nichts von Bedeutung zu entscheiden hatten.

»Ich bitte um Ihre Unterschriften... Bitte auf jeder Seite... Das gilt für Sie beide«, sagte der Anwalt mit kühler Geschäftsmäßigkeit, der gleich für vier Ausfertigungen gesorgt hatte. Als alle Unterschriften geleistet waren, zog er eine Schublade seines Schreibtisches auf und holte den kleinen zusammengebundenen Packen Wechsel hervor. »Sie werden sich sicherlich überzeugen wollen, daß die Summe von tausendzweihundert Pfund in der Tat die Wechselschuld Ihres Mannes war, nicht wahr?«

Deborah Simonton riß ihm die Wechsel förmlich aus der Hand und tat genau das, was der Anwalt gesagt hatte.

»Sie werden feststellen, daß es noch ein paar Pfund mehr sind«, bemerkte William Hutchinson sarkastisch. »Aber mein Klient besitzt leider die Schwäche, wie ich finde, zu großzügig zu sein.«

Deborah Simonton sprang auf und zerrte am Arm ihres Mannes. »Komm! Ich muß aus diesem verpesteten Zimmer! Na los!« herrschte sie ihn an, und zu William Hutchinson gewandt zischte sie: »Bemühen Sie sich nicht! Wir finden schon hinaus!«

»Oh, eines vergaß ich noch zu erwähnen«, sagte der Anwalt, als sie schon an der Tür waren. »In Ihrem Geschäft in der Pitt Street wird schon ein Mister Pickwick warten, wenn Sie zurückkommen.«

»Ihr Klient?« Sie spuckte das Wort wie ein Stück faule Frucht aus.

»Nein, ich bediene mich Mister Pickwicks hervorragender Dienste gelegentlich, wenn ich Bedarf an einem Mann habe, dem nichts entgeht. In diesem Fall hat er die Aufgabe, den kompletten Lagerbestand aufzunehmen. Wir möchten doch nicht, daß in der allgemeinen Verwirrung irgend etwas abhanden kommt, nicht wahr?«

Deborah Simonton formulierte einen stummen, lästerlichen Fluch und stürzte dann aus dem Zimmer, ihren Mann wie ein Kind hinter sich herziehend.
Jessica kam hinter dem Paravent hervor. Ihr Gesicht war erhitzt, und sie biß sich auf die Lippen.
»Gewissensbisse?« fragte der Anwalt knapp.
»Nein, nicht direkt. Doch ausgesprochen fröhlich fühle ich mich auch nicht«, gestand sie mit einem schiefen Lächeln und holte tief Luft. »Aber das ist wohl mit den meisten Dingen im Leben so. Die Vorfreude ist die größte Freude. Hat man sein Ziel erst erreicht, fragt man sich oft, ob es den Einsatz überhaupt wert gewesen ist. Ein bißchen schäbig fühle ich mich schon, daß ich ihnen jetzt auf diese Weise wegnehme, was sie sich in langen Jahren aufgebaut haben.«
»Und was Mister Simonton schon längst verspielt hatte«, korrigierte er sie. »Wenn ihnen die Gläubiger das Messer auf die Brust gesetzt hätten, wäre ihnen noch weniger geblieben.«
Jessica zuckte die Achsel. »Ich werde mich wohl erst noch an den Gedanken gewöhnen müssen, daß ich wirklich mehrheitlicher Inhaber des besten Geschäftes in Sydney bin – und daß ich meinen Anteil auf diese... na, doch recht anstößige Art und Weise erhalten habe.«
»Sie reden von anstößig? Diese Frau da hätte nicht die geringsten Gewissensbisse, Ihnen etwas anzuhängen, wenn sie könnte, das Ihnen hundert Schläge mit der Neunschwänzigen einbrächte! Deborah Simonton hätte an Ihrer Stelle lauthals triumphiert, Missis Brading! Wenn ich nicht Mister Pickwick zum Geschäft geschickt hätte, Sie hätten in einer Stunde das Lager und die Regale leergeräumt gefunden, darauf gebe ich Ihnen Brief und Siegel!«
»Sie haben wohl recht.«
»Und ob ich das habe! Sie haben Ihr Ziel erreicht, aber ich gehe jede Wette ein, daß Missis Simonton versuchen wird, Sie wieder aus dem Geschäft zu drängen, ganz egal wie. Und sie wird sich dabei von keinen Skrupeln hindern lassen!« warnte er sie. »Also seien Sie auf der Hut vor ihr!«

»Das werde ich ganz sicherlich sein«, versprach sie und bedankte sich für seine ausgezeichnete Arbeit.
»Das Vergnügen ist ganz meinerseits, Missis Brading. Es war mir eine Freude, für Sie arbeiten zu dürfen«, versicherte er.
Jessica nahm zwei Ausfertigungen der Eigentumsübertragung an sich und begab sich dann gemächlichen Schrittes zum Hafen, wo Craig die Kutsche im Schatten einer Lagerhalle abgestellt hatte. Er döste auf dem Kutschbock.
»In die Pitt Street, Craig«, sagte sie, als er ihr in die Kutsche half und den Schlag schloß. »Zu Simontons Geschäft.«
»Sehr wohl, Missis Brading«, nuschelte er und schwang sich auf den Sitz.
Versonnen und mit den Papieren in ihrem Schoß spielend blickte sie aus dem Fenster, während Craig sich einen Weg durch das Gedränge der Fuhrwerke und Karren am Hafen suchte und dann die lange Pitt Street hinauffuhr. Sie hatte erreicht, was sie sich vorgenommen hatte, und besaß nun das exklusivste Geschäft der Kolonie. Eine Vorstellung, die sie mit Freude und Stolz erfüllte. Und zum wiederholten Mal in den letzten Monaten wurde sie sich bewußt, wie sehr sie diese geschäftliche Transaktion genossen hatte. Gut, der Auslöser für diese Initiative war Deborah Simontons beleidigendes Verhalten gewesen, und die Methode, mit der sie sich das Geschäft angeeignet hatte, war wohl nur in dieser besonderen Situation einigermaßen zu rechtfertigen. Doch das änderte nichts an der Tatsache, daß sie Gefallen daran fand, sich auf den verschiedensten Gebieten geschäftlicher Aktivitäten zu engagieren und sich zu behaupten. Es war eine erregende Art, das Leben zu gestalten. Sosehr sie ihre Kinder liebte und Mitchell, sie würde sich nie mehr darauf beschränken können, nur Mutter und Ehefrau zu sein. Wer das von ihr verlangte, der wußte nicht, daß sie die geistige Stimulation genauso brauchte wie die sinnliche. Es würde nicht leicht sein, Mitchell das beizubringen.
Wenig später hatten sie das Geschäft erreicht, und Craig zog die Bremsen an. Jessica wartete voller Ungeduld, daß er ihr das Trittbrett herunterklappte und den Schlag öffnete.

»Möchten Sie jetzt die Schilder?« erkundigte er sich, als sie ihr Kleid ordnete.
»Nein, aber halten Sie sie bereit, Craig.«
Er nickte.
Jessicas Herz pochte heftig, als sie das Geschäft betrat. Es war nicht Triumph oder Schadenfreude, was sie so in Aufregung versetzte, sondern das Bewußtsein, daß sie *ihren* Laden betrat und daß alles, was sie roch und erblickte, ihr gehörte. Zwar noch nicht ganz, aber es war wohl nur eine Frage der Zeit, bis die Simontons ihr freiwillig den Rest zum Kauf anbieten würden.
Deborah und Albert Simonton standen bei den Stoffen und redeten ungehalten auf einen noch recht jungen, mittelgroßen Mann ein, bei dem es sich um Mister Pickwick handeln mußte.
»Bedaure! Ich habe meine Anweisungen, und an die gedenke ich mich auch zu halten«, hörte Jessica ihn mit Entschlossenheit antworten. »Wenn Sie mich jetzt bitte an die Regale lassen würden...«
Deborah Simonton wollte etwas erwidern, bemerkte jetzt jedoch Jessica. Sie erkannte sie augenblicklich wieder, denn ihr Gesicht nahm einen wütenden Ausdruck an.
»Machen Sie, daß Sie hinauskommen! Oder glauben Sie, ich hätte vergessen, wer Sie sind?« herrschte Deborah Simonton sie an.
Jessica lächelte unwillkürlich. Hatte sie in Hutchinsons Büro tatsächlich noch so etwas wie Gewissensbisse empfunden, so war jetzt nichts mehr davon geblieben. Im Gegenteil. Jetzt regte sich in ihr Schadenfreude, und sie war nun gewillt, sich diese Minuten der Revanche nicht nehmen zu lassen.
»Es lag auch nicht in meiner Absicht, Sie vergessen zu lassen, wer ich bin, Missis Simonton«, erwiderte sie. »Das habe ich Ihnen ja damals schon gesagt.«
»Scheren Sie sich hinaus!« verlangte Deborah Simonton.
»Mäßigen Sie sich in Ihrem Ton, meine Liebe«, sagte Jessica süffisant. »Die Zeiten, wo Sie Ihrer Arroganz und Selbstgefäl-

ligkeit hemmungslos frönen konnten, sind vorbei. Jetzt werden Sie lernen müssen, sich zu bescheiden.«

Zorn rötete Deborahs Gesicht. »Wie können Sie es wagen, so zu mir in meinem Geschäft zu reden!«

Jessica sah sie scharf an. »Sie irren. Es ist nicht länger Ihr Geschäft, Missis Simonton. Sie und Ihr Mann besitzen nur noch fünfunddreißig Prozent. Von nun an ist es *mein* Geschäft, in dem getan wird, was *ich* für richtig halte. Arroganz und Selbstgefälligkeit gegenüber Kunden, ganz gleich welcher gesellschaftlichen Schicht, gehören ganz bestimmt nicht dazu.«

Ungläubig starrte Deborah sie an. »Sie? Nein! Unmöglich!« stieß sie dann mit einem Keuchen hervor, als bekäme sie keine Luft mehr.

Jessica hielt ihr das Dokument hin, das sie und ihr Mann vor nicht einer Stunde unterzeichnet hatten. »Ich nehme an, Sie werden sich noch daran erinnern können, welche Papiere Sie in Mister Hutchinsons Büro unterschrieben haben.«

Es war, als wäre Deborah Simontons Gesicht von einem Augenblick auf den anderen völlig blutleer. Leichenblaß und den Mund vor Bestürzung halb offen wankte sie einen halben Schritt zurück.

Der Schlag kam völlig unerwartet.

Die Ohrfeige von Deborah Simonton traf Jessica ins Gesicht, bevor sie auch nur die Hand zur Abwehr heben konnte. Sie zuckte zusammen, und ein feuriges Brennen überzog ihre linke Wange. Doch sie schlug nicht zurück, sondern bewahrte die Fassung.

»Bist du von Sinnen, Weib!?« stieß Albert Simonton hervor, der sich bis zu diesem Moment weder von der Stelle gerührt noch ein Wort zu sagen gewagt hatte.

»Hinterhältiges Sträflingspack!« keuchte seine Frau, und Haß sprühte aus ihren unsteten Augen.

»Damit ändern Sie nichts an der Tatsache, daß Sie hier von nun an nichts mehr zu sagen haben, und bewirken auch sonst nichts zu Ihren Gunsten, Missis Simonton«, sagte Jessica mit aufreizend ruhiger Stimme. »Ganz im Gegenteil. Sie beweisen nur erneut, welch schäbigen Charakter Sie besitzen. Und jetzt gehen Sie mir aus dem Weg. Wenn ich etwas von Ihnen will, werde ich Sie rufen lassen!«

Deborah Simonton hielt sich am Ladentisch fest. Haß und ohnmächtige Wut spiegelten sich auf ihrem bleichen Gesicht wider. Sie schüttelte stumm den Kopf, als wollte sie es einfach nicht glauben.

»Craig!«

Der Kutscher erschien im Geschäft, ein großes langes Brett unter dem Arm. »Ja, Missis Brading?«

»Ich glaube, Missis und Mister Simonton wird es interessieren, unter welchem Namen das Geschäft von heute an firmieren wird«, sagte Jessica.

Der Kutscher drehte das Schild um und zeigte die kunstvoll aufgemalte Aufschrift: BRADING & SIMONTON – STOFFE UND KOLONIALWAREN. Und darunter stand noch: *Jedermann willkommen!*

Deborah Simonton krümmte sich ein wenig, als sie den Zusatz las und begriff, daß dieses Geschäft von nun an jedem offen war, der das Geld hatte, um bezahlen zu können. Und das war wohl der schwerste Schlag an diesem Tag. Sie brachte vor Haß und Ohnmacht kein Wort heraus. Wortlos wandte sie sich um und wankte aus dem Laden in ihre Privaträume.

Albert Simonton zögerte. Er sah todkrank aus. »Missis Brading?« Seine Stimme war ein heiseres Krächzen.

»Ja?«

»Ich möchte mich entschuldigen... für meine Frau«, brachte er nur mühsam hervor. »Es ist alles meine Schuld. Ich habe das Geschäft verspielt, aber verloren hätte ich es so oder so, ob an Sie oder sonstwen.«

»Da haben Sie recht, Mister Simonton.«

»Meine Frau kennt keine Beherrschung. Doch ich versichere, daß so etwas nie wieder geschieht.«

Ein kühles Lächeln zeigte sich auf Jessicas Lippen. »Wie beruhigend zu wissen.«

»Ich werde meine Pflichten erfüllen, die sich aus dem Teilhabervertrag ergeben, Missis Brading. Das wollte ich nur sagen. Es tut mir leid.« Ohne sie auch nur einmal angesehen zu haben, drehte er sich nun um und folgte seiner Frau.

»Tauschen Sie die Schilder aus, Craig«, sagte Jessica und schenkte ihre Aufmerksamkeit nun dem jungen Mann, der die ganze Zeit ruhig dagestanden, aufmerksam zugehört und mit wachen Augen die Reaktionen der einzelnen Beteiligten beobachtet hatte.

»Mister Pickwick?«

»Glenn Pickwick, zu Ihren Diensten, Missis Brading.« Er machte eine Verbeugung.

»Verstehen Sie etwas hiervon?« fragte sie und machte eine allgemeine Handbewegung, die das Geschäft umschloß.

»Ich war zehn Jahre in einem ähnlichen Geschäft in Bristol beschäftigt, bevor es mich nach Australien verschlug«, antwortete er mit ausgesuchter Höflichkeit.

»Zehn Jahre?« fragte Jessica verblüfft. Er sah kaum älter als Mitte Zwanzig aus.

»Ich bin zweiunddreißig, Missis Brading. Es war gewiß mein Alter, das Sie mit zehn Jahren Berufserfahrung nicht vereinbaren konnten, nicht wahr?«

Sie lachte. »Ja, Sie sehen in der Tat sehr viel jünger aus.«

»Vielleicht werde ich dieses Geschenk der Natur im Alter zu schätzen wissen«, sagte Glenn Pickwick mit einer Mischung aus Selbstironie und Ernst.

»Sie sind für Mister Hutchinson tätig?«

»Gelegentlich. Dies sind Aufgaben, die mir natürlich liegen.«

Sie hob die Augenbrauen. »Woraus ich kühn schließe, daß es andere Aufgaben gibt, die Ihnen gar nicht liegen.«

Glenn Pickwick zuckte die Achseln. »Man kann sich nicht immer das aussuchen, was einem am besten gefällt.«

»Und was würden Sie sich aussuchen, wenn Sie die Wahl hätten?«

»Eine Tätigkeit in einem Geschäft wie diesem«, sagte er offen.

»Haben Sie einen festen Vertrag mit Mister Hutchinson?«

»Nein.«

»Gut. Wann können Sie dann anfangen?«
»Als Verkäufer?« fragte er mit freudiger Überraschung.
»Nein, als geschäftsführender Verkäufer.«
»Gütiger Gott... auf der Stelle!«
»Dann betrachten Sie sich als angestellt, Mister Pickwick! Über Ihre Bezahlung werden wir uns sicherlich einigen!« Sie streckte ihm die Hand hin, die er mit großer Freude ergriff. »Machen Sie hier gründlich Inventur, und halten Sie ein Auge auf Missis Simonton.«
»Worauf Sie sich verlassen können!«
Jessica war froh, daß William Hutchinson ihr Glenn Pickwick geschickt hatte. Daß der Anwalt ihn beschäftigt hatte, war schon so etwas wie ein Gütezeichen. Ihr war in den letzten Minuten klargeworden, daß sie unbedingt einen Mann ihres Vertrauens im Geschäft haben mußte, wenn sie nicht wollte, daß es im Handumdrehen heruntergewirtschaftet wurde. Und Glenn Pickwick machte einen ausgezeichneten Eindruck: gradlinig, sicher und zuvorkommend im Auftreten und gewandt in der Rede. Man merkte ihm an, daß er es gewohnt war, mit Kundschaft umzugehen. Und sein gutes Aussehen würde sicherlich so manche Dame dazu veranlassen, dem Geschäft öfter als eigentlich notwendig einen Besuch abzustatten.
Als sie eine halbe Stunde später wieder in der Kutsche saß und Craig das Gespann über die Landstraße nach Parramatta lenkte, lehnte sich Jessica entspannt in die Samtkissen und dachte, daß sie wirklich allen Grund hatte, mit Zufriedenheit und Zuversicht dem neuen Jahr 1808 entgegenzusehen, das sie in zwei Tagen willkommen heißen würde – zusammen mit Mitchell.

28

Seine Finger spielten im Nacken mit ihrem vollen Haar, zogen die Linien ihres Halsansatzes nach und wanderten dann über ihre Schultern. Dann folgten sie dem herrlich geschwungenen Bogen ihres Rückens und verharrten kurz am Saum des kühlen Lakens, das ihren nackten Körper von den Hüften abwärts bedeckte.

Er schob das Tuch zurück und enthüllte ihr Gesäß, das sich seinen Augen und Händen wie die Hälften einer prächtigen festen Frucht darboten. Zärtlich streichelte er über ihre Rundungen und liebkoste die Innenseiten ihrer glatten Schenkel.

Jessica rekelte sich mit einem wohligen Seufzer unter seinen Liebkosungen. Dann drehte sie sich auf der Stelle, spürte seinen kräftigen Körper und erwiderte seine Zärtlichkeiten.

»Wir sollten schon längst aus dem Bett sein, meine Liebste. Aber wenn ich dich so daliegen sehe, kann ich mich einfach nicht von dir losreißen«, sagte er und küßte sie auf die Brust.

»Niemand verlangt etwas so Unmenschliches von dir«, gab sie neckend zurück. »Nichts ist wichtiger als die Liebe, Mitchell.«

»Willst du das unseren Gästen sagen, wenn die ersten Kutschen eintreffen und wir immer noch nicht angezogen sind?« fragte er, hörte jedoch nicht auf, sie mit kundigen Händen zu erregen.

»Es ist noch Zeit genug ... und das weißt du ganz genau«, flüsterte sie.

»Ich weiß nicht, ob ich der Versuchung noch einmal nachgeben soll«, scherzte er. »Wer weiß, ob ich dann noch die Kraft habe, eine lange Nacht mit unseren Gästen zu überstehen.«

Jessica schmiegte sich an ihn und umschloß mit ihren Händen seine Männlichkeit, die unter ihren Liebkosungen zu einer geschmeidigen Härte wuchs. »Mach dir deswegen keine Sorgen. Anzeichen von Schwäche kann ich bei dir wahrlich nicht entdecken«, sagte sie und zog ihn auf sich.

Sie verschmolzen miteinander und vergaßen Zeit und Raum, während die Leidenschaft sie in einem immer schneller werdenden Rhythmus davontrug, bis über ihnen das Feuer der Lust zusammenschlug und ihnen den Atem raubte.

Eine lange Weile lagen sie in enger Umarmung und glücklicher Ermattung unter dem aprikosenfarbenen Baldachin des Himmelbettes, kosteten den süßen Nachgeschmack der Erfüllung aus und gaben ihren erhitzten Körpern Zeit, sich zu beruhigen. Hinter den Gardinen glühte schon das Abendrot.

»So wunderbar habe ich noch nie ein Jahr beschlossen«, sagte Mitchell, als er sich schließlich von ihr löste.

Sie lächelte. »Dann müssen wir dafür sorgen, daß wir das neue Jahr nicht weniger wunderbar beginnen, mein Liebster.«

»Du bist unersättlich!« sagte er mit einem warmen Lachen und setzte sich auf.

»Nur nach dir.«

Er schwang sich aus dem Bett, streckte sich vor dem Fenster, während ihr liebevoller Blick auf ihm ruhte, und zog sich dann rasch an. »Jetzt wird es wirklich Zeit, daß wir uns für den Abend fertigmachen. John wird schon ungeduldig darauf warten, daß ich mich zeige.«

»So, wie ich das gesehen habe, habt ihr hier auf MIRRA BOOKA genug gutes Personal, das seine Arbeit versteht«, erwiderte sie. »Und John Hawkley wird ihm sicherlich keine Nachlässigkeiten durchgehen lassen.«

»Da hast du recht.« Er kam zu ihr, beugte sich noch einmal zu ihr hinunter und küßte sie auf den Mund. Es wurde ein langer Kuß. »Sally wird gleich hier sein. Ich gehe jetzt besser, sonst findet das Fest wirklich noch ohne uns statt.«

Jessica hatte sich schon einen Mantel übergeworfen, als Sally kam. Sie war zwar ein geschwätziges Ding, das unablässig plappern mußte, aber als Zofe ausgezeichnet. Vorausschauend, wie sie war, hatte sie schon dafür gesorgt, daß ein Bottich mit hei-

ßem Wasser für ein belebendes Bad bereitstand, der nun ins Zimmer getragen wurde.
Jessica hatte ihre Scham in Sallys Gegenwart längst abgelegt. Sich von ihr waschen und massieren zu lassen, war etwas völlig Normales geworden. Vielleicht lag es auch gerade an ihrer munteren Art, die ein Gefühl der Verlegenheit gar nicht erst aufkommen ließ.
Begeistert berichtete sie Jessica von den Vorbereitungen für das großartige Fest, die schon seit Tagen das Personal von MIRRA BOOKA in Atem hielten, während sie Jessica abtrocknete, ihr die Unterwäsche reichte und ihr das Mieder schloß. Ihr fast endloser Redestrom hinderte sie jedoch nicht daran, geschickt mit Kamm, Bürste und Brennschere umzugehen. Und da sie keine Antworten erwartete, konnte sich Jessica ganz ihren Gedanken hingeben, die noch von Mitchells leidenschaftlicher Liebe erfüllt waren.
So vergingen gut zwei Stunden wie im Flug. Schließlich half Sally ihr in die Abendgarderobe, und ihre Begeisterung für das Kleid brachte Jessica mehr als einmal zum Schmunzeln. Als sie sich dann im dreiflügeligen Spiegel kritisch musterte, mußte sogar sie einräumen, daß sie wohl noch nie schöner ausgesehen hatte als an diesem Abend.
Als sie das Zimmer verließ, stieß sie auf John Hawkley. Beide reagierten überrascht. Obwohl Jessica nun schon mehrere Tage auf der Farm weilte, waren sie sich noch nicht begegnet. Er hatte es verstanden, ihr aus dem Weg zu gehen. Sogar bei den Mahlzeiten war er nicht zugegen gewesen. Er hatte Unwohlsein vorgeschützt, um allein auf seinem Zimmer zu essen. Doch nun standen sie sich gegenüber.
John Hawkley war ein stämmiger Mann Anfang Fünfzig mit einem kantigen, etwas grobflächigen Gesicht. Klare durchdringende Augen lagen unter buschigen Brauen. Er trug einen eleganten schwarzen Rock über einer burgunderroten Seidenweste mit einer Seidenkrawatte in derselben Farbe.
Als er sie erblickte, blieb er abrupt stehen und stützte sich auf seinen Gehstock, der kunstvoll mit Silbereinlagen im pech-

schwarzen Holz gefertigt war. Sein Gesicht nahm einen verschlossenen, feindseligen Ausdruck an.
Einen Augenblick sahen sie sich an, und keiner wollte den ersten Schritt tun und das Schweigen brechen. Schließlich gab Jessica sich einen Ruck und sagte unverbindlich, aber mit der gebotenen Höflichkeit, die ihm als Mitgastgeber dieses Festes zustand: »Es freut mich zu sehen, daß es Ihnen wieder besser geht und Sie sich an Ihrem Fest erfreuen können, Mister Hawkley. Es wird bestimmt für jeden ein unvergeßliches Erlebnis sein.« In ihren freundlichen Worten steckte ganz unmißverständlich das Angebot an ihn, ihre gegenseitige Abneigung zumindest für diese Nacht zu vergessen und einen Waffenstillstand zu schließen.
Doch John Hawkleys Antwort ließ nicht darauf schließen, daß er bereit war, ihr Angebot anzunehmen. »Es gibt auch unvergeßliche Erlebnisse, die jeglicher angenehmen Erinnerung entbehren, Jessica!«
»Missis Brading für Sie!« korrigierte sie ihn kühl. »Ich habe Sie schon einmal darauf hingewiesen, daß sich die Zeiten geändert haben und ich nicht länger ein schutzloser Sträfling bin, dem gegenüber man sich jede Verachtung herausnehmen kann. Ich dachte, Sie davon überzeugt zu haben, daß Sie mehr zu verlieren haben als ich. Oder ist Ihnen an Mitchells Wertschätzung nicht mehr gelegen?«
Er stampfte mit dem Stock auf. »Also gut, *Missis Brading!* Aber das ändert nichts! Sie haben in diesem Haus nichts zu suchen!« zischte er.
»Daß das Ihre Meinung ist, war mir nie unbekannt«, gab sie ruhig zurück. Sie hatte gewußt, daß es zu dieser Konfrontation kommen würde, und sich fest vorgenommen, die Ruhe zu bewahren und eher zurückzustecken. »Aber sollten wir nicht wenigstens an diesem Abend versuchen, einander zu respektieren? Nicht daß mir an Ihrem Respekt viel liegt, Mister Hawkley. Doch wir schulden es Mitchell.«
In seinem Gesicht arbeitete es. »Sie schulden Mitchell etwas ganz anderes«, erwiderte er mit grimmiger Stimme. »Sie be-

haupten, ihn zu lieben. Doch in Wirklichkeit befriedigen Sie nur Ihre... niederen Instinkte. Sie haben ihn blind gemacht für die Wirklichkeiten in dieser Kolonie. Wenn Ihnen sein Leben wirklich etwas bedeuten würde, würden Sie ihn freigeben und ihm seinen guten Ruf lassen! Sie sind und bleiben eine Deportierte, und damit ruinieren Sie seine Zukunft!«
Jessica hatte nun doch Mühe, sich an ihren guten Vorsatz zu halten. John Hawkleys Arroganz erinnerte sie an Deborah Simonton. »Sie irren, Mister Hawkley. In Wirklichkeit sind es engstirnige, unversöhnliche, dünkelhafte Leute wie Sie, die anderen die Zukunft zu ruinieren versuchen. Arrogante Männer und Frauen Ihres Schlages, die sich in ihrer Selbstgefälligkeit zum Richter über andere Menschen berufen fühlen. Sie fällen Ihr Urteil aus der Distanz, ohne den näher zu kennen, den Sie als Ihrer unwürdig verurteilen. Sie reden von Moral und Anstand, doch Ihr Herz ist aus Stein, und Ihr Verstand ist berechnend!«
»Eine interessante Theorie, die Sie sich da zu Ihrer Verteidigung zurechtgeschustert haben«, sagte er geringschätzig.
»Ich habe nicht die Absicht, mich zu verteidigen«, erwiderte sie scharf, »schon gar nicht Ihnen gegenüber. Ich versuche nur, Ihnen Schmerzen und Enttäuschungen zu ersparen, denn nichts wird mich und Mitchell trennen können. Doch wenn Sie so weitermachen und Mitchell öffentlich vor die Wahl stellen, werden Sie der große Verlierer sein. Es liegt bei Ihnen, ob Sie meine unverhüllte Feindschaft einer verdeckten Abneigung vorziehen. Ich kann mit beidem leben, wenn es sein muß. Sie haben mich damals erpreßt und zu diesem Versprechen gezwungen, weil ich ja nur eine rechtlose Deportierte war. Ich werde mich jedoch nicht Ihrer Mittel bedienen, obwohl es in meiner Macht stünde. Sie sind ein freier Mann, wie Sie stets zu betonen pflegen, deshalb können Sie sich auch frei entscheiden. Ich warte auf Ihre Antwort! Jetzt!«
John Hawkley funkelte sie zornig an, wußte er doch, daß er sich nur ins eigene Fleisch schneiden würde, wenn er bei seiner starren Haltung blieb.

Plötzlich lächelte er, doch seine Augen erreichte das Lächeln nicht. »Sie haben im Augenblick die besseren Argumente, Missis Brading, und Sie wissen das. Aber das kann sich ja wieder ändern. Bis dahin können wir vor den anderen also gern so tun, als würden wir uns zumindest respektieren.«
Jessica hatte das Gefühl, einen großen Sieg errungen zu haben. »Es freut mich, das zu hören.«
»Wie sagten Sie doch so trefflich, Missis Brading? Das Herz aus Stein und einen berechnenden Verstand«, zitierte er sie sarkastisch. »Ich wünsche Ihnen noch einen schönen Abend. Sicher wird er für Sie zu einem unvergeßlichen Erlebnis.« Er bedachte sie mit einem geringschätzigen Lächeln und entfernte sich rasch.
Sein Sarkasmus war nur ein winziger Wermutstropfen in ihrem Gefühl der Erleichterung. John Hawkley würde es nicht zum Affront kommen lassen, und allein das war entscheidend. Sie würde das Fest also unbeschwert mit Mitchell genießen können.
»Jessica! Da bist du ja!« rief Mitchell, als sie um die Ecke bog und ihm fast in die Arme lief. Seine Augen weiteten sich bei ihrem Anblick. »Halt! Bleib stehen! Rühr dich nicht von der Stelle und sag kein Wort! Himmlisch siehst du aus! Überwältigend!« Dabei sah er nicht weniger blendend aus. Er war in mitternachtsblauen Samt gekleidet. Die mit Goldfäden durchwirkte Weste war aus rauchblauer Seide wie auch das Krawattentuch, während die blütenweiße Hemdbrust einen vorzüglichen Kontrast zu seinem sonnengebräunten Gesicht bildete, in dem seine Augen so blau wie Bergseen an einem klaren Sommertag glitzerten.
Jessica lachte gelöst auf. »Ach, Mitchell! Hübsche Kleider machen nun mal hübsche Frauen.«
»Wenn du wüßtest, *wie* bildhübsch du aussiehst!« erwiderte er, nahm sie bei den Händen und wirbelte sie um ihre Achse.
»Das macht allein deine Liebe«, sagte sie mit gedämpfter Stimme. »Kann man es mir ansehen, Mitchell?«
»Was?«

»Daß du mich so stürmisch geliebt hast?«
Er zwinkerte ihr zu. »Aber sicher. Das sinnliche Feuer in deinen Augen und die Röte deiner Wangen verraten sogar einem Blinden, wie unersättlich du heute nachmittag warst.«
»Dann bleibe ich doch wohl besser in meinem Zimmer.«
»Von wegen! Ich bin fest entschlossen, die Nacht mit vollen Zügen zu genießen, vor allem die verzehrenden Blicke der anderen Männer und den Neid der Frauen«, scherzte er.
Ganz MIRRA BOOKA war festlich geschmückt und funkelte im Schein zahlloser Lampen und vielarmiger Kerzenleuchter. Auf dem Hof standen mit Sand gefüllte Tonnen, in denen brennende Fackeln steckten, deren Flammenschein den Vorplatz in helles Licht tauchte. Zwei Farmarbeiter waren an diesem Abend allein dafür abgestellt, daß sie die offenen Feuer im Auge behielten, abgebrannte Fackeln in wassergefüllte Bottiche tauchten und durch neue ersetzten.
Auch der große Innenhof war geschmückt und erstrahlte im Licht Hunderter Kerzen. Die sechs Musiker, die Mitchell aus Sydney hatte kommen lassen, thronten in einer Ecke auf einem Podest, das mit feuerrotem Tuch bespannt war. Im Salon und in den angrenzenden Räumen bogen sich die Tische unter den Speisen und Getränken, die das Küchenpersonal in tagelanger Arbeit für die fast hundert geladenen Gäste vorbereitet hatte.
Und dann begann der Strom der eintreffenden Kutschen, Einspänner und Landauer. Jessica war jetzt ganz froh, daß sie darauf bestanden hatte, bei der Begrüßung der Gäste nicht an Mitchells Seite zu stehen, denn das wäre nicht nur eine äußerst anstrengende Angelegenheit gewesen, sondern auch ein Eheversprechen in aller Öffentlichkeit.
Bald war das weitläufige Farmhaus von fröhlichem Stimmengewirr, Gläserklingen und Musik erfüllt. Es war eine buntgemischte Gesellschaft, zu der Farmer, Händler, Magistrate und ein gutes Dutzend Offiziere sowie deren Frauen und erwachsene Söhne und Töchter gehörten. Jessica schnappte eine Bemerkung auf, nach der auch John MacArthur erwartet wurde. Sie wußte von Mitchell, daß John Hawkley darauf bestanden

hatte, auch einflußreiche Kolonisten einzuladen, die nicht die Sympathie von Mitchell Hamilton genossen.
»Nun, warum auch nicht«, hatte Mitchell damals achselzukkend gesagt. »Er lädt seine Freunde und Bekannten ein und ich meine. Das gibt dann ganz sicher eine bunte Mischung.«
Das war in der Tat der Fall. Doch Gesichter, die ihr bekannt waren, erblickte sie nur drei. Und zwar ein Ehepaar, das einmal bei den Keltons vorbeigeschaut hatte und jetzt in Begleitung ihres gerade erwachsenen Sohnes war, eines hageren, pickelgesichtigen Jünglings, der mit seinen Händen nichts anzufangen wußte. Jessica ging ihnen wohlweislich aus dem Weg.
Ein junger charmanter Mann, der sich als Sohn eines bekannten Geschäftsmannes aus Sydney vorstellte, bat sie um den ersten Tanz. Und dann nahm der Reigen der Männer, die um einen Tanz baten und ihr den Hof machten, kein Ende. Die Aufmerksamkeit, die man ihr schenkte, schmeichelte ihr, und anfangs genoß sie die Komplimente der Männer, ohne ihnen einen besonderen Wert beizumessen. Es war einfach amüsant und unterhaltsam. Doch bald schon empfand sie die oftmals übertriebenen Schmeicheleien als unangenehm, weil sie genau spürte, daß die Männer sie offenbar für begehrenswert, nicht jedoch für intelligent genug hielten, um zu durchschauen, wie plump sie in Wirklichkeit doch waren.
Sie sehnte sich nach Mitchell.
Und dann sah sie ihn endlich. Er strahlte, als er sie erblickte, und bahnte sich schnell einen Weg zu ihr durch die Menge.
»Na, wie viele Herzen hast du bis jetzt schon gebrochen?« fragte er fröhlich.
»Meines wäre gebrochen, wenn du nicht gekommen wärst. Ich hab' dich so vermißt.«
»Komm, ich stell' dir einige meiner Freunde und Nachbarn vor.«
»Das hat Zeit bis später. Jetzt tanzt du erst einmal mit mir. Deine Freunde und Nachbarn sind mir nicht halb so wichtig wie ein paar Tänze mit dir.«
»Darf ich ihnen das antworten, wenn sie mich später vorwurfs-

voll fragen, warum ich dich ihnen so lange vorenthalten habe?«
Sie nickte mit gespieltem Ernst. »Ja, ich bestehe darauf. Und würden Sie mich nun auf die Tanzfläche geleiten, Mister Hamilton?«
»Mit dem größten... pardon, nein, mit dem zweitgrößten Vergnügen, das ich kenne, Missis Brading.«
Sie errötete leicht. »Treiben Sie einem unschuldigen Mädchen nicht die Schamröte ins Gesicht, Mister Hamilton. Ich könnte sonst den schockierenden Eindruck gewinnen, Sie hegten Absichten von äußerst fragwürdiger Natur!« tadelte sie ihn mit gedämpfter Stimme, doch ihre Augen funkelten glücklich.
»Sie können ganz beruhigt sein, Missis Brading. Meine Absichten sind von so eindeutiger Natur, daß sie gar keine Frage mehr offenlassen. Ich bin übrigens jederzeit bereit, Ihnen den niederwerfenden Beweis dafür zu liefern.«
Jessica unterdrückte das Verlangen, lauthals loszulachen. »Mir scheint, Ihnen fehlt der nötige Ernst im Gespräch! Schauen wir, ob Sie auf dem Tanzparkett eine bessere Figur machen. Mir ist im Augenblick nach beschwingten Drehungen zumute, bevor ich mich mit Ihren niederwerfenden Beweisen beschäftige, die sicherlich eine mehr intimere Atmosphäre erforderlich machen.«
»Es freut mich zu hören, daß Sie zumindest darauf zurückkommen möchten.«
»Seien Sie unbesorgt, ich werde mich dieser Sache noch eingehend widmen!« Ihre Augen blitzten.
»Wir sollten jetzt wirklich lieber tanzen, bevor mir zu eng zumute wird«, murmelte Mitchell, hielt ihr seinen Arm hin und führte sie hinaus auf den Innenhof zu den anderen tanzenden Paaren.
Jessica fühlte sich glücklich und beschwingt. Sie schaute ihn unentwegt an, während sie sich zum Takt der Musik bewegten, als könnte sie ihr Glück nicht begreifen. Es war so unglaublich schön, zu lieben und geliebt zu werden, zu begehren und begehrt zu werden. Wie wunderbar das Leben doch sein konnte!

Nachdem sie ein gutes halbes Dutzend Tänze genossen hatten, mischten sie sich unter die Gäste, und Mitchell machte sie mit einigen seiner Freunde bekannt, von denen er wußte, daß sie keine Vorurteile gegenüber Emanzipisten hegten. Und im Kreis dieser Männer und Frauen verbrachten sie eine vergnügliche, unterhaltsame Zeit.

Als sie dann an seinem Arm in den großen Salon gehen wollten, rief plötzlich eine vertraute Stimme: »Jessica! Welch eine Überraschung!«

Jessica blieb stehen und sah sich um. Es war Ken! Er trug seine scharlachrote Uniform, die ihn noch attraktiver aussehen ließ, als er es gewöhnlich schon war. An seinem Arm führte er eine hübsche Frau von zierlicher, geradezu zerbrechlicher Figur. Ihre Haut war sehr blaß.

»Der hat uns gerade noch gefehlt!« murmelte Mitchell, machte jedoch gezwungenermaßen gute Miene zum bösen Spiel. »Lieutenant Forbes. Mir war gar nicht bekannt, daß Sie auch kommen würden.«

»Mister Hawkley war so freundlich, mich und meine Gattin mit einer Einladung zu beehren«, erklärte Ken selbstsicher und lächelte so ungezwungen, als wären sie allerbeste Freunde. »Darf ich Ihnen meine Gattin Rosetta vorstellen?... Mister Hamilton... und Missis Brading.«

Jessica hatte große Mühe, sich unbefangen zu geben. Sein Erscheinen irritierte sie, und sie hatte den Eindruck, als wüßte seine zarte Frau über sie Bescheid. Als sie sich begrüßten, glaubte sie in den Augen von Kens Frau einen Ausdruck bemerken zu können, in dem tiefer Schmerz und Hoffnungslosigkeit lagen. Das Lächeln, das Rosetta zeigte, war so ausdruckslos wie das einer Porzellanpuppe.

»Ein wirklich grandioses Fest, Mister Hamilton«, lobte Ken und fragte dann mit unschuldiger Miene: »Darf man davon ausgehen, daß Sie heute abend noch Ihre baldige Hochzeit verkünden werden?« Ein spöttischer Blick traf Jessica. Und zu seiner Frau gewandt sagte er süffisant: »Missis Brading und Mister Hamilton sind nämlich verlobt, mußt du wissen. Sozusagen eine junge Liebe. Ist das nicht herzerwärmend, meine Liebe?«

»Wie reizend«, bemerkte Rosetta mit wenig Überzeugungskraft und wünschte, sie hätte nicht zugestimmt, ihn zu diesem Fest zu begleiten. Aber da sie ja angeblich schwanger war, war das ihre letzte Möglichkeit, noch an einem derart großartigen gesellschaftlichen Ereignis teilzunehmen. Sie hatte zu ihrem Erstaunen sogar Gefallen daran gefunden und sich gut unterhalten. Doch jetzt schämte sie sich für ihren Mann, der seiner Halbschwester begehrliche Blicke zuwarf. Er glaubte wohl, daß sie nicht wußte, wer diese Jessica war und was ihn mit ihr verband. Aber sie wußte alles, hatte sie in einer seiner alten Bücherkisten aus Eton doch das Tagebuch von Jessicas Mutter gefunden und zahlreiche Briefe von Ken, die er an Jessica geschrieben, aber nie abgeschickt hatte, und von seinem Vater, der für ihre Verurteilung und Verbannung gesorgt hatte. Sie wußte alles – und der verstörte Blick dieser strahlenden Schönheit sagte ihr, daß ihre Liebe dem Mann an ihrer Seite galt, dessen Arm sie so fest drückte, und daß sie Kens aufgesetzt fröhliches Verhalten als das empfand, was es war: nämlich aufdringlich und beunruhigend. Und obwohl sie nicht genau wußte, was seit ihrer Ankunft in New South Wales zwischen ihr und Ken vorgefallen war, spürte sie doch instinktiv, daß Jessica Brading nichts mit ihm zu tun haben wollte.

»Ich muß Ihre hochgespannten Erwartungen enttäuschen, Lieutenant«, antwortete Mitchell mit einem höflichen Lächeln, doch mit einem warnenden Unterton in der Stimme. »Eine derartige Erklärung wird es nicht geben, zumindest nicht an diesem Abend.«

»Aber verlobt sind Sie, wie Sie mir doch am Hafen versichert haben«, ließ Ken nicht locker. Er verstand es ausgezeichnet, seine Sticheleien wie Komplimente klingen zu lassen. »Gegenteiliges zu hören würde mich zutiefst mit Bedauern erfüllen, geben Sie doch ein so prächtiges Paar ab.«

Mitchell funkelte ihn an. »Sie scheinen immer noch nicht begriffen zu haben, daß meine Beziehung zu Missis Brading kein

Thema ist, das sich für leichtfertige Spekulationen in der Öffentlichkeit eignet. Ich bitte Sie, das zur Kenntnis zu nehmen!«

Bevor Ken etwas erwidern konnte, sagte Jessica: »Ich bin froh, daß ich endlich einmal deine Frau kennengelernt habe, Ken. Fast dachte ich schon, du wolltest sie vor mir verbergen, obwohl das natürlich ein lächerlich unsinniger Gedanke ist.«

»Und ich bin froh, Ihre Bekanntschaft gemacht zu haben«, sagte Rosetta, und es klang kein falscher Unterton in ihrer Stimme mit. Jessica blickte sie verblüfft an. »Ihr Name ist in unserem Haus schon mehrmals gefallen.«

Ken erinnerte sich vage daran, Jessicas Namen gerufen zu haben, als er Rosetta mit Gewalt genommen hatte. Nur das konnte seine Frau mit dieser verrückten Bemerkung gemeint haben! Ihm entglitt die Kontrolle über das Gespräch, wenn er nicht sofort etwas dagegen unternahm! »Ich glaube, wir sollten Mister Hamilton und seine reizende Braut nicht länger in Anspruch nehmen. Als Gastgeber sind Ihre Pflichten sicherlich vielfältiger Art, besonders mit Jessica an Ihrer Seite.« Damit zog er seine Frau mit sich fort.

Jessica atmete hörbar aus. »Er kann es einfach nicht lassen. Seine Frau tut mir leid. Sie wird es bei ihm nicht leicht haben.«

»Was er in seinen eigenen vier Wänden tut, interessiert mich nicht. Doch wenn er in meinem Haus noch einmal so anzüglich wird, lernt er mich kennen«, sagte Mitchell wütend. »Solche Unverschämtheiten lasse ich mir von dem Kerl nicht bieten.«

»Reg dich nicht auf«, beruhigte sie ihn nun. »Es ist doch nur die gekränkte Eitelkeit des verschmähten Mannes. Vergessen wir ihn einfach. Er ist es doch gar nicht wert, daß wir uns die Stimmung verderben lassen.«

Sein Gesicht hellte sich wieder auf. »Da hast du völlig recht.«

Doch es war für Jessica gar nicht so einfach, Kens Gegenwart zu vergessen, denn er ließ nichts unversucht, um bei ihr das genaue Gegenteil zu erreichen. Er paßte mehrere Gelegenheiten ab, wo Jessica allein war, um sie zu bedrängen, doch zumindest einmal mit ihm zu tanzen.

»Ich denke gar nicht daran!« erteilte sie ihm eine scharfe Abfuhr. »Werde erst einmal erwachsen und lerne, dich wie ein Mann zu benehmen!« Sie ließ ihn einfach stehen und ging zum Getränkebüfett hinüber, wo Mitchell ihr eine Erfrischung holen wollte.

»Der Punsch wird dir schmecken, Jessica«, sagte er, als er ihr ein Glas reichte. »Sehr frisch und fruchtig.«

»Danke, Mitchell.«

Sie nahm einen Schluck, während sich die Frau vor ihr umdrehte. Fast hätte sich Jessica verschluckt, denn sie blickte in das fassungslose Gesicht von Deborah Simonton.

Mitchell bemerkte ihren Blick, runzelte die Stirn und fragte in falscher Deutung der Situation: »Ein Fest der Überraschungen, nicht wahr? Willst du mir deine Bekannte nicht vorstellen, Jessica? Ich hatte leider nicht das Vergnügen, jeden meiner Gäste persönlich willkommen zu heißen.«

Jessica räusperte sich. »Bekannte ist wohl nicht die passende Bezeichnung. Dies ist Missis Simonton... und das ist ihr Mann, Mister Simonton.«

Mitchell wandte sich ihnen mit einem herzlichen Lächeln zu. »Ich bin erfreut, Ihre Bekanntschaft zu machen«, begrüßte er sie.

Deborah musterte ihn scharf. »Sie verkehren mit einer Emanzipistin?« fragte sie abfällig.

Mitchell sah sie verständnislos an. Dann dämmerte ihm, daß die Überraschung bei Jessica und dieser Frau nicht freudiger Natur gewesen sein konnte, wie er erst angenommen hatte. »Missis Brading ist meine Verlobte!«

»Dann sind Sie zu bedauern«, stieß Deborah Simonton haßerfüllt hervor, »und eine Schande für jeden Freien dieser Kolonie! Wie kann man nur so tief sinken, sich mit Sträflingsgesindel einzulassen!«

»Das werden Sie auf der Stelle zurücknehmen!« verlangte Mitchell erzürnt über die bodenlose Unverschämtheit dieser Frau, und es kümmerte ihn nicht, daß einige Gäste, die in der Nähe standen, nun auf sie aufmerksam wurden.

»Gar nichts nehme ich zurück!« giftete sie.
Jessica war die Szene um Mitchells willen peinlich, und sie zwang sich zu einem Lächeln. »Leg ihre Worte nicht auf die Waagschale, Mitchell. Missis Simonton hat einfach noch nicht verkraftet, daß sie und ihr Mann fünfundsechzig Prozent ihres Geschäftes an mich verkaufen mußten. Aber so ist das nun mal, das Geld einer Emanzipistin nehmen sie, wenn sie sich finanziell heruntergewirtschaftet haben, doch...«
»Sie Dreckstück!« fauchte Deborah Simonton und schleuderte ihr den Inhalt ihres Glases ins Gesicht.
Jessica sah die Bewegung und reagierte instinktiv richtig, indem sie sich blitzschnell zur Seite drehte. Der größte Teil der Zitronenlimonade aus Deborah Simontons Glas flog an ihr vorbei und klatschte gegen die dunkle, glänzend polierte Seitenwand eines Nußbaumschrankes. Doch ein paar Spritzer trafen sie ins Gesicht und auf ihre rechte Schulter.
»Deborah!« rief ihr Mann erschrocken.
»Verlassen Sie mein Haus! Auf der Stelle!« fuhr Mitchell sie mühsam beherrscht an. »Pöbel dulde ich nicht unter meinem Dach, auch nicht freien Pöbel! Machen Sie, daß Sie hinauskommen!«
»Nichts lieber als das! Ich wäre sowieso nicht länger auf einem Fest geblieben, zu dem auch Sträflingsbrut Zugang hat!« fauchte Deborah Simonton zurück. »Komm, Albert, in Gesellschaft solch verkommener Subjekte haben anständige Menschen nichts zu suchen!« Hocherhobenen Kopfes rauschte sie davon, während ihr Mann mit glühendem Gesicht hinterherstolperte.
»Mein Gott, warum hast du mir nicht erzählt, daß das die Frau ist, mit der du es in Sydney zu tun hattest«, sagte Mitchell vorwurfsvoll zu Jessica und führte sie in einen ruhigen Raum.
»Weil dazu keine Zeit mehr war«, seufzte Jessica.
»Am liebsten hätte ich diesem unverschämten Weibsstück eine Ohrfeige gegeben«, sagte Mitchell, immer noch wutentbrannt. »Wie konnte sie es nur wagen, sich solch eine Frechheit herauszunehmen! Hat sie dein Kleid ruiniert?«

»Nein, ich habe Glück gehabt und nur ein paar Spritzer abbekommen. Ich wasch' sie mir schnell ab.«

»Ich komme mit dir.«

»Nein, das wirst du nicht. Bleib du bei den Gästen und sorg dafür, daß das Fest ungetrübt weitergeht. Ich bin in ein paar Minuten wieder zurück«, sagte Jessica und lächelte ihn an, obwohl sie sich auf einmal schrecklich müde fühlte. Erst die unerfreuliche Begegnung mit Ken und dann diese Szene, die in der Gesellschaft für viel Klatsch sorgen würde. Aber damit würden sie wohl leben müssen.

»Also gut, aber bleib nicht zu lange fort, Liebste«, bat er eindringlich.

»Ich beeile mich«, versprach sie und begab sich in ihr Zimmer. Als die Tür hinter ihr zufiel und das Stimmengewirr und die Musik zu einer fernen Geräuschkulisse dämpfte, atmete sie tief durch.

Sie trat an die Waschkommode, füllte etwas Wasser in die Schüssel und befeuchtete ein Tuch, mit dem sie sich die Limonadenspritzer abwischte.

Die Tür hinter ihr wurde geöffnet, doch sie drehte sich nicht um, denn sie nahm an, daß Mitchell sich doch eines anderen besonnen hatte und ihr gefolgt war, weil er meinte, sie brauchte nach dieser häßlichen Szene seinen Trost.

Doch es war Ken.

»Endlich sind wir einmal allein, Jessica!«

Sie fuhr herum und starrte ihn erschrocken an. »Du? Geh! Du hast hier nichts zu suchen!«

Er lächelte hinterhältig. »Das wird sich ja erst noch zeigen!«

Jessica wich zurück. Angst stieg in ihr auf, als sie sah, wie er sie mit seinen Blicken auszog und auf sie zukam. »Wage es nicht, mich anzufassen!«

Er lachte verächtlich. »Du machst mir nichts mehr vor, Jessica. Du bist und bleibst ein Bastard, wenn auch ein verdammt reizvoller. Und jetzt werde ich dir beweisen, daß ich nicht nur erwachsen, sondern auch Mann genug bin, um dir eine Lektion zu erteilen.«

Jessica stieß sich vom Bettpfosten ab und wollte an ihm vorbei zur Tür rennen. Doch er verstellte ihr den Weg, packte sie um die Taille und riß sie an sich. »Warum wehrst du dich?« stieß er erregt hervor. »Es nützt dir ja doch nichts. Ich bekomme immer, was ich will... und du wirst da keine Ausnahme sein!«
»Du bist verrückt! Laß mich los!«
»Schrei nur, wenn du einen Skandal willst!« zischte er und zwängte eine Hand in ihren Ausschnitt, umfaßte ihre Brust und drückte sie hart. »Schrei nur! Ich werde jedem sagen, der es hören will, daß du mich dazu aufgefordert hast!«
»Nein! Nicht!... Ken!«
Er stieß sie zum Bett zurück und lachte nur über ihre Gegenwehr, denn seiner brutalen Gewalt würde sie nichts engegensetzen können. Er warf sie auf die Überdecke, von seiner Begierde überwältigt. »Ich werde dich nehmen, Jessica, und wenn du schlau bist, wirst du dich nicht wehren. Dann hast du auch deinen Spaß dabei.«
»Du ekelst mich an!« schrie Jessica. »Nimm deine Hände weg. Ich werde dir nie zu Willen sein!«
»Das wird nicht viel ändern«, erwiderte er höhnisch, und während er sie mit der linken Hand am Mieder festhielt, fuhr seine rechte unter ihre Röcke und schlug sie hoch. Als sie sich von seinem Griff zu befreien versuchte, riß das Mieder, und ihre Brust war völlig entblößt.
»Nein!« schrie sie, als er nach ihrer Brust grabschte.
»Du kannst jetzt nichts...« Ken kam nicht mehr dazu, seinen Satz zu beenden, denn in diesem Moment trat Mitchell ins Zimmer. Mit einem Satz war er bei ihm und riß ihn zurück.
»Sie Schwein!« schrie er außer sich und schlug ihm heftig ins Gesicht, daß Ken gegen die Wand taumelte. »Ich bringe Sie um!«
Ken starrte ihn mit brennenden Augen an. »Dafür werden Sie mir Satisfaktion gewähren, Mister Hamilton!« stieß er hervor. »Niemand schlägt ungestraft einen Offizier!«
»Nur wer Ehre im Leib hat, ist satisfaktionsfähig!« fuhr Mitchell ihn an und mußte all seine Beherrschung aufbieten, um

sich nicht auf ihn zu stürzen und ihm seine Fäuste ins Gesicht zu schlagen. »Sie haben versucht, meine Verlobte zu vergewaltigen, Sie Lump! In meinem Haus! Und Sie wagen es noch, von Ehre zu reden?«
»Sie hat sich mir angeboten! Wie sie sich mir auch schon vor acht Jahren an den Hals geworfen hat! Sie treibt es doch mit jedem, und die rauhen Spielchen liebt sie ganz besonders, wußten Sie das noch nicht?« log Ken unverfroren.
»Noch ein Wort dieser Art, und ich breche dir verkommenes Lügenmaul jeden Knochen einzeln!« drohte Mitchell.
Ken verzog das Gesicht zu einem dreisten, geringschätzigen Lächeln. »Das werden Sie nicht tun, Mister Hamilton! Doch Sie werden mir Genugtuung geben. Ich bestehe darauf.«
»Einen Dreck werde ich!«
»Und wenn Sie mir keine Genugtuung bieten, wird es bald die ganze Kolonie wissen, was für einen verdorbenen Bastard Sie als Ihre Verlobte bezeichnen! Sie haben die Wahl, Sir! Aber vermutlich haben Sie nicht den Mut, sich wie ein Ehrenmann zu einem Duell zu stellen! Sie nehmen wohl eher in Kauf, daß Jessicas Liebesabenteuer zu *dem* Gesprächsthema der Kolonie werden, nicht wahr?« höhnte er.
Mitchells Gesicht wurde zu einer Maske erstarrter Wut, die auf Entladung drängte, jedoch mit Gewalt zurückgehalten wurde.
»Mitchell! Tu es nicht! Um Gottes willen!« beschwor Jessica ihn, ihre Blöße mit beiden Händen bedeckend und kalkweiß im Gesicht vor Angst. Sie sah ihm an, was in ihm vorging. Er würde die Herausforderung ihretwegen annehmen, allein um sie zu schützen.
Mitchell nahm den Blick nicht von Lieutenant Forbes. Kalte Wut loderte in seinen blauen Augen. »Sie sind es nicht wert, Lieutenant, aber dennoch nehme ich Ihre Herausforderung an!«
»Nein! Das ist doch Irrsinn!« schrie Jessica, doch keiner der beiden Männer reagierte auf ihren Aufschrei.
Ken zog seinen Uniformrock zurecht. »Mein Sekundant wird sich mit Ihrem Sekundanten in Verbindung setzen und die Be-

dingungen aushandeln!« erklärte er förmlich und schritt zur Tür. Dort drehte er sich noch einmal um und sagte voller Haß: »Ich werde Ihnen eine Kugel in den Kopf jagen, worauf Sie sich verlassen können!« Er warf die Tür hinter sich zu, daß es wie ein Pistolenschuß knallte.

»Warum hast du das nur getan, Mitchell?« fragte Jessica, Entsetzen in den geweiteten Augen. Sie sprang vom Bett und drängte sich an ihn. »Bitte, vergiß das Duell! Du darfst dich nicht mit ihm schießen, Mitchell! Du hast doch völlig recht, daß er es nicht wert ist. Er ist doch kein Ehrenmann... und auch dann dürftest du es nicht tun!«

Mitchell streichelte ihr über das Haar. »Ganz ruhig, Jessica.«

»Wie kann ich ruhig sein, wenn ich weiß, daß du dich mit ihm duellieren wirst?« begehrte sie heftig auf.

»Er ließ mir keine andere Wahl. Es ist eine Frage der Ehre.«

»Ehre? Ein Duell ist eine Sache auf Leben und Tod! Ken ist entschlossen, dich zu töten!«

»Duellpistolen sind gewöhnlich alles andere als treffsicher, mein Liebling. Und mein Sekundant wird darauf bestehen, daß wir uns nicht auf zehn Schritt Entfernung duellieren. Kenneth Forbes wird gleichfalls nicht auf einer Distanz beharren, die für ihn ein hohes Risiko birgt. Männer wie er sind im Grunde genommen Feiglinge, die gern das große Wort führen, es aber hinterher mit der Angst zu tun bekommen. Du kannst also ganz beruhigt sein. Ein Duell – das klingt dramatischer, als es in den meisten Fällen wirklich ist. Zwei Schüsse, zwei Kugeln, die danebengehen, und damit ist der Ehre Genüge getan.«

»Ich wünschte, ich könnte dir glauben, doch ich kann es nicht. Du mußt einen Weg finden, das Duell nicht stattfinden zu lassen!«

»Das ist nicht mehr möglich. Ich habe ihm mein Wort gegeben, und daran bin ich gebunden. Außerdem kann ich unmöglich zulassen, daß er dich in den Schmutz zieht«, erwiderte er. »Er hat dir schon genug angetan. Damit muß endlich Schluß sein!«

»Mir ist egal, was er für Lügen verbreitet!« widersprach sie.

»Wichtig ist nur, daß du lebst und mich liebst. Alles andere interessiert mich nicht.«
Er schüttelte den Kopf. »Das sagst du jetzt. Doch du würdest anders darüber denken, wenn du wüßtest, was es für dich und auch für mich bedeutet, zum Gespött der Kolonie zu werden. Nein, es gibt jetzt keinen Weg zurück, Jessica.«
»Mitchell«, flüsterte sie und klammerte sich an ihn. »Ich habe Angst, entsetzliche Angst! Wenn du mich wirklich liebst, tust du es nicht!«
Er hielt sie fest und küßte sie aufs Haar. »Du weißt, wie sehr ich dich liebe. Doch verlange nicht von mir, daß ich meine Selbstachtung verliere. Es würde dich jetzt erleichtern, doch später würdest du mich dafür verachten. Ich muß es tun, und du weißt es.«

29

Das Duell fand im Morgengrauen des 2. Januar statt, an einer abgeschiedenen Stelle eine Meile westlich von MIRRA BOOKA, wo hohe Eukalyptusbäume eine weite Lichtung umschlossen. Mitchell hatte John Hawkley zu seinem Sekundanten bestellt, während Ken sich des Ehrendienstes durch Major Robertson versichert hatte. Die beiden Männer waren noch am Neujahrstag zusammengekommen, um die Bedingungen auszuhandeln. Hawkleys Angebot, Doktor Farlow als Arzt für diese Begegnung zu verpflichten, nahm der Major an. Phillip Farlow war als kompetent und verschwiegen bekannt und hatte Hawkley schon seine Bereitschaft erklärt.

Jessica durchlitt von dem Moment an, als Mitchell die Herausforderung angenommen hatte, Höllenqualen. Sie machte sich Selbstvorwürfe und wünschte, sie hätte nie die Einladung zu dem Fest angenommen. Und John Hawkley tat ein übriges, um ihre Seelenqual noch zu verstärken.

»Ich habe es immer gewußt, daß Sie Mitchell Unglück bringen«, warf er ihr unversöhnlich vor, als er sie am Neujahrstag in ihrem Zimmer aufsuchte, während Mitchell sich hinter der Scheune im Umgang mit der Pistole wieder vertraut machte und die Schüsse in regelmäßigen Abständen über den Hof schallten. »Warum hat das Meer Sie damals bloß nicht verschluckt? Dann wäre Mitchell jetzt schon längst mit einer anständigen Frau verheiratet, an der nicht das Unheil klebt wie an Ihnen, und hätte eine Familie. Doch Sie haben ihn nie freigegeben, und jetzt muß er sich wegen Ihnen duellieren! Wenn er stirbt, werden Sie die Schuld an seinem Tod haben!«

»Lassen Sie mich in Frieden!« schluchzte Jessica, die nicht mehr die Kraft hatte, mit ihm zu streiten. »Haben Sie denn nicht einen Funken Gefühl im Leib? Wissen Sie denn nicht, wie sehr ich ihn liebe und daß ich alles versucht habe, um ihn davon abzubringen?«

»Sie mögen ihn lieben, Missis Brading, doch Ihre Liebe sei verflucht, denn sie wird ihm morgen vielleicht den Tod bringen!« rief er. »Ich wünschte, man hätte Sie damals kurzerhand gehängt!« Damit stürmte er aus dem Zimmer.

Mitchell war die Ruhe selbst, und er tat alles, was in seiner Macht stand, um Jessica zu trösten und ihr Zuversicht für einen guten Ausgang des Duells zu geben.

In der Nacht vor dem Duell liebten sie sich wie zwei Verzweifelte, die wissen, daß ihnen das Leben nur noch eine winzige Spanne Zeit läßt. Es waren Stunden der Ekstase, als wollten sie vergessen, daß die Nacht nicht ewig währte.

»Ich will dich nicht verlieren, Mitchell!« schluchzte sie, als sie nach einem kurzen, von gräßlichen Alpträumen erfüllten Schlaf erwachte und Mitchell sie in seine Arme nahm. »Ich brauche dich. Du darfst nicht gehen. Ich könnte es mir nie verzeihen, wenn dir etwas zustößt!«

»Du wirst mich nicht verlieren, mein Liebstes. Doch du mußt jetzt stark sein. In ein paar Stunden ist der schreckliche Alptraum vorbei, und du wirst wieder lachen.«

Und dann war es soweit. Es war noch dunkel, als sie die Kutsche bestiegen. Jessica saß neben Mitchell, und es kostete sie alle Kraft, die Tränen der Angst und der Verzweiflung zurückzuhalten, während sie Hawkleys Blick auf sich spürte.

Die Kutsche mit Major Robertson, Lieutenant Forbes und Doktor Phillip Farlow erschien nur wenige Minuten nach ihnen auf der Lichtung. Das erste Tageslicht fiel durch die hohen Bäume, die sie wie reglose, schweigende Zuschauer umgaben.

John Hawkley stieg aus und ging zu Major Robertson hinüber, um die Waffen zu inspizieren und darauf zu achten, daß jede Pistole mit der gleichen Pulvermenge gefüllt wurde.

»Bleib hier, Jessica«, sagte Mitchell, als sie mit ihm ausstieg. »Es wird schnell vorüber sein. Und hab keine Angst. Denk immer nur daran, wie sehr ich dich liebe!«

Tränen schossen ihr in die Augen, und sie wollte ihn nicht loslassen. »Mitchell...«

»Ich muß jetzt gehen.« Er gab ihr einen letzten Kuß und riß sich dann von ihr los. Mit energischen Schritten näherte er sich den Männern. Kenneth Forbes hielt sich aufrecht und ließ sich nicht anmerken, was er dachte oder fühlte. Sein Gesicht war verschlossen, doch von einer leichten Blässe überzogen.

»Sie haben die Wahl der Waffen, Sir«, sagte Major Robertson respektvoll zu Mitchell und hielt ihm beide Pistolen hin. »Mister Hawkley hat sich davon überzeugt, daß die Waffen dem Reglement entsprechen und vorschriftsmäßig geladen sind.«

John Hawkley nickte knapp.

»Ich danke Ihnen, Major«, antwortete Mitchell und wählte seine Waffe ohne langes Zögern.

»Zwanzig Schritt, eine Kugel. Geschossen wird auf mein Kommando, das lauten wird ›Feuer frei, Gentlemen!‹. Keiner darf sich von der Stelle rühren, bis nicht beide Schüsse gefallen sind. So ist es ausgemacht«, sagte Major Robertson. »Im Falle, daß beide Kontrahenten beim Schußwechsel verletzt werden, wird Doktor Farlow feststellen, welche Verletzung am schwersten ist und zuerst seiner ärztlichen Kunst bedarf. Haben die Gentlemen noch irgendwelche Fragen?«

»Nein«, sagte Mitchell ruhig und gefaßt.

»Fangen wir an!« drängte Ken.

»Dann bitte ich Sie, Rücken an Rücken Aufstellung zu nehmen«, forderte der Major die Duellanten auf, und begann dann laut bis zwanzig zu zählen.

Eisige Kälte erfüllte Jessica von den Zehenspitzen bis in die Kopfhaut. Sie zitterte und hielt sich an der Trittstange der Kutsche fest, als sich die beiden Männer, die Pistolen in den Händen, voneinander entfernten. Graues Licht lag über der Lichtung, die von einer unwirklichen Stille eingehüllt war. Kein Vogel begrüßte den jungen Morgen mit fröhlichem Gesang. Es war, als hielte auch die Natur den Atem an.

»O Gott, bitte verschone Mitchell!« betete Jessica mit Tränen in den Augen, und es kümmerte sie nicht, daß Phillip Farlow, der zu ihr getreten war, um den Ausgang abzuwarten, sie hören konnte. Sie spürte nicht einmal, als er ihr seine Hand tröstend auf den Arm legte. »Laß ihn leben...«

»...neunzehn... zwanzig!« schallte Major Robertsons Stimme über die Lichtung.

Die Duellanten blieben stehen und nahmen Aufstellung, richteten die Pistolen aufeinander.

»Laß ihn leben! Herr im Himmel, nimm ihn mir nicht! Halte deine schützende Hand über ihn! Verschone sein Leben! Bitte! Laß ihn leben!«

»Feuer frei, Gentlemen!« kam dann das Kommando.

Kenneth Forbes nahm sich nicht viel Zeit. Er visierte über den Lauf und drückte ab. Die Detonation zerriß die angespannte Stille. Pulverrauch strömte aus dem Lauf seiner Pistole und stieg als winzige blaue gekräuselte Fahne in den Himmel.

Mitchell zuckte getroffen zusammen und wankte einen halben Schritt zurück. Einen Augenblick stand er unsicher auf den Beinen, und seine Hand sank etwas, als könnte er die Waffe nicht mehr halten. Doch dann hatte er sich wieder in der Gewalt. Aufrecht stand er da, während das Blut seine weiße Hemdbrust zu färben begann.

Jessica konnte nichts davon sehen, da sie schräg hinter Mitchell stand, gut vierzig Yards von ihm entfernt. Ihr Herz raste wie wild. War er getroffen? Oder war es nur ein Reflex auf die Detonation gewesen? Sie wollte auf ihn zurennen, doch Doktor Farlow hielt sie zurück.

»Es tut mir leid, aber das Duell ist noch nicht zu Ende. Sie müssen warten, Missis Brading«, sagte er mitfühlend, ohne ihren Arm jedoch freizugeben.

Ken starrte in die Mündung seines Duellanten, und er begann sich zu bewegen, während ihm plötzlich der Schweiß ausbrach.

»Bleiben Sie stehen!« befahl Major Robertson unwillig, daß seine Partei nun Anzeichen von Feigheit zu erkennen gab.

»Schießen Sie endlich!« brüllte Ken unbeherrscht, und die Angst zeigte sich nun unmaskiert auf seinem bleichen Gesicht.

Er ignorierte den Befehl seines Offizierskameraden und drehte sich immer mehr herum, so daß er Mitchell schließlich nur noch die Seite als Ziel darbot.
»Drehen Sie sich sofort wieder herum, Lieutenant!« herrschte Major Robertson ihn an.
Mitchells Pistolenhand vollführte nun einen beherrschten knappen Schwenk nach rechts, so daß die Waffe ein gutes Stück an ihm vorbeiwies. Und zwar auf den Ast, über den Ken seinen Uniformrock gehängt hatte, denn das Tragen von Jacken oder Uniformröcken, deren metallene Knöpfe und Schnallen dem Träger einen unerlaubten Vorteil eingeräumt hätten, war bei einem solchen Duell ausdrücklich verboten. Dann drückte er ab. Die Kugel schlug mit einem dumpfen Klatschen in die Jacke, die ein viel kleineres und entfernteres Ziel gewesen war als Ken in Querstellung.
Jeder wußte: Er war ein ausgezeichneter Schütze und hätte ihn jederzeit töten können!
Mitchell ließ den Arm sinken und drehte sich zu Jessica um, die zu Tode entsetzt aufschrie, als sie das viele Blut auf seiner Brust sah.
Er machte drei, vier Schritte auf sie zu, doch dann versagten die Beine ihm den Dienst, und er stürzte mit dem Gesicht nach vorn zu Boden.
Wie von Furien gehetzt rannte Jessica zu ihm, stolperte mehrmals und wäre beinahe gefallen, wenn sie nicht im letzten Moment das Gleichgewicht wiedergefunden hätte. Die Angst um ihn raubte ihr fast die Sinne, und sie warf sich zu ihm ins Gras, drehte ihn auf die Seite und hatte die Hände voller Blut.
»Es... kommt... schon wieder... in Ordnung«, röchelte Mitchell und versuchte zu lächeln, doch seine Gesichtszüge verrieten den Schmerz, der in ihm tobte.
»Zurück, Missis Brading! Wenn Sie wollen, daß er am Leben bleibt, müssen Sie mich zu ihm lassen!« drängte Phillip Farlow, schob sie zur Seite und besah sich die Wunde. Die Kugel hatte auf der rechten Brustseite die unterste Rippe zertrümmert und war tief in den Körper eingedrungen. »Ich fürchte, das Geschoß

hat auch den Lungenflügel verletzt! Es ist Eile geboten! Wir müssen ihn sofort nach MIRRA BOOKA bringen, bevor er zuviel Blut verliert und all meine Bemühungen nichts mehr fruchten werden!«

»Sie... werden... mich schon wieder... zusammenflicken, Doc«, röchelte Mitchell und spuckte Blut.

Major Robertson und John Hawkley eilten herbei. Der Offizier beugte sich zu Mitchell hinunter und ergriff seine Hand. »Sir, Sie sind ein wahrer Ehrenmann. Ich danke Ihnen, daß Sie das Leben meines Mandanten verschont haben... obwohl ich jetzt starke Zweifel hege, ob er das überhaupt verdient hat. Meinen Respekt, Sir!«

»Reden Sie nicht, sondern helfen Sie mir lieber, Mister Hamilton zur Kutsche zu tragen!« fuhr der Arzt ihn barsch an, und gemeinsam trugen sie ihn zur Kutsche, während Hawkley mit grauem, verzerrtem Gesicht folgte. Niemand schenkte Ken auch nur einen Blick.

»Verflucht sollen Sie sein!« zischte Hawkley, als er an Jessica vorbeikam. »Dreimal verflucht!«

30

In feindseligem Schweigen saßen John und Jessica im Salon und warteten auf Doktor Farlow. Als sie die Farm erreicht hatten, war Mitchell schon bewußtlos gewesen, und der Arzt hatte sich umgehend zur Operation bereitgemacht. »Warten Sie, wo Sie wollen, doch nicht hier im Zimmer und auch nicht vor der Tür. Das macht mich nervös, und ich glaube kaum, daß das in Ihrem Sinne ist«, hatte er ihnen gesagt. »Sie können jetzt nichts weiter tun, als zu warten und zu hoffen, daß ich heute eine besonders glückliche Hand habe. Und beten Sie. Den Beistand des Allmächtigen wird Mister Hamilton brauchen.«
Jessica hätte lieber allein in ihrem Zimmer gewartet, doch sie konnte den Gedanken nicht ertragen, daß John Hawkley den Arzt vielleicht abpassen und versuchen würde, sie von allem auszuschließen. Deshalb ertrug sie seinen Haß und seine Verdammnis, die auszudrücken nun keiner Worte mehr bedurfte. Seine Blicke schleuderten ihr mehr Flüche und Verwünschungen entgegen, als er es mit Worten hätte tun können.
Eine lähmende, erdrückende Stille hatte sich über MIRRA BOOKA gesenkt. Die lärmenden Arbeiten in der Scheune und in der Schmiede waren sofort eingestellt worden, als sich die Nachricht von Mitchell Hamiltons schwerer Verletzung wie ein Lauffeuer verbreitet hatte. In der Küche wurde auch nicht mehr mit Tellern und Töpfen geklappert. Jeder bewegte sich so lautlos wie ein Schatten im und um das Haus. Angespannte, fast atemlose Stille, mit Angst und Haß, aber auch mit Liebe und Hoffnung erfüllt, lag über der Farm.
Jessica wußte nicht zu sagen, wie lange sie so dort gesessen und gewartet hatte. Sie fuhr jedoch plötzlich auf, als sich Schritte dem Salon näherten. Im nächsten Moment kam der Arzt durch die Tür.

»Lebt er? Wird er es schaffen?« bestürmte Jessica ihn mit Fragen, und John tat es ihr gleich.
Phillip Farlow gab einen Seufzer der Erschöpfung von sich. »Erst einen Brandy, wenn's recht ist«, sagte er.
»Aber sicher, doch reden Sie! Wie geht es ihm?« rief John ungeduldig, während er Glas und Karaffe holte.
»Wie soll es einem Mann gehen, der eine schwere Verletzung davongetragen und viel Blut verloren hat... und über den sich der Allmächtige noch im unklaren ist, ob er ihn nun zu sich rufen soll oder nicht«, antwortete der Arzt müde. »Die Lunge ist geschädigt. Daran besteht kein Zweifel. Die Frage ist nur, wie stark die Verletzung ist. Mein Gott, es gibt tausend Fragen, auf die ich im Augenblick keine Antwort weiß.«
»Aber er lebt!« sagte Jessica.
»Ja, noch«, erwiderte Phillip Farlow schonungslos. »Wenn er den Tag und die Nacht übersteht, gebe ich ihm noch eine Chance, daß er es überlebt.«
John schluckte schwer und reichte ihm das Glas. »Wie hoch wäre seine Chance dann?«
»Bestenfalls eins zu eins«, antwortete der Arzt offen und kippte den Brandy mit einem Schluck hinunter.
»Darf ich zu ihm?« fragte Jessica. »Ich meine, nur an seinem Bett sitzen und ihm die Stirn kühlen und...«
»Sie werden gar nichts tun, Missis Brading!« schnitt John ihr das Wort ab und funkelte sie an. »Sie haben genug Unheil angerichtet. Sie werden auf der Stelle Ihre Sachen packen und MIRRA BOOKA verlassen!«
»Das werde ich nicht!« widersprach Jessica mit auflodderndem Zorn. »Ich werde nicht von Mitchells Seite weichen. Ich bin zwar nicht seine Ehefrau, aber niemand hat mehr Recht, bei ihm zu sein, als ich!«
»Auf MIRRA BOOKA haben Sie absolut keine Rechte!« donnerte John. »Hier bestimmen nur Mitchell und ich, und Mitchell ist nicht mehr in der Lage, irgend etwas zu bestimmen.«
»Da muß ich Sie korrigieren, Mister Hawkley«, mischte sich Doktor Farlow mit neutralem Tonfall ein.

»Wie bitte?«
»Mister Hamilton hat mehrfach nach Missis Brading gerufen. Er ist einmal kurz zu sich gekommen und hat mich gebeten, Ihnen zu sagen, wie sehr er Sie liebe«, sagte er zu Jessica gewandt. »Und daß Sie in seiner Nähe bleiben mögen.« Und zu John Hawkley sagte er: »Ich glaube, das ist unter Liebenden ein nur zu verständlicher Wunsch, in einer so schicksalhaften Krise die Nähe des anderen zu wissen. Doch abgesehen davon muß ich Ihnen auch als Arzt dringend davon abraten, Missis Brading fortzuschicken. Mister Hamiltons Überlebenschance hängt nicht zuletzt auch von seinem Willen ab, diese schwere Verletzung zu überstehen. Missis Bradings Gegenwart kann dabei von großem Nutzen sein.«
In ohnmächtigem Zorn preßte John Hawkley die Lippen zusammen. »Also gut!« stieß er dann hervor. »Soll sie bleiben!«
»Gehen Sie nur zu ihm«, sagte Phillip Farlow sanft zu Jessica.
Als Jessica das verdunkelte Zimmer betrat und Mitchell wie tot im Bett liegen sah, erschrak sie und unterdrückte gerade noch einen Schrei. Doch dann bemerkte sie eine Bewegung der Hand, ein leises Stöhnen, und schnell schloß sie die Tür.
»Mein geliebter Mitchell, du mußt kämpfen und gesund werden!« murmelte sie eindringlich, als sie an seinem Bett stand und zaghaft über seine Hand strich. Tränen liefen ihr dabei über das Gesicht. »Du mußt es für uns beide tun. Unsere Liebe hat doch erst begonnen. Laß nicht zu, daß sie jetzt schon endet. Tu es mir nicht an. Ich weiß, daß du stark bist. Kämpfe, mein Liebster, kämpfe für uns! Ich werde bei dir bleiben und hier an deiner Seite sitzen. Du wirst nicht eine Stunde allein sein, ich bin bei dir... und mit mir meine Liebe.«
Mitchell gab keine Antwort, denn er war nicht bei Bewußtsein. Doch das war auch nicht nötig. Vielleicht drang die Botschaft, die sie ihm übermitteln wollte, auch durch das Unterbewußtsein zu ihm und stärkte seinen Überlebenswillen.
Jessica zog sich einen Stuhl heran und wünschte, etwas für ihn tun zu können. Sein Gesicht wies trotz der Sonnenbräune eine erschreckend graue Tönung auf, und Schweiß perlte auf seiner

Stirn. Das Fieber hatte nach ihm gegriffen und breitete sich nun im ganzen Körper aus.
Sie holte einen feuchten Waschlappen und wischte ihm damit liebevoll das Gesicht ab. Kurz darauf kam Phillip Farlow zu ihr ins Krankenzimmer.
»Was kann ich für ihn tun?« fragte sie ihn noch einmal.
»Eine ganze Menge, Missis Brading. Das Fieber wird noch mehr steigen, und wenn es uns nicht gelingt, es herunterzudrücken, wird er die Nacht nicht überleben. Wir müssen ihm deshalb kalte Wickel anlegen und ihn ordentlich schwitzen lassen. Er wird Durst haben. Es gibt also genug für Sie zu tun.«
»Danke, Doktor Farlow.«
»Wenn er starke Schmerzen hat, lassen Sie mich rufen. Ich werde auf Mirra Booka bleiben, bis ... bis der Allmächtige sich entschieden hat, welchen Verlauf die Krankheit nehmen soll«, brummte er und ließ sie wieder allein, weil es für ihn nichts mehr zu tun gab.
Es wurde für Jessica der längste Tag und die längste Nacht. Sie wich nicht vom Krankenbett.
Als der Abend hereinbrach, schien ein wildes Feuer in Mitchell zu toben. Seine Stirn kam ihr so heiß vor wie eine glühende Herdplatte, und er wurde unruhig. Er warf den Kopf hin und her und phantasierte.
»Er ist im Delirium«, stellte Farlow fest. »Möge Gott ihm helfen, daß er wieder in unsere Welt zurückfindet!«
Jessica klammerte sich an diese Hoffnung, wurde jedoch immer wieder in den Abgrund tiefster Verzweiflung gerissen, wenn sein Stöhnen und ersticktes Schreien sie an das letzte Aufbäumen eines Sterbenden gemahnte.
Immer wieder legte sie ihm kalte Wickel an, wusch ihm den Schweiß von Gesicht und Armen und benetzte seine Lippen. Aber das war alles, was sie für ihn tun konnte.
Schrecklich lang zog sich die Nacht hin. Sein Atem wurde immer schneller und flacher, und mehrfach glaubte sie, ihren Namen aus seinem Fiebergestammel heraushören zu können. Dann nahm sie seine Hand und redete mit tränenerstickter

Stimme zu ihm, ohne sich hinterher erinnern zu können, was sie gesagt hatte.

Die Stunden zogen sich hin. Jessica verlor völlig den Bezug zu Zeit und Raum. Meinte sie, schon stundenlang seinem schweren Atem gelauscht zu haben, sagte ihr ein Blick auf die Uhr, daß kaum fünf Minuten verstrichen waren.

Der Morgen graute, ohne daß Jessica es merkte. Es war Doktor Farlow, der sie darauf aufmerksam machte, als er kam, um Mitchell seine Medizin einzuflößen, die hauptsächlich aus dem schmerzlindernden Laudanum bestand.

»Jetzt können wir wirklich hoffen«, sagte er. »Er hat die Nacht überstanden.«

Jessica fuhr sich benommen über die Augen. »Es ist schon Morgen?«

»Ja. Draußen singen die Vögel. Sie sollten sich jetzt etwas Schlaf gönnen. Ich möchte nicht auch noch Sie betreuen müssen, Missis Brading.«

Sie schüttelte heftig den Kopf. »Ich bleibe. Später kann ich genug schlafen. Bitte.«

Er seufzte. »Wer wird sich schon mit einer Frau wie Ihnen streiten wollen.«

Es war, wie Phillip Farlow gesagt hatte. Es bestand zwar nun Grund zur Hoffnung, doch die Krise war noch längst nicht überstanden. Mitchell kämpfte gegen den Tod an, der immer wieder seine Hände nach ihm ausstreckte und ihn in die ewige Schwärze zu zerren drohte.

Vier weitere Tage und Nächte währte dieser entsetzliche Kampf, und Jessica durchlitt jede Minute dieser Zeit mit ihm. Stets war sie an seiner Seite. Natürlich geschah es immer wieder, daß die Erschöpfung ihren Willen besiegte und sie im Sessel in einen kurzen Schlaf fallen ließ. Doch meistens schloß sie nicht länger als für eine halbe Stunde die Augen, dann drückte sie die Armlehne schmerzhaft in die Seite oder ein Stöhnen Mitchells ließ sie aufschrecken.

Am sechsten Tag sank das Fieber, und am Abend kam er zum erstenmal zu sich. Als er die Augen öffnete und sie anblickte, war es für sie ein solches Wunder und Glücksgefühl, wie sie es empfunden hatte, als sie ihre Kinder nach der Geburt zum erstenmal im Arm gehalten hatte.

»Jessica«, flüsterte er mit kraftloser Stimme.

»Mitchell, mein Liebster!«

»Mach dir... keine... Sorge... werde schon wieder...« brachte er mühsam und stockend hervor.

Sie legte ihm einen Finger auf die Lippen. »Ich weiß, daß alles wieder gut wird, Mitchell. Doch du darfst nicht sprechen. Es kostet dich zuviel Kraft. Ich bin bei dir, und ich liebe dich.«

»Ja, Liebe... Liebe und Durst«, keuchte er.

Sie gab ihm zu trinken, während die Tränen der erstarkten Hoffnung ihre Wangen näßten. Mochte Doktor Farlow sich auch jetzt nur gedämpft optimistisch geben und vor der Möglichkeit späterer Komplikationen und eines Rückfalls warnen, sie wußte, daß Mitchell es geschafft hatte und sich auf dem Weg der Besserung befand.

Zum erstenmal seit dem Duell trat Jessica ins Freie. Die Luft war warm und erfüllt vom würzigen Geruch der Erde, der die tagsüber gespeicherte Hitze nun entströmte. In den Sträuchern zirpten die Grillen, und von einem nahegelegenen Wasserloch kam das Quaken der fetten Ochsenfrösche. Ein sternenklarer Himmel spannte sich über ihr, und sie blickte fast andächtig zum funkelnden Kreuz des Südens hoch. Das Leben konnte wahrlich grausam sein, aber auch voller Wunder.

31

Man sagte Gouverneur Bligh gern nach, daß er ein verdrossener, grimmig dreinschauender Mann sei, der gar nicht wisse, was Lachen eigentlich sei, und in dieser Übertreibung lag mehr als nur ein wahrer Kern. War er auch früher kein sonderlich geselliger, humorvoller Mensch gewesen, hatten ihn die anderthalb Jahre in der Kolonie gänzlich zu einem verbitterten, übellaunigen Mann gemacht, der zwar die besten Absichten hegte, sich durch sein hitziges Temperament jedoch leider allzuoft dazu hinreißen ließ, seiner Ohnmacht durch hitzige Ausfälle Luft zu machen.

An diesem Morgen war er jedoch wie verwandelt. Er befand sich ausnahmsweise einmal in einer überaus heiteren Stimmung, als er in aller Frühe aufstand, sich ankleidete und sich nach einem herzhaften Frühstück in sein Arbeitszimmer begab. Er hatte auch allen Grund, gut gelaunt zu sein, war dies doch der 25. Januar, der Tag, an dem der Prozeß gegen John MacArthur begann.

Genüßlich stopfte sich William Bligh seine Tonpfeife, setzte den Tabak in Brand und genoß die ersten Züge, während er ans Fenster trat. Es versprach ein herrlicher Tag zu werden! Morgen, am 26. Januar 1808, feierte die Kolonie ihr zwanzigjähriges Bestehen. Und er würde zudem noch die Verurteilung dieses Intriganten und Verräters feiern! Saß John MacArthur erst einmal für Jahre im Gefängnis, würde es ihm ein leichtes sein, dem Rum-Monopol den Todesstoß zu versetzen. Gouverneur Bligh lächelte zufrieden. Wahrlich, ein herrlicher Tag, von dem er schon lange geträumt hatte.

John MacArthur war nicht weniger zuversichtlich, was den Ausgang des Prozesses betraf. Er war sich seiner Macht bewußt

und vertraute auf die Unterstützung der sechs Offiziere, die zusammen mit Richter Richard Atkins darüber zu befinden hatten, ob er wirklich aufrührerischer Umtriebe gegen die Krone zu beschuldigen war, denn so lautete der schwerste der zahlreichen Anklagepunkte gegen ihn.
John MacArthur dachte gar nicht daran, es zu einem Prozeß gegen ihn kommen zu lassen, sondern machte von Anfang an klar, wer hier eigentlich unter Anklage stand – nämlich Richter Atkins und Gouverneur Bligh. Kaum waren die sechs Offiziere eingeschworen, als er auch schon heftigen Protest gegen die Vereidigung von Atkins erhob. Er warf ihm Unfähigkeit und Voreingenommenheit vor und verlangte, ihn zu diesem Prozeß als Richter nicht zuzulassen. Er bezichtigte ihn der Lüge und warf ihm vor, aus persönlichem Haß und Mißgunst seine Verurteilung zu betreiben. Sein Eintreten für die Rechte und verbürgte Freiheit eines freien Engländers, das ihm nun als versuchte Aufwiegelung angelastet würde, werde vom Gericht ignoriert, statt dessen sehe er sich der Tyrannei und Verfolgung durch unfähige Männer wie Atkins und Bligh ausgesetzt, verkündete er unter dem Beifall seiner Sympathisanten, die sich auf den Bänken drängten.
Atkins verbat sich in aller Schärfe die Beleidigungen und Unterstellungen und forderte die Offiziere auf, MacArthur das Wort zu entziehen und ihn notfalls abführen zu lassen und in seiner Abwesenheit über ihn zu verhandeln. Doch die Offiziere überstimmten ihn und ließen MacArthur gewähren, der seine Abrechnung mit der Regierung fortführte.
Richard Atkins verlor die Beherrschung, sprang auf und ordnete eine Unterbrechung des Prozesses an, weil er Gouverneur Bligh von der seiner Meinung nach untragbaren Wendung des Geschehens unterrichten und die Ablösung der sechs Offiziere beantragen wollte. Hochrot im Gesicht stürmte er aus dem Saal und eilte zu Bligh in dessen Residenz.
Die Offiziere dachten jedoch nicht daran, sich an die Weisung des Richters zu halten. Ganz im Gegenteil. Nach kurzer Beratung stimmten sie MacArthurs Antrag zu und setzten eine Er-

klärung an den Gouverneur auf, in dem sie Richter Atkins für voreingenommen und befangen erklärten und seine Ablösung forderten.

Bligh tobte, als Atkins ihm Bericht erstattet hatte und wenig später die Forderung der Offiziere in Händen hielt. Er wies die Forderung barsch zurück und setzte seinerseits ein Schreiben auf, das die sechs Offiziere nicht nur ihres Amtes enthob, sondern sie auch darüber unterrichtete, daß sie sich demnächst selbst vor Gericht zu verantworten hätten. Er beschuldigte sie, sich an einem Umsturzversuch gegen die Regierung Seiner Majestät beteiligt zu haben.

Der 26. Januar kam.

Bligh hatte schon tags zuvor Major Johnston aufgefordert, nach Sydney zu kommen, um seine Befehle durchzusetzen und die sechs Offiziere zu zwingen, ihr Amt zurückzugeben. Doch der Major hatte sich nach einem Sturz aus einem offenen Landauer angeblich nicht in der Lage gesehen, der Aufforderung nachzukommen. Doch als die Krise ihrem Höhepunkt zusteuerte, eilte er am Nachmittag nach Sydney. Und während Atkins sich mit Bligh beriet, was zu tun sei, veranlaßte er MacArthurs Freilassung aus der Haft und beriet sich mit seinen Offizierskameraden. MacArthur überzeugte sie, daß jetzt der Zeitpunkt zum Handeln gekommen sei. Bligh mußte gestürzt werden!

Bevor der Gouverneur noch etwas unternehmen konnte, marschierten dreihundert Soldaten mit aufgepflanzten Bajonetten vor der Residenz auf und umstellten sie. Major Johnston, amtierender Kommandeur des New South Wales Corps und damit gleichzeitig auch stellvertretender Gouverneur, stürmte mit einem Dutzend Gefolgsleuten in das Gebäude – und verhaftete den Gouverneur.

Zum zweitenmal in seinem Leben war William Bligh das Opfer einer Meuterei geworden. In der Kolonie wurde das Kriegsrecht ausgerufen. Die Herrschaft der Rum-Rebellen hatte begonnen.

32

»Tut es noch weh?« fragte Jessica besorgt, als sie Mitchell den Verband abnahm, um neue Salbe aufzutragen.
»Wie könnten mir deine zarten Hände weh tun?« fragte er, während er aufrecht im Bett saß. »Außerdem geht es mir blendend. Die Wunde ist doch bestens verheilt. Ich fühle mich schon wieder kräftig genug, um Bäume auszureißen.«
Sie lachte. »Das wirst du schön sein lassen. Doktor Farlow hat dir viel Ruhe verordnet. Und ich werde dafür sorgen, daß du sie bekommst.«
Er seufzte. »Man kann es auch übertreiben, Jessica. Ich halte es nicht länger im Bett aus. Drei Wochen sind wahrlich genug.«
»Halte still!« Vorsichtig rieb sie die Salbe auf die Wunde, die wirklich gut verheilt und schon von Schorf bedeckt war. Dann legte sie einen neuen Verband an.
»Gib mir einen Kuß – du hast eine Belohnung verdient«, sagte er scherzend und zog sie zu sich.
Ihre Lippen suchten einander, und Jessica stöhnte leise auf, als seine Hände unter ihr Kleid fuhren und an ihren Schenkeln hochglitten. »Zieh dich aus«, bat er leise.
»Ich weiß nicht, wir sollten uns noch etwas zurückhalten, Mitchell«, sagte sie zögernd, obwohl es sie genauso nach ihm verlangte, wie er sie begehrte.
»Ich möchte dich spüren. Drei Wochen sind eine lange Zeit, wenn man einen Menschen liebt. Und ich bin nicht mehr sterbenskrank, Liebste. Worauf wollen wir denn noch warten?« drängte er.
Jessica zögerte, doch dann begann sie sich vor ihm auszuziehen. Ihr Kleid glitt zu Boden, dann der leichte Unterrock und die Beinkleider. Schließlich band sie das Mieder auf.

Mitchell hatte die Decke schon zurückgeschlagen und erwartete sie voller Ungeduld. Sie legte sich zu ihm, und ihre Hände verwöhnten einander, ertasteten den Körper des anderen und bereiteten ihm Wonnen, die sie so lange hatten entbehren müssen.

Als sie ihre Leidenschaft nicht länger beherrschen konnten, zog Mitchell sie auf sich und hielt ihre Brüste zärtlich umfaßt, während sie ihn tief in sich aufnahm. Er richtete sich auf, um sie zu umfassen und ihre Brüste mit seinem Mund zu liebkosen, doch sie drückte ihn sanft in die Kissen zurück.

»Du bleibst ganz still liegen und tust nichts«, flüsterte sie ihm zu und kam ihm entgegen. »Ich werde dir alles geben, was ich dir zu geben vermag. Bleib so liegen und nimm meine Liebe.«

Sie liebten sich auf eine stille Art, die beiden jedoch nicht weniger Lust und Erfüllung brachte. Später schmiegte sie sich in seine linke Armbeuge und lag noch lange Zeit bei ihm. Erst als er in einen ruhigen Schlaf gefallen war, löste sie sich behutsam aus seiner Umarmung und verließ das Bett.

Lächelnd ging sie ans Fenster hinüber. Der Hawkesbury River lag in der Nachmittagssonne. Es war richtig gewesen, daß sie Mitchell nach Seven Hills gebracht hatte.

Nicht sie hatte ihn dazu gedrängt, sondern es war sein eigener Wunsch gewesen, und auch Doktor Farlow hatte keine Einwände dagegen erhoben. John Hawkley wollte das natürlich verhindern. Doch ohne Erfolg. Mitchell hatte längst selbst gespürt, wie vergiftet die Atmosphäre zwischen ihr und seinem Partner war und wie sehr sie darunter litt. Hawkley hatte auch alles getan, um ihr den Aufenthalt auf Mirra Booka unerträglich zu machen. Doch sie hatte es auf sich genommen, weil sie Mitchell liebte und nichts sonst zählte. Gute drei Wochen mußte sie John Hawkleys Feindseligkeiten hinnehmen. Doch wie froh und erleichtert war sie gewesen, als sie mit Mitchell auf Seven Hills eingetroffen war. Und sicher hatte die friedvolle Umgebung auch einen günstigen Effekt auf seine Genesung gehabt. Er liebte es, mit ihr auf der hinteren Veranda zu sitzen und über Fluß und Land zu blicken. Er war hier schnell

zu Kräften gekommen, so daß sie nun schon zweimal am Tag einen kleinen Spaziergang um den Hof machen konnten. Und seit die COMET gestern am Landungssteg vor Anker gegangen war, hatte er auch einen männlichen Gesprächspartner in Patrick Rourke, den er sehr schätzte. Ian zeigte sich Mitchell gegenüber zwar stets von seiner freundlichsten Seite, doch an langen Gesprächen mit ihm war er nicht interessiert.
Jessica hatte sich gerade angezogen und ihr Haar geordnet, als es an die Tür klopfte. Sie öffnete. Anne stand draußen im Gang. »Ja? Was ist?«
»Sie haben Besuch, Missis Brading.«
Jessica furchte die Stirn. »Besuch?«
»Ja, eine Dame wünscht Sie zu sprechen. Es ist sehr dringend, soll ich Ihnen ausrichten. Sie ist mit dem Einspänner gekommen, und das Pferd hat Schaum vor dem Maul, so hat sie es wohl angetrieben.«
»Hat sie einen Namen genannt?«
»Ja... Missis Forbes«, sagte Anne und verstand nicht, warum Jessica bei der Nennung dieses Namens blaß wurde.
»Führ sie in den Salon und schick jemanden nach Mister McIntosh. Ich komme sofort«, trug Jessica ihr auf, schloß die Tür und lehnte sich dagegen. Was immer Kens Frau nach SEVEN HILLS geführt haben mochte, es war bestimmt nichts Erfreuliches. Was wollte sie von ihr?
Angst stieg in ihr auf.

33

Rosetta Forbes war viel zu aufgewühlt, um in einem der bequemen Sessel Platz zu nehmen. Sie stand vor dem bleiverglasten Eckschrank und spielte nervös mit ihrem Armband, während sie darauf wartete, daß Jessica Brading den Salon betrat. Sie hatte noch immer die beschwörenden Worte ihrer Zofe im Ohr, die nichts unversucht gelassen hatte, sie von ihrem gefährlichen Vorhaben abzubringen. Doch sie hatte sich nicht beirren lassen. Dies war etwas, was sie einfach tun mußte, ganz gleichgültig, welche Konsequenzen es für sie haben mochte. Sie war müde von der langen, anstrengenden Fahrt, der Ungewißheit und ihren eigenen Ängsten, und ihr Körper schmerzte von dem unablässigen Gerüttele. Doch das war alles von zweitrangiger Bedeutung. Wichtig war nur, daß sie ausführte, was sie sich vorgenommen hatte.

Sie hörte Schritte, wandte sich zur Tür und erblickte Jessica Brading. Sie war in Begleitung eines Mannes.

»Missis Forbes«, begrüßte Jessica sie höflich, aber mit unverhohlener Reserviertheit. Der forschende Blick ihrer Augen verriet, wie angespannt sie innerlich war. Knapp stellte sie ihr Ian McIntosh vor und fragte dann: »Es wird Sie kaum überraschen, daß Ihr Besuch *mich* überrascht.«

Rosetta Forbes nickte. »Mir ist sehr wohl bewußt, wie ungewöhnlich Ihnen mein unangekündigtes Auftauchen erscheinen muß«, sagte sie mit beherrschter Stimme. »Und ich hätte mich gewiß nicht dieser Strapaze unterzogen, wenn es dafür nicht einen äußerst schwerwiegenden Grund gäbe.«

»Hat Ihr Mann Sie geschickt?« fragte Jessica direkt.

Ein trauriges Lächeln huschte für einen Moment über ihr Gesicht, war jedoch genauso schnell wieder verschwunden, wie es

erschienen war. »Mein Mann weiß nichts davon – und darf es auch nie erfahren. Sie wissen selbst, daß er zur Gewalt neigt.«
»In der Tat«, brummte Ian.
»Deshalb muß ich Sie um Ihr Versprechen bitten, mit niemandem über meinen Besuch hier bei Ihnen zu reden!« verlangte Rosetta.
Jessica nickte knapp. »Sie haben mein Wort, und es gilt auch für Mister McIntosh. Doch nun reden Sie bitte!«
»Ich nehme an, die Nachricht von der Rebellion und dem Sturz von Gouverneur Bligh ist mittlerweile schon zu Ihnen gedrungen...«
Fassungslos starrten Jessica und Ian sie an.
»Rebellion?« echote Ian ungläubig.
»Mein Gott!« stieß Jessica erschrocken hervor. »Bligh ist abgesetzt? Aber von wem?«
»Von Major Johnston, Mister MacArthur und ihren Freunden«, berichtete Rosetta Forbes. »Sie haben Bligh unter Hausarrest gestellt, das Kriegsrecht ausgerufen und die Macht an sich gerissen. Die Mehrzahl der Bewohner von Sydney unterstützt den Umsturz, was wohl nicht unwesentlich damit zusammenhängt, daß die neuen Machthaber den Rum tonnenweise kostenlos an Sträflinge und Emanzipisten ausgegeben und ihnen goldene Versprechungen gemacht haben.« Verachtung klang aus ihrer Stimme.
Jessica und Ian bedrängten sie mit Fragen und erfuhren, was sich vor gut vier Tagen in Sydney abgespielt hatte. Und sie brauchten eine Weile, um diese schockierende Nachricht zu verdauen.
Schließlich sagte Ian: »So sensationell diese Neuigkeiten auch sind, aber ich nehme doch nicht an, daß Sie sich der Mühe einer Fahrt von Parramatta nach SEVEN HILLS unterzogen haben, um uns davon zu unterrichten, nicht wahr?«
»Nein, aber das eine hängt mit dem anderen zusammen«, sagte Rosetta Forbes und holte tief Atem, bevor sie fortfuhr. »Es handelt sich um meinen Mann, Missis Brading, und um Mister Hamilton. Wie Sie vielleicht wissen, ist mein Mann ein An-

hänger des Rum-Monopols und recht gut befreundet mit Mister MacArthur, der jetzt eine hohe Position in der Regierung der Rebellen bekleidet.«

»Ich habe es nicht gewußt, aber es verwundert mich nicht«, erwiderte Jessica.

Rosetta Forbes verzog das Gesicht. »Es ist nicht meine Absicht, auf die Vorzüge und Charakterschwächen meines Mannes im Detail einzugehen, doch leider sehe ich mich gezwungen, Sie darauf hinzuweisen, daß er nicht zu denjenigen gehört, die Charakter genug haben, eine Niederlage wie ein Ehrenmann hinzunehmen. Damit meine ich nicht die Art, wie er sich bei dem schändlichen Duell benommen haben soll. Mit dieser Blamage muß er selber fertig werden.«

»Was meinen Sie dann?«

»Seinen unversöhnlichen Haß auf Mister Hamilton! Er ist entschlossen, ihn verhaften und ins Gefängnis werfen zu lassen! Deshalb bin ich hier. Um Sie zu warnen! Mein Mann ist gestern nach Sydney geritten, um die entsprechenden Schritte einzuleiten und sich eine Abteilung Soldaten für diesen Zweck zuweisen zu lassen.«

»Nein!« stieß Jessica entsetzt hervor. »Das kann er nicht! Mitchell hat nichts getan, wofür man ihn verhaften könnte.«

»Aber mein Mann hat jetzt die *Macht*, es zu tun, und nur das zählt!« hielt Rosetta ihr entgegen.

»Woher wissen Sie das so genau?« fragte Ian.

»Ich wurde Zeuge eines Gesprächs. Nehmen Sie meine Warnung nicht auf die leichte Schulter!« sagte sie eindringlich. »Mein Mann wird vor nichts zurückschrecken, um sich zu rächen. Er wird kommen und Mister Hamilton verhaften. So, und jetzt muß ich zurück. Ich habe schon genug gewagt.«

»Ich gebe Ihnen einen Kutscher, der den Weg auch bei Dunkelheit kennt, und zwei frische Pferde mit«, sagte Ian McIntosh. »Sie werden sicher nach Parramatta kommen, dafür werden wir Sorge tragen.«

»Danke, ich nehme Ihre Hilfe gern an.« Sie wandte sich zum Gehen.

»Warum haben Sie das getan, Missis Forbes?« fragte Jessica und sah sie prüfend an, als hoffte sie, in ihre geheimsten Gedanken und Beweggründe eindringen zu können.
Rosetta Forbes drehte sich zu ihr um und zögerte mit der Antwort. »Das ist schwer zu sagen, Missis Brading. Lassen Sie es mich so ausdrücken: Es ist eine Schuld, die ich zurückzahle.«
»Sie standen nie in meiner Schuld.«
Rosetta Forbes lächelte bitter. »Nein, aber dafür mein Mann um so mehr, nicht wahr? Und irgendwer muß ja mal damit beginnen, den Teufelskreis von Haß, Gewalt und Rache zu durchbrechen. Ich bezweifle, daß mir das je gelingen wird. Ken wird seine Schuld nie begleichen. Doch ich kann verhindern, daß er noch mehr Schuld auf sich lädt. Ich wünsche Ihnen und Mister Hamilton viel Glück.« Abrupt wandte sie sich um und eilte aus dem Salon.
Verstört folgte Jessica ihr. Wirr jagten sich die Gedanken in ihrem Kopf. Mitchell war gerade erst dem Tode entronnen und schwebte nun erneut in Lebensgefahr. Was sollte sie nur tun? Sie erblickte auf dem Hof Tim Jenkins. Sie rief ihn zu sich und trug ihm auf, zur COMET zu laufen und den Captain zu bitten, so schnell wie möglich zu ihr ins Farmhaus zu kommen.
Als Jessica mit Ian ins Haus zurückkehrte, um sich zu besprechen, stand Mitchell in der Tür. Er war aufgewacht und hatte sich angekleidet, als hätte ihm sein sechster Sinn verraten, daß etwas von großer Wichtigkeit vor sich ging.
»Was macht ihr für verstörte Gesichter?« fragte er.
»Sie werden bestimmt nicht fröhlich dreinschauen, wenn Sie erfahren, was Missis Forbes uns berichtet hat«, knurrte Ian.
»Missis Forbes war hier?« fragte Mitchell verblüfft.
»Ja. Komm, ich erzähle dir alles«, sagte Jessica, ergriff seine Hand und ging mit ihm und Ian in den Salon. Wenig später erschien auch Patrick Rourke.
Die Nachricht von der Rum-Rebellion schockierte den Captain, wie sie Ian, Jessica und Mitchell schockiert hatte. Doch als er erfuhr, welche verbrecherische Tat Lieutenant Forbes plante, schwieg er betroffen.

»Soll er doch kommen und mich verhaften!« sagte Mitchell zornig.
»Nein!« widersprach Jessica heftig. »Das darf nicht geschehen, Mitchell! Du darfst auf keinen Fall in seine Gewalt geraten!«
»Es wird nichts weiter als eine Demonstration seiner Macht sein«, versuchte er sie zu beruhigen. »Ich bin ein freier Siedler, und sie werden es nicht wagen, mir etwas zu tun. Sie werden mich bestimmt schnell wieder freilassen, denn sie haben ja nichts gegen mich in der Hand.«
»Solange dieses Verbrecherpack, das sich Offiziere nennt, an der Macht ist, brauchen sie das auch nicht«, wandte Ian ein.
Mitchell zuckte die Achseln und verzog das Gesicht, weil heftige Bewegungen mit der rechten Schulter noch immer schmerzten. »Und wenn. Lange werden sie sich nicht an der Macht halten. Es sind Meuterer, und der König wird den Sturz einer von ihm eingesetzten Regierung nie und nimmer tatenlos hinnehmen!«
Patrick Rourke nickte zustimmend. »Das wird er ganz sicher nicht. Die Rebellen müssen damit rechnen, daß sie für das, was sie getan haben, möglicherweise gehängt werden. Aber vergessen sie eines nicht, Mister Hamilton: Es kann ein gutes Jahr vergehen, bis London endlich von der Rebellion hier am Ende der Welt erfährt. Und ehe ein Schiff mit Truppen in New South Wales eintrifft, kann noch ein weiteres Jahr vergehen. Wollen Sie also zwei Jahre im Gefängnis von Sydney sitzen, hm? Gut möglich, daß dieser verfluchte Lieutenant dafür sorgt, daß Sie zum Kohle-Fluß geschickt werden. Und dort sterben die Leute wie die Fliegen! Nein, wenn Sie diese Rebellion mit Sicherheit überleben wollen, müssen Sie von hier weg.«
»Das sagen Sie so leicht«, meinte Ian. »Wo soll er denn hin? Soll er sich in der Wildnis verstecken? Zwei Jahre lang? Unmöglich!«
»Ich bringe ihn mit der COMET nach Van Diemen's Land«, schlug Patrick Rourke nach kurzem Überlegen vor. »Dort ist er weit vom Schuß und sicher. Ich habe Freunde in Hobart, bei denen er leben kann.«

»Van Diemen's Land!« rief Ian. »Guter Gott, mit Ihrer COMET ist das doch eine gefahrvolle Reise von mehreren Wochen!«
Patrick Rourke nickte. »Das will ich nicht abstreiten. Aber gerade weil Van Diemen's Land so fern von Sydney liegt, wird er dort vor den Nachstellungen dieses Lieutenants sicher sein.«
»Ist Ihnen die Route denn überhaupt bekannt?« fragte Ian skeptisch.
Patrick Rourke nickte. »Ich bin die Strecke zweimal als Steuermann gesegelt und werde Mister Hamilton sicher nach Hobart bringen. Sie haben mein Wort, Jessica!«
»Ich weiß nicht...«, zögerte Mitchell.
»Du mußt es tun!« beschwor Jessica ihn und wollte jetzt nicht daran denken, daß sie sich vielleicht für lange Zeit von ihm würde trennen müssen. Seine Sicherheit war wichtiger als die Qual ihrer Einsamkeit und Sorgen, wenn er erst von ihr gegangen war. »Der Captain hat recht. In der Kolonie kannst du dich vor den Rebellen nicht verstecken. Hier ist es Ken ein leichtes, dich zu finden und in Ketten legen zu lassen. Du mußt mit der COMET nach Hobart segeln, und wenn du es nicht für dich tust, dann tue es wenigstens für mich!«
»Ich werde es mir überlegen«, sagte Mitchell und drückte ihre Hand.
»Dann tun Sie es schnell. Wir haben keine Zeit zu verlieren und werden schon in einer Stunde aufbrechen, wenn Sie klug genug und sich Ihrer Verantwortung auch gegenüber Missis Brading bewußt sind«, sagte Patrick Rourke scharf. »Die Soldaten können schon morgen, spätestens aber wohl übermorgen hier auftauchen. Und ich will nicht riskieren, daß man uns dann an der Mündung des Hawkesbury abfangen kann. Jede Stunde Vorsprung ist kostbar und kann die Entscheidung bringen!«
»Du mußt es tun!« sagte Jessica.
Ian nickte. »Ich glaube, Ihnen bleibt wirklich keine andere Wahl, Mister Hamilton. Sie sind wieder gesund, so daß die Fahrt kein Risiko für Sie darstellt... einmal von den Risiken abgesehen, die jede Schiffsreise mit sich bringt.«

Mitchell blickte in die Runde. »Also gut«, rang er sich schließlich durch.
Patrick Rourke sprang auf. »Ich sorge dafür, daß wir in einer Stunde lossegeln können. Zum Glück habe ich Wasser und Proviant genug an Bord. Also beeilen Sie sich, Mister Hamilton!«
Mitchells Sachen waren schnell gepackt, und bald gab es nichts mehr zu tun, womit Jessica sich beschäftigen konnte, um die Verzweiflung in ihrem Herzen zu bekämpfen. Sie brachte Mitchell im offenen Wagen zur Anlegestelle hinunter. Und dann hieß es Abschied nehmen.
»Es wird nicht für lange sein, Liebste«, versicherte Mitchell, als er die Tränen in ihren Augen schimmern sah. »Ich bin bald wieder zurück, du wirst sehen.«
Jessica brachte kein Wort heraus, sondern schlang ihre Arme um ihn und küßte ihn mit einer Glut und Wildheit, die ihrem Schmerz in nichts nachstand. »Ich liebe dich, vergiß das nie!« flüsterte sie ihm zu und gab ihn dann frei.
Er fuhr ihr ein letztes Mal über das Gesicht, sah sie lange an, als wollte er sich jede Linie ihres Gesichts einprägen, und wandte sich dann um. Mit schweren Schritten ging er an Bord.
Die Leinen wurden losgeworfen, und die COMET glitt mit dem Bug in die Strömung. Die Matrosen enterten auf, und das Segel blähte sich.
Schnell nahm der Schoner Fahrt auf, während das Licht der untergehenden Sonne den Himmel mit einem glutroten Schein überzog, als stünde der Busch in Flammen.
Lautlos weinend blickte Jessica dem Schiff nach, das schnell kleiner wurde – und mit ihm die einsame Gestalt, die reglos am Heck stand. Die COMET trug ihr Glück in die Ferne, und niemand wußte zu sagen, wann das Schicksal sie mit Mitchell wieder vereinen würde.
Doch sie würde die Hoffnung nie aufgeben.
Nie!